岩 波 文 庫

37-206-1

真夜中の子供たち

（上）

サルマン・ラシュディ作
寺 門 泰 彦 訳

岩 波 書 店

MIDNIGHT'S CHILDREN
by Salman Rushdie

First published 1981 by Jonathan Cape,
an imprint of Penguin Random House UK, London.

This Japanese edition published 2020
by arrangement with The Candide Corporation
c/o The Wylie Agency (UK) Ltd, London.

あらゆる予想に反して
午後生まれてきた
ザファル・ラシュディに

真夜中の子供たち(上)　目次

第1巻

第2巻

真夜中の子供たち（下）　目　次

真夜中の子供たち（上）

第1巻

穴あきシーツ

私の生まれはボンベイ市……昔々ある時のこと。いやそれじゃだめだ。日付からは逃れられない。では改めて、ナルリカル医師の産院で一九四七年八月十五日生まれ。時刻は？　時刻も重要なのだ。ええっと、それなら夜だ。いやもっと正確に、大事なことだから……実は真夜中きっかりだった。時計の針が恭しく合掌して私の誕生を迎えてくれたわけだ。ほう、もっと詳しく。つまり、まさにインドの独立達成の瞬間に、私は呱々の声をあげた。あえぎ声のなかで。そして窓の外には、花火と群集。数秒後に私の父が足の親指を潰した。しかし父の事故はあの夜ふけの瞬間に私に起こったことと比べて、些細なことでしかなかった。何しろもの静かに合掌する時計のオカルト的な力によって、私は不思議にも歴史と手錠でつながれ、私の運命は祖国の運命にしっかりと結びつけられてしまったのだ。それから三十年間というもの、逃げ道はなかった。占い師たちが私を占い、新聞が私の出生を祝い、政治家たちがこれぞまさしくインドの子と太鼓判を押した。この問題については私はカヤの外だった。私、サリーム・シナイ、のちには洟たれ君、あざのある顔、禿坊主、クンクン、ブッダ、さらには月のかけらなどとさまざまな名で呼ばれたこの私は、運命によってがんじがらめにされていた——最良の時期にあってさえ、これは危険な事態であった。その頃の私は自分で洟をかむことさえできなかったのだ。

しかし今、時間は(私にとって用ずみとなり)尽き果てようとしている。私はまもなく三十一歳になる。いや、たぶんなる。つまり、私の崩れかけて、がたのきた肉体が許すなら、ということだ。しかし私には自分の命を救う望みはないし、千夜一夜の猶予を手に入れることも当てにできない。私は急いで、シェヘラザードよりも急いで、仕事をしなければならない。ともかくも何かまとまりのあることを話そうとするならだ。そう、その通り。何よりも私は支離滅裂になることを恐れる。

しかも語るべき物語は多い。あまりに多い。絡まり合った人びとの生涯、出来事、奇跡、場所、噂が山ほどある。ありそうもない話とありふれた話が濃厚な混合体をなしている！　私はさまざまな人間の生涯を呑み込んできた。だから私を、私ひとりの生涯を知りたければ、同時に多数の人の生涯を呑み込まなければならない。呑み込まれた大勢の人が私の内部で押し合いへし合いしている。真ん中に直径七インチほどの丸い穴のあいた、大きな白いベッドシーツの記憶だけに導かれ、私の護符であり呪文である、あの無残にも穴を穿たれた四角いリンネルの夢を手がかりにして、私はそれが実際に始まった時点から自分の生涯を再現する仕事を開始しなければならない。その時点とは、時計に支配され、犯罪に汚された私の誕生という明白で確実な出来事よりも三十二年も前のことだ。

（ちなみにこのシーツもまた、古い消えかけた三滴の赤によって汚されている。コーランにあるように、〈誦め、創造主なる主の御名において。いとも小さい凝血から人間をば創りなし給う〉だ。）

一九一五年早春のあるカシミール晴れの朝、私の祖父アーダム・アジズは祈ろうとして、霜柱のかたく凍りついた地面に鼻の頭を打ちつけた。左の鼻孔から三滴の血が滴った。血は冷たい空気のなかでたちまち凍り、目の前の礼拝マットの上に落ちてルビー粒に変わった。よろよろと身を起こし頭を上げて坐った時、湧き出た涙も凍りついた。その瞬間、傲然と睫毛からダイヤ粒を払い落としながら、彼は、いかなる神のためにも、人間のためにも、二度と再び大地に接吻するようなことはすまいと決意した。しかしこの決意は彼のなかに穴を、精神の内部に空隙を穿ち、彼を女と歴史に対して弱い人間に仕立て上げた。彼は医学の教育を終えたばかりの気鋭の青年であったけれども、はじめはこのことに気づかず、立ち上がると礼拝マットを葉巻タバコのようにぐるぐる巻いて右の小脇にかかえ、澄んだ、涙のダイヤ粒がすでに消えた目で谷間を見渡した。

世界は新しく甦っていた。氷の卵殻のなかで一冬の準備期間を過ごしたあと、谷間は殻を破って、広々とした湿った黄色い姿を現わしていた。新しい草は地下で時節を待っていた。山々は暖かい季節にそなえて遠景に退こうとしていた。（冬、谷間が氷の下に縮こまると、山々は間近に迫ってきて、怒れる獣たちの顎のように湖畔の街のまわりで唸り声をあげた。）

当時はまだ無線塔もなくて、カーキ色の丘の上にできた小さな黒いマメのような、シャンカラーチャールヤの寺院がスリナガルの街並みと湖を見おろしていた。当時は湖畔の兵営も、迷彩を施したトラックやジープの、山中の隘路を詰まらせる果てしない長蛇の列もなく、小邑バラムラとグルマルグの向こうの山々の頂の背後に兵士たちが隠れていることもなかった。当時は旅行者が橋の写真を撮ってもスパイとして銃殺されることはなかったし、幾たびも春がめぐり来ても、湖上に浮かぶイギリス人のヨットを別にすればムガル帝国以来ほとんど変化らしいものはなかった。だが私の祖父の目——それは彼の身体の他の部分と同様二十五歳であったが――は、事物を別様に見ていた……そして鼻はむず痒くなりはじめていた。

祖父がものの見方を変えるに至った経緯を明かしておこう。彼は五年の歳月、五度の春を外国で過ごしてきた。（礼拝マットにたまたま出来た皺の下から顔を出した霜柱の存在は、いかに重要であったにせよ、本質的には触媒以上のものではなかった。）今、戻ってきた彼は、旅人の目でものを見ていた。巨大な歯列のような山に囲まれた小さな谷間の美しさではなく、人びとの視野の狭さ、卑小さに気づいていた。そして故郷に帰って、こんなにも完全に閉じ込められた感じを味わわなければならないことを悲しく思っていた。また不可解なことに、彼が教育を受けて聴診器を持って帰ったことに、故郷の人びとが憤っているような気もしていた。冬の氷の下では彼に対する憤りは冷たく無害なものであったけれども、それは今たしかにそこにあった。数年に及ぶドイツでの生活のあと、彼は敵意を持った故郷に帰ってきたわけだ。多年ののち、彼の内部の穴が憎しみで塞がれて、丘の上の寺院の黒い石の神の社(やしろ)に自分を生贄として捧げることになった時、彼は楽園で過ごした幼年期の春を思い起こそうとするだろう。旅と霜柱と戦車がすべてを混乱させてしまう以前のありさまを。

礼拝マットをグローブにして谷間が彼の鼻にパンチを喰らわせた朝、彼は愚かしくも、何ひとつ変わらなかったのだという振りをしようとしていた。だから彼は四時十五分という厳寒の時刻に起床し、規定通りの仕方で沐浴し、身仕度を整え、父のアストラカン帽をかぶった。しかるのちに葉巻のように巻いた礼拝マットを彼の古くて暗い家の前にある湖畔の小庭園に運び出して、霜柱の待ち構える地面に広げた。足もとの地面は意外に柔らかくて、彼は不安にも慎重にもなった。「慈悲ふかく慈愛あまねきアッラーの御名において……」――両手を書物のように体の前で合わせて唱えると、この開扉の文句は彼の一部をなごませ、別のより大きな部分を落ち着かない気持にした――「讃えあれ、アッラー、万世の主……」――しかしここでハイデルベルクが脳裡に侵入してきた。イングリートがいる。彼のイングリートがちらっと現われる。メッカの方を向いてきまり文句を唱えている彼を嘲るような表情を浮かべている。アナーキストの友人夫妻オスカルとイルゼ・ルービンがいる。いかなるイデオロギーをも認めない立場から彼の祈りを嘲っているのだ――「……慈悲ふかく慈愛あまねき御神、審きの日の主宰者……」――医学と政治のほかに、ハイデルベルクで学んだことといえば、インドがラジウムのようにヨーロッパ人によって「発見」されたということだった。あのオスカルでさえバスコ・ダ・ガマへの賛嘆を惜しまなかった。まさにそれゆえに、つまり、君はある意味でわれわれの先祖たちのこしらえものなのだよ、といった彼らの信仰のゆえに、アーダム・アジズはついに友人たちと袂を分かつことになったのだ――「……汝をこそ我らはあがめまつる、汝にこそ救いを求めまつる……」――そんなわけで今彼は、友人たちを思い浮かべながらも、昔の自己と一体になろうと努めていたのだ。その古い自己は友人たちの影響を受けていなかったが、知るべきことはすべて知っていた。たとえば服従について、古い記憶を頼りに、親指を耳に当て、他の指を開いてひらひらさせながら上に向けたり、ひざまずいたりして今していることについて――「……願わくば我らを導いて正しき道を辿らしめ給え、汝の嘉し給う人びとの道を歩ましめ給え……」しかしだめだった。彼は奇妙な中間地帯にとらえられ、信と不信の中間で身動きできなくなってしまった。これは結局みえすいた口実だった――「……汝の御怒りを蒙る人びとや、踏みまよう人びとの道ではなく」祖父は額を大地の方に垂れていった。彼は額を垂れ、礼拝マットに覆われた大地はこちらに盛り上がってきた。そしてついに霜柱の登場と相成った。一方のイルゼ＝オスカル＝イングリート＝ハイデルベルクからの叱責と、他方の谷間と神からの叱責がまったく同時に、彼の鼻の頭を叩いた。血が三滴、滴った。ルビーとダイヤモンドが生じた。そして祖父はよろよろと起き上がると、決心した。立ち上がった。マットを巻いた。湖を見渡した。そして、神を敬うこともできず、さりとてその存在をまったく信じないわけにもいかないとあって、あの中間地帯に永久に突き落とされた。それは信と不信が絶えず交替しつづけるところ、一つの穴だ。

資格を取りたての若い医師アーダム・アジズは、変化の息吹を嗅ぎながら、春の湖に向かって立っていた。他方、彼の背中（きわめてまっすぐに伸びた背中だった）はさらに多くの変化の方に向けられていた。彼の父は彼の留守中に卒中を起こしたが、母はそれを内緒にしていた。母は声を落として冷静にこう言った。「……だってお前の学問が何より大切でしたからね」半生を家に閉じこもり、ベール（パルダ）にかくれて過ごしてきた母は、突然たいへんな底力が湧いてきて、ささやかな宝石店（トルコ石、ルビー、ダイヤモンド）の経営に乗り出した。奨学金の助けもありはしたが、母の商売のおかげで、アーダムは医科大学を卒業することができたのだ。そんなわけで、彼が帰ってみると、悠久とも思われていた家族の秩序が逆転していた。母は働きに出、父は卒中のために頭がもうろうとなっていた。薄暗くした部屋のなかで木の椅子に坐りこんで、鳥の鳴き真似をしていた。三十種もの鳥が彼のもとにやって来て、鎧戸を閉めた窓の外の下枠にとまってあれこれとお喋りしていた。彼は十分に幸福そうだった。

（……そしてすでに私はあの反復が始まっているのが分かる。つまり私の祖母もまたたいへんな……そして卒中だけではなかったし……ブラス・モンキーは彼女の鳥たちを持ち……呪いはすでに始まっている。とはいえまだ鼻のくだりにさえ来ていない！）

湖はもう凍っていなかった。解氷はいつもながら急速にやってきた。数多くのシカラと呼ばれる小舟が波にゆれている姿が見られたが、これまた例年の通りだった。だが陸の上で怠け者たちが眠りこけ、その雇い主たちのそばで安らかないびきをかいている間に、一番古い小舟が早起きの老人よろしく夜明け方に姿を現わし、したがって解氷した湖を渡る一番乗りの船になった。タイのシカラ……これもまた恒例だ。

年老いた船頭のタイが艫（とも）に身をかがめて立ち、霧ふかい湖面を楽しげに漕いでいくさまを見てみよう。黄色い棒にハート型の木片をつけた彼の櫂が水草のなかをぐいぐいと進んでいく。このあたりでは彼はたいへんな変わり者と思われている。そのわけはいろいろありはするが、何よりも立ったまま漕ぐからである。アジズ医師に緊急召集をかけようとしていたタイは、歴史を動かそうとしていたのだ……他方アーダムは水のなかを覗き込んで、何年も前にタイが教えてくれたことを思い起こしている。「アーダム坊っちゃん（バーバ）、氷はいつも待っているぞ、水面のすぐ下で」アーダムの目は青く澄んでいた。それは高山の空の素晴らしい青で、この青はカシミール男の瞳のなかに滴りおちる習性があった。この瞳はものの見方を忘れなかった。この瞳は見る――ほらそこ、ダル湖の水面直下に、亡霊の骸骨みたいだ！――繊細な格子模様を、複雑に交差する無色の線を、未来という冷たく待ち構えている鉱脈を。ドイツ留学中に他の多くの能力は鈍ってしまったが、ものを見る才能だけは失せなかった。タイが与えてくれたものだ。彼は顔を上げ、V字型をしたタイの舟が近づいて来るのを見て、手を振った。タイの腕が上がる。だが、これは命令で、「待て」という合図だ。祖父は待っている。この合間、祖父が生涯最後の平和、泥だらけの不吉な平和を経験している合間を利用して、祖父の風貌を描いておいた方がよさそうだ。

眉目秀麗な人に対する醜男の当然なひがみを抑えて、アジズ医師は長身だったと記しておこう。家の壁に背をつけて立つと、彼の背丈はレンガ二十五枚分（年齢と同じ数）、つまり六フィート二インチもあった。おまけに体格は頑丈ときていた。濃くて赤い顎ひげがあって、これが彼の母を困らせていた。彼の母によれば、ハッジ、つまりメッカ巡礼をすませた男だけが赤い顎ひげをはやすべきなのだった。ところが髪の方はむしろ黒っぽかった。ご存じのように目は空色だった。「あなたの顔って、造作が出来る時に色の配合が狂ってしまったのよ」とイングリートは言ったものだ。しかし祖父の身体的特徴の最たるものは色でも、背丈でも、腕っぷしでも、まっすぐな背筋でもなかった。それは今、水鏡のなかで、顔の真ん中にばかでかいプランテーン（料理用バナナ）のように鎮座ましましている……アーダム・アジズはタイを待ちながら、さざ波の中に映った自分の鼻を眺める。こんな鼻では、もっとおとなしい顔ならたちまち圧倒されてしまったことだろう。彼の顔にあってさえも、それは人が最初に気づき、最後まで忘れないものであった。「シラノ鼻ね」とイルゼ・ルービンは言い、「象鼻（プロボシシムス）だよ」とオスカルはつけ加えたものだ。イングリートはこう言った。「その鼻の上を歩いて川を渡れるわね」（なにしろ鼻梁の幅も広いのだ。）

祖父の鼻のことをもう少し。鼻孔は広がっていて、ダンサーの体のような曲線美を描いている。両鼻孔の間で凱旋門のような鼻梁がまず前方に迫り出し、やがて下降して上唇の高さまで垂れ、見事な先端は今は赤く染まっている。いかにも霜柱にぶつかりやすい鼻だ。私はこの立派な鼻への感謝の念を記録に留めたいと思う。これがなかったら誰が私を本当にわが母の息子、祖父の孫と信じてくれたろう、私の生得権であるこの巨大な鼻がなかったら。アジズ医師の鼻、象頭の神ガネーシャの鼻にのみ比べうる鼻は、彼の家長たるべき権利を文句なしに確立してくれた。そのことを彼に教えてくれたのもまたタイであった。アーダム少年がようやく思春期を過ぎたばかりの頃、このよぼよぼの船頭は言った、「これは一家を興す鼻ですぞ、坊っちゃん。何より確かな血統証明なのじゃよ。ムガル皇帝だってこういう鼻をした一族は重んじたじゃろう。いいかな、この鼻には、未来の王朝がかくれているのですぞ」――それからタイは下品な譬えによって締めくくった――「鼻水のようにな」

アーダム・アジズの顔の上で、その鼻は家長的な相貌をおびていた。それは、母にとっては高貴さといくぶんかの忍耐強さを物語っていた。エメラルド叔母にとってはスノビズムを、アリア伯母にとってはインテリ臭さを物語り、ハーニフ叔父にとっては挫折した天才の器官だった。ムスタファ叔父にとってはこの鼻はボンクラ男の鼻でしかなかったし、ブラス・モンキーはそもそもこんな鼻を持ち合わせていなかった。そして私にとっては、この鼻はまた別の何かであった。だが私はすべての秘密を一時に明かしてしまうわけにはいかない。

（タイがどんどん近づいてくる。かつて鼻の力を教えてくれたこの男、そして今私の祖父に未来の始まりとなる伝言を運んでくるこの男が、早朝の湖面にシカラを漕いでやってくる……）

若い頃のタイを覚えている人はいない。彼はいつも同じ背を丸めた姿勢で、ダル湖とナギーン湖にいつも同じ小舟を漕いでいた。誰かの覚えている限り、一日として変わることなく。彼は古い木造の家並みの奥のどこか不衛生な所に住み、彼の女房は春と夏の間湖上に浮かぶあまたの「水上庭園」のうちの一つの上で、蓮根その他の珍奇な野菜を栽培していた。タイ自身、自分の年齢が分からないと陽気に言っていた。彼の女房も同じだった。女房の言によれば、二人が結婚した時、タイはすでに革（かわ）のようにこわばっていたという。彼の顔はといえば、風が水に刻んだ彫刻、鞣し革のさざ波といったところだった。彼は金歯が二本あり、ほかには全く歯がなかった。街にはほとんど友だちがなかった。彼がシカラの繋留所とか、水辺に並ぶ今にも倒れそうな食品店や茶店の前を漕いでいっても、水ギセルを一緒にどうだと誘ってくれるような船頭や商人はほとんどいなかった。

タイについてのおおかたの評判はずっと昔、アーダム・アジズの父である宝石商人によって述べられていた。「あの男の脳みそは歯と一緒に抜け落ちてしまったのさ」(しかし今アジズ老旦那は、タイが単調にして大仰な話を続けている間、鳥の声に聞きほれて坐っている。）この船頭のお喋りを聞いていると誰しもそう評したくなるだろう。それは途方もない、大げさな、のべつ幕なしのお喋りで、しばしば独り言になった。水上では音がよく伝わる。湖畔の人びとは彼の独り言を聞いてくすくす笑った。とはいってもその笑いには敬いの念が、いや畏れの念さえ、こもっていた。敬いの理由は、この呆け爺さんが彼を誹謗する誰よりも湖と山々をよく知っていたからであり、畏れの理由は、数えきれないほどの高齢だと称していたからであり、しかも齢に似合わず若い体をしていて、麗わしい妻を娶って四人の子を産ませることができたのみならず……向こう岸の女たちにもさらに二、三人の子を産ませるというおまけまでつけたからである。シカラの繋留所にたむろする若者たちは、彼がどこかに大金を隠し持っている、いやもしかしてそれは測り知れぬ値打を持った金歯の山で、くるみのように袋詰めにされてガラガラと音をたてているかもしれない、などと信じていた。これはずっとのちのことだが、パフスおじさんが私に娘を嫁がせようとして、娘の歯を抜いて金歯を入れておくからという条件を持ち出した時、私はタイの忘れられた宝のこと……そして子供の頃のアーダム・アジズが彼を愛していたことを思い出した。

金持だという噂にもかかわらず、彼はただの船頭として生計を立て、乾草、山羊、野菜、材木、それに人を乗せて湖上を運び、船賃をもらっていた。水上タクシー業を営んでいた頃は、シカラの真ん中に天幕を張った。花模様の垂れ幕と屋根からなる派手なしろもので、中にはこれまた派手な色の座ぶとんが敷いてあった。それればかりか、香を使って舟の臭いも抜いた。垂れ幕をなびかせながらタイのシカラが近づいてくる姿はアジズ医師にとって常に、春の到来を告げる風景だった。まもなくイギリスの旦那衆（サヒブ）が詰めかけてくる。タイはよく喋り、気の利いたことを言い、前かがみになりながら、彼らを、シャーリマール庭園や王の泉へと運ぶ。彼は変革の必然性を信じるオスカル、イルゼ、イングリートなどの対極に生きる人、この谷間特有の、身をかわすのがうまい、がまん強い気質の権化なのだ。湖水のキャリバンといったところだが、安物のカシミール・ブランデーを飲みすぎるのが欠点だ。

　私の寝室の青い壁の記憶。そこにはずっと以前から、首相の手紙と並んでローリー少年の写真が掛かっていた。彼は赤い腰布（ドーティ）のようなものを纏った老漁師をうっとりと眺めている。この漁師が腰かけているのは何だろう？――流木か？――信じがたいような話を聞かせながら海の方を指差しているところだ……やがて私の祖父になるアーダム少年も船頭のタイに惚れ込んでしまったわけだが、その理由もこれまた、他の人からは気がふれている証拠と思われていたタイの饒舌癖であった。それは魔法の饒舌ともいうべきもので、彼の二本の金歯の奥から、くしゃみやブランデーの臭いとともに、まるで幻のお金のように吐き出されて、過去というヒマラヤ山脈の一番奥の高峰へと舞い上がり、それから巧妙にも目の前にある現在の細部、たとえばアーダムの鼻の上に舞い降りてきて、まるでマウスでも解剖するようにその意味を分析してみせるのだった。この友情のおかげで、アーダムは定期的に熱い湯の中に放り込まれるのだった。（文字通り熱湯の中へである。彼の母はこういうのだった。「あの船頭にたかったナンキンムシを殺さなければね。一緒にお前まで殺されてしまうから」）老独白者は庭のなかまで切れ込んでいる湖の入江につないだ舟のなかでのんびりと体を休め、アジズは彼の足もとに坐っている。やがて母の声に呼ばれて屋内に入っていくと、タイの汚なさのことで小言を浴びせられ、何しろシラミの大群があの居心地のいい爺さんの体からお前の糊（のり）のきいた白いパジャマ（インドで男女とも着用するゆるい長ズボン）に飛び移るのを、お母さんはこの目で見たんですからね、などとまくしたてられる。それでも懲りずにアーダムはいつも入江に行って霧のなかを見渡し、ボロを纏った猫背の無頼漢が朝の魅惑的な湖面に魔法の小舟を漕いでいる姿を捜すのだった。

「だけどタイさん（ジー）、本当はあなたはいくつなの？」（成人して赤ひげをはやし、未来の方を向いているアジズ医師は、このしても仕方のない質問をした日のことを思い出す。）一瞬、滝よりも騒がしい沈黙があった。独白がとぎれた。水面に櫂の音がした。アジズはタイとシカラに乗っていて、山羊たちに囲まれて藁の山の上にうずくまっていた。家ではお仕置きと風呂が待っていることは百も承知だった。彼は物語を聴きにきていた。そして一つの質問で語り手を黙らせてしまったところだ。

「ねえ、教えてよ、タイさん（ジー）。本当は、いくつなの？」するとどこからともなく一本のブランデー壜が現われる。タイが、大きな暖かいチュガ・コートの折り目から安酒を取り出したのだ。それからぶるっと体を震わせ、おくびをもらし、目を輝かせる。金歯が光る。そして、ついに！　話が始まるのだ。「いくつだって？　年を訊ねるとは、あんたも阿呆だね、鼻高ちゃん」タイは、私の寝室の壁にかかった写真の漁師とそっくりに、山々を指差した。「すごい年だよ、大鼻ちゃん」大鼻ちゃん、鼻高ちゃんことアーダムはタイの指差す方を見た。「わしはな、山々の生まれるのを見た。皇帝たちのみまかるのを見た。いいかな、大鼻ちゃん」――またもやブランデー壜が飛び出す、それからブランデー臭い声、そして酒よりも酔わせる言葉――「わしはあのイーサー（イエスのアラビア語訓み）を、あのキリストを、見たんだ。カシミールに来た時な。さあ、笑え、笑うんだ。わしの頭のなかにしまってあるのは、人の歴史じゃ。かつてそれは古い、今は失われてしまった書物のなかに記されたのだがね。かつてわしは釘を刺された足が墓石の上に描いてある墓を知っていた。この足は年に一度、血を流したのさ。わしの記憶も今は衰えている。しかしわしには分かっている。文字を読めはしなくてもだ」無学などなんのその。学問など彼が手を一振りすれば崩れてしまう。その手はまたもチュガのポケットのなかのブランデー壜に伸び、寒さにひび割れた唇に伸びていく。タイはいつも女のような唇をしていた。「大鼻ちゃん、いいか、聞いてるかな。わしはたくさん見てきたんだ。ええっと、あのイーサーが来た時、あんたに見せたかったね。体じゅう、きんたままでひげもじゃだったが、頭だけは卵みたいにツルツルだったよ。年老いてくたびれきってはいたが、礼儀をわきまえていた。『どうぞお先に、タイさん』と言ってくれたね。『どうぞ坐って』とね。いつも言葉が丁寧で、わしのことをキジルシなどと呼んだことはなかったね。お前（トゥー）とさえ言わなかった。いつもあなた（アーブ）と言ったね。丁寧だろ、え？　それにあの食欲ときたらね。いつも腹がへっていたのさ。まったくびっくりものだった。ほんとの話、子供一人くらい、一口でまるごと食べてしまえるほどなのさ。それで、どうなんです、とわしは言ってやった。食べて空腹を満たす。それだけのことでしょう。ある男が、人生を楽しむために、あるいは人生を終えるために、あるいはその両方のために、カシミールへやってくる。それだけでしょう、とね。事実、彼の仕事は終っていた。彼はあと少しばかり生きながらえるためにこの土地へやって来たのさ」ブランデーの酔いのなかで描き出された、禿頭で大食いのキリストの物語を、アジズは催眠術にかかったように聴いていた。彼はあとでその一語一語をくりかえして、両親をあきれさせた。宝石商の両親は多忙で、「法螺（ほら）ばなし」など聞いている暇はなかった。

「おや、あんたは信じないのか？」その反対であることを百も承知の上で、彼は唇をなめながら言うのだった。「うわの空で聞いてるのかね」――アジズが一語一語、熱心に傾聴していることを知った上で、またこう言っているのだ。「きっと藁が尻に当ってるんだろうね。ああ坊っちゃん、あんたのために、金襴緞子のクッションを用意できなくて、すまないね、ジャハンギール帝が坐ったようなクッションをな！　あんたはきっと、ジャハンギール帝をただの庭師と考えてるんだろう」タイは私の祖父をこうきめつけた。「なるほど彼はシャーリマールを造ったからな。でも、馬鹿な。あんたは何を知っていると言うんだい。彼の名前は〈地球を取り囲む者〉という意味さ。それが庭師の名前かって？　近頃の子供は、いったい何を教わってるんだい。ところでわしは――」そこで一息ついて、「わしは彼の正確な体重を知っていた、何トーラというところまでだよ。何マウンド何シーアだったか、教えてあげようか。彼は幸福になると肥って、カシミールの誰よりも目方があったのさ。わしは彼の輿(こし)をかついだものだ……ほらほら、また信じないようだね。あんたの顔にぶらさがった大きなキュウリが、パジャマのなかの小さい方のキュウリみたいにぶらぶら揺れてるぞ！　そこでだ、さあ、質問をしてごらんよ。ためしてごらんよ。輿の長柄のまわりの革ひもは何回巻かれていたか、とね。答えは三十一回だ。皇帝の臨終の言葉は何だったかということなら、答えは『カシミール』さ。彼は呼吸器が悪かったが、心臓は丈夫だった。あんた、このわしを誰だと思っとる？　下等で無知な野良犬かい。さあ、とっとと舟から降りてくれ。あんたの鼻が重くて漕ぎづらいからな。それに、あんたのオヤジさんが、あんたをぶっ叩いて、わしの法螺ばなしを吐き出させようとお待ちかねだろう。オッカさんはあんたの肌を熱湯で消毒したいだろうしな」

船頭タイのブランデー壜のうちに、私は父が妖魔(ジン)にとり憑かれるさまを予見する……

そしてもう一人の禿頭の外人が現われるだろうことをも……タイの法螺ばなしは、私の祖母の老後の慰めとなり、彼女に物語を教えてくれるもう一つの法螺ばなしを予示している……遠からず野良犬たちの出番もあるだろう……これくらいにしておこう。いささか怖くなってきた。

　叩かれても釜茹(ゆ)でにされても、アーダム・アジズは性懲りもなく何度でもタイのシカラに乗った。いつも山羊と乾草と花と家具と蓮根のなかにかくれていた。イギリスの旦那衆(サヒブ)と一緒になったことはない。そして「でもタイさん(ジー)、あんた正直なところいくつなの？」というしつこくくりかえした質問に対して、いつも必ず摩訶不思議な答えを聞かせてもらった。

　タイから、アーダムは湖の秘密を知らされた。どこで泳げば藻草にひき込まれないか。十一種の海蛇のこと。蛙が産卵するのはどこか。蓮根の調理法。数年前に三人のイギリス女性が溺死したのはどこか。「大勢のヨーロッパ(フェリンギー)女が溺死するためにこの湖へやってくるのさ」とタイは言った。「女たちは分かっている場合もあるし、そうでない場合もある。でもわしは女たちの臭いを嗅いだだけで分かるんだ。連中は水の中に隠れるのさ。何からだか、誰からだか、知らないけどね。しかしこのわしから隠れるなんてことはできはしないんだよ、坊っちゃん」タイの笑いはたちまちアーダムに感染した——それは豪快な、腹の底からの笑いで、あの老いさらばえた体から出てくると無気味に聞こえたが、私の祖父の巨体から発せられると自然なものに感じられ、のちになると誰もこれが祖父本来の笑いではないことを知らなくなった（わがハーニフ叔父もこの笑いを受け継いだので、彼が死ぬ時までタイの面影がボンベイに生きていたわけだ。）それに祖父はタイから、鼻に関することもいろいろと教わった。

タイは左の鼻孔を叩いた。「これが何だか、あんたは知ってるな、大鼻ちゃん。これは外部の世界があんたの内部の世界と出会うところさ。両者がうまく折り合えない時は、ここで感じる。そんな時あんたは、むず痒さを追い払おうとして、とまどいながら鼻をこするだろう。お前さんのような鼻はね、おちびさん、たいへんな贈物だ。いいかね。本当だよ。鼻が警告してくれる時は、注意することだ。さもないと取返しのつかぬことになる。鼻に従っていれば、出世するぞ」彼は咳払いした。彼の目は過去という山々のなかへ転がっていった。アジズは藁の上に腰をおろした。「わしはかつて一人の士官を知っていた。イスカンダル（アレクサンドロス）大王の軍隊にいた人さ。名前はどうでもよかろう。この士官は、あんたの両目の間にぶら下がっているようなバナナを持っていたよ。軍隊がガンダーラ（今日のパキスタンのペシャーワル付近）の近くに留まった時、彼は土地の尻軽女と恋におちた。たちまち鼻が狂ったように痒くなった。彼は鼻を掻いてみたが無駄だった。ユーカリの葉っぱをつぶして茹で、その湯気を吸い込んでみた。これでも駄目なのさ、坊っちゃん（バーバ）。彼は痒くて気も狂わんばかりになった。ところがこの哀れな愚か者は頑固を通して、軍隊が帰ったあともこの女のもとに留まった。彼は——何というか、要するにぼけてしまった。口うるさい女房と鼻の痒みに半々に苦しめられ、ついに剣を腹に突き刺した。これをどう思うかね」

……ルビーの粒とダイヤの粒をこぼして信仰上の中間者になった一九一五年のアジズ医師は、タイが声をかければ聞こえる距離にやって来た時、この物語を思い出す。彼の鼻はまだ痒い。彼は掻きむしり、肩をすくめ、頭を振り上げる。その時タイが叫ぶ。

「やあ、先生。地主のガーニさんのお嬢様がご病気なんですよ」

船頭とその生徒はかれこれ五年ぶりの対面だったのだが、言葉は湖上から事務的に、そっけなく言われた。久方ぶりの対面なのに、声をはり上げて用件を伝える、女のような口もとに笑みは浮かんでいなかった。だが言葉と共に時間が猛烈な勢いでぐるぐる回りだした……

……「考えてごらん、お前」アーダムの母は憔悴しきった様子で長椅子の上に寝そべって新鮮なライム水をすすりながら言っていた。「人生のなりゆきというものを。長年の間わたしは自分のかかとさえも秘密にしていたというのに。今では、家族でもない赤の他人たちから見つめられなければならないのですよ」

……地主のガーニは、曲がりくねった黄金の額に収まった狩猟の女神ディアーナの大きな油絵の下に立っている。彼は色の濃いサングラスをかけ、いつもの冷笑的な笑みを浮かべ、芸術を論じた。「先生、この絵は落ちぶれたイギリス人から買ったものですよ。たった五百ルピーだというので、値切る労も省けました。たかだか五百ルピーですよ。ご存じの通り、わしは文化の愛好者でありまして」

……「いいかい、お前」アーダムの診察を受けながら母は言った。「母親は息子のためにどんな苦労でもするんですよ。ほら、わたしは弱ってしまって。お前はお医者なのだから、この発疹を、この皮膚のしみをさわってみて、わたしの頭が朝も昼も晩も痛んでいることを分かってちょうだい。さあ、わたしのグラスに注いでおくれ」

……しかし若い医者は船頭の叫び声を聞くと医者にふさわしからぬ有頂天の発作にとらえられ、叫んだ。「すぐ行くよ！　往診の道具だけ用意させてくれ！」シカラの舳先は庭の隈に触れている。アーダムは礼拝マットを葉巻のようにまるめて小脇にかかえて屋内に駆け込む。突然室内の暗さのなかに入って青い目をしばたたく。礼拝マットを高い棚の上に置く。そこには『前進』やレーニンの『何をなすべきか』に加え、彼のなかば忘れられたドイツ生活を偲ばせる埃まみれのパンフレット類が山積みになっている。彼はベッドの下から中古品の革かばんを引っぱり出す。母はこいつを「お医者のお供（とも）」と呼んでいる。それを持って立ち上がり、部屋から駆け出す時、かばんの下端の革の上に焼きつけられた〈ハイデルベルク〉という文字が一瞬目に入る。地主の娘というのは、これから開業しようとする医者にとって有難い話だ。たとえ病気であっても。いや違う。病気であるからこそだ。

……私はアングルポイズ（調節可能な長い腕のついた卓上ランプ）の落ち着いた光の海のなかに空（から）の広口壜よろしく坐り込んでいる。六十三年前の祖父の亡霊がやって来て、ぜひとも記しておいてくれとせがむ。彼の母が困りはてて怒りを爆発させる時のあのにがみを含んだ臭い、母が宝石商なんかやめることができるように羽振りよく開業してやろうというアーダム・アジズの固い決意の臭い、大きな薄暗い家にこもったかびの臭いなどが、私の鼻孔に伝わってくる。若い医者は今この家のなかで一枚の絵を前にして不安な面もちでたたずんでいる。絵には、いきいきした目をした質朴な少女、そしてずっと後方に、少女の弓から放たれた矢が突き刺さって動けなくなった牡鹿が描かれている。人生の重大事はたいてい当人不在のところで起こる。しかし私は自分の知識の空白を埋めてくれる方法をどこかで手に入れたらしい。だから私の頭のなかにはすべてが入っている。たとえば、朝の大気のなかを霧がどっちの方向に流れていたかといった些細なことに至るまで。蜘蛛の巣の張った閉じたままの古いブリキのトランクを開けることによって偶然みつかる二、三の記憶の手がかりといったものではなく、すべてが入っているのだ。

……アーダムは母のグラスに飲み物を注ぎ、困惑しつつ母を診察しつづける。「この発疹やしみには何かクリームをつけることですね、お母さん。頭痛にはいい丸薬があります。おできは手術しないと取れません。でも店に坐っている時ベールを着用していれば、無礼者の目にさらされずにすむでしょう……この種の病いは心のなかから始まる場合が多いのです」

……櫂が水を打つ。湖面に唾を吐く音。タイは咳払いして怒ったようにつぶやく。「立派な商売だ。阿呆な、大鼻の子供が、あることを学ぶために出かけていく。そして偉い医者になって外国製の道具の一杯詰まった大きなかばんを提げて戻ってくる。そのくせ彼はまだまったくの阿呆だ。誓っていうが、ひどい商売さ」

……アジズ医師は地主の笑顔を意識しながら、不安そうに一歩一歩あるいている。地主の前では寛ぐことができないのだ。そして彼は、彼の特異な風貌を見て相手が顔面をぴくっとひきつらせるのを待っている。彼は自分の背格好、さまざまな色から成る顔、そして鼻に対する驚きから来るこの不随意の痙攣には慣れっこになっている……しかしガーニは何のそぶりも見せない。だから若い医者も自分の不安を顔に出すまいと心に決める。彼は体重を交互に片足にかけるのをやめる。二人は向かい合い、たがいに相手を値ぶみするのを抑えて(少なくともそう見えるのだが)、二人の将来の関係の基礎を築く。そして今、ガーニは変身する。芸術愛好者から手ごわい相手に変わる。「これはあなたにとって大きなチャンスですぞ」と彼は言う。アジズの目は女神ディアーナの方にさまよっていく。彼女の汚れたピンク色の肌の広がりが見える。

……彼の母は首を振ってうめいている。「いいえ、お前に何が分かるというのです。お前は立派なお医者になりはしたけど、宝石の仕事は別です。黒い頭巾なんかかぶった女から誰がトルコ石を買うものですか。信用をつくることが大切なのです。お客様はわたしの顔を見なければならないし、わたしは痛みとおできをがまんしなければなりません。さあ、さあ、お母さんのことで悩んだりすることはないのよ」

……「立派な医者」とタイは湖のなかへ吐き捨てるように言う。「立派なかばん、立派な医者。ちっ！　つまり、この国にはかばんが不足しているので、見るのもけがらわしい豚革で出来たあのかばんを、あんたは持ち帰らなければならなかったわけだ。中身についちゃ神のみぞ知るというところ」アジズ医師は花のカーテンと香の匂いに囲まれて坐りながら、湖の向こうで待っている患者を念頭から追い払おうとする。タイの苦々しい独白が彼の意識のなかに入り込んできて、にぶいショックを与え、負傷者病棟のような臭いがしてきて香のかおりを消してしまう。爺さんは明らかに何かでカッカと来ているのだ。どうやら昔の弟子に対する、いや妙な話だが、正確にいえば彼のかばんに対する不可解な怒りにとらえられているのだ。アジズ医師は些細なことを話題にしようとする。「奥さんは元気かい。あんたの金歯の袋のことを今も話題にしているのかな」等々。こうして昔の友情をとりもどそうとする。しかしタイはすでに烈火のごとく怒っていて、とめどもなく罵詈雑言を吐いている。ハイデルベルクのかばんが悪口の奔流の下でゆれる。「異人たちの仕掛けが一杯詰まった、外国のろくでなしのかばん。ご立派な医者のかばん。今誰かが片腕を折ったとしても、そのかばんのおかげで、接骨師は自由に接骨してやることもできない。今じゃ女房が病気になったら、そのかばんのそばに寝かされて、メスで切開されるのを見ているほかない。立派な商売だよ、異人どもが、この国の若者たちの頭に叩き込んでいることといったらね。誓ってもいいが、こいつはひどすぎる。そんなかばんなんぞ、罪人どものきんたまと一緒に地獄の火で焼かれちまうといいんだ」

……地主のガーニは親指でズボン吊りをぴしゃりとはじく。「大きなチャンスですぞ、まったく。あなたは街の評判もいい。医学の立派な教育も受けた。家柄も立派……申し分なしじゃ。今ちょうど当家の主治医である女医先生が病気中でな、あなたがチャンスをつかんだわけじゃ。この女医先生はこの頃じゃいつも病気だし、年もとり過ぎとるとわしは思っとるのじゃ。最新の医術に追いつくこともできはしない。まず医者たる者は自分の病気を治せ、とわしは言いたい。それからあなたに言っておきますが、わしは仕事に関してはまったく客観的じゃ。思いやりとか愛情とかは、自分の家族だけのためにとっておくことにしている。わしに申し分のない仕事をしてくれない相手は誰でも、とっととやめてもらうのじゃ。分かるね。そこでじゃ、娘のナシームの具合が悪いのじゃ。あなたは立派な治療をしてくれるだろうな。わしには友人も多いことを忘れなさんな、病いは富める者にも貧しき者にも等しく訪れるものじゃ」

……「今も精をつけるために海蛇をブランデーに漬けておくのかい、タイさん(ジー)? 今もスパイスなしで蓮根を食べるのかい?」おずおずとそう訊ねてみたが、タイの罵声によってはじき飛ばされてしまった。アジズ医師は診察を始める。船頭にとって、かばんは外国を象徴するものだ。それは舶来品であり、侵略者であり、進歩である。しかもそれが、若い医者の心をとりこにしてしまったのだ。しかもそのなかにはメスと、コレラ、マラリア、天然痘などの治療薬が入っている。しかもそれは医者と船頭の間に置かれていて、二人を敵対者にしてしまっている。アジズ医師は闘いはじめる。悲惨に対して、またタイの怒りに対して。その怒りはアジズに乗り移ってきて、彼自身の怒りとなり、ごく稀にながら爆発する。そして爆発するとなると、心の奥から何の前触れもなしにわーっと吹き出してきて、目の前にあるすべてのものを破壊し、そして消えてゆく。一同がなぜそんなに動転しているのだろうと彼本人が驚く始末だ……二人はガーニの家に近づいている。一人の召使(ベアラー)が両手を握りしめながら小さな木造の桟橋の上に立ってシカラを待っている。アジズはこれから取りかかる仕事のことを思いめぐらす。

……「主治医の先生は私の往診に同意なさったのですか、ガーニさん？」おずおずとそう訊ねたが、この問いもあっさり払いのけられてしまう。地主が答える、「ああ、同意するだろうさ。さあ、参りましょう、どうぞ」

……一人の召使が桟橋の上で待っている。アーダム・アジズがかばんを持って下船する時、シカラをゆれないように押さえていてくれる。それからいよいよ、タイは私の祖父にじかに話しかける。侮蔑をあらわにしてタイは訊ねる、「先生、答えてもらおうじゃないか。その死んだ豚で作ったかばんのなかに、異人の医者が臭いを嗅ぐ時に使う器具も入ってるのかい」アーダムは何のことやら分からぬまま首を振る。タイの声にはさらにいっそう嫌悪の調子が加わってくる。「象の鼻のようなものがあるだろうが、先生」アジズは相手の言っていることを察して、答える、「聴診器かな？　もちろん持ってる」タイはシカラを桟橋から放す。唾を吐く。そして漕ぎはじめる。「そうだろうとも」と彼は言う。「あんたは今では自分の大きな鼻を使わずに、そんな器具を使っているんだろう」

私の祖父は、聴診器というものは鼻よりもむしろ耳に似ているなどと、わざわざ説明しはしない。彼は自分のいらだち、ほったらかされた子供のやり場のない怒りを抑えているのだ。それに、患者が待っている。ここで時間の流れは落ち着き、当面の重要な問題に集中する。

その家は豪邸ではあったが、採光が悪かった。ガーニはやもめ暮らしで、明らかに使用人たちがそれにつけ込んでいた。隅々には蜘蛛の巣が張り、棚のような所には埃が厚く積もっていた。長い廊下を歩いてゆくと、一つ半開きのドアがあって、そこからアジズの目にひどくちらかった部屋が見えた。この一瞥と、ガーニのサングラスの光り具合から、突如アジズは、地主が盲人であることを悟った。おかげで不安の念は強まった。ヨーロッパ絵画の愛好者だと称する盲人というのは、一体どういう人なのか。ガーニが何にもぶつからずに歩いているのも驚くべきことだ……二人は厚いチーク材のドアの外で立ち停まった。「しばらくここで待ってほしい」と言って、ガーニはドアの向こうの部屋に入った。

後年になってアーダム・アジズ医師は言うだろう、地主の館の薄暗くて蜘蛛の巣だらけの廊下でほんのしばらくひとりで待っている時、帰ってしまいたい、一目散に逃げてしまいたいというほとんどこらえがたい願望にとらえられていたのだ、と。盲目の美術愛好家という謎に驚き、内臓は、タイの呟きにこめられた陰険な毒素のせいであたりかまわず虫にひっ掻かれているような感じになり、鼻孔は、性病感染の結果としか思えないほどに痒くなった。彼はまるで鉛のブーツをはいているかのように、足がゆっくりと向きを変えはじめるのを感じた。こめかみのあたりで血液がどくどくと脈打っていた。そして後戻りのきかない所に来てしまったという感じが強くしてきて、彼はもう少しでドイツ製のウールのズボンのなかに漏らしてしまいそうになった。彼は気づかぬうちに顔が真っ赤になりはじめていた。そしてこの時、母が彼の前に現われて、低い机の前の床（ゆか）の上に坐り込んだ。トルコ石を光にかざして見ている時に顔に現われる赤らみのような発疹が広がっているのだ。母の顔には船頭のタイのような侮蔑の色が浮かんだ。「とっとと行くがいいよ」と母はタイの声を真似て言った。「年老いた母親のことなんか構うことはないさ」アジズ医師は思わずどもりながら言っていた。「お母さん（アンマ）、役立たずの息子ですみません。ぼくの身体の真ん中へんにメロン大の穴があいてるのが分かりませんか？」母は苦笑した。「お前はいつだって薄情な子だったよ」と嘆くと、母はたちまち廊下の壁に張りついたヤモリに変わり、彼に向かって舌を突き出した。アジズ医師は眩暈（めまい）がやむと、自分が実際に声を出して喋っていたのかどうか確信がもてず、穴のことは何のつもりで言ったのか分からなかった。もう逃げだしたいとは思っていなかった。それに、気がつくと見張られていた。ひとりのレスラーのような筋骨逞しい女が彼を見つめ、自分につづいて部屋へ入ってくるように手招きしているのだった。身につけているサリーから見て、彼女は使用人であったが、卑屈なところがなかった。「まるで新米のようね」と彼女は言った。「若いお医者様はみなそうですけど。初めてのお屋敷に来ると、肝臓が溶けてゼリーになってしまわれるのでしょう。さあ、先生、皆さんお待ちかねです」かばんをこころもち強くかかえて、彼は彼女のあとに続いて黒いチーク材のドアをくぐった。

……そこは大きな寝室であったが、暗いのは家の他の部分と同じだった。ただ、ここには壁の上方の明り取りからさしてくる埃っぽい陽光の帯がいくつかありはした。このかび臭い光線は、アジズ医師がいまだかつて見たこともないような特異な光景を照らし出していた。この何とも異様きわまる一幅の絵を前にして、彼の足はまたドアの方へ逆戻りしそうになった。これまたプロレスラーのような女性がさらに二人、明りのなかにしゃちこばって立っていた。それぞれ、一枚の大きな白いシーツの端を持って腕を頭上にかざし、二人の間でシーツがカーテンのように垂れるようにしていた。ガーニ氏は陽光にさらされているシーツのまわりの暗がりから出てきて、あっけにとられているアーダムがものの三十秒も奇妙な光景に見とれるままにしておいた。そこでようやく、一言も口をきかぬうちに、医者は一つのことに気がついた。

シーツのちょうど真ん中に一つの穴があいているのだ。直径七インチほどの、不器用にあけた丸い穴である。

「ドアを閉めなさい」とガーニは最初の女レスラーに命じ、それからアジズの方を向いて、耳打ちするように言った。「この町には、隙をねらってわしの娘の部屋に忍び込もうとしたならず者が何人もおります。だから娘に必要なのは」彼は三人の筋骨逞しい女性たちに向かってうなずいた、「護衛なのです」

アジズはまだ穴のあいたシーツを眺めていた。ガーニは言った。「よろしい。さあ、さっそくわしのナシームを診てくれますな。すぐに（プロント）」

私の祖父は部屋の中を見回した。「でも、お嬢さんはどこにいらっしゃるのです、ガーニさん」と彼はとうとう言ってしまった。女レスラーたちは見くだすような表情になり、それにどうやら、彼がよからぬ気を起こすといけないというので、筋肉を引きしめて待ちかまえている様子なのだ。

「ええ、あなたの当惑は分かります」とガーニは、皮肉な笑みを顔中に浮かべて言った。「欧州帰りのあなたのような若い方たちはある種のことを忘れていらっしゃる。先生、申すまでもなく、わしの娘は良家の娘じゃ。見知らぬ男に体をさらけだすようなことはしない。あらかじめお断わりしておくが、先生はいかなる事情があってもわしの娘の体を見ることはゆるされませんぞ。したがってじゃ、わしは娘をシーツによって隠す必要があったのじゃ。娘はそこに良家の子女らしく立っている」

アジズ医師の声はいささか狂気じみたものになった。「ガーニさん、体を見ずに、どうやってお嬢さんを診ろとおっしゃるんです?」ガーニは笑った。

「娘の体のどの部分を診る必要があるか、教えて下さらんか。そうしたらわしが娘に言いつけて、その部分を、ほらそこの穴に当てがうようにさせましょう。このやり方で診察できるでしょうに」

「でもお嬢さんはどこの具合がお悪いのです?」私の祖父は必死になって訊ねた。ガーニ氏は眼窩からこぼさんばかりに目をむき、笑顔を渋面に変えながら、答えた。「かわいそうに、娘はひどい腹痛でな」

「それでしたら」とアジズ医師は控え目に言った、「おなかを見せて下さい」

マーキュロクロム

パドマ——わが家のぽっちゃりしたパドマ——がものすごくすねている。(彼女は字が読めない。そしてすべての話好きの人がそうであるように、自分の知らないことを他人が知っているのを好まない。パドマ。頑健で陽気で、私の最後の日々を慰めてくれたひと。だがどう見ても意地悪女でもある。) 彼女は私をだまして机から離そうとする。「ほら、早く食べてよ。食事がまずくなっちゃうでしょう」私は意固地に原稿用紙に向かっている。「まったく、そんなに大切なことなのかしらね?」とパドマは、うんざりしたように右手をすばやく上下に振りながら訊ねる。「こんなにずっと書きつづけなくちゃならないなんて」私の答えはこうだ。私の誕生のいきさつを書いてしまい、医者と患者の間に置かれた穴あきシーツのことを書いてしまった今、自分はあと戻りがきかないということ。パドマはふんと鼻を鳴らす。手首で額を打つ。「いいわ、それじゃ飢えて死んだって、かまわないから」もう一つふんと鼻を鳴らす音、今度のはもっと大きく、もっとはっきりしている……しかし私は彼女の態度に腹は立てない。彼女は終日、泡立つ桶をかきまわして生計を立てている。今夜は何かよほど虫の居所が悪いらしい。彼女は腰まわりが肉厚で、かなり毛深い腕をしているのだが、体をくねらせ、手真似をし、部屋から出ていく。かわいそうなパドマ。いろんなことがたえず彼女をいらだたせているのだ。おそらく彼女の名前にしてからが例外ではない。思えば、怒るのももっともなことなのだ。幼少の頃、母が教えてくれたことによると、彼女の名前は蓮の女神から取ったものらしいが、村人の間でのその女神の通称は「牛糞をつかさどる者」なのだ。

再び静かになったところで、私はちょっぴりターメリックの臭いのする原稿用紙に向かう。書くという苦しみから、きのう宙ぶらりんのまま放ったらかしにした物語の続きを紡ぎだそうというのだ——ちょうどシャハリヤル王子を好奇心のとりこにしておくことに自分の命がかかっていたシェヘラザードが、来る夜も来る夜も語りつづけたように。さっそく始めよう。まず、廊下での祖父の予感は根拠のないものではなかったということを明らかにしておこう。その後の幾歳月にわたって彼は、あの大きな——そしてまだ汚れていない——穴あきシーツの魔力とでもいうほかないものにとらわれていたのだ。

「またなの?」アーダムの母は目をまわしながら言った。「いいですか、あの娘はね、あまりにもだいじにされているので病気になるんですよ。母親の厳しい躾というものがなくて、ただおいしいものを食べて、甘やかされているんです。でも行って、姿の見えない患者を診ておあげ。お前の母さんはちょっぴり頭痛がするだけで、心配はいらないからね」

その頃、地主の娘のナシーム・ガーニは実に多くの些細な病気にかかっていた。そしてそのたびに、谷間で良い評判をとりつつあった、背の高いでか鼻の若い医者を呼ぶために、シカラの船頭が遣わされた。帯状の日光が差し込み、三人の女レスラーが護衛に当っている寝室へのアーダム・アジズの往診は、毎週の行事になった。そしてそのたびに彼は、シーツの裂け目から、若い娘の体の、毎回異なる直径七インチの部分を瞥見することを許された。最初の腹痛のあとに続いた病気とは、ごくかすかな右足首の捻挫、左足の親指の爪の肉への食い込み、左のふくらはぎの小さな傷などであった。(「破傷風は命取りになるからね、先生」と地主は言った。「わしのナシームをかすり傷などで死なせてなるものか」)右膝が凝ったことがあった。医者はこれもシーツの穴から処置しなければならなかった……しばらくするとこの病気は上の方へ、といってもここには書けないある部分はとび越えて転移し、上半身一帯に広がっていった。彼女の父が「指腐れ」と名付けた不思議な病いにもかかった。手の皮膚がむけおちてしまうのだ。手首の骨が虚弱であることも分かったが、これに対してアーダムはカルシウムの錠剤を処方した。便秘した時は、浣腸をすることは許されそうにもないので、緩下剤をつづけて服用させた。熱を出したり、逆に体温が下がりすぎたりすることもあった。そんな時は体温計を腋の下にはさんだのだが、これでちゃんと計れるのかと問われると、曖昧な返事しかできなかった。ある時は反対側の腋の下が軽い白癬にやられ、黄色いパウダーをつけてやった。この治療ではパウダーをやさしく、しかししっかりと肌にすりこまなければならなかった。ナシーム・ガーニはいたってくすぐったがる方なので、彼女の柔らかい秘密の体がふるえはじめ、こらえきれずに吹き出した笑い声が、シーツを通して伝わってきた――この治療のあと、痒みは消えたが、ナシームはまもなく新しい病状を訴えるようになった。夏には貧血になり、秋には気管支炎にかかったのだ。(「この子の気管は実に繊細に出来ていてね」とガーニは説明した。「まるで小さな笛さ」)遠くでは世界大戦が次々と重大局面を迎えていたが、蜘蛛の巣だらけの家では、アジズ医師が細切れにされた患者の際限のない病気に対して総力戦を展開していた。そしてこの戦争の間、ナシームは同じ病気に二度かかるということはなかった。「これはつまりじゃな」とガーニは言った。「先生が立派なお医者だということじゃ。先生が治療すると、娘は永久に治ってしまうのじゃ。だが困ったことに」――と言って彼は額を叩いた――「あの子は亡くなった母を慕っている。哀れな娘だよ。だから体が弱いのじゃ。あまりに心のやさしい子だからね」

こうして次第にアジズ医師は心のなかにナシームの姿を描けるようになった。これまでに診察したあちこちの部分を寄せ集めた、つながり具合のわるいコラージュである。この細切れにされた女性の幻が彼につきまといはじめた。しかも夢のなかばかりではなかった。想像力のなかで接ぎ合わされて、彼女は彼の行く先々について回り、彼の心の前面に移ってきた。寝てもさめても彼は指先に、彼女の敏感な肌の柔らかさとか、この上なくかわいい手首とか、足首の美しさを感じることができた。彼女のラベンダーやシャンベリの香を嗅ぐこともできた。彼女の声を、そしてあのこらえきれないといったふうな、少女っぽい笑い声を聞くこともできた。しかし彼女は首なし人間だった。彼女の顔は見たことがなかったので。

彼の母はベッドの上に手足を広げてうつ伏せに寝ていた。「さあ、さあ、わたしを揉んでおくれ」と彼女は言った。「お医者になった息子の指に揉んでもらうと、年老いた母さんの筋肉はほぐれてくるのですよ。さあ、揉んでおくれ、お前。糞づまりの鶩鳥のような顔なんかしてないで」彼は母の肩を揉んだ。母はうめき声をあげ、ぴくっとふるえ、体を緩めた。「今度は下の方、今度は上の方、右。いいわ。わたしの聡明な息子には、地主のガーニが何をたくらんでいるのか読めないようね。息子よ、お前はいい頭をしているくせに、あの娘がなぜのべつ幕なしにつまらぬ病気になっているのか、分かってないみたいね。よくお聞き。お前の顔の鼻を一目見たとたんにガーニは、お前こそあの娘にうってつけだと考えたのよ。外国留学で箔がついていることもありますからね。わたしが店で働いて、赤の他人のまなざしで裸にされるのに耐えてきたのは、お前があのナシームと結婚するためだったのかしらね。もちろんわたしの目に狂いはありませんとも。そうでもなければどうしてあのガーニがうちなんぞの方を振り向くものですか」アジズは母の肩を揉んだ。「ああ、もうやめてちょうだい。真実を言ったということで、殺されてはかないませんよ！」

一九一八年までに、アーダム・アジズは湖を越えて定期的に往診に出かけるのが生きがいになっていた。そして今彼の熱意はいっそう強まった。それというのも、三年たって、地主とその娘は敷居を低くしてやろうとしていることが明らかになってきたからだ。今はじめて、ガーニはこう言った。「右の胸に腫物が出来てるんだ。これは心配かね、先生。診てほしい。よーく診てほしいんだ」そしてそこに、シーツの穴に区切られて、理想的な形をした、憧憬を誘うような美しい……「触（さわ）ってみなければなりません」と彼は思い切って言った。ガーニが彼の背中を叩いた。「触ってみる、触ってみるだと？」

と彼は叫んだ。「治療者の手か。治療のために触りたいということでしょうな、先生？」アジズは手を伸ばした……「こんなことをお訊ねして失礼ですが、お嬢さんは生理中でしょうか？」女レスラーたちの顔にひそかに微笑が浮かんだ。ガーニは愛想よくうなずいて、「そうです。先生、そんなに恐縮なさることはない。今や親しい一族と主治医という間柄ですからな」アジズは答えた。「それなら心配なことはありません。生理が終われば腫れもひきます」……そして次回は、「娘の太腿の後ろの筋肉がひきつれましてね、先生。ひどく痛がってるのだが」というものだった。そしてシーツのなかに、アジズの目に眩しすぎるもの、すばらしい丸みをもった、信じがたいほど美しいお尻が見えていた。アジズは思わず、「よろしいのですか……」するとガーニがひとこと発した。シーツの向こうから柔順な答えが返ってきた。一本の通しひもを引っぱると、神々しい臀部からパジャマが脱げ落ちる。それは穴の向こうで見事なふくらみを見せていた。アーダム・アジズはどうにか医師としての精神を取り戻して……手を伸ばし、触ってみる。そして驚きをもって確認できたのは、そのお尻が恥ずかしそうな、しかし素直な赤らみをおびているということだ。

その晩、アーダムはその赤らみのことを考えた。シーツの魔法が穴の両側に作用したのだろうか。彼は興奮を覚えながら首のないナシームの姿を思い描いてみた。彼の目と体温計と聴診器と指によって探りまわられてうんざりしながらも、心のなかで〈彼〉のことを想像してみようとしているのではなかろうか。彼女はもちろん彼の手しか見ていないわけで、不利な立場にある……とうとうアーダムは、もうどうなったってかまわないから、たがいの顔が見られるように、ナシーム・ガーニが偏頭痛を起こすとか、あるいは自分には見えない顎をすりむくとかしてくれると有難い、と思うようになった。そのような感情をもつことが医者の道に悖るものであることは承知していたが、それを抑えようとはしなかった。抑えようにもあまり手立てはなかった。感情の方が勝手にひとり歩きを始めたのだ。ひとことで言えば、私の祖父は恋に落ちた。そして穴あきシーツを、神聖にして、魔力をおびたものとして考えるようになった。それというのも、彼が霜柱に鼻をぶち当てた時、そして船頭のタイに侮辱された時に心のなかに出来た空隙を充たしてくれるものを、彼はこの穴あきシーツを通して見ていたからである。

世界大戦が終った日、ナシームは長らく待たれていた頭痛を訴えた。このような歴史的偶然が私の一家のこの世でのありようを混乱させ、おそらくは汚したのだ。

シーツの穴から見えるものを、彼は覗いてみる気にはなかなかなれなかった。もしかして彼女は醜いかもしれなかった。おそらくこの懸念がこの演出の説明になるだろう……彼は覗いてみた。そして醜いどころではない柔和な顔を見た。ふっくらしたクッシヨンのようなその顔にはきらきら光る宝石のような目があった。それは茶色で、金色の斑点があった。虎の目だ。アジズ医師はすっかり参ってしまった。そしてナシームは叫んだ、「まあ、先生、何て鼻なの！」ガーニが怒って、「ナシーム、言葉に気をつけなさい……」だが患者と医者は一緒に笑っていて、アジズは言っていた、「そう、すごい鼻でしょう。このなかにいくつもの王朝が入っている、と人から言われるんです」そして、「鼻水みたいに」と言ってしまいそうになって、彼はあわてて舌を噛んだ。

そして三年間ににこにこしながらシーツのかたわらに盲いたまま立っていたガーニは、もう一度ひそかに微笑した。それを見て女レスラーたちの唇も微笑にほころんだ。

ところで船頭のタイは、身体を洗うことを一切やめようという不可解な決意を固めていた。淡水湖の水に洗われるこの谷間ではどんな貧者といえども清潔を誇ることができる(事実誇ってもいた)というのに、タイはわざと不潔にしていた。もう三年間も用便のあと風呂にも入らなければ体を洗いもしなかった。年がら年中、同じ衣類を身につけていた。冬の間だけ妥協して、腐臭を放つパジャマの上にチュガ・コートを羽織った。厳寒の日に暖をとるためにカシミール風にチュガのなかにかかえていた熱く焼けた石炭の小さい籠は、いやが上にも彼の悪臭を活気づけ、強化した。彼はアジズの屋敷の前をゆっくりと漕いでいき、ものすごい体臭を小さな庭に、そして家のなかにまで撒きちらして行った。花が枯れ、アジズ爺さんの窓の外の棚から鳥が逃げた。当然、タイは仕事を失った。特にイギリス人は汚物人間の漕ぐ舟に乗るのを嫌がった。タイの女房は亭主が突然不潔になったのを見て心配のあまりそのわけを訊ねると、タイは「あの洋行帰りの医者にきいてくれ。ほらあの大鼻ちゃんだよ、あのドイツかぶれのアジズのことさ」と答えたという噂が湖畔を駆けめぐった。では、あれはアジズ医師の過敏な鼻孔を痛めつけてやろうということだったのか（彼の鼻孔のなかの危険を察知する痒みは、恋の麻酔剤のために消えてしまっていたのだが）。それともハイデルベルクからきた医者かばんの侵入に抗して、自分は変わらないことを示すためだったのか。ある時アジズは老人に、いったい何のためかと単刀直入に訊ねてみた。しかしタイは彼に息を吹きかけると、漕ぎ去った。その息によってアジズは危うく倒れるところだった。それは斧のように鋭利な息だった。

一九一八年、鳥に見捨てられたアジズ医師の父は睡眠中に死に、母は、アジズが医者として成功したおかげで宝石店をたたむことができ、夫の死によって責任の多い生活から解放されてほっとしていたが、自分もたちまち病いの床につき、夫の四十日間の喪があけないうちにそのあとを追った。戦争が終りインドの連隊がひきあげてくる頃には、アジズ医師は天涯孤独の身に、また自由の身になっていた。ただハートだけは直径七インチの穴の向こうに落ちてしまっていた。

タイの言動は破壊的な効果を及ぼし、湖の水上生活者たちとアジズ医師とのよい関係を壊した。子供の頃は魚売りの女や花売りなどと気軽にお喋りしていたのに、今彼は白い目で見られていた。「あの大鼻に訊いてみるといい、あのドイツ人のアジズにな」タイは彼を外国人として、それゆえに完全には信用できない人間として、きめつけた。人びとは船頭を好きではなかったが、医者が彼に与えたにちがいない変化はもっと困りものだと思った。アジズは貧民たちからも胡散臭く見られ、排斥さえされた。彼はいたく傷ついた。彼はようやく、タイが何をしようとしているのかを悟った。あの男は彼を谷間から追い出そうとしていたのだ。

穴あきシーツの話も広まった。女レスラーたちは明らかに見かけよりも思慮に欠けていた。アジズは自分が人から後ろ指を差されていることに気がついた。女たちは口に手のひらを当てながら含み笑いをした……

「ぼくはタイを勝たせてやることにしたんだ」と彼は言った。女レスラーのうち二人は、シーツを持ち、一人はドアの近くに控えていたが、三人とも耳に詰められた脱脂綿を通して彼の声を聞こうとしていた。(「わたしが父にああするように頼んだのです」とナシームは彼に言った、「きょうからはもうあのお喋り女たちも噂話ができないわ」）穴から覗くナシームの目はかつてなかったほど大きく見開かれた。……ちょうどあの時の彼自身の目のように。それは数日前のことだった。彼は街を歩いていた。この冬最後のバスが到着するのを見た。バスにはさまざまな色の文字が書かれている――前には赤い影のついた緑で〈神のお恵みがあれば〉、後ろには青い影のついた黄色で〈神に感謝を！〉、そして目障りな栗色で〈満員です、すみません〉。そこから降りてくるある人を見て、顔に新しく皺が刻まれているにもかかわらず、それがイルゼ・ルービンだと分かった……

　今では地主のガーニは彼と耳栓をした護衛隊とを残して席を外していた。「少し話をして下さい。医者と患者の関係というものは、何事も包み隠さないことによってはじめて深められるものだ。やっとこのことが分かったよ、アジズ先生――これまでわしが邪魔しすぎて、すまなかったな」今ではナシームの口もずっと軽くなった。「いったいそれはどういうことなのよ――先生は何なのよ――人間、それとも鼠？　体の臭（くさ）い、シカラの船頭のために故郷を捨てるなんて！」……

「オスカルが死んだの」イルゼは彼の母の椅子（タクト）に坐って新鮮なライム水をすすりながら彼に言った、「コメディアンみたいに。演説し、捨て駒になるなと説教するために軍隊に入ったのよ。兵士が銃を捨てて逃げだすだろうと、あのオバカ、本当に思ったのね。わたしたちは窓から眺めていたんだけど、彼が兵士たちに踏みつぶされませんようにと祈っていたわ。その連隊はその頃はもう歩調をとって行進することを覚えていたの。昔とは見違えるばかりよ。練兵場の向こうの街角に着いた時、彼は自分の靴ひもを踏んで、路上に転んでしまったの。それで参謀本部の車にはねられて、死んだのよ。あのオバカ、いつだって靴ひもをちゃんと結べなかったのよ」……彼女の睫毛には涙のダイヤ粒が光っていた……「彼はアナーキストの評判を落とすだけの人だったのよ」

「いいのよ」とナシームは理解を示した、「じゃ、先生はよい就職口を得るチャンスに恵まれたわけなのね。アーグラ大学ね、有名な学校よ。わたしが知らないなんて思わないで下さい。大学病院の先生……素敵じゃないの。お引き受けになるんでしょ。今までとはちがったお仕事ですわね」穴の向こうで、睫毛がおりた。「当然、わたしはさびしくなるけど……」

「ぼくは恋をしているんだ」とアーダム・アジズはイルゼ・ルービンに言った。そしてのちにはさらに、「……シーツの穴からしか彼女を見てないんだ、一度に一部分しかね。これは本当の話だが、彼女のお尻は赤らむのさ」

「噂を立てられてるわね、きっと」イルゼは言った。

「ナシーム、就職が決まったよ」アーダムは興奮して言った。「きょう手紙が届いたんだ。一九一九年四月着任ということだ。あなたのお父さんが、ぼくの家と、それから宝石店の買い手を見つけてあげようと言って下さってる」

「まあ素敵」ナシームは口をとがらせて言った。「それじゃ、わたしは新しいお医者様を見つけなくちゃならないわね。もしかしたら、ろくろく医術の心得もないあのお婆さんに頼まなくてはならないかもしれないわ」

「ぼくは天涯孤独の身になりましたので」とアジズ医師は言った、「親を伺わせる代わりに自分で参上しなければなりませんでした。でもガーニさん、こうして初めて、お迎えなしに伺った次第です。きょうは往診ではありません」

「よくぞ来てくれた！」ガーニはアーダムの背中を叩いて言った、「もちろん、娘と結婚してほしい。とびきりの持参金をつけて進ぜよう！　費用はいくらでも出す！　今年最良の結婚式をやろうじゃないか。そうだとも！」

「あなたを置いて行くことはできません」とアジズはナシームに言った。ガーニは言った、「芝居はもう終りだ！　このばかばかしいシーツで覆いかくす必要もなくなった！　さあ、お前たち、そいつを取り除けろ。この二人は恋人同士になったわけだ！」

「これでやっと」アーダム・アジズは言った、「あなたが全部見える。でもぼくは行かなければなりません。回診があります……それに昔の友だちが訪ねてきています。彼女にも結婚のことを話しましょう。きっと喜んでくれます。ドイツの友だちです」

「それが、アーダム坊っちゃま（バーバ）」召使（ベアラー）が言った、「朝からイルゼ嬢様（ベーガム）の姿が見えません。あの方はシカラに乗るためにあのタイ爺さんを雇ったのです」

「何とも申し訳ない」タイは控え目にもぐもぐ言った。「あなたのような立派なお方のお屋敷に呼ばれて光栄の至りというところさ。お客様のご婦人はムガル庭園巡りのためにわたくしめをお雇いになったわけさ。湖が凍らないうちに見ておきたいということでな。おとなしい方だね、先生。始終黙りこくっておいでだった。だからわしはどこの年寄りでもやるように、自分だけのつまらないもの思いに耽っていたのさ。ところがふと見ると、ご婦人が座席にいなさらないわけよ。先生、女房の頭にかけて誓うけど、座席の後ろから向こうを見るというのは不可能だ。分かるはずがないんだ。あなたのお若い頃の友だちであった老いぼれ船頭めを信じてほしい……」

「アーダム坊っちゃま（バーバ）」と老召使がさえぎった、「たった今、この紙きれをご婦人のテーブルの上に見つけました」

「彼女の居場所は分かっている」と言ってアジズ医師はタイを睨んだ。「あんたがどうしてこうもぼくの生活にからんでくるのか知らないがね。あんたはかつてぼくにその場所を教えてくれたことがある。あんたは言ったじゃないか、ある種の外国の女は溺死するためにここへやって来る、とね」

「わしがかね、先生?」タイは驚き、悪臭を放ち、しかも無邪気な顔で言った。「先生は悲しみのあまりわしをからかってらっしゃるのさ。どうしてわしがそんなことを知っているのかね」

水脹れになり、水草のからまりついた死体が魂の抜けたような顔をした船頭たちによって引き揚げられた時、タイはシカラの停泊所へ出かけていき、赤痢にかかった去勢牛の吐くような息で人びとを辟易させながら、語った、「あの人はわしを責めるんだ。考えてもみてくれ! 淫らなヨーロッパ人をこの土地に連れてきておいて、その連中が湖へ飛び込むと、わしの責任だと言うんだ!……わしはききたい、どこを捜したらいいのか、どうして分かるのかとね。そうだ、それをききたい、あの大鼻ちゃんにね!」

彼女は遺書を残していた。そこには「本気ではなかったのです」とあった。

私は注釈はつけずにおこう。どんなに昔のことだと言っても、うっかり私が口を滑らし、あわてたり感情をこめたりで作りかえられてしまったこれらの事件は、他の人に判断してもらうより仕方のないものだ。今は手短かに次のことだけを述べておこう。一九一八年から一九年にかけての長い厳しい冬の間に、タイは病いにたおれた。瘰癧（キングズ・イーヴル）というヨーロッパの病いに似た悪性の皮膚病にかかったのだ。しかし彼はアジズ医師に診てもらうのは拒んで、近所に住む同毒療法士（ホメオパス）にかかった。そして三月、湖の氷が解ける頃、地主ガーニの屋敷内にしつらえた大テントのなかで、一つの結婚式が挙げられた。この婚姻によってアーダム・アジズはアーグラに家を購入するたしになるほどの高額持参金を贈られた。アジズ医師の特別の求めに応じて、嫁入り仕度には、一枚の穴のあいたベッドシーツも含まれた。新郎新婦は雛壇の上に花輪をつけて寒そうに坐り、客たちは並んで前を歩きながら、二人の膝の上にルピー貨を落としていった。その晩、私の祖父と花嫁は穴あきシーツを敷いて寝た。夜が明けてみるとそこには小さな三角形に並んだ三滴の血がついていた。朝、シーツが披露された。床入りの儀式もつつがなく終ったところで、地主が借り切ったリムジンがやって来て、私の祖父母をアムリトサルへと運んだ。そこから先はフロンティア・メイル号に乗るはずだった。山々が肩を寄せ合って、祖父の最後の旅立ちを見守った。（彼はのちに一度戻ってはくるが、二度と旅立つことはないだろう。）アジズは、年老いた船頭が陸の上に立って新婚夫婦の出立を見送ってくれているように思った――しかしタイは病床にあったので、おそらくこれは間違いであった。ムスリムたちがタクト・エ・スレイマン、つまり〈ソロモンの玉座〉と呼ぶようになったシャンカラーチャールヤ丘のてっぺんの火脹れのような形の寺院は、二人に無関心そうに聳えていた。トランクのなかに何よりも聴診器とベッドシーツの入った古い革かばんを積んで、車は南に向かって走った。葉のないポプラや雪に覆われたサフランの畑がつづいていた。アジズ医師はみずおちのあたりに重さのなくなったような感じを覚えた。

それとも落下するような感じを。

（……そして今、私は幽霊の役を与えられている。私は九歳で、父、母、ブラス・モンキー、そして私からなる家族全員がアーグラの祖父の家に滞在しており、孫たち――私もその一人――は恒例の正月芝居をやろうとしている。そして私は幽霊の役を割り振られたわけだ。そんなわけで――それに、これから始まる芝居の秘密を保つためにこっそりと――幽霊の衣装はないものかと家中捜しまわっている。祖父は往診に出かけている。私は祖父の部屋にいる。戸棚のてっぺんに一つの古いトランクを見つける。埃と蜘蛛の巣をかぶってはいるが、鍵はかかっていない。このなかに私の求めるものが見つかる。それはただのシーツではなく、ひとつ穴のあいたシーツだ！　あったぞ、このトランクのなかのこの革のかばんのなかに、古い聴診器と白かびの付着したヴィックスの吸入器の管の下にかくれて……芝居にこのシーツが登場したとたんに、ちょっとした騒ぎがもちあがる。祖父はそれをひとめ見るなり立ち上がってわめきだした。そしてずかずか舞台の上に上がってきて、観客の居並ぶ前で私の幽霊の衣装を剝ぎ取ってしまったのだ。祖母は口をきつくすぼめ、ほとんど唇が見えなくなった。祖父が忘れられた船頭の声をかりて私をどなりつけ、祖母がすぼめた口から怒声を吐きだしたので、怖い幽霊も泣きべそかいた哀れな姿に変えられてしまった。何事が起こったのかも分からずに、私は逃げだし、夢中で走って、小さな麦畑へ逃げ込んだ。私はそこに――もしかしたらナディル・カーンがかつて坐ったまさにその場所に――何時間も坐り込んで、もう二度と禁断のトランクは開けませんとくりかえし誓い、しかし第一あれに鍵がかかっていないなんてひどいじゃないかという気持もいくぶん感じていた。しかし二人の怒りようからみて、あのシーツが何やら途方もなく大切なものであることを知った。）

私はパドマに邪魔されてきた。彼女は夕食を運んできながら、それをお預けにして脅しをかけてきた。「そうやって休みなしに目を酷使して原稿書きをしているのなら、少なくともそれをあたしに読んでくれないという法はないわ」私は飯が欲しいので朗読をしてきた――だがたぶんパドマは有難い存在なのだ。やめてくれと言っても批評してくれるから。彼女は私が自分の名前にケチをつけたことで特に腹を立てている。「都会人のあなたに何が分かるのよ?」と彼女は叫んだ——手で風を切りながら。「あたしの村では糞（ふん）の女神の名前をもらうことは恥ではないのよ。自分が間違っていたと早く書いてよ」わが恋人の願いを聞きいれて、さっそく短い糞への賛歌を書き添えておこう。

作物を肥やし実らせる糞！　まだ新しくて湿っているうちに薄いチャパティ型の塊りに捏ねられ、村の大工に売られる糞。大工は泥で造った柔らかい建物（カチチャー）の壁を堅固にするためにこれを使う！　牛の尻から出てくるが故に天与の神聖なるものとされている糞！ああ、その通り、私は間違っていた、偏見にとらわれていたというほかない。それもみな、あの具合のわるい臭いが私の過敏な鼻を襲うからだ——糞の調達者にちなんで名付けられるとは、何とすばらしい、何と美しいことか！

……一九一九年四月六日、聖都アムリトサルは牛糞の臭いにみちていた（壮麗な、神々しい臭いだったよ、パドマ）。そしておそらくこの（麗しい！）臭いは私の祖父の鼻を襲いはしなかった——つまりカシミールの百姓は前述の通りこれを一種の漆喰として使ったのだ。スリナガルにおいてさえも、丸い糞塊の手押車を押す行商人の姿を見かけることは珍しくはなかった。しかしこの糞は乾いていて、臭いはなく、有用だった。ところがアムリトサルの糞は新しく、しかも（悪いことに）潤沢だった。またそれは牛の糞ばかりではなかった。この街のあまたの二輪馬車（トンガ）、イッカ（馬車の一種）、辻馬車（ギャリー）の轅（ながえ）の間につながれた馬の尻からもひり出される。騾馬や人間や犬が自然の要求に応え、脱糞的連帯によって寄り集う。だが牛もいる。聖なる牛たちが埃っぽい街路を徘徊し、一頭ごとに自分のテリトリーを確保して脱糞権を主張した。そして蠅、公衆の敵第一号！　糞から糞へと派手に飛び回って、この無料で贈られた供物を礼賛し、歴訪する。蠅の運動を鏡に映したように、街はごった返している。アジズ医師はホテルの窓からこの場面を見おろした。仮面をつけたジャイナ教徒が蟻だろうと蠅だろうと踏まないようにと、小枝の箒（ほうき）で歩道を掃きながら歩いている。屋台の店から香ばしく甘い煙が立ち昇っている。「ホット・パコラ、パコラ・ホット！」通りをへだてた店から白人女が絹を買っている。ターバンを巻いた男たちが彼女に秋波を送っている。ナシーム――すでにナシーム・アジズになっている――は激しい頭痛がしていた。同じ病気をくりかえしたのは初めてだったが、静かな谷間の外での生活は彼女にはかなりのショックだった。枕もとに新しいライム水を置くとすぐに空になった。アジズは窓辺に立って街の空気を吸い込んだ。黄金寺院（ゴールデン・テンプル）（シク教の本山）の尖塔が陽光をうけて輝いていた。しかし彼の鼻はむずむずした。ここでは何かが間違っているのだ。

　祖父の右手をクローズアップしてみよう。爪、こぶし、指、すべてがどうしてか予想外に大きい。手の甲の端には赤い毛が密生している。親指と人差指がくっついており、紙一枚の厚さで隔てられている。つまり祖父はビラを持っているところなのだ。それが彼の手に渡されたのは(ここでロングショットに切り換える――ボンベイ生まれの人間なら誰でも初歩的な映画用語くらい知っているのだ)彼がホテルのロビーに入った時だ。回転ドアを子供がひとり駆け抜け、そのあとにビラが落ちる。ボーイがあとを追う。回転ドアが狂ったようにぐるぐる回る。ここでボーイの手もクローズアップしてみなければならない。その親指と人差指はくっついていて、二つを隔てるものは子供の耳の厚さだった。貧民地区の少年宣伝員をつまみ出したところだ。しかし祖父はまだその宣伝ビラを持っていた。ふと窓の外を見ると、真向かいの壁に同じことが書いてある。モスクの光塔(ミナレット)にも。行商人が小脇にかかえた新聞紙の大きな黒い活字にも。ビラ、新聞、モスク、そして壁、そしてビラまでが〈ハルタール!〉と叫んでいる。これは文字通りには、喪と静寂と沈黙の日という意味である。しかしマハトマの全盛期のインドのことで、言葉さえもガンディー先生(ジー)の指図に従っており、言葉は彼の影響下で新しい響きを獲得していた。〈ハルタール――四月七日〉とモスク、新聞、壁が同じことを言う。全インドはこの日にイギリスの駐留継続を静かに悲しむために歩みを停止すべしとガンディーが発令したからだ。

「誰も死んだわけではないのにハルタールだなんて分からないわ」とナシームは小声で叫んだ。「なぜ汽車が走らないの？　いつまで足停めを食うの？」

アジズ医師は街頭に兵士らしい若者がいるのに気がつき、考える――インド人はイギリスのために戦った。これまでに大勢のインド人が世界を見て、外国風に染まっている。容易に古い世界に戻ることはできない。イギリスが時計の針を戻そうとするのは間違いだ。「ローラット法を通すのは間違いだった」と彼はつぶやく。

「ローラットって何？」とナシームが嘆く。「わたしにはさっぱり何だか分からないわ！」

「政治的なアジテーションを取り締まる法律さ」アジズは説明して、自分のもの思いに戻った。タイはかつて言った、「カシミール人は違うんだ。たとえば臆病ということがある。カシミール人に銃を持たせても、銃が自然発砲するのを待つほかない――引金を引く度胸がないんだ。われわれは年中闘ってばかりいるインド人とは違うんだよ」頭のなかにタイ的なものをもっているアジズは、インド人という感じがしない。カシミールは結局厳密にいうと帝国の一部ではなくて、独立藩国なのだ。この国が今占領下にあるとしても、ビラとモスクと壁と新聞の同盟休業(ハルタール)への呼びかけにこたえるのが自分のなすべきことであるかどうか、よく分からない。彼は窓に背を向ける……

……するとナシームは枕に顔を伏せて泣いている。二日目の晩、彼が少し動いてくれと頼んだ時からずっと、彼女は泣いているのだ。「どこへ動くんです」と彼女は問い返した。「どんなふうに？」彼は気まずくなって言った、「ただ動くのさ、つまり女らしく……」彼女は恐怖のあまり悲鳴をあげた。「わたしの結婚した相手って、いったい何者なの？　あなたがた欧州帰りの殿方がどういう人種なのか分かってるわ。ひどい女たちを知ったあとで、わたしたちをも同じようにつくり変えようとするんだわ！　いいですか、先生、あなたは夫だか何だか知らないけれど、わたしは……娼婦ではありませんから」祖父は決してこの争いに勝つことはなかったし、この争いは二人の結婚生活の基調をも決めてしまっていた。何しろこの新婚夫婦はたちまちにして深刻な喧嘩に明け暮れるようになり、いがみあいを続けるうちにシーツの向こうの若い娘と無骨な若い医者はたちまちにして別の、もっとよそよそしい存在に変わった……「さあ、何者だろうね」とアジズが問い返した。ナシームは枕に顔を埋めた。「きまってるでしょ」と彼女はもごもごと言った。「もちろんあなたよ。あきれた人だわ、知らない男たちの前でわたしを裸で歩かせようなんてするんだから」(彼は彼女にベール(バルダ)を脱ぐようにと言ったのだ。)

彼は言う、「君はシャツで首から手首や膝まで隠している。ゆるいパジャマで足首まで、いや足首も含めて隠しちまっている。残りは足と顔だけだ。いったい君の顔や足は猥褻だというのかね？」彼女は泣き声で言う、「人はそれ以上のものを見てしまうのよ。わたしの奥の方の恥ずかしいところを見てしまうのよ！」

　そこで一つの事故が起こって、場面はマーキュロクロムの世界に一変する……アジズがかっとなって妻のベール（バルダ）を一つ残らずスーツケースから引っぱり出し、導師ナナクの絵の描いてあるブリキ製の屑籠に投げ込み、火をつけたのだ。炎が上がってカーテンに燃え移ったので、彼はあわてた。アーダムが戸口に飛んでいき、助けを求めて叫んだ時、安物のカーテンは赤々と炎上していた……召使、泊り客、洗濯女などが部屋に駆け込んできて、雑巾やタオルや他人の洗濯物で燃えている布を叩いた。バケツも運び込まれて火は消された。シク教徒、ヒンドゥー教徒、不可触民など締めて三十五人もの人足が煙の充満する部屋に詰めかけている間、ナシームはベッドの上に縮こまっていた。やがて人びとは去っていき、ナシームはふたことものを言うと頑固におし黙ってしまった。

「あなたは狂人よ。もっとライム水が欲しいわ」

　祖父は窓を開け、花嫁の方を向く。「煙が出ていくのに時間がかかる。ぼくは散歩に出かけるけど、君も来るかい？」

　彼女は口を固く閉じ、目をきつく閉じ、頭をひと振りして激しく否と言った。祖父はひとりで街へ出ていく。別れぎわの科白（せりふ）は、「よきカシミール娘になることなんか忘れたまえ。近代的なインド女性になるように心がけるんだ」

……軍営地区（カントンメント）のイギリス陸軍本部では、R・E・ダイヤーという准将が口ひげにワックスを塗っている。

一九一九年四月七日のこと、アムリトサルではマハトマの大構想がゆがめられつつある。商店は閉店し、鉄道の駅は閉鎖されている。しかし今や暴徒たちがそれらを破壊している。アジズ医師は革かばんを手に持って街頭に出て、何なりと可能な援助の手を差しのべようとしている。死体は倒れたまま放置され、踏みにじられている。彼は傷に繃（ほう）帯（たい）を巻き、たっぷりとマーキュロクロムを塗ってやる。すると前よりも血みどろに見えはするが、少なくとも消毒にはなる。衣服を赤いしみだらけにしてやっとホテルに帰ると、ナシームはおろおろしはじめる。「あらあら、神様（アッラー）、わたしは何という男と結婚してしまったのでしょう。野蛮人と取っ組み合うために溝（どぶ）のなかまで入っていくんですからね！」彼女は夫の体中を水で濡らした脱脂綿で拭いた。「どうしてもっと医者の体面というものを考えて、重要な病気の治療だけするというふうにできないんです？　あらまあ、体じゅう血だらけじゃありませんか！　さあ、じっと坐って、ちゃんと洗わせて下さいよ！」

「これは血じゃないんだよ、君」

「わたしが自分の目で見ることができないとお思いなの？　ご自分が怪我をしている時までわたしを馬鹿にしないと気がすまないのですか？　妻はめんどうを見てあげることも許されないのですか？」

「これはマーキュロクロムなんだよ、ナシーム。赤い薬さ」

衣服を脱がせたり、水道の水を出したり、まるでこまねずみのようにチョコマカと動きはじめていたナシームは——突如立ちすくむ。「わざとやっているのね」と彼女は言う。「わたしに馬鹿面をさせたいからでしょ。わたしは馬鹿じゃありません。何冊も本を読んでいます」

四月十三日、二人はまだアムリトサルにいる。「この事件は片づいていないんだ」アーダム・アジズはナシームに言った。「だから離れるわけにいかないんだ。また医者が必要になるだろうからね」

「それじゃ、ここに坐り込んで、世界の終りまで待たなくちゃならないというの？」

彼は鼻をこすった。「いや、そんなに長くではないと思うよ」

その日の午後、街頭に突然人があふれだし、ダイヤーの新しい戒厳令の規制を無視して同じ方向に歩いてゆく。アーダムがナシームに言う、「集会が計画されているにちがいない――軍からの弾圧があるだろう。軍は集会を禁じているんだから」

「あなたはどうして行かなければならないの？　どうして呼ばれるまで待てないの？」

……囲い地といえば、荒れ地から公園までの、何であってもおかしくない。アムリトサルの最大の囲い地といえば、ジャリアーンワーラー庭園（バーグ）である。そこには草がない。石ころや空き缶やガラスのかけらが至る所に散らばっている。そこへ入るには二つの建物の間の非常に狭い路地を通らなければならない。四月十三日、何千というインド人がこの路地を入っていく。「平和的な抗議です」と誰かがアジズ医師に言う。群集に押されて彼は路地の入口に到達する。右手にはハイデルベルクから持ち帰ったかばんを持っている。（クローズアップの必要はない。）彼がとても怖気づいているのが私には分かる。なにしろ彼の鼻はこれまでにないほどむず痒いのだ。しかし彼は訓練をうけた医者であり、鼻の痒みを念頭から追い払って、囲い地に入っていく。誰かが熱烈な演説をやっている。行商人たちが群集のなかを歩き回ってチャナ豆やお菓子を売っている。空気は埃っぽい。祖父の見るかぎり、暴徒や厄介者らしき者の影は見当らない。シク教徒の一団が地面に布を広げ、そのまわりに坐って、ものを食べている。あたりにはまだ排泄物の臭いが漂っている。アジズが群集の真ん中あたりに入り込めたところで、R・E・ダイヤー准将が、五十名の精鋭部隊を従えて路地の入口に到着する。彼はアムリトサルの戒厳令司令官――なかなかの高官である。ワックスで固めた口ひげが偉そうにぴんと立っている。五十一名の将兵が路地を通っている時、祖父の鼻ではくすぐったさが痒みに取ってかわる。五十一名の将兵は囲い地に入り、ダイヤーの左右に二十五名ずつ分かれて、整列する。アーダム・アジズはくすぐったさが耐えがたい激しさに達して、眼前の出来事に集中することができなくなる。ダイヤー准将が一つの命令を下すと同時に、くしゃみが祖父の顔をまともに襲う。「ハークショーン！」と彼はくしゃみをし、バランスを失って前のめりになり、かくして自分の命を救った。彼の「お医者のお供」が開いてしまい、壜、塗り薬、注射器などが埃のなかに散乱する。彼は人びとの足もとを必死に掻きまわして、医療器具が踏みつぶされないうちに拾おうとする。冬の寒さに歯ががたがた鳴るような音がして、誰かが彼の上に倒れかかる。赤いものが彼のシャツを染める。すると悲鳴と嗚咽(おえつ)の声があがり、異様な歯の鳴るような音が続く。次々と多くの人が祖父の上につまずいて倒れたようだ。彼は自分の背中が心配になる。かばんの留め金が胸に食い込み、そこにひどい打ち傷を与える。この不思議な打ち傷は、後年、彼がシャンカラーチャールヤ、即ちソロモンの玉座(タクト・エ・スレイマン)の丘で死んだあとまで消えることはなかろう。彼の鼻は赤い丸薬の壜にぶつかる。歯の鳴るような音はやみ、人声と鳥の声にとってかわられる。車の音はまったくしないようだ。ダイヤー准将の五十名の兵は機関銃を下ろし去っていく。彼らは計千六百五十発の銃弾を非武装の群集に向かって撃ち込み、そのうち千五百十六発が的に当って、誰かを殺傷した。「上等な射撃だ」とダイヤーは部下たちに言う、「あっぱれな仕事っぷりだったぞ」

祖父がその晩帰宅すると、祖母は近代女性になって彼を喜ばそうとしたし、彼の姿を見てもびくともしなかった。「またマーキュロクロムをこぼしたのね、ブキッチョさん」と彼女は慰めるように言った。

「こいつは血なんだ」彼が答えると、彼女は気絶してしまった。彼が炭酸アンモニア水を使って正気づかせると、彼女は言った、「怪我は？」

「怪我はない」彼は答えた。

「でもどこへ行ってらしたの、いったい」

「どこでもない」と彼は言って、彼女の腕のなかでふるえはじめた。

打ち明けて言うと、私は手がふるえ出している。必ずしも書いている内容のためではなく、自分の手首の皮膚の下に、髪の毛ほどの薄い割れ目を見つけたからだ……たいしたことではない。われわれはみな生きるために死の代償を払うのだ。だからしめくくりに、船頭のタイに関する裏づけのない噂に触れておこう。彼は私の祖父がカシミールを離れてまもない頃、瘰癧（キングズ・イーヴル）から治って、一九四七年まで生きながらえたのだ。この年（言い伝えによれば）彼は彼の谷間をめぐるインド－パキスタン間の紛争に業を煮やし、敵対する両国軍の間に立ちはだかって両者を説得しようという明らかな目的をもって、チャンプまで歩いて行った。カシミール人のためのカシミール、これが彼の主張だった。当然、彼らはタイを射殺した。オスカル・ルービンならおそらく彼の雄弁（レトリカル）な行為を称賛したろうし、R・E・ダイヤーなら部下たちのライフルの腕前を誉めたかもしれない。

私はもう寝なければならない。パドマが待っている。それに少しは温もりがほしい気分なのだ。

痰壺攻め

どうか信じて欲しい。私はばらばらに壊れそうだ。

私は比喩をもてあそんでいるのではない。憐れみが欲しくて、芝居じみた、謎めかした、卑しい哀願に訴えているのでもない。私の言わんとすることは単純明瞭、自分が古い甕のようにあらゆるところがひび割れはじめているということ――私の哀れな肉体、奇妙な、醜い肉体が、あまりにも多くの歴史にもみくちゃにされて、上半身も下半身も排水され、ドアにはさまれて指をもぎとられ、痰壺にぶち当って頭を打ち砕かれて、継ぎ目からばらばらになりはじめている、ということだ。要するに私は文字通り崩壊している。当面はゆっくりとだが、加速する気配もある。私がしまいには(約)六億三千万個の、名もなく、当然記憶もない塵の微粒子に分解してしまうであろうことを、読者に認めていただきたい(私が認めたように)。そうであればこそ私は、忘れてしまう前に紙に書いておこうと決心したのだ。（私たちは健忘症の民族なのだ。）

　恐怖の瞬間は存在するが、過ぎ去ってゆく。パニックは泡を吹く海の動物のように空気を求めて浮上し、水面でぶくぶくやるが、最後には海中深くに戻っていく。私にとって大切なのは冷静を保つことだ。私はキンマの実を噛み、安ぴかの真鍮（しんちゅう）の壺の方に向かって唾を吐く。昔ながらの痰壺攻めの遊びだ。ナディル・カーンの好きな遊びだったが、彼はそれをアーグラの老人たちから習った……今日では「ロケット・パーン」というやつを買えば、そのなかに歯ぐきが真っ赤になるキンマのペーストばかりか、コカインまで葉っぱにくるまれて入っている。だが、これに騙されてはいけない。

　……原稿から顔を上げると、紛れもないチャツネの匂いが漂ってくる。こうなったらもう何を隠そう、世にも珍しい鋭敏な嗅覚器官に恵まれた私サリーム・シナイは、後半生を大規模な調味料の製造に捧げてきたのだ。するとさっそく、「料理人（カンサーマ）かい？」という、読者のあきれ果てたような声が聞こえてきそうだ、「ただの料理人なのかい？　どうしてまたそんなことがあるのか？」たしかに料理の才能と言葉の才能をあわせて授かるなどというのは、きわめて稀なことであろうが、しかし私はその両方を持っているのだ。さぞ驚かれることだろう。しかし、ほら、私はお宅の月二百ルピーの料理番とは違う。私は自由人であり、私自身のサフラン色と緑色に瞬くネオンの女神のもとで、気儘に暮らしをたてている。そして私のチャツネとカソーンディ（一種のピクルス）は結局、私の夜ごとの書き物とつながりをもっているのだ――つまり、昼はピクルス桶の間で、そして夜は原稿のなかで、「保存」という偉大な仕事に私はとりくんでいるわけだ。記憶はピクルスと同様、時計が引き起こす腐蝕作用を免れることになる。

だが今にもかたわらでパドマが私を脅しつけて、線的な語りの世界に、〈それからどうした〉の世界に私を引き戻そうとしている。「この調子では」とパドマはケチをつける、「あなたは自分の誕生のくだりまでたどり着くのに二百年はかかるわね」彼女は無頓着を装って、ほぼ私の方に向けて無造作にお尻を突き出したりしているが、かといって私をからかっているのではない。いろいろと横槍を入れてきてはいるが、彼女がうまく掛かってきているのが私には分かる。これは疑いようもない。私の物語が彼女の首根っこを摑まえたのだ。だから彼女は、家に帰ろうだの、もっと風呂に入れだの、脂汗のしみついた衣服を着換えろだの、スパイスの匂いが年中たちこめているこの薄暗いピクルス工場をしばらくの間でもいいから離れようだのと、せがむのを突如やめたのだ……今や私の牛糞の女神はこの仕事場の片隅に寝台をこしらえ、二台の黒くなったガスこんろで食事を作るようになり、アングルポイズの明りの下で書きつづける私の邪魔をするのは、「先を急がないと、あなたは生まれる前に死んでしまうわ」などと叱咤する時だけだった。成功した物語作者にふさわしい誇りを抑えて、私は彼女を教育してやろうとする。「物事は――いや人間でさえも――ちょうど料理をする時の風味のように、たがいに浸透しあうものなのさ」と私は説明を始める、「たとえばイルゼ・ルービンの自殺はアーダムのなかに浸透して、彼が神を見る時までそこに淀みつづけた。同様に過去は少しずつ私のなかに染み込んできて……それを無視することはできなくなっている……」彼女が肩をすくめ、胸のふくらみを美しくゆさぶったので、私は話の腰を折られた。「あたしに言わせれば、あなたの両親の出会いのところまでも行き着けないのなら、あなたの一代記の語り方としては馬鹿げていると思うわ」

……そしてたしかにパドマは私のなかに染み込んできている。私のひび割れた体から歴史がこぼれ落ちている間に、私の蓮は、彼女のしたたかな現実感覚と、それとはうらはらな迷信深さと、つじつまの合わない物語好きというしずくを静かに滴らせている――そんなわけで、ミアン・アブドゥラーの死の経緯を話すには、今がちょうど頃合だろう。呪われたハミングバード、この人こそ現代の伝説だ。

……パドマは寛容な女である。何しろ、私の晩年を看取ってくれているのだ。そのお返しに私の方からはほとんど何一つしてやれないというのに。さよう――ナディル・カーンの物語を始める前に、もう一つこれも言っておくべきだろう――私は男として役立たずなのだ。パドマがありとあらゆる才知と秘術を傾けても、私は彼女のなかに吐き出すことができないのだ。彼女が左脚を私の右脚の上にのせ、右脚を私の腰にからめ、頭を私の頭の方に傾けて、睦言を言ってくれても、耳に口をつけて、「書き物を済ませたのだから、こっちの方の鉛筆が使えるかどうか見てみましょうね」とささやいてくれても駄目なのだ。どんなことをしてもらっても、彼女の痰壺に攻め込むことはできない。

告白はこれまで。それからどうしたのというパドマの強い催促に応じて、また自分に残された時間が限られていることを思い出して、私はマーキュロクロムの話から一挙に一九四二年まで飛ぶことにする。（早く両親を一緒にしてあげたいという気持も強いのだ。）

どうやらその年の夏も終る頃、祖父アーダム・アジズは非常に危険な楽天主義にとりつかれたらしい。アーグラ周辺で自転車を乗りまわしながら、彼はかん高く調子はずれに、しかし幸福そうに口笛を吹いた。彼は決して孤独ではなかった。それというのも、根絶のための当局の懸命の努力にもかかわらず、この悪性の病気がその年インド中に発生し、それを抑えるために抜本的な策を講じなければならなかったからである。コーンウォリス・ロードの頂上にあるパーン売りの店にたむろする老人たちはキンマを噛みながら、これは何かの罠ではないかと考えた。「わしは寿命の二倍も生きてきたが」と最年長者が言った。その声は、いろいろな年代が声帯のまわりでこすれあって、古いラジオのようにパチパチという音になった。「こんな不幸な時代にこんな陽気な人をこんなにたくさん見たことはない。これは悪魔の仕業だ」それはまったくのところ、活発なウイルスだった――こんな病原体の繁殖をはばむものは天候しかなかったろう。というのは、この年の雨季は雨が少ないことが明らかになっていたのだ。地面は乾き切っていた。埃が吹き上げられ、道路の端にうずたかく積もった。舗装道路の交差点の真ん中に大きな割れ目が出来る日もあった。パーンの店でキンマの実をかじっている人びとは、前兆のことを語りはじめた。痰壺攻めの遊びによって不安を静めながら、彼らは裂けた地面から出て来るかもしれない無数の禍事を予測した。ある日の午後、自転車修理店のあるシク教徒があまりの暑さにターバンを頭から取りのけてみると、突然、髪が何の理由もなくぴんと逆立ったらしかった。また、ずっと散文的な話だが、水不足がひどくなって、牛乳屋が牛乳を薄めるためのきれいな水を見つけることが出来なくなった……遠方では、またもや世界大戦が戦われていた。アーグラでは暑さが頂点に達していた。それでもまだ祖父は口笛を吹いていた。パーンの店の老人たちは、こんなご時勢に口笛を吹くなんて悪趣味だと思った。

（そして私も彼らと同様、唾を吐いて割れ目をのりこえる。）

祖父は自転車に跨がり、革かばんを荷台にしばりつけて、口笛を吹いた。鼻がむず痒いのに、唇はすぼまった。二十三年間も消えない胸の打ち傷にもかかわらず、彼の上機嫌は損なわれなかった。息が唇を出ると音に変わった。彼は懐かしいドイツの曲〈もみの木（タンネンバウム）〉を吹いた。

楽天主義の蔓延はミアン・アブドゥラーという一人の人間によって引き起こされたものであったが、この名前を使ったのは新聞記者だけだった。他のすべての人にとって、彼はハミングバード、つまり楽天主義なしにはありえない存在であった。「魔術師あがりの政治的手品師ミアン・アブドゥラーは」と新聞記者たちは書いた、「デリーの有名なマジシャンのゲットーから立ち上がってインド一億のムスリムの希望となった」ハミングバードは自由イスラム会議の創立者、議長、統一者、そして主唱者であった。一九四二年、アーグラの広場（マイダン）には大テントと演壇が設営されているところだった。そこで会議の第二回年次総会が開かれようとしていたのだ。寄る年波といろいろな悩みのせいですっかり白髪になった五十二歳の祖父は、広場を通りながら口笛を吹きはじめていた。彼は今、前かがみの姿勢でペダルを踏みながら、颯爽とカーブを切って角を回り、牛糞と子供たちの間を縫って進んでいた……そしてまた別の時と所では、友だちであるクーチ・ナヒーン女王（ラーニ）に語っていた。「ぼくはムスリムとしてよりもむしろカシミール人として出発した。それから胸に打撲傷を得て、ぼくはインド人になった。いまだにあまり立派なムスリムではないが、アブドゥラーには大賛成だ。彼はぼくの闘いを闘ってくれている」彼の目はまだカシミールの空の青だった……彼は家に帰り着き、目にはまだ満足の光を留めていたが、口笛はやめた。それというのも、意地悪な鵞鳥だらけの中庭に、夜叉のような形相（ぎょうそう）になった私の祖母ナシーム・アジズ、彼がかつて切れぎれの断片だけを見て愛してしまうという間違いを犯した女が待っていたからだ。彼女はやがて全身を現わした時には恐ろしい女になっていて、そのまま変わることなく、いつも修道院長という奇妙な称号で呼ばれた。

彼女はあまりに早く恰幅のよい老女になり果て、顔の二つの大きなほくろは魔女の乳首のように見えた。自分で築いた不可視の要塞、父祖伝来の確実なものだけをかかえこんで鉄の壁をめぐらした砦のなかに立て籠もった。その年の早いうちにアーダム・アジズは居間の壁に掛けるための等身大に拡大した家族の写真を撮らせた。三人の娘と二人の息子は言われた通りにポーズをとったが、修道院長は自分の番が来るといやだと言いだした。困りはてた写真家が盗み撮りしようとすると、修道院長はカメラをひったくって写真家の頭蓋骨にぶち当てた。幸いにして彼は一命をとりとめたが、祖母の肖像写真なるものは一枚も残らずじまいということに相成った。気づかぬうちに誰かの暗箱のなかに収められてしまうような暢気な人ではなかったのだ。ベールなしで素顔を晒して生きなければならないというだけで彼女には大変なことだったわけで、この恥ずかしい事実が記録にとどめられるなどもってのほかだった。

彼女がバリケードに立て籠もった理由はたぶん、素顔を晒す義務を負わされたことばかりでなく、たえず夫から体を求められたことにあったかもしれない。そして彼女が定めた家庭の規律は自衛策であった。それがあまりに堅固なので、アジズは無益な努力を重ねたあと、妻のあまたの半月堡と稜堡を襲おうとすることはほぼ諦めてしまい、妻が自足した大蜘蛛のように孤独な領土を守るにまかせた。（ここでも、かもしれないとしか言えないが、ひょっとするとあれはぜんぜん自衛策ではなくて、自分のわがままを抑える策であったのかもしれない。）

彼女が絶対に理解しようとしなかったことの一つは政治的な事柄であった。アジズ医師はその種のことを話したいと思う時は友人の女王を訪ねたのだが、そうすると修道院長はむっとした。とはいえ、ひどく怒りはしなかった。夫がこんな時に出かけて行くのはとりもなおさず妻である自分の勝利だということを彼女は知っていたからだ。

彼女の王国に並び立つ二つの中心は台所と食料貯蔵室だった。私は台所へ入ったことはないが、食料貯蔵室の鍵のかかった網戸から、奥の謎の世界を覗き込んだ時のことは覚えている。蝿よけのためのリネン布をかぶせ、天井から吊るした針金のバスケット、粗糖(グル)などの甘い物がいっぱい入っているはずのブリキ缶、きれいな四角いラベルの貼ってある鍵のかかった小箱、ナッツやかぶら、穀物袋、鶩鳥の卵や木の箒が置いてある部屋だった。食料貯蔵室と台所は彼女の不可譲の領土で、彼女はそこを死守した。最後の子供であるエメラルド叔母さんがおなかに入っている時、彼女の夫は料理人を監督する労を省いてやろうとした。彼女はそれには答えず、翌日になってアジズが台所に近づいた時、金属の鍋を持って出て来て、戸口のところで通せんぼをした。彼女は肥っていて、おまけに妊婦だったから、戸口にはほぼ隙間はなかった。アーダム・アジズは顔をしかめた。「これはいったい何事だ?」祖母はこれに答えて言った。「これは、何て言ったらいいかね、とても重い鍋よ。あなたが一度でも、何て言ったらいいかね、ここに入っているところを摑まえたら、頭をこのなかに突っ込んで、凝乳(ダヒ)を入れ、何て言ったらいいかね、コールマー(ムガル風肉料理)にしてしまうよ」祖母がどうして〈何て言ったらいいかね〉という言葉をライトモチーフとして用いるようになったのか私は知らないが、歳月を経るにつれてそれはますます頻繁に彼女の会話のなかに入り込むようになった。私はそれを無意識に助けを求める声として……本気で訊いている質問として考えたいと思う。修道院長は風采と恰幅が立派であるにもかかわらず、自分は宇宙空間に漂っているのだ、と暗に言おうとしていたのだろう。彼女はつまり、それを何と言うのか知らなかったのだ。

……食卓でも彼女は堂々と采配を振った。食卓には食べ物がなく、皿もなかった。カレーと食器は彼女の右手の低いサイドテーブルの上に並べられて、アジズと子供たちは彼女にそこでよそってもらって食べた。この習慣は牢固としていて、夫が便秘で苦しんでいる時にも彼女は食べ物の選り好みを許さなかったし、要望にも忠告にも一切耳をかさなかった。要塞は動くことはないだろう。その家来たちの動きが不規則になった時でさえも。

ナディル・カーンを長くかくまっている頃、エメラルドと恋に落ちたズルフィカル青年、そしてアフマド・シナイという名前の羽振りのよい模造皮（レクシン）とレザークロスの商人、この商人は私の伯母アリアをひどく傷つけたので、彼女は二十五年間も恨みを抱きつづけたあげく、その恨みを私の母を相手に残酷な形で晴らしたのだが、この二人がコーンウォリス・ロードの家へ出入りしていた頃も、修道院長の家庭に対する鉄の支配は決して揺るがなかった。ナディル・カーンの来訪が大いなる沈黙をもたらすよりも前に、アーダム・アジズはこの支配を断ち切ろうとし、妻と衝突する羽目にもなった。（こうしたことはすべて、彼の楽天主義の病いがいかにひどいものであったかを証拠だてていいる。）

……一九三二年、つまり十年前から、彼は子供たちの教育を引き受けていた。修道院長は当惑した。しかしそれは伝統的に父の役割であったから彼女は異議を唱えるわけにはいかなかった。アリアは十一、次女ムムターズは九つになるところだった。二人の息子、ハーニフとムスタファは八歳と六歳、それに幼いエメラルドはまだ五歳になっていなかった。修道院長は料理人のダウドに心配事を打ち明ける習慣がついた。「あの人はわたしの知らないいろんな外国語、何て言ったらいいかね、それにいろんなガラクタを、子供たちの頭に詰め込んでいるにちがいないわ」ダウドは鍋をかきまぜ、修道院長は叫んだ、「子供に、何て言ったらいいかね、エメラルドなんて名前をつけるなんて、ありえないわ。ええっと、英語だかなんだか知らないけど。あの人はわたしへのあてつけに子供たちを駄目にするつもりだよ。何て言ったらいいかね、そこへクミンをそんなに入れないで。他人の心配なんかしなくてもいいから、料理のことをもっと真剣に考えなさいよ」

彼女は一つだけ教育を引き受ける約束をした。宗教教育である。常にぐらついているアジズとは違って、彼女はいつも信心深かった。「あなたにはハミングバードがいるけど」と彼女は言った、「わたしには、何て言ったらいいかね、神様の声があるわ。人間の声なんかより、何て言ったらいいかね、いい声だわ」それは彼女が稀にしかしない政治的発言だった……そしてやがてアジズが宗教的指導者を捨てる日がやって来た。イスラム法学者（マウルヴィ）の耳を親指と人差指でつまんだのだ。ナシーム・アジズは夫が哀れなひげもじゃ男を庭の塀の戸口のところへ引き立ててゆくのを見て、息がとまるほど驚き、夫の足が聖職者の股座（またぐら）を蹴り上げた時はわーっと叫び声を上げた。烈火のごとく怒った修道院長は戦場に駆けつけた。

「下司男！」と彼女は夫を罵った。「ほんとに、何て言ったらいいか、恥知らずよ、あなたは！」子供たちは裏のベランダから高みの見物をきめこんでいた。「この男がお前の子供たちに何を教えていたか、知ってるのかい？」とアジズが言った。「あなたこそほんとに、災いを招くようなことばかりしているじゃありませんか？」修道院長がやり返した。するとアジズは、「ナスタリーク体（ウルドゥー語の書体）で書かれた書物だったと思うかい？」――これを聞くと妻は激昂して、「豚を食べるつもりですか？　それに何て言ったらいいかね、コーランに唾をかけるつもりですか？」すると医師は声を張り上げてやり返す、「それとも『牝牛』（コーランの冒頭に近い一章）の一節だったと思うかい？　ええ？」……何も耳に入らないかのように、修道院長は取っておきのいやみを投げつける、「娘たちをドイツ人たちにくれてやるつもりなの？」妻が息切れして言葉を切った隙をついて、アジズは言った、「あの男はだね、君、子供たちに憎むことを教えていたんだ。ヒンドゥー教徒、仏教徒、ジャイナ教徒、シク教徒、その他、有象無象の菜食主義者を憎むことを教えているんだ。君は憎しみを持った子供を持ちたいかね？」

「あなたは神を持たない子供を持ちたいですか？」修道院長は大天使ガブリエルの軍団が夜中に舞い降りてきて彼女の異教の子供たちを地獄へ運び去っていくさまを思い描く。彼女の目の前に地獄の様子が浮かぶ。そこは六月のラージプターナ（インド北西部の一地方）のように暑くて、人はみな七つの外国語を習わされるのだ……「何て言ったらいいかね、申し上げておきますが」と祖母は言った、「あなたには一切食事を運んであげませんから、さよう心得て下さい。チャパティ一枚だろうとですよ。イスラム法学者先生（マウルヴィ・サヒブ）を連れ戻して、そう、先生の足に口づけするまでは、許しません！」

その日始まった兵糧攻めはきわめて深刻なものとなった。修道院長は申し渡した通り、食事の時、夫には空の皿さえ渡さなかった。アジズ医師は外出の折にも食を断つことによってさっそくこれに仕返しした。来る日も来る日も五人の子供たちは、母に食べ物を取り上げられた父の存在感が次第に薄くなるのを見守った。「完全に消えてしまうことはできないの？」とエメラルドは面白がって訊いたが、心配になってつけ加えた、「でも戻ってくる方法を考えてからにしてね」アジズは頬がこけ、鼻までが細くなっていくように見えた。彼の肉体は戦場になっていて、日ごとにその一片が吹き飛ばされていった。彼は一番上の賢い子供アリアに言った、「いかなる戦争にあっても、戦場こそ双方の軍にもましてひどい荒廃を蒙るものだ。これは当然さ」彼は往診のために人力車を使うようになった。車夫(リキシャ・ワーラー)のハムダードは医師のことが心配になってきた。

クーチ・ナヒーン女王(ラーニ)は修道院長を執りなすために使者たちをさし向けた。「インドはすでに飢えた人間であふれているじゃありませんか」と使者たちが問いかけると、ナシームはすでに伝説になっていた射すくめる(バシリスク)ようなまなざしを投げつけた。膝の上に両手を握りしめ、頭にモスリンのドゥパッタ(スカーフ)をきつく巻いた彼女は、不動のまなこで使者たちを差し貫き、傲然と見おろした。彼らの声は石と化し、彼らの心臓は凍えた。部屋に居並ぶ見知らぬ男たちの伏せた眼に囲まれて、ただひとりわが祖母だけが勝ち誇って坐っていた。「何、あふれている、ですって？」彼女は傲然と言った。「なるほど、そうかもしれません。しかしです、そうでないかもしれません」

だが実はナシーム・アジズはひどく気を揉んでいた。アジズが餓死すれば彼女の世界観が彼の世界観より優れていたことの明白な証明になるからといって、彼女は単なる主義のために未亡人になるつもりはなかったのだ。かといって、彼女の側が譲歩したり顔を潰したりせずにこの状況から脱出する方法は見つからなかった。祖母は顔を晒すことは学んだものの、顔を潰すことだけはどうしてもいやだった。

「病気になればいいじゃない」――賢い子供アリアが解決法を見つけた。修道院長は戦略的退却を思いつき、痛い、ほんとにもう死んでしまうくらい痛い、と言って、寝込んだ。賢いアリアは、母の姿がなくなると、一杯のチキンスープという和解の印（オリーブ・ブランチ）を父に渡した。二日後、修道院長は（夫の診察を人生で初めて拒否して）起き上がり、再び采配を振るようになった。肩をすくめながらも娘の決定に従い、あたかも些細な仕事を片づけるような様子でアジズに食事を渡した。

それは十年前のことだった。しかし一九四二年になっても、パーンの店の老人たちは口笛を吹く医者の姿を見ると、戻るあてもないまま彼が妻のおかげで危うく人間消失のトリックを演じさせられる羽目になった時の滑稽な思い出を呼び覚まされるのだった。日暮まで彼らは肘でつつき合って、こんなことを話すのだった。「あの時のことを覚えているかい？――」「物干し綱に吊るされた骸骨みたいに干からびちまってよ！　自転車に乗ることも出来なくなっちまって――」「――ようごさんすか、あの奥さんときたら、凄いことをやってのけられたらしい。何でも聞いたところじゃ、娘たちの見ている夢を見ることまでできたそうだ。娘たちが起きてから何をしようとしているのか、知るためにね！」しかし日が暮れると、ひそひそ話をやめる。コンテストの時間が来たからだ。リズミカルに黙々と老人たちの顎が動く。そして突然、口がすぼまる。だが出て来るのは空気のつくる音ではない。口笛ではなくて赤いキンマの汁が皺だらけの口から噴出し、狂いのない正確さで古い真鍮の痰壷めがけて飛んでゆくのだ。太い腿をぴしゃりと叩く音と共に、「やったー！」とか「命中！」とか自賛する声があがる……老人たちのまわりで街の人びとはとりとめもない夜の娯楽に耽る。子供たちはフープやカバディ（インド、パキスタンの代表的なスポーツ競技。敵味方が捕虜をとりあう）に打ち興じ、ミアン・アブドゥラーのポスターにひげを描き加える。そして今や老人たちは痰壷を路上に持ち出して、それを自分たちの坐っている位置から次第に遠くへ移動させ、次々と遠距離からの攻撃を試みる。それでも液体はちゃんと飛んでゆく。「ワー、すごいぞー！」近所の少年たちが赤い流れの間をひょいひょいと縫って飛び回る遊びを始める。これで痰壷攻めという純粋芸術に子供の度胸だめしという付録がついたことになる……だがそこへ陸軍参謀の車がやって来て、子供たちを追い散らす……こっちでは町の陸軍指揮官ドドソン准将が暑さに息を詰まらせ……そしてこっちでは彼の副官ズルフィカル少佐が彼にタオルを渡す。ドドソンが顔を拭く。子供たちが散る。車が痰壷にぶつかる。凝血のような塊りを含んだ暗赤色の液体は埃だらけの路上に零(こぼ)れると赤い手のように固まり、後退しつつある英国統治権力(ラージ)を糾弾するように指差す。

ある白かびの生えた写真の思い出(たぶんあの、等身大の像を撮ろうとして頭を殴られ、危うく命を落としかけた写真家の作品である)。楽天主義の熱気に輝くアーダム・アジズは六十歳くらいの男と握手をしている。落ち着きのない、活気のある男で、一房の白髪がいやみのない瘢痕(はんこん)のように額に垂れている。これがミアン・アブドゥラー、またの名ハミングバードである。(「いいかな、先生、わしはいたって健康だ。あんたはわしの腹を叩いてみたいんだろう。さあ、叩くがいい、ご遠慮なく。わしは最良の体調でな」……写真のなかで、ゆるい白シャツのひだがその腹を隠しており、祖父の拳は固く握られてはおらず、もと手品師の手のなかに呑み込まれている。)二人の背後ではクーチ・ナヒーン女王(ラーニ)が柔和に微笑んでいる。彼女の肌は点々と白くなっているが、これは歴史のなかに洩れ出してきて、独立後まもなく壮大な規模で噴き出した病いだ……「わたしは犠牲者なのです」と女王(ラーニ)は写真の動かない口からささやく、「文化横断的な事業の哀れな犠牲者。わたしの肌は国際主義的精神の表われなのです」そう、楽天主義者たちが練達の腹話術師よろしくその指導者を迎えているこの写真のなかでは、会話がはずんでいる。女王(ラーニ)のかたわらには――よく聞いてほしい、歴史と家系とが出会おうとしているのだ!――一風変わった男が立っている。物静かで太鼓腹で、淀んだ池のような目をし、詩人のような長い髪をしている。ナディル・カーン、ハミングバードの個人秘書である。スナップ写真のなかに凍結されていなかったとしたら、その足はぶざまに引きずられていたことだろう。彼は愚鈍な、こわばった笑みを浮かべながら言う、「そうです。私は詩を書きましたよ……」これを聞いてミアン・アブドゥラーが割って入り、口を大きく開けて尖った歯をきらめかせながら声を張り上げる、「でも、どんな詩かね。どこまで読んでいっても韻らしきものが出て来ないようなやつだろう！……」そこで女王（ラーニ）が穏やかに言う、「それじゃ、モダニストなの？」そしてナディルが恥ずかしそうに、「そうです」と答える。今この静止した動かぬ情景には何という緊張感があるのだろう！　何という鋭いからかいがハミングバードの科白にこめられていることか、「そんなことは気にせんでいい。芸術は高揚させるものであるべきだ。われわれの輝かしい文学的遺産を想起させるものであるべきだ！」……そしてあれは影だろうか、それとも彼の秘書の額に寄せられた皺だろうか？……ナディルの声が古ぼけた写真から低く響いてくる、「私は高尚な芸術というものを信じないのです、ミアンさん（サヒブ）。今や芸術はカテゴリーを超えなければなりません。私の詩と、えー、痰壺攻めの遊戯は等価なのです」……そこで女王（ラーニ）はいかにも親切な女らしく、おどけて言う、「それではわたしが部屋をひとつ取っておいてもよろしいわ。パーンを食べて痰壺攻めをするためにね。ラピスラズリをちりばめた上等な銀の痰壺があるから、皆さんでいらっしゃって、やって下さいな。吐き出す的を外して壁を汚して下さっても結構ですわ。少なくともそれは正直な汚れですもの」さて写真の科白はタネ切れになった。私は心眼によって気づいているのだが、ハミングバードはこの間ずっと、写真の一番端にいる祖母の肩の後ろにあるドアを見つめていたのだ。ドアの向こうで歴史が呼んでいる。ハミングバードは退散しようとそわそわしている……だが彼はこれまでわれわれのもとに留まっていて、彼の存在はわれわれに二本の糸をもたらしてくれたのだ。私の生涯をたどるための糸だ——一本はマジシャンのゲットーに通じており、もう一本は無韻、無言の詩人ナディルと高価な銀の痰壺の物語として紡ぎだされる糸である。

「ばかばかしい」わがパドマは言う。「どうして写真が口をきくのよ。もうやめて。疲れすぎて頭が働かなくなっているのよ」しかしミアン・アブドゥラーは休みなくハミングするという一風変わったくせを持っており、そのハミングがまた一風変わっていて、音楽的でも非音楽的でもなく、いくぶん機械的で、エンジンかダイナモのような唸り(ハム)だったと教えてやると、今度は早呑込みしてこんな物分かりのいいことを言う始末だ、「なるほど、そんなエネルギッシュな人なら、そういうこともあるでしょうよ」パドマはまた耳を傾けはじめる。だから私も本題に戻って、ミアン・アブドゥラーの唸り(ハム)は彼の仕事の進み具合に応じて高まりもし低まりもした、ということをまず断わっておこう。その唸り(ハム)は聞く者の歯が痛くなるほど低音にもなったし、また最高音のきわめて熱っぽいピッチに高揚する時には、近くに居合わせた人を勃起させてしまう力を持っていた。(「あらまあ(アレー・バープ)」とパドマは噴き出す、「それじゃその人が男たちに人気があったのも当然だわ！」) 彼の秘書であるナディル・カーンは主人の震音を発する奇癖にたえず攻めたてられていたので、彼の耳と顎とペニスはいつでもハミングバードの命ずるがままの姿勢をとっていた。それなら何故にナディルは、衆人環視のなかで勃起して困ったにもかかわらず、臼歯が痛むにもかかわらず、二十四時間のうちの二十二時間に及ぶことさえまれではない労働時間にもかかわらず、彼のもとに留まったのか？　それはたぶん――事件の中心の近くにいて、それを文学化するのが自分の詩的義務であると考えたからではあるまい、と私は信じる。また自分の名声を欲したからでもあるまい。違うのだ。ナディルは私の祖父と共通点を一つ持っていたのであり、それだけで十分だった。つまり彼もまた楽天主義の病いにかかっていたのだ。

　アーダム・アジズのように、またクーチ・ナヒーン女王(ラーニ)のように、ナディル・カーンはムスリム連盟を嫌った。(「おべっかつかいども！」と女王(ラーニ)は銀の鈴のような声で、オクタープをスキーヤーのように急降下させながら叫んだ。「既得権益を護らなければならない地主たち！　彼らがムスリムと何の関係があるのよ？　彼らはヒキガエルのようにイギリス人のところへ行って、イギリス人のための政府をつくる。会議派がそれを拒否しているご時勢なのに！」それは「インドを出てゆけ（クイット・インディア）」の決意をした年のことだった。「それればかりか」と女王（ラーニ）は断固たる調子で言った、「彼らは気違いだわ。そうでないとしたら、なぜインド分割なんてことを考えるの？」）

ミアン・アブドゥラーまたの名ハミングバードは、自由イスラム会議をほとんど独力で設立した。彼は何十となくあるムスリム少数派の指導者たちに、教条主義と既得権益を後生大事にしているムスリム連盟にかわる緩やかな連合体をつくろうと呼びかけた。これはよほど巧みな呼びかけだったと見えて、彼らはひとり残らず馳せ参じた。ラホールにおける第一回集会でのことである。第二回はアーグラで開かれるはずであった。農地改革運動、都市の労働組合、宗教家、地域集団などのメンバーで、大テントは一杯になるだろう。第一回集会で遠慮がちに述べられたこと、即ち、インド分割を綱領としている連盟はただ自分たちだけの利益を代弁するものでしかないということが、ここで確認されるだろう。「彼らはわれわれに背を向けてしまった」と会議のポスターは叫んでいた、「しかも彼らはわれわれの味方だと主張している！」ミアン・アブドゥラーは分割に反対だった。

熱病にかかったように楽天主義のとりこになっていたハミングバードの後援者クーチ・ナヒーン女王（ラーニ）は、前方にかかる暗雲のことはひとことも言わなかった。アーグラがムスリム連盟の拠点であることは伏せて、ただこう言うのだった、「アーダムさん、ハミングバードがここで集会をやりたいのなら、何もアラハバードへ行くことはないじゃないの」彼女は異議も唱えず干渉もせず、この行事の費用を全額負担していた。もちろん、それによって街に敵をつくりもした。女王（ラーニ）は他のインドの藩王たちのような暮らしはしていなかった。彼女はチーター狩りをするかわりに奨学金を出した。ホテルでのスキャンダルのかわりに政治に関わりを持った。そこで噂が立った。「これは周知のことだが、ほれ、女王（ラーニ）はおかかえ学者たちに課外活動をさせているんだ。夜中に寝室へ呼びつけるのさ。染みだらけの顔は見せないで、歌う魔女よろしくの妖しい声で先生たちをベッドに誘い込むのさ！」アーダム・アジズは魔女の存在は決して信じなかったので、ドイツ語とペルシャ語を同じくらい自由に操る、彼女を取り巻く才気縦横の友人たちとの交際を楽しんだ。しかしナシーム・アジズは女王（ラーニ）にまつわる噂をなかば信じていたので、夫に同行して女王（ラーニ）邸を訪ねることはしなかった。「もし神様が人間に多くの言語を話させるおつもりであったのなら、なぜわたしたちの頭脳に一つだけの言語をお授けになったのでしょうね」と彼女は問いかけた。

　こんなわけでハミングバードの楽天主義者たちは、次に起こる事態に備えていなかった。彼らは痰壺攻めに打ち興じ、大地の割れ目を無視したのだ。

　時として伝説は現実をつくり、事実にもまして有効性を持つものである。伝説によれば——つまりパーンの店の老人たちの間で出来上がった伝説によれば——ミアン・アブドゥラーが没落したのは、悪運についてのナディル・カーンの警告を無視して、アーグラの鉄道駅で孔雀の羽根の扇子を買ったからであった。おまけに、その三日月の晩にアブドゥラーはナディルと共に仕事をしていたので、新月が昇った時、二人とも望遠鏡で覗いてみた。「こういうことは災いを招くんだよ」とキンマを噛みながら老人たちは言う。「わしらは長生きしたおかげで、分かるのだ」（パドマはそうよねというようにうなずいていた。）

〈会議〉の事務所は大学構内の歴史学部の建物の一階に置かれていた。アブドゥラーとナディルは夜の仕事を終えるところであった。ハミングバードの唸り（ハム）は低く、ナディルの歯はしくしく痛んでいた。事務所の壁には一枚のポスターが貼られていた。アブドゥラーが支持する分割反対派の主張を表わしたもので、「神にとって無縁な土地をどこに見出しうるか」という詩人イクバール（一八七七—一九三八年。ウルドゥー語、ペルシャ語の詩人。熱烈なパキスタン建国運動家でもあった）の言葉を引いていた。そして今、暗殺者たちは大学に到着した。

　実は、アブドゥラーは数々の敵を持っていた。彼に対する英国の態度は常に曖昧であった。ドドソン准将は彼を市内に置いておくことを望まなかった。ドアにノックがあり、ナディルがどうぞと答えた。六個の新月が部屋に入ってきて、覆面をした黒装束の男たちが手に持った六本の三日月刀が現われた。二人の男がナディルを摑まえ、他の四人はハミングバードの方に向かった。

「ここで」とキンマを噛んでいる老人が言う、「ハミングバードの唸り（ハム）が高くなったのさ。高く、高く、そうさ、そして、刺客たちの目は大きく見ひらかれ、同時にロープの下で連中の一物がテントを張っていた。それから——驚いたのなんの（アッラー）！　それから——剣が歌い出した、アブドゥラーはいっそう高い音を出し、それはいまだかつてなかったほど高い、高いハミングになった。彼の体は硬くなっていて、長い三日月形の剣で殺すのは難しかった。一本は助骨に当って折れてしまったが、他の五本はたちまち朱に染まった。ところがだ——いいかね！——アブドゥラーのハミングが人間の耳に聴こえる音域を超えるところまで高まり、町の犬たちがそれを聴き取った。アーグラにはおそらく八千四百二十四の野良犬がいる。その晩、餌にありついていた犬や、死にかけていた犬がいたことは確かだし、また交尾に耽っていた犬や、呼び声が聞こえなかった犬もいただろう。こういう犬が約二千匹いたとしよう。すると残りは六千四百二十匹だが、こいつらが一匹残らず大学の方に向かって走りだしたのだ。そのうちの多くは貧民街から鉄道線路を横切ってやってきた。よく知られているように、これは本当なのだ。町中の人がこの光景を見ている。見なかったのは眠っていた人だけだ。犬たちはまるで軍隊のように騒々しく走った。奴らの通った跡には骨や糞や抜け毛が散らかっていた……そしてこの間ずっとアブドゥラーさん(ジー)のハミングがウーン、ウーンと続いており、また剣が歌っていた。ついでに、こんなことも起こった。刺客の一人の目が突然割れて眼窩から落ちた。あとになって、粉々にくだけて絨毯のなかにかくれたガラスのかけらが見つかったんだ！」

　老人たちは続ける、「犬たちがやって来た時アブドゥラーは死にかけていて、剣はどれもこれも鈍(なま)っていた……犬たちは野獣のように窓から飛び込んできた。窓にはガラスがなかったから。アブドゥラーの唸り(ハム)がこわしてしまっていたんだ……奴らは木造のドアがこわれるまで力いっぱい体当りした……そして奴らは建物中いっぱいになったのさ！……脚のない犬もいれば、毛のない犬もいた。だがほとんどの犬は少なくとも何本かの歯を持っており、そのうちには鋭い歯もあった……ところでだ、刺客たちは邪魔が入ることは予想していなかったようだ。その証拠に、彼らは見張り番を立てていなかった。だから犬たちに奇襲攻撃をかけられる形になった……意気地なしのナディル・カーンを摑まえていた二人の男は犬どもの下敷きになり、おそらく六十八匹の犬が二人の首筋に食らいついた……事件が終ったあと、刺客たちの遺体は損傷がひどくて、その身元は誰にも確認できなかった」

「ある時点で」と老人たちは続ける、「ナディルは窓から飛び出して、逃げた。犬どもと刺客どもはとても彼を追いかけられるような状況じゃなかった」

犬だって？　刺客だって？……私の言うことが信じられないなら、自分で調べてみるがいいさ。ミアン・アブドゥラーと彼の〈会議〉のことも捜し出すといい。彼の物語をどんなふうに絨毯の下に隠してきたかも見つけ出すといい……さて、それでは彼の側近ナディル・カーンがわが家の絨毯の下で三年を過ごしたいきさつを話すとしよう。

若い頃、彼はある画家と共同で部屋を借りていた。その画家は人生の全体を芸術のなかに収めてしまおうとするうちに、ますます大きな絵を描くようになった。「ぼくを見てくれ」と彼は自殺をとげる前に言った、「ぼくは細密画を描こうと思っていたのに、逆に象皮病にかかってしまった！」途方もない大騒動に発展した、三日月刀で襲われた夜に、ナディル・カーンはそのルームメートのことを思い出した。ここでもまた人生はかたくなにも等身大に留まることを拒んだのだ。それは芝居がかったものになった。彼は狼狽した。

ナディル・カーンはどうして誰にも気づかれずに夜の町を走ることができたか。それは彼がへぼ詩人であり、それゆえに生得的に生き延びる術だけは心得ていたからだ、としておこう。走りながらも彼は自意識にとらわれていて、安手のスリラーもどきの振舞いに及んで申し訳ないと詫びているような恰好だった。そう、行商人が鉄道の駅で売っているような、あるいは風邪、チフス、不能、ホームシック、貧乏、何にでも効くと称する壜入りの緑色の薬のおまけとして、無料でくれる、あのスリラー本のような……コーンウォリス・ロードは、暖かい晩だった。人影のないリキシャ乗場のかたわらに空の石炭火鉢が置いてある。パーンの店は閉まっていて、老人たちは明日のゲームの夢を見ながら屋根の上で眠っている。不眠症の牝牛が一頭、紅白のタバコの箱を怠惰そうに噛みながら、丸くなって寝ている一人の路上生活者の前をのっそりと歩いていった。ということは、どうやら彼は朝が来れば目覚めるようだ。なぜなら牝牛は単に眠っているだけの人間を無視するものなのだ。ただし相手が死にかけているとなると別で、その場合は慎重に鼻をすりつけていく。聖なる牛は何でも食べるのだ。

私の祖父の大きな古い石造りの家は、宝石店の収益と盲目のガーニがよこした持参金で買ったもので、威厳が備わる程度に大通りから奥にひっこんだところの暗がりに建っていた。裏手には塀で囲われた庭があり、庭の門のかたわらには軒の低い離れがあって、これはハムダード老人とその息子でリキシャ・ボーイのラシドに安く貸してあった。離れの前には牛が引っぱる揚水機のついた井戸があり、そこから小さな麦畑まで灌漑水路が通じていた。この畑はコーンウォリス・ロード沿いの囲い塀の門のところまで家に沿って続いていた。家と畑の間には歩行者とリキシャが通り抜けられる程度の細い路地が通っていた。アーグラではこの頃ようやくサイクル・リキシャが人力車にとってかわったところだった。二輪馬車の商売もまだ残ってはいたが、年々少なくなっていた……ナディル・カーンは門をくぐり抜けて、しばらく囲い塀にもたれてかがみこみ、顔を赤めながら小便をした。そしてどうやら自分のしたことの野卑さ加減に恥じ入ったらしく、麦畑のなかへとび込んでいった。日に照らされて枯れた麦の茎の間になかば体を隠しながら、彼は胎児の姿勢で寝そべった。

リキシャ・ボーイのラシドは十七歳で、映画から帰るところだった。その朝彼は二人の男がずんぐりしたワゴン車を押しているのを見かけた。巨大な手描きのポスターが二枚、背中合せに載っていた。それはラシドの大好きな俳優デヴが主演する新しい映画『ガイ・ワーラー』の広告だった。「デリーで堂々五十週続映！　ボンベイでたちまち六十三週続映！」とポスターは絶叫せんばかり。「二年越しの爆発的人気！」その映画は東洋製ウェスタンものだ。ヒーロー役のがっしりした体つきのデヴが、牧場をひとり馬で走る。そこはインドのガンジス河流域の平原にきわめてよく似ている。ガイ・ワーラーとはカウボーイのことで、デヴの役はいわば、牝牛を保護するワンマン警備隊のようなものだ。「男一匹、二連銃！」といういでたちで彼は、牧場から屠所へ追い込まれようとしている数知れぬ牛に近づき、牛飼いたちをやっつけ、牛を解放する。（この映画はヒンドゥー教徒の観客のために作られたもので、デリーではたびたび騒動を引き起こした。ムスリム連盟の連中が映画館の前を通って屠所へ牛を追い込み、暴徒の襲撃を受けたりしたのだ。）歌と踊りがなかなかいい。カウボーイのテンガロンハットをかぶって踊らされたりしなければ、もっと優雅に見えたであろう美人の踊り子（ノーチ・ガール）もいる。ラシドは一階正面席に坐って、口笛と喝采に加わった。彼はサモサ（インド風の小さな揚げパイ）を二つも食べて小遣いを使いすぎた。母親はいやな顔をするだろうが、自分としては楽しかった。リキシャのペダルをこいで家路につきながら、車体を一方に傾けたり、かすかな下り坂を惰力だけで走ったり、ガイ・ワーラーが敵から姿を隠すために馬を利用したようなやり方でリキシャを動かしたり、いずれも映画で見てきたばかりの変わった乗り方を試してみた。やっと家に帰り着き、ハンドルバーを回した。嬉しいことにリキシャはすんなりと門をくぐり、麦畑のわきの路地へ降りて行った。ガイ・ワーラーはこういう手を使って、藪の中に坐って酒を飲みながら博打を打っている牛飼いたちに忍び寄って行ったのだった。ラシドはブレーキを使い、麦畑にとびこみ、銃の打ち金を起こして構えながら、何も知らずにいる牛飼いたちめがけて——猛烈な勢いで！——とびかかって行った。やつらの焚き火に近づきながら、脅かそうとして「憎悪の叫び」を放った。「ヤアアアアアアア！」もちろん彼は医者の家の近くで本当に叫び声をあげるわけにはいかなかったけれども、走りながら口をふくらませて無言の叫びをあげた。「バーン！バーン！」ちょうどその時、ナディル・カーンはとても眠れそうにないと分かって、目を開けたところだった。すると——ウワアー！——狂気じみた筋骨逞しい男が声を限りに叫びながら、まるで郵便列車のように飛びかかって来るではないか。だが自分は耳が駄目になってしまったのだろうか、音がまったく聞こえない！——立ち上がったとたんに、ひどく厚ぼったい唇から悲鳴がとびだす。そこでラシドも相手の存在に気付いて、声を上げる。二人は同時にアッと言ってたがいに背を向けて走り出す。二人は相手が逃げていることに気づいて立ち止まり、乱れた麦の穂の間からたがいに相手を覗いてみる。ラシドはナディル・カーンだと分かり、ボロボロの衣服を見てひどく当惑する。

「ぼくは友だちだよ」ナディルは間抜け面で言った。「アジズ先生に診てもらいたいんだ」

「でも先生は寝てますよ。それに、麦畑にはいませんよ」しっかりしろ、とラシドは自分に言いきかせた、与太なんか飛ばしてちゃいけない！　この人はミアン・アブドゥラーの友だちじゃないか！……だがナディルは気づいていないようであった。歯の間にはさまった鶏肉の切れ端のような言葉を吐き出そうとして、彼はものすごい形相になっていた……「命が危ないんだ」と彼はようやく言った。

それを聞いてラシドは依然としてガイ・ワーラー気分にひたったまま救助に乗り出した。彼はナディルを家の横の入口に連れて行った。そこは錠前がかかっていたが、ラシドが引っぱると錠前は外れた。「インド製だから」と彼は、それで何もかも説明がつくかのようにつぶやいた。ナディルがなかに入ると、ラシドはひそひそ声で言った。「ぼくをすっかり信用して下さい、旦那（サヒブ）。何も言わないで！　オフクロの白髪にかけて誓います」

彼は錠前をもとに戻した。ハミングバードの片腕だった男を本当に救ったのだ！……でも何から？　誰から？……そうだ、時として実人生は映画よりもすばらしい。

「その男なの？」パドマが、いささか混乱して訊ねる。「そのぶよぶよに肥った臆病者なの？　あなたのお父さんになる人は？」

絨毯の下

楽天主義の流行はこれで終った。翌朝、掃除婦が自由イスラム会議の事務所に入ってみると、床の上に声の出なくなったハミングバードが足跡と刺客たちの体の残骸に囲まれて横たわっていた。彼女は悲鳴をあげたが、のちに官憲の立入り調査が終ると、部屋の掃除を命じられた。夥しい犬の毛を掃き出し、数知れぬ蚤を叩きつぶし、絨毯から砕けたガラスの義眼の破片を取り出したあと、彼女は大学の労務管理者に対し、こんなことがこれからもあるのなら、少し給料を上げて欲しいと訴えた。彼女は楽天主義の虫の最後の犠牲者であったかもしれない。彼女の場合、この病気は長くは続かなかった。というのは、労務管理者は非情な男で、彼女を解雇したのだ。

　刺客たちの身元はついに分からなかったし、刺客を雇った人間の名前も分からずじまいだった。私の祖父はドドソン准将の副官ズルフィカル少佐に大学へ呼び出されて、友人の死亡証明書を書いた。ズルフィカル少佐は二、三の未解決のことに決着をつけるためにアジズ医師を訪ねることを約束した。祖父は洟をかむと、その場を離れた。広場(マイダン)では潰えた希望のようにテントがたたまれた。自由イスラム会議はもう二度と開かれないだろう。クーチ・ナヒーン女王(ラーニ)は病いの床についた。生涯病気を軽く見た罰としてついに病気に負け、ベッドシーツのように血の気を失いながら、なお何年か病みつづけた。その間コーンウォリス・ロードの古い家では母親になる者たち、そしてもしかしたら父親たちも、生まれようとしていた。いいかね、パドマ。もうすぐ分かるよ。

鼻を使って(つい最近まで持っていた歴史を変える力を、その鼻は今は持たないが、別の代補的な能力を獲得したのだ)——つまり鼻を内面に向けて、私はインドの活気にみちた希望が死んだ後の時代における、祖父の家の雰囲気を嗅ぎとろうとしてきた。すると、歳月の隔たりを越えて異様な臭いの混合物がとまどいながら漂ってくる。ロマンスの芽生える匂い、詮索し采配を振っている祖母のつんとくるような異臭、そしてそこに混じって何か隠れたものの臭いがしてくる……ムスリム連盟は政敵が倒れたことを内心喜んでおり、祖父はといえば「サンダーボックス」(持ち運びできる便器)と彼が呼んでいるものの上に毎朝坐っている姿が見られた(私の鼻がつかまえたのだ)。目には涙をいっぱい浮かべていた。しかし悲しみの涙とは違う。アーダム・アジズは単に、インド化したことの代償を支払っていた、つまりひどい便秘に苦しんでいたのだ。トイレの壁にかかっている浣腸器具を、彼はうらめしげに見やる。

なぜ私は祖父のプライバシーを犯しているのか。ミアン・アブドゥラーの死後、いかにアーダムが仕事にいそしんでいたか、鉄道線路沿いの貧民街の病人の世話を引き受け――胡椒水を注射したり、油で揚げた蜘蛛が盲目を治すと考えたりするいかさま医者から彼らを救い出し――同時に大学病院の医者としての職務も果しつづけているというようなことを書いてもいい時に、私の祖父とその次女ムムターズの間に大きな愛情が育ちはじめていたこと、ムムターズは暗い色の肌ゆえに母親の愛情は得られなかったが、優しさ、思いやり、そしてひ弱さのために父親から愛されたこと、父親は何も詮索せずに内面の苦しみを分かってくれる娘の優しさに救いを求めたこと、などを詳しく書いてもいい時に、あるいは今や慢性となった彼の鼻の痒みについて書いてもいい時に、なぜ私は糞便の話などにうつつをぬかしているのか。その理由は、アーダム・アジズが一枚の死亡証明書に署名した日の午後、彼がほかならぬここにいたからである。そのとき突然ひとつの声――優しい、臆病な、困惑した、無韻詩人の声――が、部屋の片隅に置いてあった大きな古い洗濯物入れの底の方から、語りかけてきて、途方もない衝撃を与え、これが霊験あらたかな緩下剤の効果を発揮して、浣腸器の使用を不要にしてしまったのだ。リキシャ・ボーイのラシドは掃除夫の出入口からナディル・カーンをサンダーボックスのあるバスルームへ導いてきて、洗濯物入れのなかへかくまったのだった。私の祖父の括約筋は驚いてゆるみ、同時に彼の耳はかくまってほしいという声を聞いた。その声はパジャマや汚れた下着や古いシャツに吸収され、話し手の困惑も手伝って、聞きとりにくかった。ともあれこんな経緯でアーダム・アジズはナディル・カーンをかくまうことにしたのだった。

ここでひとつ口論が持ち上がっているさまが臭ってくる。ほかでもない、修道院長のナシームは娘たちのことを心配しているのだ。二十一になるアリア、十九になる色黒のムムターズ、そしてまだ十五にもならないが、二人の姉に劣らぬ大人びた目をした美人で浮気なエメラルドのことを。町では、痰壺攻めをしている人たちやリキシャ・ワーラーたちの間で、また映画のポスターの手押車を押している連中や大学生の間でも、三人姉妹は「ティーン・バッティ」、即ち三つの光、まばゆい三人娘、として知られている……修道院長にしてみれば、見も知らぬ男を、まじめなアリア、黒く輝く肌をしたムムターズ、美しい目をしたエメラルドと同じ屋根の下に住まわせることなど、どうしてできようか……「あなたは気でも狂ったのですか。あの暗殺事件で脳がやられたんでしょう」しかしアジズはきっぱりと言った、「かくまってやるぞ」かくまう場所は地下室……インドの建築においては常に、隠匿の必要に対処できる構造が求められてきた。アジズの家も地下に大きな部屋を幾つも持っていて、絨毯やマットに覆われた床面の揚蓋だけがそこへの入口である……ナディル・カーンは夫婦喧嘩の鈍い物音を聞き、どうなることやらと気をもむ。何たることだ(手のひらが汗ばんだ詩人の想念が私の鼻に臭ってくる)、世界は発狂した……この国のわれわれは人間なのだろうか、それとも獣なのだろうか？　おれがここから追い出されるとしたら、剣がおれに向けられるのはいつのことか？……孔雀の羽根の扇子と新月が窓ガラスの向こうに見えたと思うと、それが凶漢の朱に染まった刃物に変わっていた、あの時のイメージがふと彼の心をかすめる……階上では修道院長がこぼしている、「わが家には若い娘が三人もいるじゃありませんか。なのにあなたったら、娘のことなんかおかまいなし」これを聞いてアーダム・アジズは威厳のある平静さを失って、強暴な怒りを爆発させる。ナディル・カーンは絨毯の下で地下生活をするのだから、娘たちを襲うようなことはできるわけがない、とは彼は言わない。あの書かない詩人は淫らな行為に及ぶことを夢に見るだけで睡眠中に赤面するだろう、彼はそれほど品性を重んじるご仁だ、とも言わない。理性的に説得しようとせずに、祖父はどなりだすのだ、「女は黙っとれ！　あの男はわが家の保護を求めている。だからかくまってやるまでだ」するとにわかに噎せるような香気、固い決意の雲が祖母の上にかかり、彼女は言い放つ、「結構よ。黙れとおっしゃるのね。それなら、何て言ったらいいか、もう二度と口をきかないことにするわ」するとアジズはうめいて、「あー、滅相もない、頼むからそんな気違いじみた誓いは撤回してくれ！」

だが修道院長は口を閉ざし、沈黙が始まった。腐りかけた鵞鳥の卵のような沈黙の臭いが、私の鼻孔に溢れる。それは他のすべてを圧倒して、大地をとらえる……ナディル・カーンは薄明の地下世界に隠れ、同時にその女主人も防音壁の向こうの音のない世界に隠れた。祖父は初めどこかに隙間がないものかと捜してみたが、見つからなかった。ついに彼は諦めて、妻の片言隻語が彼女の姿をかいま見させてくれるのを待った、かつて穴あきシーツから彼女の肉体のわずかな断片を覗き見て欲情したように。沈黙はこの家を壁から壁まで、床から天井まで充たし、蠅も唸るのをやめたかのようだったし、蚊も刺すまでは羽音をたてるのを堪えていた。沈黙のなかで中庭の鵞鳥たちも鳴くのをやめた。子供たちは初め小声で話していたが、やがて黙り込んだ。麦畑ではリキシャ・ボーイのラシドが声なき「憎悪の叫び」をあげ、母親の髪の毛にかけて立てた沈黙の誓いを守っていた。

この無言の泥沼のなかへ、ある晩ひとりの小男が入って来た。この男、頭はかぶっている帽子のように平たく、脚は風にたわむ葦のように湾曲し、鼻はそり上がった顎に届きそうなほど長く、おかげで細く鋭い声をしていた――なにしろ呼吸器と顎の間の狭い隙間から絞り出されるのだ……彼は近視のせいで一歩ずつ足もとを確かめながら姿を現わさなければならなかった。そのおかげで彼は周到で鈍重という評判をとったし、よく働いてくれてしかも何の脅威も感じさせないことによって、上官からも愛された。彼の糊とプレスのきいた軍服は白色塗料と実直の匂いがしたし、人形芝居から抜け出して来たような外見にもかかわらず、彼には間違いなく出世しそうな匂いが漂っていた。前途有望な男ズルフィカル少佐はかねて約束した通り、二、三のことに決着をつけるために訪ねて来たのだ。アブドゥラーの殺害、そしてナディル・カーンの怪しい失踪は、彼の心に重くのしかかっていた。アーダム・アジズが楽天主義の虫にとりつかれていることを聞き知っていたので、彼はこの家の沈黙を喪の静けさと誤認し、長居はしなかった。（地下室では、ナディル・カーンがゴキブリと一緒に縮こまっていた。）客間で帽子と杖をかたわらのテレフンケン社製のラジオグラム（家具の一種として作られたラジオ付きのレコードプレイヤーのこと）の上に置いて、五人の子供たちと一緒に坐って、壁にかかった若いアジズ夫妻の等身大の写真に睨まれながら、ズルフィカル少佐は恋に落ちた。彼は近視だったが、盲目ではなかった。「三つの光」のなかでも一番美しい、まだ少女であるエメラルドの信じがたいほど大人びたまなざしのなかで、彼は、この人はぼくの未来を信じてくれて、ぼくの男前のわるさも許してくれている、と見てとった。帰る時までに彼は、適当な時期まで待ってこの人と結婚しようと心に決めていた。（「その人なのね」とパドマが推測する。「そのおてんば娘があなたのお母さんなのね？」だが他にも母親になるべき者と未来の父親がいて、沈黙のなかに見え隠れしている。）

その言葉のない沼のような時期に、長女である生真面目なアリアも愛に目覚めようとしていた。食料貯蔵室と台所のなかに閉じこもって固く口を閉ざしていた修道院長は、娘を訪ねてきた模造皮（レクシン）とレザークロスを扱う商人に対する不信感を――みずから立てた誓いが禍いして――表明することができなかった。（アーダム・アジズはといえば、彼はかねてから娘たちに男友だちをつくることを許してやるべきだと主張していた。）アフマド・シナイ――「ああ！」パドマが分かったとばかりに叫んだ――は、大学でアリアに出会った。祖父ゆずりの鼻が賢すぎるようなおもむきを顔に添えている、この本好きの、頭のよい娘にとっても、彼は十分に知的に見えた。しかしナシーム・アジズはこの男が気がかりだった。二十歳で離婚していたからである。（「誰でも一つくらい間違いを犯すものさ」とアーダム・アジズが言うと、すんでのところで喧嘩がもちあがりそうになった。それというのも、ナシームは夫の声に自分のことを言っているような調子があると強く感じたからである。しかしアーダムはつづけて言った、「離婚の噂が消えるまで一、二年待とうじゃないか。それからわが家で最初の結婚式をやればいい。庭に大テントを張って、歌や菓子もたっぷりと用意してだ」いろいろと難点はあったものの、この思いつきはナシームの気に入った。）今、閉ざされた沈黙の庭をさまよいながら、アフマド・シナイとアリアは言葉なしで語り合った。彼から結婚の申し込みがあるものと誰もが期待していたのだが、沈黙が乗り移ったかのように、彼は肝心の問いを発しなかった。この頃アリアの顔は肥りはじめた。陰気くさく顎の肉が垂れ下がり、彼女は生涯この贅肉をきれいに取り去ることができなかった。（「いやーね」とパドマが私を責める、「大切なお母さんをそんなふうに言うことはないじゃないの」）

一つつけ加えておこう。アリアは母親から肥満症を受け継いでいた。彼女は年と共に風船のように膨らんでいくことになるだろう。

ではムムターズはどうしたろうか、真夜中のような黒い肌で母の子宮から生まれてきた娘は？　ムムターズは才知には恵まれなかった。エメラルドのように美人でもなかった。だが彼女は善良で、律義で、孤独だった。他の二人よりも多くの時間を父と共に過ごし、近頃は絶えず鼻がむず痒いのでますますひどくなっている不機嫌から父を救ってやっていた。おまけにナディル・カーンのめんどうを見るという義務まで背負い込んで、毎日食膳と箒を持って地下室へ降りて行き、彼のサンダーボックスを空ける労までとっていた。だから便所掃除夫でさえ彼の存在には気づかなかった。彼女が降りて行くと、彼は視線を下げた。この無言の家でのことだ、二人の間に言葉は交わされなかった。

痰壺攻めの老人たちがナシーム・アジズについて言っていたのはどんなことか？「医者の奥さんはさ、娘たちが何をしようとしているのか知りたいばかりに、娘たちの夢を覗き見しようとしていたのさ」そう、ほかに説明のしようがないのだ。知っての通り、この国にはもっと不思議なことだって起こっている。何でもいいから新聞を開いて、どこかの村の奇跡に関するその日のニュースを読んでみるといい――ともかく修道院長は娘たちの夢を夢に見るようになったのだ。（パドマはこの事実を瞬きもせずに受け入れる。もっとも他の人なら何の苦もなく鵜呑みにするようなことをパドマはあっさりはねつけるかもしれない。受け入れ方は人それぞれである。）そんなわけで修道院長は夜、睡眠中にエメラルドの夢のなかへ訪ねて行き、そのなかにもう一つの夢を探り当てた――それはズルフィカル少佐の内心の幻想で、ベッドのかたわらに浴槽がついている広壮でモダンな邸宅を手に入れるというものだった。これこそ少佐の諸々の野心の頂点をなすものであった。このようにして修道院長は娘が言葉を交わせる場所でこっそりズルフィと会っていたということばかりでなく、エメラルドの野心はその恋人の野心よりも大きなものだということも発見した。そして（もちろん）アーダム・アジズの夢のなかに彼女は、夫が握りこぶし大の穴のあいたおなかをかかえて悲嘆に暮れながらカシミールの山を登っていく姿を見て、夫が自分を嫌いになったのだと推測し、また同時に夫の死を予見した。だから後年、夫の訃報に接した時、彼女はただこう言った。「ああ、やはりね。分かっていました」

……エメラルドが少佐に地下室の滞在客のことを話すのはそう先のことではなかろうと修道院長は考えた。その時が来たら私はまたこの話に立ち戻ることができよう。だが彼女はある晩、南インドの海女のような黒い肌を持っているためにどうしても愛せない娘ムムターズの夢のなかへ入って行き、頭痛の種はそれだけではないのを知った。というのはムムターズ・アジズもまた——絨毯の下に住む彼女の崇拝者と同様——恋に落ちていたのだ。

証拠はなかった。夢への侵入——それとも母の千里眼、それとも女の直感、何と呼んでもよいが——などというものは法廷で主張できるようなものではない。修道院長も、親の家で姦淫をはたらいたろうと言って娘を責めることの重大さに気づいていた。のみならず修道院長は、しごく強情な気分になっていた。彼女は心に決めた、何もしないでおこう、沈黙を守り通そう、近代的な思想がどれほどひどく子供たちを駄目にしたかをアーダム・アジズに気づかせてやろう——そんな古臭い考え方は捨てろと生涯言いつづけてきたあとで、自分で気づくようにさせてやろう、と。「ひどい女ね」とパドマが言う。その通りだ。

「ところで」パドマは訊ねる。「それは本当なの？」

そうだ。ある意味で、本当なのだ。

「姦淫が行われていたって？　地下室で？　付添い（シャペロン）もなしに？」

状況を考えてほしい——酌量しうる情状があるなら、酌量してほしい。昼の光のなかでは愚劣な、いや誤ったことと見えることも、地下室においては許容しうることに見えるものだ。

「そのでぶ詩人はかわいそうな色黒娘にそれをしてしまったの？　そうなのね？」

彼は何しろ長いこと地下室に暮らしていたのだ——それがあまり長いので、彼はゴキブリと話をするようになり、いつか誰かが出て行ってくれと言いに来るのではないかと怯え、三日月刀と狼のように吠える犬たちの夢を見、ハミングバードが生きていて、何をなすべきかを教えてくれ、地下室にいては詩は書けないことを分かってくれたらいいと思うようになった。そこへこの娘が食事を持ってやって来て、便器の始末までしてくれる。いくら視線をさげても、足首は見えてしまう。優雅な光沢をおびているような足首、地下世界の夜のように黒い足首が……

「へえ、そんなことができるとは思ってもみなかったわ」パドマは感心したように言う。「そのでぶの老いぼれの無駄めし喰らいがね！」

そしてこの家では誰も、顔のない敵から地下室に身を隠している逃亡者さえも、舌が乾いて口蓋にくっついてしまう。息子たちでさえ、娼婦に関する冗談を言ったり、一物の長さを比べ合ったり、映画監督になる夢(これはハーニフの夢なのだが、夢のなかへの侵入者である母をぞっとさせている、何しろ映画は売淫業の延長であると彼女は信じているのだ)をひそひそ声で語ったりするためには、リキシャ・ボーイと一緒に麦畑のなかへしけこまなければならない。生活は、歴史の侵入によってグロテスクなものに変質してしまう。そんな家の地下室の薄暗がりのなかで、とうとう彼は自分を抑えることができなくなる。視線を華奢なサンダルからぶかぶかのパジャマへ、それからゆるい上着(クルター)を越えてドゥパッタの上へと上げていき、ついに目と目が合ってしまう。そして

——

「そして？　さあ、あなた、そしてどうなるの？」

恥ずかしそうに、彼女は彼に微笑みかける。

「何ですって？」

この時から地下世界に笑みが溢れる。何かが始まったのだ。

「あら、それでどうしたの？　それでおしまい、なんて言うんじゃないでしょうね」

それでおしまいなのだ。ナディル・カーンが私の祖父に面会を求め――彼の言葉は沈黙の霧のなかでかすかにしか聞きとれなかった――お嬢さんと結婚させてほしいと頼む時までは。

「かわいそうに」とパドマは締めくくった、「カシミールの娘は普通は山の雪のように色白なのに、ムムターズは黒かったのね。なるほどね、肌の色のために良い結婚相手は得られなかったのでしょうね、きっと。それにナディルという男は馬鹿ではないわ。こうなると一家は彼に居候させ、食と住を提供しなければならないわけよね。彼の仕事といえば太ったミミズのように地下に隠れていることだけ、というわけね。うん、たぶん彼はそれほど馬鹿ではないわ」

私の祖父はナディル・カーンに、もう身の危険はない、刺客たちは死んだし、ミアン・アブドゥラーが真の標的だったのだ、と懸命に説得しようとした。しかしナディル・カーンはまだ歌う剣の悪夢にうなされていて、「まだいけませんよ、先生。お願いです、もう少し」と哀願するのだった。そこで一九四三年の晩夏のある夜――雨季も盛りを越した頃だった——言葉がほとんど交わされないこの家で、私の祖父の声が隅々にまで不吉に響きわたった。彼は子供たちを皆の肖像のかかっている客間へ呼び集めたのだ。一同がそこに行ってみると、母親が来ていないことに気がついた。彼女は沈黙の蜘蛛の巣をはりめぐらした自室に閉じこもったままでいることを選んだのだ。だが一人の弁護士と(アジズは気のすすまぬままにムムターズの願いに同意していた)一人のイスラム法学者(ムラー)が来ていた。どちらも病気のクーチ・ナヒーン女王(ラーニ)が呼んだ人たちであり、どちらも「すこぶる慎重な人」だった。そして花嫁のムムターズが婚礼の衣装をつけて坐っていた。彼女のかたわらのラジオグラムに面した椅子には、まっすぐな髪の、肉のつきすぎた、おどおどしたようなナディル・カーンの姿があった。こうしてこの家の最初の結婚式は、テントも歌い手も菓子もなく、最小限の客を揃えただけのものになった。式が終ってナディル・カーンが花嫁のベールを取り去ると——アジズは一瞬はっと若返り、壇の上にかしこまっている自分の膝の上に人びとがルピー貨を置いていってくれたカシミールでの結婚式の日につれ戻された——祖父は子供たち一同に、新しい義兄弟が地下室に住んでいることを口外しないという誓いを立てさせた。エメラルドはしぶしぶと一番最後に誓約を立てた。

それからアーダム・アジズは息子たちに手伝わせて、掛け布、クッション、ランプ、大型の快適なベッドなどあらゆる家具調度を客間の床の落とし戸から運び込んだ。そしてついにナディルとムムターズが地下室へ降りて行った。落とし戸が閉じられ、絨毯が元通りに延べられた。世にも稀なやさしさで妻を愛していたナディル・カーンは、とうとう彼女を自分の地下世界に連れて来たのだ。

ムムターズ・アジズは二重生活を送ることになった。昼間は独り身の娘で、親元で処女として暮らし、大学でまずまずの学業を続け、勤勉、高潔、忍耐などの徳性を身につけた——あの物言う洗濯物入れに悩まされた時にも、それから煎餅のように押し潰されることになった時にも、生涯を通じて、これらの徳性は彼女の人柄となるはずのものだった。だが夜は、落とし戸からランプの灯った夫婦の密室へ降りて行った。彼女の秘密の夫はこの隠れ家をタージ・マハルと呼ぶようになった。そのわけは、ムムターズ——「世界の王」シャー・ジャハーンの妃ムムターズ・マハル——の幼名がタージ・ビビであったからだ。この妃の死をいたんで王は、絵葉書やチョコレート箱にまで描かれることになる廟を彼女のために建立した。だが、外側の回廊は小便の臭いがし、壁にはいっぱい落書きがあり、三ヵ国語で静粛にという掲示が出ているのに、観光客のためにガイドたちが反響の具合をテストしてみせている。そんなシャー・ジャハーンと妃ムムターズのように、ナディルと黒い妻は並んで寝た。ラピスラズリの象眼細工が二人の慰めであった。病いの床に臥して死期の迫ったクーチ・ナヒーン女王(ラーニ)が結婚の贈物として、見事な彫りの、ラピスラズリの象眼のある、宝石をちりばめた銀の痰壺をくれたのだった。ランプの灯った密室で、夫婦は老人たちの遊戯に打ち興じた。

　ムムターズはナディルのためにパーンをつくってやったが、自分ではその味が好きではなかった。彼女はライム汁(ニーブ・パーニー)の流れを吐き出した。彼の吐くのは赤く、彼女の吐くのはライム色だった。これが彼女の生涯の最良の時だった。彼女はのちに、長い沈黙のあとで言うだろう。「最後にはわたしたちにも子供ができることになるでしょうけど、その時はまだそうしてはいけなかったのよ、それだけのことよ」ムムターズ・アジズは生涯子供たちを愛した。

　その間、修道院長は沈黙に支配された月日をのろのろと過ごしていた。沈黙の掟は絶対で、使用人たちは手真似言語で指図を受けた。ある時料理人のダウドは修道院長の物々しく興奮した手真似を理解しようとして彼女を見つめていたが、沸騰した肉汁の鍋の方を見ていなかったので、その鍋が足に落ちてきて、足はやけどで五本の足指のついた卵のようになってしまった。彼は口を開けて悲鳴をあげようとしたが、声が出なかった。このことがあってから彼は、この老婆には魔力がそなわっていると思うようになり、怖くて暇をもらうことはできなくなった。彼は足をひきずって中庭を歩き、鵞鳥に襲われながら、死ぬまでこの家に仕えた。

せちがらい時代だった。旱魃（かんばつ）のために食料の配給制度が設けられ、肉のない日や米のない日がふえてきて、余分な居候を食べさせるのが難しくなった。修道院長は食料貯蔵室を捜しまわらなければならず、煮えくりかえるソースのように怒りはつのるばかりだった。顔のほくろからは毛が生えはじめた。ムムターズは母が一月ごとに肥ってゆくのを見て心配した。内部に抑え込まれている話されない言葉が、母を破裂させようとしている……ムムターズは母の皮膚が危険なまでに張りつめているという印象を受けていた。

アジズ医師は死のような沈黙に耐えられず昼は家を留守にしていたので、夜は地下室暮らしをしていたムムターズはこの頃、敬愛する父とめったに顔をあわせなかった。エメラルドは約束を守り、家族の秘密について少佐に何も話さなかった。だが同時に自分の少佐との関係についても家族に何も話さなかった。これで公平なのだと彼女は思っていた。麦畑ではムスタファとハーニフとリキシャ・ボーイのラシドが沈滞した時代の空気に感染していた。というわけで、コーンウォリス・ロードの家では一九四五年の八月九日までこんな暮らしがつづき、それから変化が訪れた。

家族の歴史はもちろん、それぞれが食に関する固有のしきたりを持っている。人はその許容しうる部分のみを、つまり血の赤みを抜きとられた、過去の安全な部分のみを飲み込み、消化することになっている。だが残念ながら、これでは物語のこくがなくなる。だから私は家族のなかで、食の掟を破る最初にして唯一の存在になろうと思うのだ。この物語から一滴の血をも漏らすことなく、口にすべからざる部分を語ろう、ひるむことなく突き進もう、というわけだ。

一九四五年八月に何が起こったか？　クーチ・ナヒーン女王（ラーニ）が亡くなった。これは物語の本筋ではないのだが、彼女は息をひきとる時まったく血の気の失せた体になって、シーツと区別がつかないほどだった。彼女は私の物語に銀の痰壺を残すことで立派に役割を果し、品位を保って早々と消えて行った……また一九四五年にも恒例の雨季が来た。ビルマの密林ではオード・ウィンゲート（イギリス陸軍将校。第二次世界大戦のビルマ戦線における活躍が有名）と彼のチンディット（ウィンゲートが率いた特殊空挺部隊）たちが、日本側について戦っていたスバス・チャンドラ・ボース（インドの民族独立運動家。一九四三年十月自由インド臨時政府を立ててイギリス支配と戦う）の部隊ともども、降りはじめた雨でずぶ濡れになっていた。非暴力の抵抗として鉄道線路の上に寝ころんでいたジャランダル（パンジャブ州の都市。アムリトサルから八十キロ）のサティアグラハ（マハトマ・ガンディーが唱えた無抵抗不服従運動）のデモ隊もずぶ濡れになっていた。乾ききった大地のひび割れは閉じはじめた。コーンウォリス・ロードの家の戸口や窓の隙間にはタオルがはさまれていたが、これをひっきりなしに抜き取って乾いたのと取り換えなければならなかった。水溜まりには蚊が湧いて、道端という道端に待ち構えていた。そして地下室――ムムタージ・マハル――は湿気がひどくなり、ついに彼女は病気になった。彼女は幾日もこのことを隠していたが、彼女の目が真っ赤に充血し、体が熱のために震えはじめた時、ナディルは肺炎を起こすことを恐れて、お父さんのところへ行って診てもらってくれと頼んだ。それから数週間、彼女は娘時代のベッドで過ごした。アーダム・アジズは娘の震えがおさまるまでの間、病床に付き添って、額に冷やしたタオルをのせてやった。八月六日に病気は治った。九日の朝には、ムムタージはわずかながら固形食をとれるようになっていた。

そこで私の祖父は下端に〈ハイデルベルク〉という文字を焼きつけた古い革かばんを持って来た。ムムタージの衰弱がひどいので、徹底的な健康診断をしておいた方がよかろうと考えたわけだ。彼がかばんを開けると、娘は泣き出した。

（やっとここまでたどり着いたわけだ。パドマいわく、いよいよね。）

十分後に、祖父が大声で叫びながら病室から出て来て、長い沈黙の時期は、永久に終りを告げた。彼は妻の名を呼び、娘たちの名を呼び、息子たちの名を呼んだ。彼は肺が丈夫で、その声は地下室のナディル・カーンにも聞こえた。彼にも何の騒ぎなのかすぐ察しがついたことだろう。

家族一同、客間のラジオグラムのまわりに集まった、昔のままの並んだ写真に見おろされながら。アジズはムムターズを運び込んで、寝椅子の上に寝かせた。彼は凄まじい形相をしていた。彼の鼻の内部がどんな感じだったか、想像できるだろうか？　なんと彼は、結婚して二年になるのに娘はまだ処女のまま、という爆弾を落とさなければならなかったのだ。

修道院長が口をきくのは三年ぶりだった。「娘や、それは本当なの？」この家の隅々にやぶれた蜘蛛の巣のように垂れさがっていた沈黙がとうとう吹き飛んだわけだが、ムムターズはただうなずくだけだった、はい、本当です、と。

それから彼女は話し出した。彼女は言った、わたしは夫を愛しているから、今は他のことはどうでもいいのよ。彼はいい人だから、子供が産める時が来たら、きっとあのこともできるようになるわ。あのことが結婚にとって絶対に必要なこととは思わなかったから、わたし、言いたくなかったのよ。お父さんがまるで鬼の首でも取ったように大声で皆に言いふらすなんて、ひどいわよ。彼女はもっと言いたいことがあったろうが、その時、修道院長がわめき出した。

三年分の言葉が修道院長の口から吐き出された（しかしそれをせっせと溜め込むことによって膨れあがった体は、縮まりはしなかった）。嵐が吹きあれている間、私の祖父はテレフンケンのラジオグラムのかたわらにじっと立っていた。これは一体、誰の発案だったのよ？　何て言ったらいいかね、男でさえないような意気地なしをこの家に入れるなんていうたわけた陰謀をたくらんだのは一体、誰なのよ？　何て言ったらいいかね、三年間も食と住をただで提供して、のうのうと居候させるなんて、あなたは一体、肉がない時何を心配して下さったというのよ、米の値段のことをどのくらいご存じだというのよ？　何て言ったらいいかね、この邪な結婚を許した臆病な、白髪頭の弱虫は誰なのよ？　あの悪党の、何て言ったらいいかね、ベッドのなかへ自分の娘を入れてやったのは誰なの？　わけの分からない馬鹿げた考えを頭にいっぱい詰め込んでいるのは、何て言ったらいいかね、途方もない外国の思想のために頭がふやけてしまって、わが娘を平気でこんな不自然な結婚に追いやることができるようになったのは誰なのよ？　一生涯神様を怒らせるために過ごし、この家に禍いを運んで来たのは誰なのよ？……彼女は祖父に向かって一時間と十九分にわたって毒づき、ようやく口をつぐんだ時には雨雲がすっかりなくなって、家のなかの至る所に水溜まりが出来ていた。そして彼女が黙り込む前に、末娘のエメラルドはおそろしく奇妙なことをした。

エメラルドは顔の両側に両手をあげ、人差指だけ伸ばしたまま拳を握りしめた。人差指が耳穴に入ってエメラルドを椅子から立ち上がらせたかのようだった。彼女は耳栓をしたまま走り出した――一目散に！――ドゥパッタもつけずに街なかへ、そして水溜まりを突っ切り、リキシャ乗場を越え、パーンの店を越えて。パーンの店では老人たちがおずおずと雨あがりの新鮮な外気のなかへ出て来るところだった。噴射されるキンマ液の間をかいくぐって走るゲームを始めようとスタートラインに立って待ちかまえていた子供たちは、エメラルドが全速力で走って来るのを見て驚いた。若い女性が、それもまばゆい三人娘のひとりが単独で、半狂乱のていで、ドゥパッタもつけずに、耳栓をしながら、雨に濡れた通りを走って行くなどというのは、誰にとっても見慣れない光景だったからだ。今日ではドゥパッタなしの、モダンな当世風の装いをした娘たちが都市にあふれている。だが時代が違っていた。老人たちは、忌々しそうに舌打ちした。ドゥパッタを捨てた女なんて名誉を捨てた女だ。なぜエメラルドさんともあろう人が名誉を捨てて家を出て来たのだろう？　老人たちは当惑した。だがエメラルドには分かっていた。雨あがりの新鮮な空気のなかではっきりと悟ったのだ、自分の一家の不和の源は地下室に住みついているあの臆病なでぶ男なのだ（その通りなのだよ、パドマ）と。あいつを追い出すことができれば、誰もがまた幸せになるのだ……エメラルドは立ち停まらずに軍営地区（カントンメント）まで走って行った。ズルフィカル少佐はそこにいるはずだった。私の叔母は誓約を破って彼の勤務先にやって来たわけだ。

ズルフィカルというのはムスリムの間では有名な名前である。それは預言者ムハンマドの甥アリーが所持していた二股の剣の名前だった。それは以前には世界のどこにもなかった兵器だった。

ああ、そうだ、当時の世界にはもう一つ別のことが起こっていた。以前には世界のどこにもなかった兵器が、黄色い肌の日本人たちの上に投下されていたのだ。しかしアーグラではエメラルドが彼女独自の秘密兵器を使用していた。秘密兵器氏はガニマタで、平たい頭をしていた。鼻は顎に触れんばかりだった。ベッドのすぐ傍に給排水設備つきの浴槽のあるモダンな豪邸を持つことを夢見ていた。

ナディル・カーンがハミングバード殺害の背後にいたのかどうか、ズルフィカル少佐は決め手が見つからずにいた。だが彼は真相を探り出す機会を虎視眈々と狙っていた。エメラルドがアーグラの地下タージ・マハルについて話してくれた時、彼は興奮のあまり腹を立てるのも忘れ、十五人の部下をひきつれてコーンウォリス・ロードへ急行した。エメラルドを先頭におし立てて一行は客間になだれ込んだ。私の叔母はドゥパッタもつけず、ゆるいピンクのパジャマをまとった、美貌の反逆者であった。兵士たちが客間の絨毯をはがし、大きな落とし戸を開いているのを、アジズは黙って眺めていた。祖母はムムターズを慰めようとしていた。「女は男と結婚しなければいけない、それはそうだけどね」と彼女は言った。「鼠が相手ではだめよ、何て言ったらいいかね！　失っても惜しくないよ、あんな、何て言ったらいいかね、虫けらなんか」しかし娘は泣きつづけた。

地下室のナディル・カーンは姿を消していた！　アジズのあげた最初の大声から危険を察知し、雨季の雨にも劣らぬ勢いで襲ってきた騒ぎに押し流されるように、彼は逃げた。トイレに通じる落とし戸はすぐに開いた――そう、トイレというのはもちろん洗濯物入れが置いてあるあのトイレのことである。かつてナディルはその洗濯物入れのなかにかくれてアジズ医師に話しかけ、助けを求めたのだった。木製の「サンダーボックス」――つまり「便座」――が片隅にあって、空のエナメル塗りの寝室用便器がコイア（ココナツの実の外皮の繊維）のむしろの上にころがっていた。このトイレには麦畑の端の路地に通じるドアがついていた。ドアは開いた。それは外から鍵がかかっていたが、インド製の錠は難なく壊れた……そして柔らかいランプの明りの灯ったタージ・マハルの隠れ家にはぴかぴか光る痰壺と一通の手紙があった。手紙はムムターズに宛てられた、夫の署名のあるもので、文面は三語、六音節、三つの感嘆符から成っていた。「タラーク！　タラーク！　タラーク！」

このウルドゥー語を英語にすると雷鳴の響きはなくなるが、意味は簡単だ。ぼくは君を離縁する、ぼくは君を離縁する。ぼくは君を離縁する。

ナディル・カーンは最後の思いやりを見せて行ったわけだ。

鳥が飛び去ったと分かった時のズルフィ少佐の凄まじい怒りよう！　彼が見た色、それは赤だった。祖父の憤怒にも優に匹敵するような怒りだった。ただそれはささいな動作に表わされた。ズルフィ少佐はまずこらえがたい怒りの発作に跳ねまわり、やっとなんとか落ち着きを取り戻した。そしてバスルームを通り抜け、トイレを越え、麦畑に沿って走り、外門をくぐり抜けて行った。肥満した長髪の無韻詩人の逃げてゆく姿はどこにもなかった。左を見ても右を見ても、影も形もなかった。激怒したズルフィは賭けるつもりで、サイクル・リキシャの列を突っ切って行った。老人たちが痰壺攻めの遊びをしていて、痰壺が路上に置かれていた。子供たちがキンマ液の噴流の間をかいくぐって跳ねまわっていた。ズルフィ少佐はどんどん走って行った。老人たちと彼らの標的の間に駆け込んで行ったが、彼には子供たちの身につけている技（わざ）がなかった。ちょうど間のわるい瞬間にぶつかって、低目の強力な赤い奔流が彼の股のあたりにかかった。手のような形の汚れが軍服のズボンの鼠径部をつかまえ、締めつけ、彼の歩みを押さえた。ズルフィ少佐は怒りに身悶えしながら立ち停まった。そこへさらに間のわるいことが起こった。第二の競技者が、狂った兵士は走りつづけるだろうと考えて、二番目のキンマ液を噴き出したのだ。二番目の赤い手が最初の赤い手をつかまえ、ズルフィ少佐の一日はそれで終りになった……ゆっくりと慎重に彼は痰壺に近づいて行き、それを蹴って埃のなかへひっくり返した。彼はその上に飛び降りた――一度！　二度！　もう一度！――痰壺をペシャンコにして、しかも足の痛いことは意地でも隠そうとした。それからどうにか威厳を保って、祖父の家の外に停めてあった車のところまで足をひきずって行った。老人たちはメチャメチャにされた容器を取り戻し、叩いて元通りの形に直そうとしはじめた。

「今度はわたしが結婚するのだから」とエメラルドはムムターズに言った、「あなたが楽しそうにしようとさえしないのは、ほんとに失礼よ。それにお姉さんなら、忠告やら何やらしてくれてもいいじゃないのよ」この時ムムターズは妹に笑みを見せてはいたが、エメラルドこそこんな口のきき方をするなんて生意気だと内心思っていた。そして妹の足の裏にヘナ染料の網目模様を描く筆の先に、故意にではないだろうが力が入ってしまった。「ちょっと！」とエメラルドは高い声で言った、「怒ることはないじゃないの！　わたしたち、仲よくすべきだと思うわ」

ナディル・カーンの失踪以来、姉妹の間の関係はいささか緊張したものになっていた。ムムターズは、ズルフィカル少佐(彼は、おたずね者をかくまったという嫌疑を祖父にかけないことに決め、この件でドドソン准将を抱き込んでいた)がエメラルドとの結婚の許しを求めて、受け入れられたことを、不愉快に思っていた。「これはまるで脅迫だわ」と彼女は考えた。「それはともかく、アリアはどうするのだろう？　長女の結婚が一番あとまわしになるのはまずい。商人の恋人と結婚できる日を辛抱強く待っているなんて」しかし彼女は何も言わず、我慢して笑顔を見せていた。勤勉の才能はエメラルドの結婚式の準備のためにささげ、楽しそうにすることに同意した。他方アリアはアフマド・シナイを待ちつづけた。(「彼女は永久に待つのでしょうね」パドマが推量した。これはその通りだった。)

一九四六年一月。大テント、菓子、客、歌、気絶しそうな花嫁、直立不動の花婿。美しい結婚式だった……レザークロスの商人アフマド・シナイは離婚したてのムムターズと夢中で話し込んでいた。「子供が好きなの?――あら、わたしと同じね……」「でもあなたも子供はいないでしょう。ぼくの場合は実は、家内が産めなかったので……」「あら、お気の毒に。それじゃ奥さんはさぞいらいらしてらしたでしょう!」「……ああ、それはひどいものだった……いや、失礼、つい興奮してしまって」「――よくってよ。

気にしないで。奥さんはお皿なんか投げたかしら？」「投げたの投げないのって、一月後には新聞紙に食べ物をのせて食べなければならなくなりましたよ」「あらまあ、それはいくら何でも大げさなんじゃない？」「ああ、これは駄目だ、あなたはぼくには頭がよすぎる。でもとにかく家内は皿を投げましたよ」「かわいそうに」「あなたこそ、かわいそうに」そして頭のなかで、「魅力的な男ね、アリアと一緒の時はいつも退屈そうに見えるのに……」「……彼女をまともに見たことはなかったが、でも驚いた……」「……この人は子供が好きなのね、その点、わたしも同じだわ……」「……そうだ、肌の色のことなんか気にすることはない……」特筆に値するのは、歌を歌う時、ムムターズはすべての歌に加わる元気があったのに、アリアは終始口を閉ざしていたことである。彼女はジャリアーンワーラー庭園（バーグ）での父親以上に傷ついていた。それでも顔には出さなかった。

「それじゃ、悲しそうに見えながら、実は、けっこう楽しくやっていたというわけね」

その年の六月にムムターズは再婚した。姉は——母を見習って——この妹には口をきかなくなった、二人ともが死ぬ直前になって妹に復讐する機会が来る時まで。アーダム・アジズと修道院長は、こんなことがたまには起こるものなのだ、後になって分かるよりも今分かってしまって、かえってよかったのだ、ムムターズはひどく傷ついたのだから、慰めてくれる男の人が必要だったのだ……それに、お前は頭がいいのだから、だいじょうぶ、とアリアを説得しようとしたがうまく行かなかった。

「でも、でも」とアリアは言った、「本と結婚したなんて人はいないのよね」

「名前を変えてくれよ」とアフマド・シナイは言った。「新しく出発するのだから、ムムターズとナディル・カーンの話は窓から放り投げてしまおう。新しい名前はぼくが選んであげよう。アミナ。アミナ・シナイではどうだろう？」

「あなたの言う通りにするわ」と私の母は言った。

「いずれにしろ」と賢い娘アリアは日記のなかに書いた、「この結婚話を引き受けていこうとしているのは誰なのか？　わたしではないわ、違いますとも」


ミアン・アブドゥラーは多くの楽天的な人びとにとって悪い前兆となった。彼の助手（その人の名前は私の父の家ではタブーであった）は私の母の運命を狂わせた。しかし当時は旱魃の時代であり、当時植えられた作物の多くは実らずじまいになったのだ。

「でぶ男はどうなったの？」パドマが不機嫌そうに訊ねる。「まさか話してくれないつもりじゃないでしょうね？」

公　表

このあとにはだまし絵のような一月(いちがつ)が続いた。表面上はごく穏やかで、一九四七年はまだ始まっていないかと思わせるような時期だった。（だがもちろん実際は……）この時期に内閣使節団——ペシック＝ロレンス翁、明敏なクリップス、軍人A・V・アレクサンダー——は政権移譲計画がうまくいかないことを認めた。（だがもちろん実際は、わずか六ヵ月後に……）この時期にインド総督ウェイヴェルは、自分はもう駄目だ、おしまいだ、われわれの表現力ゆたかな言葉でいえば、〈用ずみ(ファントゥーシュ)〉だ、と悟った。（このことがもちろん実際に、事態を速めることになった。つまり、その結果として、最後の総督がやって来て、この人は……）この時期にアトリー氏はアウン・サン氏と共にビルマの将来を決定する仕事に忙殺されているかに見えた。（だがもちろん実際は、最後の総督の発令を前にして説明(ブリーフィング)を与えているところだった。最後の総督になるはずの人は国王に拝謁して全権を託されているところだった。だからまもなく、まもなく……）この時期に憲法制定会議は、憲法が決まらぬうちに休会に入っていた。（しかしもちろん実際は、最後の総督マウントバッテン伯爵が、容赦のない時の刻みと、亜大陸を三つに切り裂くことのできる軍刀を引っ提げ、そして鍵をかけたトイレのなかでこっそり鶏の胸肉を食べる夫人を伴って、遠からずやって来るはずであった。）だが鏡のような静けさが領していて、そのさなかではすぐ向こうで巨大な機械が音をたてて回っているさまは見えなかった。私の母、新婚ほやほやのアミナ・シナイは、体内にたいへんなことが起こっていたのに、これまでと同じく静かで、変わりなく見えた。ところがある朝、不眠のために頭がズキズキ痛み、眠れぬ夜がたたって舌が厚い膜に覆われたようになり、気がついてみると、意味もなくこんなことを口走っていた、「太陽がここで何をしているのでしょう、変だわ。来る所を間違えてます」

……ここでちょっと中断しなければならない。私の語りが自意識の病いにおかされ、へたな人形つかいよろしく糸を持つ手を見せたりするたびに、パドマがいらいらしはじめるので、きょうは脱線しないつもりだった。だが、どうしても一つだけ抗議をしておかなければならない。つまり私は、幸運な偶然によって「公表」と名づけてあった章のなかへ侵入して、（可能なかぎり強い言葉で）医療に関する警告を発しておきたいのだ。

それは「N・Q・バリッガという名の医者はイカサマ師である」というものだ――私は家々の屋根の上から、そしてあちこちの光塔（ミナレット）のハンドマイクから、叫んでやりたい！――「あいつを監禁し、医師資格を剝奪し、窓から放り出すべきだ。いや、もっと酷い罰がいい。バリッガ流のイカサマ医療でいたぶってやるといい。デタラメ処方薬によって、できものだらけにしてやるといい」と。要するに「あのトンマにはすぐ鼻先にあるものも見えないのだ」と。

言いたいことは言ってしまったが、母にはもうしばらく太陽の奇妙な行動のことを考えていてもらうことにしよう。その間に説明しておくことがあるのだ。パドマは私が割れ目の話をしたことに驚いて、このバリッガにこっそり相談したのだ――このまじない師だか祈禱師だかに！　その結果、風貌を描いてみせる値打もないこの山師が訪ねてきた。何も知らずにいた私はパドマの言いなりになって、体を診せた。私は最悪のことを警戒すべきだったのだ。最悪のこととは、まさに彼がしたことである。信じがたいことだろうが、信じてほしい。あのぺてん師は私がどこも悪くないと言い切ったのだ。「割れ目はどこにも見えません」と彼は悲しげに言った。コペンハーゲンのネルソン（英海軍提督ホレーショ・ネルソン〈一七五八―一八〇五〉を指すものと思われる。彼は一八〇一年にコペンハーゲン攻撃を行なった）と異なるところは、同じ見当違いでも、こちらは不屈の天才の選択ではなく、おのれの愚鈍さゆえの誤謬であるということだ。自分こそ節穴もいいところなくせに、やつは私の精神状態に疑いを持ち、この方は証人としては信頼性に乏しいとか何とかゴタクを並べた。「ひび割れは見つかりません」

結局、彼を追い出したのはパドマだった。「だいじょうぶよ、先生」とパドマは言った、「あたしたちがあの人のめんどうは見るから」私は彼女の顔にすまないことをしたという表情らしきものを読みとった……バリッガは退場し、もうこの本のなかに戻って来ることはない。だが情ないことに、医業――アーダム・アジズの職業――はそんなに堕落してしまったのだろうか。バリッガのごとき輩の巣窟になりさがってしまったのか。そうだとしたら、そのうちに人はみな医者なしですますようになるだろう……さてここで私は前に戻って、ある朝アミナが陽光に接吻されて目を覚ました理由を説明することにしよう。

「来る所を間違えてます」彼女はふとそう叫んだ。そして熟睡を妨げていた夜の耳鳴りが薄れてゆくにつれて、夢のように過ぎていったこの一月（ひとつき）というもの、自分は幻覚にとらえられていたのだ、と彼女は気がついた。現実には、彼女はデリーの新しい夫の家で目を覚ましたのであり、その家は東向きで、朝日が当るのだ。したがって太陽は来るべき所に来たのであり、変わったのは彼女の居る場所だったのだ……そうと気づきはしたものの、彼女はこの発見を、この町に来た時以来くりかえしている数々の同種の間違いと共に心の片隅に片づけてしまった(太陽についての勘違いは毎日の日課であり、あたかも寝室が地下から地上に移ったという環境の変化を、彼女の精神が受け入れるのを拒んでいるかのようだった)。だがこの勘違いは多少の影響をあとに残し、彼女は落ち着かなかった。

「結局、誰にとっても、父親なんかなくたっていいんだ」別れぎわにアジズ医師は娘に言った。つけ加えて修道院長が、「何て言ったらいいかね、わが家のもうひとりのみなし子というわけね。でもだいじょうぶ、ムハンマドだってみなし子だったのよ。アフマド・シナイにそう言ってあげるといいわ。何て言ったらいいかね、あの人も半分はカシミール人だもの」それからアジズ医師は自分の手で緑のブリキのトランクを、アフマド・シナイが花嫁を待っている列車のコンパートメントに運び入れた。「花嫁道具は多くも少なくもない」と私の祖父は言った。「わしらは大金持ではない。分かっているね。だが十分なだけ用意した。アミナがそれ以上のものをくれるだろう」緑のブリキのトランクには銀のサモワール、綿織りのサリー、義理堅い患者がアジズ医師によこした金貨などが入っていて、それはさながら、病いを癒してもらい、命を助けてもらったことを記念する品々を展示する博物館であった。そしていよいよアーダム・アジズは(自分の両腕で)娘をかかえ上げ、花嫁道具のあとから彼女を花婿に託した。娘の名前を変えさせて別人につくりかえ、そうまでして新しい夫になったばかりか、ある意味では父親にもなったこの男に……列車が動きだすと、彼は（自分の足で）プラットホームを歩いた。自分の区間（ラップ）を走り終えたリレーランナーである彼は、煙に包まれ、漫画本の売子たち、孔雀の羽根の扇子や熱いスナックがごちゃごちゃと並んだ売店、トロリーカーの上にうずくまった眠たげなポーターたちや石膏でできた動物たちの間に取り残された。次の区間の走者である列車は、スピードを増し、首都に向かって消えていった。コンパートメントでは、新しい（身も心も新鮮な）アミナ・シナイが緑のブリキのトランクの上に足をのせて坐っていた。このトランクは座席の下に入れるには一インチほど背が高すぎた。父の仕事の記念の品を収めている鍵のかかった博物館をサンダルで踏みしめながら、彼女は新生活に向かって疾走していた。あとに残されたアーダム・アジズは、西洋医学とイスラム古来のハキム医学の技術を融合しようという企てに専念するはずだった。しかしハキムたちが協力を拒んでいるのだから、迷信、マンボジャンボなど、あらゆる魔術的なものの支配がインドにおいてくずれることはあるまいということを、彼は骨身にしみて知り、じわじわと消耗していくだろう。齢を重ね、世界の現実感が薄れていくにつれて、彼はおのれの信念を疑いはじめた。やがて彼は神を見るようになるのだが、おそらくそうありたいという心境に立ち至ったことの報いだろう。もともとは、神を信じることも信じないこともできないというのが彼の立場だった。

列車が駅を離れると、アフマド・シナイはとび上がってコンパートメントのドアにかんぬきをかけ、シャッターを降ろして、アミナを驚かした。だが突然外でドシンという音がして、何者かの手がドアの把手をガチャガチャと回しはじめ、「開けて下せえましよ、旦那様（マハラージ）！　奥様（マハラージン）、いらっしゃるんでしょう、旦那様にドアを開けて下さるよう、頼んで下せえましよ」という声が起こった。この物語に列車が登場する時はいつでも、これらの声、これらのノックと哀訴がついてまわった。ボンベイに向かうフロンティア・メイル号をはじめ、当時のあらゆる急行列車において。実に恐ろしい体験だった。ついにこの私が外側に来る番になって、かろうじて列車にしがみつきながら、「ねえ、旦那様（マハラージ）、入れて下せえましよ、お願えします」と叫ぶ時までは。

「只乗りの連中だ」とアフマド・シナイは言ったが、彼らはただそれだけの者たちではなかった。彼らの存在は一つの予言だったのだ。まもなく他のもろもろの予言が現われるはずだった。

……そして今、太陽は来る所を間違えていた。私の母になる人はベッドのなかで寝心地のわるい思いをしていた。だが同時に自分の内部に起こったことに興奮し、そのことを当面は自分だけの秘密にしておいた。かたわらではアフマド・シナイが大きないびきをかいていた。彼にとって不眠症というものは存在しなかった。金のいっぱい詰まった灰色の袋を持ち歩き、アミナが見ていないと思われるすきに自分のベッドの下に隠さなければならないなどという煩らわしさをかかえていながら、不眠に陥るようなことはなかったのだ。父はよく眠った、母の最大の贈物にやさしく包まれて。それは緑のブリキのトランクの中身よりもはるかに価値あるものであることが分かった。アミナ・シナイがアフマドに与えた贈物とは、彼女の尽きることのない心配りだった。

アミナほど気づかいをした人はいない。黒い肌と輝く目をした私の母は生まれつき、この世でいちばん細心な人であった。彼女はオールドデリーの家の廊下や部屋べやにかいがいしく花をいけた。あらゆる点を細心に考慮した上で絨毯を選んだ。一つの椅子の位置を考えるのに二十五分もかけて悔いなかった。こっちでちょっと不足を補い、あっちでささいな調整をしてというふうにして、彼女が新居を整え終える頃までに、アフマド・シナイは孤児院のような家が落ち着いた気持のいい住まいに変わっているのに気がついた。アミナは夫よりも早く起きた。籐のすだれに至るまで、かいがいしくすべてのものの埃を払った（夫が掃除のために下男を雇うことに同意してくれる時まで）。しかしアフマドが決して知らなかったことがあった。それは、妻がひたむきに徹底的に才能を傾けたのは生活の外面に向けてではなく、アフマド・シナイ自身の問題に向けてであった、ということである。

　なぜ彼女は彼と結婚したのか？――慰めのため、それと子供のためだ。しかしまず、彼女の脳を覆っている不眠症が第一の目標の邪魔になった。それに子供は必ずしもすぐには生まれて来ない。そこでアミナは夢に見ることも許されない一人の詩人の顔を夢に見てしまい、口にすべからざる名前を口にしながら目を覚ました。それで彼女はどうした、というお訊ねなら、彼女は歯軋りして、ちゃんと自分を取り戻しにかかった、というのが答えだ。彼女は自分に言いきかせた、「恩知らずのオバカサンね、誰が今の自分の夫かも分からないの？　夫の値打が分からないの？」この自問に対する正確な答えはどういうものかなどという無益な詮索はやめて、夫たる者はかけねなしの忠誠と全的な心からの愛を受ける値打がある、というのが私の母の考え方であったとだけ言っておこう。だが一つ困ったことがあった。ナディル・カーンのことと不眠症のことで頭がいっぱいになっていたアミナは、当然、アフマド・シナイにその忠誠と愛を与えることはできないということに気づいた。だから彼女は気くばりの才能を活かして、夫を愛するようになろうと努力した。そうするために心のなかで夫を身体的・行動的にばらばらの構成要素に分解して、唇、言葉の癖、偏見、好き嫌いなどのデータに分けてしまった……要するに彼女は自分の両親の穴あきシーツの呪縛にかかったわけだ。つまり、少しずつでも夫に惚れていこうと心に決めたからだった。

毎日彼女はアフマド・シナイの一断片を選んで、全身全霊をその断片に向けて集中した。それがまったく親密なものになるまで。心のなかに好感が湧いてきて、それがやがて情感になり、ついに愛になるまで。このようにして彼女は夫の大きすぎる声、その声が彼女の鼓膜にぶつかって、彼女を震え上がらせるという野蛮さまで好きになった。毎朝ひげを剃り終えるまではいつも上機嫌なのに――そのあとでは気むずかしく、粗暴で、ビジネスライクで、よそよそしい態度に変わるという独特な傾向も。荒涼とした得体の知れない視線の奥に内面の善良さが隠されているにちがいないと彼女は信じている、猛禽類のような目も。下唇が上唇よりも突き出しているさまも。彼女にハイヒールを履くことを永久に禁じてしまった、彼の背の低さ加減も……「あら」と彼女は独りごちた、「どんな男にも愛すべき点は百万もあるものらしいわ！」だが彼女はうろたえなかった。「結局、誰が」と彼女はひそかに考えた、「他の人間のことを本当に完全に認識することができるでしょう？」そして揚げ物には目がないというところ、ペルシャ語の詩を引用できる学識、怒った時眉間に出来る縦皺などを、愛し、称賛することを覚えた……「このぶんなら」と彼女は考えた、「あの人には常に新しく愛せるところが現われてくる。だからわたしたちの結婚は腐敗することはないわ」このようにして私の母はかいがいしくこの古い都の生活になじんでいった。ブリキのトランクは古いたんす（アルマイラ）のなかに開かれぬまま収まっていた。

そしてアフマドは知らぬまに、疑ってもみぬまに、自分と自分の生活が妻によって操られているのに気がついた。ついに少しずつ彼は知らない男に似るようになり、見たこともない地下室に似た場所に生きるようになった。おそらくはアミナ自身も無意識のうちにはたらかせていた、目立たない、骨の折れる魔法の力によって、アフマド・シナイは髪が薄くなった。残った髪も細く、脂っぽくなった。気がついてみると、彼はその髪を耳のあたりが隠れるくらいまで伸ばそうと考えているのだった。また彼のおなかはせり出してきて、ぼてぼて、ぶよぶよの太鼓腹になった。やがて私はしばしばその下で押し潰されそうになるだろう。だが少なくとも意識的には誰も、そのおなかをナディル・カーンの太鼓腹に比べるようなことはしなかった。彼の遠縁のいとこゾホラは婀娜（あだ）っぽく言った、「ダイエットしなさいよ。でないとあたしがキスしてあげたくても、あなたに届かないじゃない?」しかし駄目だった……徐々にアミナはオールドデリーに、柔らかいクッションと、窓の光をできるだけ透さないような厚地のカーテンの世界を築いていった……竹すだれ（チック・ブラインド）を黒布で裏張りした。これらすべての細かな変化が、彼女のヘラクレスなみの大仕事、新しい男を愛さなければならないという自分の運命を少しずつ受け入れていく仕事を助けてくれた。〈しかし彼女は依然として、禁じられた夢の恋人には感じやすかった……そしていつも柔らかいおなかと長くて細い髪の男たちに魅きつけられた。〉

旧市街から新市街は見えない。新市街にはピンク色の征服者民族が建てたピンク色の石の宮殿がそびえていた。だが旧市街の狭い路地に並んだ家々は傾き、ひしめきあい、こすれあい、バラ色に輝く権力の殿堂の眺めをたがいに妨げあっている。とはいえ、誰かが新市街の方を眺めようとしたというわけではない。チャンドニー・チョウク（「銀座通り」の意味で、東西に千二百メートル続く古い通り）のまわりにかたまっているムスリム居住区（モハラ）およびその近辺においては、人びとは自分の住まいの中庭を眺めるだけで満足し、窓やベランダにも竹すだれをかけている。狭い路地に若者たちが集まり、手を握り、腕組みをし、キスをし、内側を向き尻を外に向けて輪になって立つ。草木はなく、牝牛も寄りつかない。ここでは自分たちが聖牛でないことを知っているのだ。自転車のベルがひっきりなしに鳴る。その音にまじって果物売りの声が聞こえる。〈さぁ、旦那さん、奥さんどうですか、ナツメヤシはどうですか〉

そこへさらに別の音が加わった。私の両親がたがいに隠し事をしていたあの一月の朝のこと、ムスタファ・ケマル氏とS・P・ブット氏の神経質な靴音がし、そしてリファファ・ダースのダグダギー・ドラムの強烈な響きが起こった。

　ムスリム居住区（モハラ）の路地（ガリー）にはじめてけたたましい靴音が聞こえた時、覗きめがね（ピープショウ）の箱と太鼓をひっぱったリファファ・ダースはまだかなり離れた所にいた。激しい靴音をたてる足はタクシーを降りて、狭い小路に駆け込んだ。一方、角の家では私の母が台所に立って朝食用のキチューリー（ゆか）をかきまぜながら、私の父が彼のいとこのゾホラとかわしている会話に聞き耳を立てていた。靴音は果物売りの前を過ぎ、手をとりあっている若者たちの前を過ぎた。母は盗み聞きしていた、「……あなたたち、新婚さんよね。でもあたし、会いに来るの、やめられないの、とってもかわいいんだもん！」靴音が近づき、父は本当に赤面した。その頃、父は魅力の絶頂にあった。下唇はそれほど突き出ていなかったし、眉間の縦皺もまだごくかすかなものだった……そしてアミナはキチューリーをかきまぜながら、ゾホラの鼻にかかった声を聞いた、「まあピンク色になっちゃって！　でもあなたとってても色白なのね……」父は食事をしながらゾホラにラジオの全インド放送を聞かせていた。アミナにはさせなかったことである。ラター・マンゲーシユカルが「ほら、あたしに似てるでしょ」と哀調をおびた恋の歌を歌っていた。ゾホラは続けた、「かわいいピンク色の赤ちゃんが生まれて来るわ。あたしたちお似合いだもの、違うかしら、すてきな白いカップルだと思わない？」靴音がし、鍋がかきまぜられていた。「黒いってことは悲しいことよ。朝目が覚めると鏡のなかからそれがこっちをにらみつけ、なんとかしてあなたの方が劣ってるところを捜そうとしてくるなんて。もちろん黒い人たちは分かっているのよ。黒人でさえ白人の方がすてきだってこと知ってるのよ、違うかしら？」足音は間近になり、アミナは土鍋を持ってダイニングルームへ入ってきた。彼女は一所懸命、怒りを抑えようとし、よりによって彼に伝えなければならないニュースのあるきょうという日に、なぜこの女は来なければならないのか、と考えていた。この女の前でお金の話をしなければならないことになったわ。アフマド・シナイは金をねだる時は上手にやってもらいたいという考えだった。愛撫と甘言でいい気持にされて、ズボンのなかのあるものが動き出し、膝の上のテーブルナプキンがポコンと持ち上がるくらいでないと、金を出す気にはならないのだ。それでも彼女は気にしなかった。辛抱して、彼女はこのようなことをも愛することを覚えた。お金が必要な時は夫の体をさすってやりながら、こんな科白を言うのだ、「あなたのお陰で、わたし生きていられるんだわ。ねえ、お願いがあるの……」「ご馳走をつくったりお勘定を払ったりするのに、少しでいいですから……」「あなたって気前のいい人ですものね。下さるだけで結構ですから、頂きたいんです」……街の乞食の手管である。しかもそれを、皿のような目をした、下品な笑い方をする、黒い肌を誹謗してははばからない女の前でやらなければならないのだ。靴音は玄関のすぐ近くでしていた。アミナはダイニングルームにいて、ゾホラの品のない頭のすぐ間近にほかほかのキチューリーを持っていた。それに気づくと、ゾホラは叫んだ、「あら、今この家にいる人は除いての話よ、もちろんだわ」万一、聞き耳を立てられていた場合のことを考えてである。「まあ、アフマドったら、あたしが綺麗なアミナのことを言っていると考えるなんて、ひどいわよ。だってアミナは実のところそんなに黒いわけではなくて、木陰に立っている白い貴婦人といったところですもの！」手に土鍋を持ったアミナは目の前のめかしこんだ頭を見ながら、言おうかしら、言えるかしら、と考える。そしてこう考えて落ち着く、「きょうはわたしにとってすてきな日なのだ。少なくともこの女は子供の話題を出してくれたわ。だからわたしは話しやすくなった……」だがもう遅い。ラジオから流れるラターの歌声が呼鈴の音を呑み込んでいたので、彼らには召使(ベアラー)のムーサじいさんが玄関に出ていく音が聞こえなかった。ラターの声が不穏な階段の靴音を消していたのだ。だが突然それは目の前に現われた。つまりムスタファ・ケマル氏とS・P・ブット氏の足がひきずるようにして停まったのだ。

「無頼の輩が恐るべき犯罪を行なった！」アミナ・シナイが見たこともないほどやせ

こけた男ケマル氏は、妙に古風な語彙(これは彼の訴訟好きの産物なのだが、いつのまにか彼は抑揚までも法廷の流儀に感染していた)を用いて、いわばドタバタ喜劇の連鎖反応的パニックの口火を切る。かん高い声をした、ぶよぶよで小柄なS・P・ブット氏は、目に猿のような興奮の色を浮かべながら、たった三語で重大なことをつけ加える、「そう、放・火・魔、です!」するとゾホラは奇妙な反射運動によって、ラジオを胸に抱きしめ、ラターの声を二つの乳房の間に押し当て、叫ぶ、「あら、たいへんだわ。どんな放火魔なの、どこなの? この家なの? そういえば、ねえ、熱いんじゃない?」アミナは冷めたキチューリーを持ったまま、背広姿の二人の男をにらんでつっ立っている。彼女の夫はといえば、私生活の場に踏み込まれたことも忘れて、ひげは剃ってあるもののまだ洋服に着換えてもいないままの姿で立ち上がって、訊ねる、「倉庫か?」

倉庫、倉、貯蔵庫、何と呼んでもいいが、アフマド・シナイがこの問いを発するや否や、部屋中がしーんとなる(もちろんゾホラの乳房の間から漏れているラター・マンゲーシュカルの声だけは別だ)。そのわけは、この三人の男たちは市の郊外の工業団地にある大きな建物を共有していたからだ。「倉庫ではないわ、絶対に」アミナは無言のうちに祈った。それというのも、模造皮(レクシン)とレザークロスの商売はうまくいっていたのだ——今はデリーの陸軍総司令部副官になっていたズルフィカル少佐のとりなしによって、アフマド・シナイは陸軍相手にレザークロスのジャケットと防水加工したテーブルクロスを調達するという契約を取るところまで漕ぎつけていた――そして彼らの生活のささえになっている物資が大量にこの貯蔵庫に収められていたのだ。「でも誰がそんなことするっていうの？」ゾホラは歌う乳房と共に泣いた。「どんな気違いがこの世の中に野放しにされているの？」……こんないきさつでアミナは、夫が彼女に隠していた、そして当時多くの人びとを恐怖におののかせていた名前を、はじめて聞くことになった。「それはラーヴァナです」とS・P・ブットが言った……だがラーヴァナ（叙事詩『ラーマーヤナ』のなかで、王子ラーマの妃シーターを誘拐する悪魔。ラーマは猿神ハヌマーンに助けられて妃を奪い返す）とは多頭の魔神の名前である。では魔神がそこいらじゅうにうようよしているというのか？「何ですか、それは？」とアミナは、父譲りの迷信嫌いをあらわにして訊ね、答えを求めた。ケマル氏がその答えを提供した。「卑劣きわまる連中の名前です、奥さん。放火魔の集団ですよ。困った時代です。まったく困った時代です」

倉庫にはレザークロスが山と積まれている。それにケマル氏の扱っている商品である米と茶とレンズマメも――彼は国中にこれらの商品を大量に貯えている。大衆という多頭・多口の貪婪な怪物に対する防御策としてである。この怪物は自由を許されると、豊作の年に価格を極端に下落させてしまい、神をおそれる企業家たちは飢え、怪物は肥えふとることになる……「経済の要諦とは即ち欠乏です」とケマル氏は論じたてる、「それ故、わたしの備蓄は価格を適正水準に保つのみでなく、経済の構造そのものを下から支えているわけです」――そしてこの倉庫にはブット氏の商品も貯蔵されている。〈ＡＡＧ（アーグ）ブランド〉と書かれたボール箱に入っているものがそれだ。アーグが（ウルドゥー語で）火を意味することは断わるまでもなかろう。Ｓ・Ｐ・ブットはマッチの製造業者だった。

「わたしたちのつかんだ情報は」とケマル氏が言う、「工業団地に火事が起こったという事実だけです。どの倉庫かということまでは分かっていません」

「ではなぜそれがわれわれの倉庫なのかね？」アフマド・シナイが訊ねる。「なぜかね、まだ支払いには間があるというのに」

「支払いですって？」とアミナが割って入る。「誰に支払うのです？　何を支払うのです？　ねえあなた、いったい何が起こっているのです？」……だが「わたしたちは行かなければなりません」というＳ・Ｐ・ブットの一言で、アフマド・シナイは出かけることになる。くしゃくしゃのナイトパジャマのままで、やせ男とぶよぶよ男と共にガタガタ音をたてて家から駆け出していく、食べずじまいのキチューリーと、目を丸くした女たちと、くぐもったラターの歌声をあとに残して。ラーヴァナの名前が耳に残っている……「ろくでなしの集団です、奥さん。どいつもこいつも大胆不敵な人殺しのゴロツキ

ども です!」

S・P・ブットが去り際にふるえる声で言った言葉は、「手のつけられないヒンドゥーの放火魔ですよ、奥さん(ベーガム・サヒバ)。でもわれわれムスリムに何ができましょう?」

ラーヴァナ・ギャングについて知られているのはどんなことか。第一に、それが狂信的な反ムスリム運動として現われたということ。〈分離〉騒動以前の時代、豚の頭を金曜モスクの中庭に置き去りにしても罰を受けなかった時代には、反ムスリム運動は珍しいことではなかった。次に、真夜中に男たちをけしかけて、新旧両市街の壁にスローガンを書かせたこと。〈分離やめろ、さもなくば地獄に落ちろ! ムスリムはアジアのユダヤ人!〉うんぬん。それに、ムスリム経営の工場、商店、倉庫を焼いたということもある。いやまだあるのだ。そしてこれは一般には知られていない。人種的憎悪を前面に押し立てているが、ラーヴァナ・ギャングの内実は巧みに構想された金儲けの組織だったのだ。ムスリムのビジネスマンたちに匿名の電話がかかり、新聞から切り抜かれた単語を並べて綴った手紙が送りつけられる。彼らは一回かぎりの現金の支払いに応じるか、それとも全財産を焼かれるか、二つに一つの選択を強いられた。面白いことに、ギャングはそれなりに倫理的で、二度の支払い要求はしなかった。彼らは取引のつもりだったのだ。賄賂のいっぱい詰まった灰色のかばんを用意できなければ、店舗なり、工場なり、倉庫なりに火をかけて焼くというのだ。たいていの人は支払った。警察を当てにするというリスク含みの選択肢よりもそちらを取った。一九四七年の警察は、ムスリムにとって信頼するに足るものではなかった。脅迫状には、賄賂を支払って仕事を続けている「満足なさっているお客様」のリストが同封されていた、と言われる（もっともこの部分は眉唾ものかもしれない）。ラーヴァナ・ギャングは——すべてのプロフェッショナルと同様——保証人を立てていたわけだ。

　背広を着た二人の男と、パジャマ姿の一人の男が、ムスリム居住区（モハラ）の狭い路地（ガリー）を通り抜けて、チャンドニー・チョウクに待っているタクシーまで走っていった。三人は物見高い人びとの注目を浴びた。それも身なりが不揃いであったためばかりでなく、なんとかして走るまいとしていたから。「パニックになったところを見せてはいけない」とケマル氏は言った、「落ち着きはらった顔をすることだ」しかし彼らの足はたえず自制を失って、走りだした。ぐいぐいと勢いよく小走りで進み、それから二、三歩大股で歩くと、モハラを出た。途中で、黒い金属製の覗きめがね（ピープショウ）の箱を車に積み、ダグダギー・ドラムをかかえた若い男、リファファ・ダースに出会った。この男は、この章のタイトルになっている重要な公表の行われる場所へ行くところなのだ。リファファ・ダースはドラムを鳴らして呼びかけた。「さあさあ、何もかもごらん、何もかもごらんよ、ごらん！　デリーをごらん、インドをごらん、ごらんよ！　ごらんよ、ごらんよ！」

だがアフマド・シナイにはほかに見るものがあった。

モハラの子供たちはこの地域のほとんどの住人に対して、自分たちだけに通じるあだ名をつけていた。三軒からなるある一組は「シャモ人間たち」と呼ばれていた。その理由は、この一組が、シンディ（シンド地方、即ちパキスタン南部、インダス河口近くの住民。主としてイスラム教徒。シンド語を話す）の一家とベンガリ（ベンガル地方、即ちガンジス河下流域の住民。ベンガル語を話す）の一家が一軒おいて並び、その間にモハラでは少数派のヒンドゥーの一家がはさまっているという構成になっていたからである。シンディとベンガリには共通点が少ない――両者は同じ言語を話さないし、同じ料理を作らない。しかし両者はともにムスリムであり、間にはさまったヒンドゥーを忌み嫌っていた。彼らは屋上からヒンドゥーの家の上に生ごみを落とした。窓から多言語の罵詈雑言をヒンドゥーに浴びせた。戸口にくず肉を投げた……ヒンドゥーの方も負けてはいず、ガキどもに小遣いをやって、両隣の窓に石を投げさせた、「今に見ろ、お前らの番が来るぞ」と書いた紙にくるんだ石を……モハラの子供たちは私の父をもちゃんとした名前では呼ばず、「嗅覚バカ」と呼んでいた。これはつまり方向音痴ということだ。

アフマド・シナイは方向感覚がまるで駄目で、ひとりで放り出されると、わが家の界隈のくねくね曲がった路地でも迷子になってしまうほどだった。何度となく路地の浮浪児たちがひとりさまよっているアフマドに出会って、家まで送り届けてやり四アンナのお駄賃（チャヴァンニ）をもらった。私がこんなことにまで触れるわけは、父の道に迷う才能が生涯彼自身を困らせただけでなく、まさにその才能がアミナ・シナイを惹きつけもしたからだ（ナディル・カーンのおかげで、彼女自身も道に迷うことができることを実証したではないか）。そればかりか、父の嗅覚バカが私のなかに滴り込んで、私が他の方面から受け継いだ鼻の遺伝をある程度にぶらせ、私が真の道を嗅ぎ分けるのを何年ものちまで妨げていたのだ……しかし今はこれくらいにしておこう。そろそろ三人のビジネスマンが工業団地に到着する頃だから。ただ次のことだけは述べておこう。（私の見るところどうも方向音痴の直接の結果なのだが）私の父は勝利の瞬間においてさえも、未来の失敗の予臭、一丁先に待っている道迷いの前臭、しょっちゅう風呂に入っているのに落ちない体臭を漂わせている男だった。ケマル氏はいつもその臭いを嗅いでは、こっそりS・P・ブットに耳打ちするのだった、「ああいったカシミール野郎はだね、周知のように決して体を洗わないんだ」この誹謗によって父は船頭のタイに結びつく……体を清潔にすることをやめてしまうほどの自滅的衝動にとらえられていた、あのタイに。

工業団地では夜警たちが消防車の音にも気づかずに安らかに眠っていた。なぜ？　どうして？　夜警たちはラーヴァナの暴徒たちと取引していて、まもなくギャングが来るという知らせが入ると、睡眠薬を飲み、団地の建物から自分たちの縄のベッド（チャルポイ）を運び出してしまったからだ。こうしてギャングは暴力沙汰を回避し、夜警たちは低賃金の埋め合せをしていた。これは友好的な、一概に愚かともいえない取り決めだった。

眠り惚けている夜警たちの間に立って、ケマル氏と父とＳ・Ｐ・ブットは、焼けた自転車がどす黒い雲となって空に舞い上がるさまを眺めた。ブットと父とケマルは消防車に並んで立ちながら、安堵の息を吐いた。燃えているのがアルジュナ・インディアバイクの倉庫だったからだ——ヒンドゥー神話の英雄にちなんだアルジュナ（古代叙事詩『マハーバーラタ』の英雄で、パーンドゥ王の五王子のうち第三子の名前）というブランド名も、この会社がムスリム経営であるという事実を隠蔽することはできなかった。ほっと安心して、父とケマルとブットは焼けた自転車の臭いの立ちこめる空気を吸い込んで咳こみ、プッと唾を吐いた。タイヤの焼ける煙、チエーン、ベル、サドルバッグ、ハンドルバーの燃えて立ち昇る蒸気の亡霊、アルジュナ・インディアバイクの焼け落ちた残骸が、彼らの肺に出たり入ったりした。粗末なボール紙の仮面が燃える倉庫の前の電柱に釘でとめられていた。多顔の仮面である。厚いめくれた唇と真っ赤な鼻孔をして、大声でわめいている多くの顔からなる面である。多頭の怪物、魔王ラーヴァナの顔たちは、夜警たちを怒ったように見おろしていた。だが彼らはあまりにもぐっすりと眠っていたので、消防士も、ケマルもブットも私の父も、起こす気にはなれなかった。窓からペダルやチューブの灰が彼らの上に落ちてきた。

「まったくひどい話だ」とケマル氏は言った。彼は同情しているのではなかった。アルジュナ・インディアバイク社のオーナーたちを批判しているのだった。

見たまえ。火事の雲は（これは安堵の雲でもあるのだが）白茶けた朝の空に立ち昇り、ボールのように固まる。見たまえ。それは西に向かって旧市街の中心に突入していく。や、これは驚き、まるで指のように、チャンドニー・チョウクに近いムスリム居住区（モハラ）を指し示しているぞ……そこではちょうど今、リファファ・ダースがほかならぬシナイ家のある路地で大声で客を集めているところだ。

「何もかもごらんよ。全世界をごらん。さあさあ！」

さてもうそろそろ公表の時だ。私としても興奮を隠せない。私はあまりにも長いこと自分の物語の背景をうろついていたのだ。私が話の中心に居すわるまでにはまだしばらくあるのだが、前もってちょっと覗いてみるのも悪くあるまい。という次第で、私は多大な期待をもって空から突きたてられた指を目で追い、両親の家のあたりを、自転車を、紙コップに入った炒りヒヨコマメの呼び売りを、尻を突き出して手を取り合っている街の浮浪児たちを、散らかった紙屑や、駄菓子屋の店先に群がる蠅を、見おろす……すべては上空から俯瞰されているために小さく見える。そして子供たちがいる。リファファ・ダースのダグダギー・ドラムの魔法の音と「ドゥニヤー・デーコホー」つまり「全世界をごらんよ！」という呼び声に誘われて路上に出てきた子供たちだ。半ズボンもはいてない男の子、肌着をつけてない女の子、それに学校の白い制服を着て、S字型のスネーク・バックルのついたゴム入りサスペンダーで吊ったズボンをはいている、ずっとスマートな男の子、指までずんぐりした、背の低い肥満児など。こうした子供たちがみな、車輪のついた黒い箱に群がってくる。そしてこの少女にしても同じこと。ひと続きになった長い房々とした眉が両目を覆いかくしている少女、ほかならぬあの不作法なシンディの八歳になる娘のことだ。父親のシンディはきょうもまたパキスタンといういまだ架空の国の国旗を屋上に掲げ、きょうもまたお隣さんに罵詈雑言を浴びせている。娘はといえば、お小遣い（チャヴァンニ）を持って路上に出てくる。彼女の表情には小人の女王といったおもむきがあり、唇の奥には殺意が秘められている。彼女の名前は何だろう？　私は知らない。だが眉のことなら知っている。

さて、リファファ・ダースは不幸な偶然によって、とある壁に黒い覗きめがね（ピープショウ）を立てかけた。その壁には誰かの手でスワスティカのマークが描かれていた(当時はこのマークが至る所に見られた。極右のRSSS党〔ヒンドゥーの極右政党ジャン・サンの下部組織で、〈国家献身連合〉〕がこれを壁という壁の上に描いていたのだ。鉤が逆向きになったナチのスワスティカではなくて、古代ヒンドゥーの権力の象徴である。スヴァスティとはサンスクリット語で善いという意味だ)……私は彼の登場をいささか鳴り物入りで描いてきたが、このリファファ・ダースという人物はまったく目立たない青年だった。ただし笑うと美男になったし、太鼓を叩くとたんに子供たちにとってたまらない魅力を発揮した。ダグダギーおじさんである。こういう人種がインドじゅうにたくさんいて、「ディリー・デーコホー」「デリーをごらんよ!」と呼び声をあげていた。だがここはデリーなので、リファファ・ダースはしかるべく科白を変えていた。「全世界をごらんよ、何もかもごらんよ!」しばらくすると彼はこの誇大な文句が気になってきた。約束通りのものを見せ、あらゆるものを箱に入れようとあせって、彼はますます多くの絵葉書を覗きめがね(ピープショウ)に加えていった。(私はふとナディル・カーンの友人の画家のことを思い出す。これはインド人の病いだろうか、現実の総体を小さなカプセルに閉じ込めようとするこの衝動は? もしかして、私も感染しているのだろうか?)

リファファ・ダースの覗きめがね(ピープショウ)のなかには、タージ・マハルやミーナークシ寺院

（マドライ市にある。ミーナークシとは「魚の目を持つ女神」の意で、ドラヴィダ民族の女神）や聖なる河ガンジスの写真があった。だがこれらの名所のほかに、もっと現代的な情景も取り入れたいものと、この覗きめがね(ピープショウ)のおじさんは切望していた。スタフォード・クリップス（一八八九—一九五二年。英国の政治家、社会主義者。財務相）がネルー邸を出るところとか、不可触民がさわられているところとか、教育のある人びとが鉄道線路の上に寝ころんでいるところとか、ヨーロッパの女優が山ほどの果物を頭にのせている広告用写真——リファファはこの女性をカルメン・ヴェランダと呼んでいた——とかがその例であった。工業団地での火事の新聞写真もあり、これは厚紙に貼りつけてあった。リファファ・ダースは観客に目隠しをして、必ずしも愉快でない現代的な光景を見せないようにしようなどとは考えていなかった……そして彼がこのへんの路地へやって来る時は、子供たちにまじってしばしば大人も、車輪のついた箱のなかの新しい出し物を見に集まった。そして最も足繁く来てくれる客のなかに、アミナ・シナイ奥様(ベーガム)がいたのである。

　しかしきょうは何か張りつめたような気配がある。焼き打ちされたインディアバイクの雲が空に垂れこめていて、何か脆くて今にもはじけそうなものがこのムスリム居住区(モハラ)にのしかかっている……そして眉が一本につながった少女がにせものの無邪気さをこめた黄色い声で、「アタチが、チャイチョよ、どいてよ……アタチに見チェて、見えないじゃないのよ!」と言った時、その危ういものがはじける……すでに箱の穴を覗いている目があり、次々と現われる絵葉書に見とれている子供たちがいるので、リファファ・ダースは(仕事の手を休めず——箱のなかの絵葉書を動かしつづけるつまみをどんどん回していきながら)言った、「ちょっと待ってね、お嬢ちゃん。順番があるんだから、ちょっと待ってよ」これに対して一本眉の小人の女王は答える、「いや、いや、アタチがチャイチョよ!」リファファは笑うのをやめ——目立たなくなり——肩をすくめる。小人女王の顔にむき出しの怒りが現われる。なぶってやりたいという衝動がぐっとこみあげてきて、どぎつい罵言がふるえる口からとびだす。「あなたよくも図々しくこのモハラに入ってこられたわね。あたし、あなたを知ってるわ。お父さんもあなたを知ってるわ。誰だって知ってるわ。あなた、ヒンドゥーでしょう」

リファファ・ダースは箱のハンドルを回しながら黙って立っている。すると髪をポニーテールに結った、一本眉の戦の女神(ワルキューレ)はずんぐりした指で指差しながらシュプレヒコールを始め、白い学童服とスネーク・バックルの少年たちもそれに加わる、「ヒンドゥー! ヒンドゥー! ヒンドゥー!」そして竹すだれがするすると上がり、少女の父親が窓から身をのりだしてきてこれに加わり、新しい標的に向かって罵声を浴びせる。ベンガリはベンガル語で参加する、「げす野郎、てめえのオフクロばかりか、このへんの娘たちにまでいやったらしいマネをしやがって！」……誰かがムスリムの子供たちが襲われたという新聞記事を思い出したらしく、一つの声が上がる――女の声だ。あの馬鹿なゾホラの声かもしれない。「強姦魔！　まあほんとに、悪党をつかまえたわけね！この男なのね！」そして今や、下方を指差しているかのような雲の狂気と、この時代の常軌を逸した虚妄の全体が、モハラをとらえる。窓という窓から叫び声が響き、学童たちは合唱を始めた、「ゴーカンマ、ゴーカンマ、ゴー、ゴー、ゴーカンマ！」自分の言っていることを分かりもせずに。子供たちはにじりながらリファファ・ダースから遠ざかる。リファファの方も車輪のついた箱を引っぱって立ち去ろうとする。だが今度は、血気にはやった声によって囲まれる。街の若者たちが近寄ってきて、男たちが自転車から降りる。土鍋が飛び、リファファのそばの壁に当って砕ける。彼はある家の戸口を背にして立つ。すると前髪にてかてか油をつけた男が愉快そうににやりとしながら言う、「それじゃ、お前なのか、オイ。このへんの娘たちにワルサをしているというヒンドゥーさんはよお。てめえの妹と寝てるとかいう偶像崇拝者はよお」リファファ・ダースはまの抜けた薄笑いを浮かべながら、「いや、とんでもない……」と答える……すると彼の寄りかかっていたドアが開いて、彼はあお向けに倒れ込み、暗くて涼しい廊下に着地する。かたわらには私の母、アミナ・シナイが立っている。

彼女はくすくす笑ってばかりいるゾホラと二人で朝の時間を過ごしていた。ラーヴァナという名前が執拗に耳に残っていた。工業団地で何が起こっているかは知らないまま、心は世界が発狂しようとしているさまを考えていた。やがて怒号が起こり、ゾホラが止めるまもなくそれに加わった時——アミナの内部で何かが固まった、自分が父の娘であるという自覚、三日月刀を逃れるために麦畑のなかに隠れていたナディル・カーンの幽霊のような記憶、そして鼻孔のいらだちが。彼女は階下へ救助に向かった。ゾホラのわめき声が背後から追いかけてきた、「何をするのよ、お姉さん、あの狂ったけだものを中に入れたりしては駄目よ。気は確かなの？」……私の母がドアを開けると、リファファ・ダースが倒れ込んできた。

その朝の母のありさまを描いてみよう。彼女は暴徒とその犠牲者の間に立つ黒い影だった。子宮は見えない、語られたことのない秘密ではち切れそうだった。「まあ、まあ」と彼女は群集をほめあげた。「英雄さんたちですこと、英雄さんがいっぱい揃(アッラー)って、お見事ね！　でもたった一匹の怪物に五十人してかかっているわけね！　ほんとに、誇らしく思うわ！」

……するとゾホラが、「戻ってきなさいよ、お姉さん！」そして脂っぽい前髪が、「このゴロツキをなぜかばうんですか、奥さん？」「よくないことですよ」アミナは答えて、「わたしはこの人を知っています。この人はちゃんとした人です。さあ、出てって下さい、あなた方に用はありません。ムスリムの居住区で一人の男を八つ裂きにしようというのですか？　さあ、お行きなさい」しかし暴徒は驚くのをやめて、押しよせてこようとする……そしてその時。その時、そういうことになるのだ。

「お聞きなさい」と母は叫んだ、「ようく聞いて。私は妊娠しています。子供を生もうとしている母親です。この人は私が保護します。さあ、かかって来なさい。殺すなら、一人の母親も殺して、あなた方の正体を世間に晒しなさい！」

こんな成り行きで私の誕生――サリーム・シナイの出生――は、父が知るよりも前に、寄り集まった群集に予告された。受胎の時から、私は公有財産であったようだ。

だが、母の公表は正しかったが、誤ってもいた。そのわけは、母が宿していた子供は彼女の息子にはならなかったからだ。

母はデリーへ来てから一所懸命夫を愛することに励んだ。ゾホラとキチューリーと靴音に妨げられて、夫におめでたのニュースを知らせることができなかった。人びとの絶叫が聞こえてきて、この機会に公表する羽目になった。これが効を奏して、私の受胎告知は一つの命を救ったのだ。

　群集が散ると、召使（ベアラー）のムーサじいさんが路上に出て、リファファ・ダースの覗きめがねを救出した。アミナはこの笑顔の美しい青年に作りたてのライム水を何杯も与えた。さきほどの体験によって彼は水分ばかりか糖分をも失っていたようだった。何しろ一杯ごとに粗糖四さじを入れるのだ。ゾホラは怖れをなして、ソファの上に縮こまっていた。そして(ライム水で水分と糖分を補給した)リファファ・ダースが、ついに口をきいた、

「奥様（ベーガム・サヒバ）、あなたは立派なお方です。お許し下さるなら、あなたの家と、あなたの生まれてくるお子さんを祝福いたします。だけど――お許し下さるなら――あなたのためにもう一つして差し上げたいことがある」

「ありがとう」と母は言った、「でも、あなたは何もしてはいけないわ」

だが彼は続けた(砂糖の甘みが彼の舌に残っていた)。「ぼくのいとこの、シュリ・ラムラム・セトはたいへんな予言者なんですよ、奥様。手相見で、占星術師で、占い師なんです。どうぞ、いらっしゃってみて下さい。あなたの息子さんの未来をお教えしますよ」

　占い師は私の予言をした……一九四七年一月に私の母アミナ・シナイは、命を助けてやったお礼に予言の贈物を受け取ったわけだ。「アミナ姉さん、こんな男について

行くなんて狂気の沙汰よ。そんなことちょっとでも考えてはいけないわ。こんな物騒な時代だもの」とゾホラから忠告されたにもかかわらず、また父親が疑い深く、イスラム法学者(マウルヴィ)の耳を親指と人差指でつまんだことを思い出したにもかかわらず、この申し出は私の母から「イエス」の答えを引き出すようなツボに触れた。今しがた分かったばかりのみずからの母性に対する理屈を越えた驚異の念にとらえられて、「はい」と彼女は答えた、「リファファ・ダースさん、何日かしたらレッド・フォート(ラール・キラー。赤い城)の門のところへ迎えに来て下さい。それからあなたのいとこのところへ連れていってね」

「毎日お待ちしています」と言って彼は合掌し、帰っていった。

ゾホラはあっけにとられ、アフマド・シナイが帰ってくると首を振って、言った、「あなた方は新婚早々から狂っているわ。あたしにはとてもかまいきれません！」

年老いた召使のムーサも口を閉ざした。彼はいつも私たちの生活の背景に退いていた。ただし二度だけ例外があった……一度は私たちから去って行った時、もう一度は戻って来て偶然に世界を破壊した時、である。

多頭の怪物たち

もちろん、偶然というものが存在しないとすれば話はちがってくる。その場合ムーサは——老齢と使用人の身分にもかかわらず——定められた時刻まで穏やかに時を刻む時限爆弾だったということになる。その場合、二つに一つしかすべきことは考えられない。つまり、一つにはわれわれは——楽天的に——起き上がって万歳を唱えるべきだろう。というのは、すべてがあらかじめ計画されているなら、われわれはみなそれぞれの意味を持っているはずで、自分が何の根拠もないデタラメな存在であることを知る恐怖を免れるからだ。だが、さもなくばもちろん、われわれは——厭世家として——思想と決断と行動のむなしさを悟って、今ここですべてを諦めてしまうかもしれない。というのは、われわれがどう考えたところで、何ひとつ変わりはせず、事物はあるべきようにありつづけるだろうから。それなら楽天主義はどこにあるのか。運命のなかにか、混沌（カオス）のなかにか。母が(近所の人がひとり残らず知ってしまった後で)父に朗報を伝え、父が「だから言ったろう、単に時間の問題だって」と答えた時、父は楽天的だったのか、悲観的だったのか。母の妊娠はどうも運命であったようだが、私の誕生はかなり偶然に負うところがあった。

「単に時間の問題だ」と言った時の父は喜色満面だった。しかし時間は私の経験では不安定なものであって、信頼のおけるものではない。あまつさえ時間は分割されうるものでもある。パキスタンの時計はインドの時計よりも三十分先を進むだろう……分割派と関わりを持つことを嫌がっていたケマル氏はこんな言い方を好んだ、「これこそあの計画の愚かしさの証拠だ！　あの連盟員(リーガー)たちは三十分をそっくり持ち逃げしようと企んでいる！　分割のない時間、これが一番いいんだ！」そしてS・P・ブットも言った、「そんなふうに時間を変えることができるなら、現実とは何なのだろう？　お訊ねしたいものだ。いったい真実なるものって何なのだ？」

きょうはどうも大問題を考える日のようだ。信頼のおけない歳月を隔てて私はS・P・ブットに、分割派の暴動の際に喉を切られ、時間への興味を失うことになったブットに答える、「現実と真実は必ずしも同じではない」と。真実とは私にとって、幼い時からメアリー・ペレイラが話してくれる物語のなかに隠れている何かであった。私の子守女(アーヤ)のメアリーは一人の母以上でもあり以下でもあった。そして私たちみなのことを何もかも知っていた。真実(いい)は水平線のすぐ向こうに隠れているのであり、私の寝室の壁にかかった絵のなかの漁師もそこを指差しながら若いローリーに話してきかせている。今アングルポイズの光のなかでこれを書きながら、私はあの幼い頃の事物にてらして真実かどうかを吟味する。メアリーはこんな語り方をしたろうか、と私は訊ねる。あの漁師はこんな言い方をしたろうか？……このような基準で見れば、一九四七年一月のある日、ちょうど父が一人の魔王と対決していた時、母が私の出生に六ヵ月先立って私に関するすべてのことを聞き知ってしまったということは、文句なしに真実である。

アミナ・シナイはリファファ・ダースの案内を受けるのに都合のいい時が来るのを待っていた。だがインディアバイク工場の火事の後の二日間はアフマド・シナイが家にいて、コンノート・プレース（ニューデリーのオフィス街）の事務所に行かず、まるで不愉快な対決に備えて非情になる訓練をしているようだった。その二日間、彼のベッドの下には何やら秘密めかした感じで灰色の現金かばんが置かれていた。私の父は灰色のかばんが何のためにあるのか、どうしても説明したくない様子だった。そこでアミナは自分に言ってきかせた、「放っておきましょう、かまわないじゃない？」彼女の方にだって秘密があり、チャンドニー・チョウクの起点にあるレッド・フォートの門のところで、それは辛抱強く彼女を待っているのだ。ひそかな憤懣を嚙み殺しながら、母はリファファ・ダースのことを隠していた。「アフマドが何を企んでいるのか言わないのだから、それを言うまでは、わたしの方も言わないわ」これが彼女の言い分だった。

そしてある寒い一月の晩、「今晩は出かけなければならない」とアフマド・シナイが言った。「寒いわ――病気になるわよ……」とアミナは引きとめようとしたが、アフマドは背広とコートを着こみ、コートの下に例の得体の知れぬ灰色のかばんを隠し持ち、それが不恰好な塊りとして目立っていた。とうとう彼女は「暖かくしてらした方がいいわ」と言って、彼を行きたい所へ送り出した。「帰り、遅いんですか?」と訊くと、「うん、きっと遅いな」という答えだった。夫が出かけて五分後に、アミナ・シナイはレッド・フォートへ、彼女の冒険の中心へ、向かって行った。

一つの旅が城（フォート）から始まった。もう一つの旅は城（フォート）で終るはずだったが、終らなかった。一方は未来を予言した。他方はその未来の地理的位置をきめた。一方の旅の間、猿たちが楽しく踊った。しかるに他方では一匹の猿が踊りはしたが、惨憺たる結果を招いた。どちらの冒険においても猛禽類が一つの役割を果した。そしてどちらの旅の終りにも、多頭の怪物がひそんでいた。

では一つずつ話すとしよう……アミナ・シナイがレッド・フォートの高い城壁の下に来ている。これはムガル朝の居城であり、新しい国家の独立もこの城から宣言されることになるだろう……専制君主でも伝令でもないのに、母は(寒さにもかかわらず)暖かく迎えられる。黄昏の最後の光のなかに、リファファ・ダースの声がする、「奥様(ベーガム・サヒバ)！よくいらっしゃいました！」黒い肌を白いサリーに包んだ彼女は、リファファをタクシーの方にさし招く。彼が後ろのドアに近寄ると、運転手が厳しく言う、「何を考えてるんだね？　あんた、何様だと思ってるんだね？　さ、早く、前に来るんだよ。後ろはご婦人ひとりの席だよ！」というわけでアミナは車輪のついた黒い覗きめがね(ピープショウ)の箱を横に置いてやる。リファファ・ダースが謝る、「すみません、奥様。決して、悪気はなかったんです」

　だがこちらではもう一台のタクシーが順番を無視して別の城(フォート)の外に停まり、背広姿の三人の男を降ろしている。三人ともコートの下に嵩(かさ)ばった灰色のかばんをかかえている……一人は驚くほど背が高くて痩せている。もう一人はまるで背骨がないかのようだ。三人目は下唇が突き出ていて、おなかがぶよぶよで、髪は薄く脂っぽく、耳の上にかぶさっている。眉間にはいわくありげな縦皺があり、どうやらこれが歳と共に深くなって雷おやじの形相が出来上がりそうだ。タクシーの運転手は寒さにもかかわらず元気旺盛だ。「プラーナー・キラー！」と彼は叫ぶ、「皆さん、お降り下さい、どうぞ！　オールド・フォートですよ！」……実にさまざまなデリーの街があった。黒ずんだ廃墟であるオールド・フォートはとても古いデリーで、これに比べると今日の旧市街（オールド・シティ）は生まれての赤ん坊のようなものだ。この信じられぬほど古い時代の廃墟に、ケマル、ブット、アフマド・シナイの三人は、「今晩。オールド・フォート。日没直後。ただし警察無用……それとも倉庫を焼かれたいか？」という匿名の電話に脅されてやって来たのだった。灰色のかばんをかかえて、三人は古い崩れかけた世界に入ってゆく。

……ハンドバッグを摑んで、私の母は覗きめがねの箱のかたわらに坐っている。リファファ・ダースはけげんそうな、不機嫌な運転手と前の座席に坐って、中央郵便局の裏手の街に車を導く。この界隈では貧困が旱魃のように道路のアスファルトを食いちぎり、人びとは不可視人間として生活している（つまりリファファ・ダースと同様に不可視性の呪いにかかっているのだが、かといって皆が皆、美しい笑顔をしているわけではない）。何か新しいものの気配が母を襲いはじめる。一分ごとに狭くなり、一インチごとに混雑してくる街路に圧迫されて、彼女は「都会の目」を失った。都会の目を持っていると、不可視人間を見ることができない。巨人症のように膨れ上がった睾丸を持った男や、有蓋車で運ばれる乞食が目に飛び込んでくることはない。作りかけのコンクリートの排水管の並びを見てもそれは共同寝所(ドミトリー)には見えない。私の母は都会の目を失い、目にするものの新しさ、頬を刺す霰(あられ)のような新しさが、彼女を紅潮させた。あらまあ、この美しい子供たちは黒い歯をしているわ！　信じられようか……女の子が乳房を剝き出しているなんて！　ひどいわ、まったく。それにあらまあ、滅相もない(アッラー・トバー)、あの掃除婦のオバサンたち――いやだ！――恐ろしい！――背骨が折れてるじゃないの。小枝の箒(ほうき)を持って、カーストのしるしもつけてないわ。不可触民(アンタッチャブル)なのね、かわいそうに(スイート・アッラー)！……それに不具者がうようよしているわ。一生乞食をして食べていけるようにと、慈愛深い親たちの手で不具にされたのだわ……そう、有蓋車にのせられた乞食、赤子の脚をした大人たち。捨てられたローラースケートとマンゴーの古箱から造った車椅子に乗っている。母は叫び出す、「リファファ・ダース、引き返してよ！」……だが彼は美しい笑顔を見せて言う、「ここからは歩かなければなりませんよ」後戻りはできないと悟って、彼女は運転手に、待っていてほしいと言う。不機嫌な運転手は答えて、「はい、もちろん、奥さんのためだから、お待ちするほかしようがありませんな。戻って来られたら、大通りまで車をバックさせるほかありません。Uターンできる場所がありませんからね！」……子供たちが母のサリーのすそを引っぱる。ぎっしり並んだ頭が彼女を見つめる。まるで恐ろしい怪物、頭、頭、頭がいっぱい付いた一匹の生き物に囲まれているみたいだ、と彼女は思う。いや違う、もちろん怪物なんかじゃない、この気の毒な人、人、人は――それじゃ、何だろう？　ある種の力、自分の強さを知らずにいる一つの力だ。おそらく、使われたことがないために、堕落し無力化してしまった力なのだ……いや、この人たちは決して堕落した人たちとは言えない。怖いわ、と母は思う。ちょうどその時、一つの手が彼女の腕に触れる。振り向くと、そこには――あろうことか！――白人の顔がある。彼はやつれた手を差し伸べて、外国の歌を歌うような高い声で、「何か下さい、奥様（ベーガム・サヒバ）……」と言い、すりへったレコードのように何度も同じことをくりかえす。彼女は長い睫毛と、美しい輪郭をもった貴族的な鼻を、当惑して見つめる――当惑というのは、相手が白人だからであり、物乞いは白人にふさわしくない行為だからだ。「……カルカッタからずっと歩いてきました」と彼は続けた、「ごらんのとおり、白髪だらけになりました、奥様。あの殺戮のおかげで、あの町にいるのが恥ずかしくなりました――去る八月のことをご記憶ですか、奥様、阿鼻叫喚にみちた四日間に、何千もの人が刺し殺されたのです……」リファファ・ダースは、相手が乞食とはいえ白人とあって対応に窮し、所在なくつっ立っている。「ヨーロッパ人のことを聞きましたか？」と乞食は訊ねる、「……そうです、殺戮者のなかにですよ、奥様、シャツに血糊をくっつけたまま、夜の街を歩いてゆく白人が一人いたんです。自分のようなものはいずれ無用になることを考えて、気が狂ってしまったのです。噂を聞いてますか?」……信じがたい歌うような声はここでいったん途切れたあと、「彼はわたしの夫でした」この時はじめて母は相手のボロ服の下のひしゃげた乳房に気がついた……「わたしの恥のために何か下さい」そう言って乞食は母の手を引っぱる。リファファ・ダースはもう一方の手を引っぱり、ふたなり(ヒジュラ)、男装女です、さあ行きましょう奥様、と小声で言う。両側から引っぱられたアミナは動かずにいたが、待って下さい、白いご婦人よ、まず私の用事をすまさせて下さい、そうしたらあなた様をわが家にお連れして、食べる物と着る物を差し上げ、そのあとであなた様の世界にお返しいたしましょう、と言おうとする。だがちょうどその時、女は肩をすくめて、何ももらわずに狭い通りを去っていく。彼女は小さな一点となり——やがて、路地のみすぼらしい遠景のなかに呑み込まれる。するとリファファ・ダースが顔に奇妙な表情を浮かべて言う、「あの人たちはもう用ずみ(ファントゥーシュ)です。まったくおしまいです。まもなく彼らはみな去っていくでしょう。そのあとは私たち同士で思う存分殺し合うことになります」片手で軽くおなかにさわりながら、彼女は彼のあとに続いて暗い玄関を入る。彼女の顔がかっと赤くなる。

……他方、オールド・フォートではアフマド・シナイがラーヴァナを待っている。父は夕陽のなかに立っている。古城の崩れた城壁のなかの、かつては部屋だった場所のうす暗い戸口に立っている。分厚い下唇を突き出し、後ろで手を組みながら、頭はカネの心配でいっぱいだ。彼は決して幸福な男ではなかった。かすかに未来の失敗の臭いがした。使用人を酷使していた。おそらく彼は、亡き父のあとを継いでレザークロス業をやるよりも、コーランを正確な年代順に編纂しなおすという、もともとの野心を追求する強さがあったらいいのにと思っているのだ。(彼はかつて私に言った、「ムハンマドが預言した時、人びとは棕櫚の葉に彼の言葉を書きしるした。それは箱に入れてぞんざいに保存された。彼の死後、アブーバクル(五七三―六三四年。ムハンマドの妻アイシャの父で、彼の後継者。メディナで第一代のカリフをつとめる)らが正確な章の順序を思い出そうとしたが、彼らはあまり記憶力がすぐれていなかった」もうひとつ道を間違えていた。聖なる書物を書き直すかわりに、父は廃墟のなかに隠れて悪魔たちを待っていた。当然ながら彼は幸福ではなかった。私が生まれてきても何の慰めにもなるまい。生まれ落ちた早々から、私は父の足指をつぶしてしまったのだ。)……くりかえしになるが、不幸な父は不機嫌に現金のことを考えていた。そして妻のことを。前妻のことも。彼女は甘えてルピーをせしめるばかりか、夜にはポケットからもくすねているのだ。彼女は調停で離婚が成立しているのにいつまでも無心の手紙を書いてよこしていた(結局、彼女は事故死した。駱駝車の馭者と言い合いをして、駱駝に首を咬まれたのだ)。遠縁のいとこのゾホラのこともある。彼女は結婚の持参金を彼に出させたいのだ。その金で子供を育て、その子供を彼の子供と結婚させることによって、彼の財産にいっそう深く食い込むことができるという計算である。それにズルフィカル少佐との金の約束もある（この段階では、ズルフィカル少佐と父はとてもうまく行っていた）。少佐は手紙にこう書いていた、「その時が来たらパキスタン行きの決意をすることです。その時は必ず来ます。われわれのような男たちにとって、パキスタンはきっと金鉱になる。喜んでアフマドさんをM・A・Jに紹介しますよ……」だがアフマド・シナイはムハンマド・アリー・ジンナー（ムスリム連盟議長。のちにパキスタン初代総督）を信用しなかったし、ズルフィの申し出を受け入れはしなかった。だからジンナーがパキスタンの大統領になったりしたら、さらに困ったことになるだろうと思えた。そして最後に、父の昔からの友人で、ボンベイの産婦人科医のドクター・ナルリカルからの手紙があった。「イギリス人はいっせいに引き揚げるんだよ、シナイ君（バイ）。土地がバカ安だ！　何もかも売っ払って、この町へ来いよ。ここで土地を買って、一生、贅沢に暮らすんだ！」ここまで金のことで一杯になった頭には、コーランの文句が入る余地などなかった……さて今、彼はS・P・ブットおよびムスタファ・ケマルと並んでいる。ブットはパキスタンに向かう列車のなかで死ぬだろうし、ケマルはフラグスタッフ・ロードの豪邸で暴漢に殺され、自分の流した血で「薄汚ねえ金ため野郎」と胸に書かれるだろう……この二人の非運の男たちと並んで廃墟の物陰に隠れて、脅迫者が金を受け取りに来るのを見張っているのだ。「南西の角」と電話の声は言っていた、「小塔（タレット）だ。内側の石の階段。登る。一番上の踊り場。そこへ金を置け。そして去れ。分かったか？」三人は指示を無視して、壊れた部屋に隠れている。彼らの頭上に当る小塔の一番上の踊り場で、深くなる夕闇に包まれて三個の灰色のかばんが待っている。

……空気のこもりきった階段吹き抜けの深くなる夕闇のなかを、アミナ・シナイは一つの予言に向かって登ってゆく。リファファ・ダースが彼女を励まそうとする。タクシーに乗せられて、もう彼の言う通りにするほかないという所まで来てしまった時になって、彼女のうちにゆらぎが、来てしまったことに対する後悔が感じられたからだ。登りながら、彼は彼女を安心させようとする。闇に包まれた階段吹き抜けには目がいっぱい並んでいる。よじ登ってくる黒い女をシャッターを降ろした戸口から注視するぎらぎら光る目、きらっと輝く野良猫の舌のように彼女を舐めまわす目。リファファのやさしい声を聞きながら、私の母は意志の力を失い、なるようになれとばかり、精神力と現実感覚が抜け落ちて階段の黒いスポンジのような空気のなかへ吸い込まれていくのを感じる。のろのろと彼女の足は彼の足のあとに従い、大きな陰気くさい棟割長屋（チョール）のてっぺんへと近づく。この壊れかけた長屋の最上階にリファファ・ダースとそのいとこたちは暮らしている……今、最上階間近のところで、暗い光が漏れて、居並ぶ不具者たちの頭を照らしているのが見える。「ぼくの二番目のいとこが接骨医なんです」とリファファ・ダースが言う。腕をくじいた男たち、足が信じがたい角度で後ろにねじれた女たち、墜落した窓掃除夫たち、ねんざした煉瓦積み職人たちなどを越えて登り、この医者の娘は洗浄器と病院以前の世界へ分け入ってゆく。ついにリファファ・ダースは「さあ、着きました、奥様」と言って、一つの部屋へ導いてゆく。そこでは接骨医がくだけた手足に小枝と葉をゆわいつけ、割れた頭を棕櫚の葉に包んでいる。患者たちの姿が傷口から芽を吹いている人工の樹木のように見えてくる……その部屋を通り抜けると平坦なセメントの屋上に出る。暗がりのなかで提灯(ランタン)の明りを見てまばたきしながら、アミナは屋上の怪異な光景を見分ける。踊る猿、はねるマングース、籠のなかをのたくる蛇。そして手摺の上には、大きな鳥たちのシルエットがあり、その体は嘴と同じくらい鉤型をしていて、残酷な感じ。禿鷹だ。

「あら(アレー)、あなた(バーブ)」と彼女は叫ぶ、「どこへ連れていくつもり?」

「心配はいりませんよ、奥様」とリファファ・ダースは答える。「この人たちはぼくのいとこです。三番目と四番目のいとこです。あれはモンキー・ダンサーです……」

「練習しているだけですよ、奥様!」と一つの声がする。「ごらんなさい。猿が戦争に行き、国のために死ぬところです！」

「……そしてほら、蛇とマングースの使い手です」

「マングースのはねるところを見て下さい、奥さん！　コブラが踊るところも！」

「……でも鳥は？」

「何でもありません、奥さん。ただ、このすぐ近くにパルシー教徒（ボンベイ付近に多いゾロアスター教徒の子孫）の沈黙の塔（死者を鳥葬にするための円形の石塔）があるんです。そこに死者がいない時は、禿鷹がここへやって来ます。今彼らは眠っています。昼間は私のいとこたちの練習するところを見るのが好きなんですよ」

屋上の向こう端に小部屋がある。ドアから明りが漏れている。アミナが入っていくと……なかに彼女の夫と同年輩の男がいる。顎が幾重にもくびれた、でっぷりした男だ。汚れた白のズボン、赤いチェックのシャツをまとい、靴ははいていない。胡座（あぐら）をかいて坐り、アニスの実を食べては、ヴィムト（英国のソフトドリンク）の壜をラッパ飲みしている。部屋の壁には、ヴィシュヌーのいろいろな化身（アヴァタール）の絵があり、〈綴り方教授〉〈来院中の唾吐きはたいへん不作法です〉という掲示がある。家具はない……シュリ・ラムラム・セトは床から六インチ尻を離して胡座をかいている。

認めておかなければならない。恥ずかしいことに、母は悲鳴を上げた……

……他方、オールド・フォートでは、塁壁の間で猿たちが啼いている。この廃墟は人間に見捨てられ、今はヤセザルたちの棲み家となっているのだ。長い尾と黒い顔をしたこの猿たちは、一つの強固な使命感を持っている。つまり彼らは上へ上へと這い登ってゆき、廃墟の一番高い所にとびあがって、テリトリーを主張し、しかるのちに城全体を、一石また一石と解体してゆく仕事に専念しているのだ。パドマ、これは本当なのだ。君はそこへ行ったことがない。薄明のなかに立って、勤勉な毛深い動物が断固として石にしがみついているさまを、引っぱったりゆさぶったり、ゆさぶったり引っぱったりして、一度に一つずつ石を引き抜こうとしているさまを、見たことがない……毎日、猿たちは城壁から石を転がしている。石は角や突出部に当ってはね返り、下方の堀のなかへ落ちてゆく。いつの日か古城はなくなるだろう。最後に瓦礫の山が一つ残り、猿たちがその上に乗っかって勝ち誇るだろう……今ここに城壁の上を走っていく猿がいる──彼をハヌマーンと呼ぶことにするが、これはラーマ王子のラーヴァナ退治を助けた猿神、空飛ぶ戦車のハヌマーンに因んだ名前だ……さあ見たまえ、彼がこの小塔にやってくる──ここは彼のテリトリーなのだ。とびはね、啼き、石の上に尻をこすりつけながら王国の隅から隅まで走り、それから立ち停まって、ここにあるはずのないものの臭いを嗅ぐ……ハヌマーンは一番上の踊り場にあるこのくぼみへ走ってくる。そこには三人の男たちが置いていった三個の柔らかい灰色の異様な物体がある。さて、郵便局の裏手の屋根の上で猿たちが踊るのと時を同じくして、こちらでも猿のハヌマーンが怒り狂って踊る。灰色の物体の上にとび上がる。ほう、これはきわめてゆるく出来ている。ゆさぶったり引っぱったり、引っぱったりゆさぶったりは、あまり必要ない……さあ、ハヌマーンのすることを見るとしよう。柔らかい灰色の石を城の外壁の長い急斜面のきわまで引きずっていく。見たまえ、彼は物体を引き裂いている。ビリビリ、バリバリ！……見たまえ、彼は灰色の物体のなかから紙切れを器用にすくい取って投げ捨てている、堀に落ちた石を濡らす土砂降りの雨のように！……紙は物憂く、気のりせぬ様子でひらひらと落ちてゆき、美しい記憶のように闇の顎（あぎと）のなかへ吸い込まれてゆく。そして今、足で一蹴り、ドーン、もう一蹴り！　三つの柔らかい石は城壁の端を越え、暗闇のなかへ転がっていき、ついに、柔らかい、わびしいドボーンという音が聞こえてくる。ハヌマーンは仕事を終え、興味を失い、王国のどこか遠くの尖塔（ピナクル）へと走り去り、新たな石をゆさぶりはじめる。

……下の部屋で私の父は、一つのグロテスクな姿が暗闇のなかから現われるのを見る。上で起こっている一大事のことは何も知らずに、彼は壊れた部屋の陰から怪物を観察する。悪魔の頭巾をかぶり、ぼろぼろのパジャマを纏った生き物、頭部は張子（はりこ）の悪魔といった感じ、そこにいくつも顔がついており、どれもにやにや笑っている……ラーヴァナ・ギャングの指定代理人。金の取立人だ。三人の実業家は心臓をどきどきさせながら、百姓の悪夢から生まれてきたこの妖怪が踊り場に通じる階段吹き抜けのなかへ消えるのを見守る。しばしののち、うつろな夜のしじまのなかに悪魔のまったく人間的な罵声が聞こえてくる。「マザーファッカーども！　どこかの国から流れてきた宦官ども！」……何も分からぬまま三人は、この奇妙な迫害者が現われて、闇のなかに駆け込み、消えてゆくのを眺める……「けがらわしい男色者め！　豚の息子どもめ！　糞食らいどもめ！」……彼の呪いが微風にのって聞こえてくる。そして今、すっかり頭の混乱してしまった三人は登っていく。ブットは灰色の布切れを見つける。ムスタファ・ケマルは腰をかがめて、しわくちゃになった一ルピー紙幣を拾い上げる。もしかしたら、そうだ、きっとそれにちがいない。父の目尻を猿の黒い影がチラとよぎる……かくして三人は事態が呑み込めてくる。

そして今、彼らのうめき声、ブット氏のかん高い罵声が起こる。それは悪魔のついた悪態のくりかえしである。そして言葉にこそならなかったが、三人の頭のなかに一つの激しい葛藤が起こる。金か倉庫か、倉庫か金か？　ビジネスマンたちはこの中心問題を無言のパニック状態で考える——たとえ現金はゴミ漁りをする犬や人間の略奪にまかせるとしても、放火魔たちをどうやってやめさせるか？——だが結局、一言も発しないうちに、手持ち現金の冷厳な法則が三人を動かすことになる。彼らは石の階段を降り、伸び放題の芝生に沿って進み、崩れかけた門をいくつもくぐり——あわてふためいて——堀に到着し、ルピー札を拾ってポケットにかきこみはじめる。小便や腐った果物のまじった水溜まりをもいとわずに、掘り出し、摑み、掻きむしる。今夜だけ——後生だから——ただ今夜だけ、ギャングが約束通りの報復を差し控えてくれることを、あらゆる公算にさからって、信じながら。しかしもちろん、しかしもちろん……

……しかしもちろん、予言者のラムラムは実際に床上六インチの高さに浮かんでいるのではなかった。母の悲鳴は消えていった。目をこらしてみると、壁から突き出ている小さな棚が見えたのだ。「安っぽいトリックだわ」と彼女はひとりごちた。「わたしはこの神に見捨てられた、眠った禿鷹とモンキー・ダンサーの巣窟で何をしているのか。棚の上に坐りながら空中浮揚に見せかけている導師（グル）から、得体のしれないタワゴトを聞かせてもらおうと待っているなんて？」

アミナ・シナイが知らずにいたのは、史上二度目に私が自分の存在を感じさせようとしていたことであった。（いや、彼女のおなかのなかの食わせもののオタマジャクシのことではなく、私の歴史的役割のなかでの私のことだ。これについて首相は、「……貴君の行く末こそある意味で、私たちみんなの鏡となるでしょう」と書いている。この晩、いくつもの偉大な力が働いていたのだ。そして居合わせた誰もが、それを感じておののいた。）

いとこたち——一番目から四番目まで——は色の黒い女性が入ってきた戸口に集まり、彼女の悲鳴という蠟燭の方に蛾のように魅きつけられた……彼女がリファファ・ダースに案内されてあやしい占い師の方に静かに進んでいく時、彼女を静かに眺めていたのは、接骨医と、蛇つかい（コブラ・ワーラー）と、猿回し（モンキー・マン）だった。小声の励ましが起こった（そして無骨な手でかくしながらのクスクス笑いもあったろうか？）。「この人の占いは何しろ素晴らしいんですよ、奥さん！」「さあ、いとこよ、ご婦人が待っておいでだから！」……でもこのラムラムとは何者なのか？　金目当ての商売人、小銭二枚しかとらない手相見、馬鹿な女たちにうれしい予報を与えてくれる人——それとも正真正銘のほんもの、鍵を握っている男？　それにリファファ・ダースの方だが、彼は私の母のうちに、たったの二ルピーのイカサマで満足するような女を見ていたのだろうか？　それともずっと深く、彼女の弱みの核心にある地下室までも覗き込んでいたのだろうか？——それに予言がなされた時、いとこたちも驚いたろうか？　それにあの口の泡は？　あれは何だろう？　それに、あれは本当だろうか、ヒステリカルなその晩の気の狂いそうな雰囲気のなかで、母がいつもの自己抑制を捨てたというのは？——その自我が階段吹き抜けの光のない空気という吸収力の高いスポンジのなかへ吸い込まれていくのを、彼女が感じ——そして、どんなことも起こりうるし信じうるという精神状態に陥ったというのは？　それにもう一つ、もっと恐ろしい可能性だってあるのだ。しかし私は疑惑を表明する前に、実際に起こったことを、曖昧模糊としたカーテンに包まれているとはいえ、できるかぎり正確に母のことを描かなければならない。近寄ってくる手相見の方に彼女は手のひらを差し出す。彼女の目はマナガツオの目のように大きく見開かれ、まばたきもしない——そしていとこたちは（クスクス笑いながら？）、「すごいお告げをもらうよ、奥さん！」とか、「ほら、いとこよ、早く言ってやるといい！」とか騒いでいる——だがここでまたカーテンがかかってしまい、よく見えなくなる——彼は安っぽいサーカス男のような始め方をし、生命線がどうの、感情線がどうの、子供たちは億万長者になるの、といったありふれたゴタクを並べ、その間いとこたちが「ワー、ワー！」「まったく大した手相見だからな！」と歓声をあげ——それから態度を変えたろうか？——ラムラムは固くなったろうか？——目をきょとんと上に向け、卵のような白眼をむき出して——鏡に映したような妙な声で、彼は「奥さん、私がその部分にさわることを許して下さいますか？」と訊ねたろうか？——その時いとこたちは眠った禿鷹のように黙り込んでいて——そして母は同じくらい妙な声で「許します」と答え、そんなわけで予言者は、彼女の家族は別として、彼女の生涯でようやく三番目に体にさわった男になったのだろうか？――そしてその時、ずんぐりした指と妊婦の肌の間につかのま鋭い電気ショックが走ったのだろうか？　そして兎のように怯えた母の顔が、縞のシャツを着た予言者を眺めているうちに、彼は柔らかな顔に卵のような目を見開いたまま、円を描きはじめた。そして突然、全身がわなわな震えだし、再びあのかん高い声が唇から出てきた（私はこの唇についても書かなければならないのだが――あとにしよう、つまり今は……）、「男のお子さんです」

無言のいとこたち――綱につながれた猿たちはギャーギャー騒ぐのをやめていたし、コブラは籠のなかでとぐろを巻いていた――そして円を描いている占い師自身は、彼の口をかりて歴史が語っているのに立ち会っている。（それはどんなふうにか？）まず、「男のお子さんです……立派な男のお子さんだ！」そして「男の子ですよ、奥さん。この子は祖国よりも年上ではありません――年上でも年下でもありません」これを聞くと、蛇つかい、マングース・ダンサー、接骨医、そして覗き(ピープショウ)めがねのおじさんの顔にさっと恐怖の色が浮かぶ。ラムラムがこんな予言をするのを聞くのは初めてだったからだ。彼は歌うような高い声で続ける、「頭が二つあります――でも人には一つしか見えません――膝と鼻、鼻と膝があります」鼻と膝、膝と鼻……よく聞いてくれよ、パドマ、この男の言うことは間違っていない！「新聞がこの子を誉め、二人の母がこの子を育てる！　自転車乗りがこの子を愛します――が、群集がこの子を突きとばします！　妹が泣き、コブラが這い……」ラムラムはどんどん速く円を描き、四人のいとこたちはささやく、「これはいったい何なのさ」「魔神(デーオ)よ、シヴァよ、お護り下さい！」ラムラムは続けて、「洗濯物がこの子を隠すでしょう――声がこの子を導くでしょう！　友だちが彼を不具にするでしょう――血が彼を裏切るでしょう！」そこでアミナ・シナイは、「どういう意味なの？　分からないわ――リファファ・ダース――この人はどうかしたんじゃないの？」しかしラムラム・セトは卵のような目をして、彼女の彫像のように動かない体の回りをぐるぐると回りながら続ける。「痰壺がこの子の頭を殴るでしょう――医者たちがこの子の水分を抜くでしょう――ジャングルがこの子を求めるでしょう――魔法つかいがこの子をしつけるでしょう！　兵士たちがこの子を裁くでしょう――圧制者たちがこの子を焼くでしょう……」アミナは説明を求め、いとこたちは驚きのあまり手を打ち鳴らしたいような衝動にかられる。何ものかが乗り移っているのだ。誰もラムラム・セトにさわろうとはしない。彼はいよいよクライマックスに近づいている。「この子は息子を持つことなく息子を持つでしょう！　この子は年老いる前に年老いるでしょう！　そしてこの子は死人となる前に死ぬでしょう……」

　こんな具合に事は運んだろうか？　ラムラム・セトは自分の力よりも偉大な力にとりつかれて消耗し、突然倒れて口から泡を吹いたろうか？　彼の痙攣する歯の間にマングースつかいの棒がはさまれたのだろうか？　リファファ・ダースは「奥さん、お帰り下さい。いとこは病気になってしまったようです」と言ったろうか？

　そしてついに蛇つかいは――あるいは猿回し、あるいは接骨医、あるいは覗きめがねのリファファ・ダースかもしれないが――こう言ったのだ、「予言のやり過ぎだ。今夜のラムラムの予言というのは、ありゃ、あんまりだ」

　長年ののち、早すぎる老いの訪れを迎えた頃、ありとあらゆる亡霊が過去から湧き出してきて彼女の目の前で踊りはじめた時、母はもう一度この覗きめがねのおじさんに会った。私を身籠もったことを告げて命を救ってやった男、あんまりな予言者のところへ連れていくことでその恩に報いたこの男にである。彼女は恨みもなく淡々と話した。

「あら、また会ったわね」と彼女は言った、「それじゃ、このことだけ言わせてちょうだい。あなたのいとこさんが言おうとしたことを知りたいと思うわ――血とか膝とか鼻とか言ってたけど。でも誰にも分からないんじゃないかしら。わたしは別の息子を持ったかもしれないでしょ？」

蜘蛛の巣の張った廊下での、人生の門出の祖父のように、また晩年の祖父のように、ジョーゼフを失くしたあとのメアリー・ペレイラのように、そしてこの私のように、母は幽霊を見るのが上手だった。

……だが、まだまだ疑問や曖昧さが多々あるので、ここで私はいくつかの疑惑を表明しておかなければならない。疑惑もまた多頭の怪物なのだ。それならなぜ私は自分の母に向けてこの怪物を放つことをやめられないのか？……予言者のおなかの恰好は公平に見てどんなものであったか、と私は問うてみる。そして記憶が――私の新しい全知の記憶、母、父、祖父、祖母、その他のすべての人の生涯のほとんどすべてを包含する記憶が――答える、柔らかく、ぶよぶよで、トウモロコシ粉のプディングのようだったと。再び不本意ながら私は訊ねる、彼の唇の状態はどんなふうだったかと。答えは、ぼってり肉が厚くて、詩人のような唇だったということになろう。三たび私はこの記憶に問いかける、彼の髪はどうだったかと。答えは、薄くなっている、黒くて細い、耳の上まで垂れている、ということだ。そして今、私の常軌を逸した猜疑心は最後の問いを発する……純粋この上ないアミナは実は……ナディル・カーンに似た男には弱いので……へんな気を起こして、予言者の病気にほだされて、もしかして……「やめてよ！」とパドマは怒って叫ぶ。「どうしてそんなこと考えられるのよ？　その善良な女の人――あなたのお母さんでもある人について。その人がそんなことをするなんて。あなたは分かってもいないのにいい加減なことを言うのね」もちろん、いつものようにパドマの言う通りなのだ。もしもパドマが事情を知ったら、あなたはただ単に復讐しようとしているのでしょう、ときっと言うだろう。つまり、何年ものちのことだが、パイオニア・カフェの汚れた窓から、私はたしかにこの目でアミナのしているある行為を見てしまったのだ。おそらく私の突飛な考えはそこから生まれたのだ。その考えは、理屈には合わないのだが、時間をさかのぼって成長していき、こんなに若い頃の——ほぼまちがいなく罪のない——冒険において十分に成熟したものとなるのだ。そう、それにちがいない。だが疑惑という怪物も負けてはいない……「では彼女の癇癪はどうしてなのか——アフマドがボンベイへ移住だと宣言した日の彼女の怒りようは？」とそれは食いさがる。そして彼女の口真似をしてみせる。「あなたがいつも決めてしまうのね。わたしはどうなるの？わたしがいやだと言ったら？……ようやくこの家を住めるようにしたばかりでしょ、それにもう……！」ところでパドマ、これは主婦らしい心情なのかね——それとも何かのカモフラージュなのかね？

そう、一つ疑念が残るのだ。「どうして彼女は例の訪問のことを、ともかくも夫に話さなかったのか？」と怪物が問いつめる。被告の回答（母のいないところでパドマの声が答えたものだが)はこうだ。「だって旦那さんがどんなに怒るか、考えてみればいいわ。あの悩みのタネの放火沙汰がなかったとしてもよ。見知らぬ男たちのなかへ、女がひとりで入っていくなんて！　彼は気が気じゃなかったでしょう！　かんかんに怒ったでしょうよ！」

不当な疑惑だ……これは取りさげなければならない。非難はのちまで取っておかなければならない。曖昧さがなくなり、不透明なカーテンがなくなり、彼女がしっかりした、明白な、反駁不能な証拠を見せてくれる時まで。

……しかしもちろん、その晩おそく帰宅した父は、体に染みついた未来の挫折の臭いを圧倒するほどの溝(どぶ)の臭いをさせていた。そしてもちろん、目と頬には灰をかぶった涙のあとがあった。鼻孔には硫黄の臭いがあり、頭には焼けたレザークロスの灰色の粉があった……もちろん倉庫が焼かれたからである。

「でも夜警たちはどうしてたの？」——寝ていたさ。寝てたんだよ、パドマ。万一に備えて睡眠薬を服用するようにあらかじめ言いふくめられていたのだ……あの勇敢な男(ラーラー)たち、都会生まれで、カイバル峠も見たことのないパシュトゥーン人(インドに住むアフガン人)の兵士たちは、小さな紙包みを開いて煮えたぎる茶釜のなかへ錆色の粉末を入れた。彼らは縄のベッド（チャルポイ）を父の倉庫から十分に離れたところまで引っぱり出し、落ちてくる材木や降りそそぐ火の粉を避けていた。そして縄のベッドに寝て、茶をすすりながら、ほろにがいドラッグの酔いのなかに入っていった。はじめ彼らはしゃがれ声になり、パシュトゥー語（パシュトゥーン人の言語）でなじみの娼婦を礼賛し、それからドラッグのやさしくふるえる指で肋骨をくすぐられてクスクスと激しく笑いはじめ……やがてクスクス笑いから夢のなかへ移っていき、ドラッグの国境の峠をさまよい、ドラッグの馬に乗り、最後に夢さえもない忘却の国に到達したわけだ。そこまで行ってしまうと、薬がきれるまでは、この世のいかなるものをもってしても、目を覚ますことはできはしない。

アフマドとブットとケマルはタクシーで駆けつけた――運転手はしわくちゃの紙幣を鷲摑みにしている三人男を見て仰天した。札束は溝（どぶ）のなかの汚物にまみれてものすごくいやな臭いがしたので、彼は料金をもらっていたら三人の帰りを待たなかったろう。「私を行かせて下さい、旦那方」と彼は訴えた、「私はちっぽけな男です。ここに引きとめないで下さい……」だが三人はすでに運転手に背を向けて行ってしまっていた、火事の方へ。彼は三人がトマトや犬の糞に汚れたルピー紙幣をかかえて走ってゆくのを眺めた。燃える倉庫を、夜空の雲を、ポカンと口をあけて眺めた。そして、その場にいたすべての人と同じく、彼は焼けたレザークロス、マッチ棒、米などの充満した空気を吸わされる羽目になった。不精ひげをはやしたちっぽけな男のタクシー運転手は目に手を当てて指の間からケマル氏を眺めた。気の触れた鉛筆のようにやせこけた男は、正体もなく眠りこけている夜警たちを叩いたり蹴ったりしている。運転手がタクシー料金をあきらめ、恐れおののいて逃げ出そうとした時、私の父が「気をつけろ！」と叫んだ……それでも相変わらずその場に留まって眺めていると、ちょろちょろと伸びる赤い舌に押されて倉庫がはり裂け、熱に溶けた米、レンズマメ、ヒヨコマメ、防水服、マッチ箱、ピクルスなどの信じがたいような溶岩流が流れ出してくる。真っ赤な熱い炎が華々しく燃え上がり、空に向かって炸裂する。同時に倉庫の中身が、まるで空しく伸ばされた黒焦げになった手のように、固い黄色い地面にこぼれおちてゆく。そう、もちろん倉庫は焼けた。それは焼け殻となって空から三人の頭上に落ちてきた。それは怪我をしながらまだいびきをかいている夜警たちの、ぽっかりあいた口のなかへとびこんできた……「神様、お助け下さい」とブットが言った。しかしより実際家であったムスタファ・ケマルは答えて言った、「ありがたいことに、たっぷり保険がかかっているさ」

「ちょうどその時」とアフマド・シナイはあとで妻に言った、「まさにその瞬間、ぼくはレザークロスの商売をやめようと決意したんだ。事務所も営業権も売り払い、模造皮(レクシン)業に関して自分の持っている知識をすっかり忘れてしまえとね。その時――それより前でも後でもないんだ——ぼくは、君の妹のエメラルドの背の君であるところのズルフィ少佐殿のパキスタンに関するたわごとについては、二度と考えないことにしようと決心したんだ。あの火事の熱さのなかでさ」と父は一方的に決意を表明し——妻の神経をさかなでしてしまった——「ぼくはボンベイへ行くことにしたよ。そして不動産業を始めるんだ。今あの町では土地がバカ安だ」妻が不服をとなえはじめる前に、彼は言った、「ナルリカルがちゃんと確認してる」

（だがそのうちに、彼はナルリカルを裏切者と呼ぶようになるだろう。）

私の一族はいつも追い立てられて出ていく——一九四八年の凍結が、この法則唯一の例外であった。船頭タイが祖父をカシミールから追い出した。マーキュロクロムが彼をアムリトサルから追い出した。絨毯の下の生活の破綻は、母がアーグラを去った直接の原因だった。そして多頭の怪物たちが父をボンベイに追いやり、おかげで私はそこで生まれることに相成った。歴史はさかんに努力を重ねて、ついに一月末には、私の到来の準備がほぼ整うところまで漕ぎつけたわけだ。私が登場しないことには解けないような謎があったのであり、たとえばシュリ・ラムラムの「鼻と膝、膝と鼻があります」という得体の知れない言葉の謎がそうだ。保険金が入った。一月が終った。そしてデリーの事業をたたみ——産婦人科医のナルリカルも確認していた通り——不動産が一時的にタダ同然の安値になった町へ移転するのに必要な時日の間に、母は夫を愛せるようになろうとして、夫の体の部分を次々と好きになろうとしてみた。その結果、クエスチョン・マークのような耳には深い愛情をおぼえた。指が第一関節まですっと入る、見事なへそのくぼみも同様だった。ごつごつした膝頭も好きになれた。しかしいかに努力しても好きになれない部分が一つあった（私はなるべく母を傷つけたくはないので、憶測にもとづいた理由など並べないでおこう）。しかもそれはナディル・カーンには確かに欠けていて、夫にはあり、立派に機能している唯一のものであった。夜な夜な夫の体が迫ってきたが——胎児はまだ蛙くらいの大きさだった——それは少しもいいものではなかった。……「いや、そんなに速くしちゃ駄目よ、あなた（ジャーノム）、お願い、もっとゆっくりね」と彼女は言いつづける。アフマドは長持ちさせるために、火事のこと、倉庫が焼けた晩に起こった最後のことをふり返ってみようとする。帰ろうとして後ろを向くと、空に耳ざわりな金切声がした。見上げると、一羽の禿鷹が——夜だというのに——沈黙の塔の禿鷹が頭上を飛んでいて、この鳥が落とした、ちょっとかじられただけのパルシー教徒の手、一本の右手が——ちょうどその瞬間に彼の顔にまともにぶつかってきた。そのうちにベッドのなかで彼が抱いているアミナは果ててしまう。どうして楽しめないんだい、駄目な女だなあ、今度からはホントに努力してくれよ。

六月四日、相性のわるい私の両親はフロンティア・メイル号でボンベイに向かって発った。（ドンドンと叩く音、生きんがための必死の声が起こる、「旦那様（マハラージ）！　開けて下せえましよ、ほんのちょっとでいいですから！　ほんのちょっぴりでも情をかけて下せえましよ、どうか旦那様！」緑のブリキのトランクに入った嫁入り道具の下には——禁制品の銀の痰壺が隠されていた。ラピスラズリをちりばめた、精巧な品だ。）同じ日にビルマのマウントバッテン伯爵が記者会見を行なって、インドの分割を宣言し、秒読み（カウントダウン）のカレンダーを壁に掛けた。政権移譲の日まであと七十日……六十九……六十八……カチ、カチ。

メスワルド

漁師たちが最初にここへやって来た。マウントバッテンの秒読みよりも前、怪物や公表よりも前のこと。地下結婚が想像だにされず、痰壺のことも知られていなかった頃のこと。マーキュロクロムよりも前。女レスラーたちが穴あきシーツを持ち上げていた頃よりもずっと昔。ずっとずっと遡（さかのぼ）って、ダルフージーとエルフィンストーン（ともに十九世紀前半の英国のインド行政官）よりも前、東インド会社が城砦（フォート）を建立するよりも前、最初のウィリアム・メスワルドよりも前のこと。それは時間の夜明けの頃のこと。ボンベイは亜鈴の形をした島で、中央部がせばまって細い輝く砂浜になっていて、その向こうにアジア最大の天然の良港が見えていた。マザガオン、ウォルリ、マトゥンガ、マヒム、サルセット、コラバがいずれも島であった頃——つまり埋立て工事以前のこと。テトラポッドと杭が、七つの島を半島に、何かを摑もうとして西に向かってアラビア海のなかへ伸ばされた手のような半島に、変えてしまう前のこと。時計塔以前のこの原始的世界にあって、漁師たち――コーリーと呼ばれた――は夕陽に向かって赤い帆を張ったアラブ風のダウ船で航海した。彼らはマナガツオやカニを採り、われわれみなを魚好きにした。（というよりもわれわれのほとんどを。パドマは彼らの魚魔術に屈服した。しかし私の一族はカシミールの血の異質さ、カシミールの空の冷たさに感染して、ひとり残らず肉食者でありつづけた。）

ココナツと米もあった。そして何よりも女神ムンバデヴィの慈愛にみちた感化力があった。この名前――ムンバデヴィ、ムンババイ、ムンバイ――が町の名前になったとしてもおかしくはなかったろう。だがその後ポルトガル人が、マナガツオ漁師たちの女神ではなくその港にちなんでボン・バイア（ポルトガル語で「美しい湾」）と名付けた……ポルトガル人は商船と軍艦を避難させるためにこの港を使った最初の侵略者であった。だがその後、一六三三年のある日のこと、東インド会社の職員であるメスワルドという男が一つの幻を見た。この幻――城壁に囲まれて、あらゆる外敵からインド西部を護る英領ボンベイという夢――はたいへん力強い着想であって、時代を発動させる力があった。歴史は動き出した。メスワルドは死んだ。そして一六六〇年、英国王チャールズ二世はポルトガル・ブラガンサ家のカタリナと結婚した――一生涯オレンジ売りネル（ネル・グウィン。オレンジ売りから女優になり、やがてチャールズ二世の愛人になる）の脇役を演じることになるあのキャサリンである。しかしキャサリンにはこんな安心感があった――ボンベイは彼女の結婚持参金として、いわば緑のブリキのトランクに入れられて、イギリス人の手に渡され、おかげでメスワルドの夢想もさらに一歩現実に近づいたのだ、という認識が。それからほどなくして一六六八年九月二十一日、東インド会社はこの島を手に入れ……そしてフォート地区や埋立て地を造り、瞬く間に都市が出現した。古謡に歌われたボンベイが。

インディスのプリマ
インドの門
東洋の星
顔は西を向いている。

われわれのボンベイというわけさ、パドマ。ところが当時はまるで違っていたのだ。ナイトクラブもピクルス工場も、オベロイ・シェラトン・ホテルも映画スタジオもなかった。だがこの街は猛スピードで成長し、大聖堂（カセドラル）と、マラータ族の武人王シヴァージーの騎馬像を持つようになった。この騎馬像はなんと、（私たちはそう考えたものだが）夜になると生命をおびて、威風堂々と街路を走っていったのだ――マリーン・ドライヴを、チョウパティの砂浜を！　マラバルの丘の立派な家々を越え、ケンプス・コーナーを回って、光まばゆい海岸沿いにスキャンダル・ポイントまで！　それからもちろん、わがウォーデン・ロードを下り、ブリーチ・キャンディの白人専用水泳プールに沿いながら、巨大なマハラキシミ寺院と古いウィリンドン・クラブへ……私の子供の頃はずっと、ボンベイにいやなことが起こるたびに、誰か夢遊病者が報告したものだ、像が動いているのを見たと。私の青春の街では、馬の灰色をした石のひづめが奏でるオカルト音楽に合わせて、災厄がダンスをしていたのだ。

ところで今どこにいるのだろう、最初の居住者たちは。一番だいじにされてきたのはココナツだ。ココナツは今もチョウパティ海岸(ビーチ)で毎日首を刎(は)ねられている。一方ジュフー海岸(ビーチ)では、陽砂(サヌンサンド)ホテルの映画スターたちのもの憂い視線を浴びながら、今も小さな男の子たちがココナツの樹によじのぼり、ひげのはえた果実を採ってくる。ココナツは自分たちの祝祭日さえ持っている。ココナツ・デーだ。インド独立と同時の私の誕生より数日前がその日だった。もうココナツについてはご安心いただけたろう。米はそれほど幸運ではなかった。今や水田はコンクリートの下敷きになってしまった。かつては海の見える所に稲穂が波打っていたものだが、今はそこに高層アパートが並んでいる。だがそれでもなお、この町の人びとはたくさん米を食べる。パトナ米、バスマティ米、カシミール米が毎日この大都市に入ってくる。だから原初の米はわれわれ皆の上に痕跡を残しているのであり、それがむなしく死に絶えたとは言えない。ムンバデヴィについて言うと——彼女は今日あまり人気がなく、人びとの愛情の対象としては象頭のガネーシャ神にとってかわられている。祝祭日のカレンダーを見れば彼女の凋落ぶりが分かる。ガネーシャ——別名「ガナパティ・バーバ」——はガネーシャ・チャトゥルティという祭日を持っていて、この日には大きな行列が「繰り出し」、この神の石膏人形をかついでチョウパティまでねり歩き、神像を海に投げ込むのだ。ガネーシャの日は雨を迎える儀式であって、そのあと雨季が始まる。ちなみに、秒読みの末のわが誕生の日は、この祭りが祝われた何日か後だった。ところでムンバデヴィの日はどこにあるのか？　それはカレンダーにはない。マナガツオ漁民の祈り、そしてカニ採り漁師たちの礼拝はどこに？……あらゆる原住民たちのうち、漁民たち(コーリー)はいちばん貧乏くじを引いた。彼らは手の形をした半島の親指のなかのちっぽけな村に押し込められた。なるほど一つの地区に自分たちの名前——コラバ——を残してはいる。だが安い服屋、イラン・レストラン、教師とジャーナリストと事務員の住まう二流アパートの並んでいるコラバ通り(コーズウェイ)を端から端まで歩いてみれば、彼らが海軍基地と海の間に閉じ込められていることが分かるだろう。時おり、マナガツオのはらわたとカニ肉の臭いのぷんぷんする手をした漁民(コーリー)の女性たちがコラバ・バスの列の先頭に強引に割り込んでくる。真紅（あるいは紫）のサリーを股の間で大胆にも引っぱり上げ、とび出たいささか魚じみた目は、過去の敗北と略奪への怨念から発する突き刺すような光をおびている。一つの城砦(フォート)、そしてのちには一つの都市が、漁民たちの土地を奪ったのだ。杭打ち機が（そしてテトラポッドが）彼らの海を盗んだ。しかしアラブ風のダウ船は今もあり、夕暮には大きく張った帆が夕陽に映えているさまを見ることができる……一九四七年八月、イギリス人は漁網、ココナツ、米、そしてムンバデヴィに対する支配を終えて、出て行こうとしていた。いかなる支配も永続することはない。

そしてフロンティア・メイル号で到着して二週間後の六月十九日のこと、私の両親は引き揚げ準備中のイギリス人のひとりと妙な取引を始めた。彼の名前はウィリアム・メスワルドと言った。

メスワルド屋敷に通じる道（いよいよ私の王国へ入ろうというわけだ。わが幼年期の中心に入ろうというのだ。いささか胸が一杯というところだ）は、ウォーデン・ロードのバス停と商店の小さな並びの間を入っていく。チマルカー玩具店、リーダーズ・パラダイス、チマンボイ・ファトボイ宝石店、そしてとりわけ、侯爵ケーキと一ヤードチョコレートで有名なボンベリ菓子店！　みな思い出ふかい名前だ。しかし今は時間がない。バンド・ボックス洗濯店のお辞儀をしているボール紙製ベルボーイの前を過ぎるとわが家だ。当時はまだナルリカル族の女たちのピンク色の摩天楼（スリナガルの無線塔のひどい物真似だ！）は考えられてもいなかった。道は二階建ての建物くらいの低い丘を登って、まもなくカーブを切ると、海が見え、眼下にブリーチ・キャンディ・スイミングクラブを見おろすところに来る。そこの英領インドの形をしたプールでは、ピンクの肌の連中が黒い肌をこすりつけられる心配なしに泳ぐことができる。また小さなロータリーに品よく囲まれたウィリアム・メスワルドの宮殿群が並んでいる。そこには札が――私のせいで――何年ものちにまた現われる札、たったの二文字が書いてある札が掛かっていた。ところがこのたったの二文字が、私のうっかり者の両親をメスワルドの奇妙なゲームのなかに誘い込んでしまった――〈売家〉。

　メスワルド屋敷は、本来の居住者たちの嗜好に合った様式の、四つのそっくり同じ家屋から成っている（征服者たちの家だ！　ローマ人の邸宅だ。二層づくりのオリュンポス山の上に立つ、三層楼の神々の家。いじけたカイラーサ（マハラシュトラ州エローラのシヴァ神の寺院のある山）！）――大きな、長持ちのする邸宅である。赤い破風屋根の角ごとに小塔があり、尖った赤タイルの帽子をかぶった象牙色の角塔もある(王女たちを幽閉するにはもってこいの塔だ)。ベランダがついている。使用人部屋へ行くための、裏手に隠れた鉄の螺旋階段もある。持主のウィリアム・メスワルドはそれぞれの家にもったいぶってヨーロッパの宮殿に因んだ名前をつけていた。ヴェルサイユ荘(ヴィラ)、バッキンガム荘(ヴィラ)、エスコリアル荘(ヴィラ)、サン・スーシ荘(ヴィラ)。ブーゲンビリアの蔓が壁を這い、淡い水色のプールには金魚が泳ぎ、ロックガーデンにはサボテンがはえ、タマリンドの樹の下には小さなホウセンカが密生し、芝生には蝶が舞いバラが咲き籐椅子があった。六月中旬のその日、メスワルド氏はからっぽの宮殿群をばかみたいに安い値で売った——ただし条件をつけて。さて、これ以上もったいをつけずに、彼を紹介するとしよう、真ん中で分けた髪までそっくり……六フィートの巨漢であるこのメスワルドは、バラ色の顔をして永遠の青春を誇っていた。濃くて黒い、つやつやと光り輝く髪をしており、それを真ん中で分けている。真ん中分けについてはまた触れる機会があるだろうが、その分け目の槊杖(さくじょう)のような正確さのために、メスワルドは女性たちにとってたまらない魅力を持っていた。彼女らはこの髪をくしゃくしゃに乱してやりたいと思わずにはいられなかったわけだ……メスワルドの真ん中分けの髪は私の人生の発端とも大いに関係がある。それは歴史と性衝動が進んでゆくあやうい一線(ヘアライン)であった。綱渡りのように。(だが、彼に会ったことがなく、彼のものの憂く光る歯やふるいつきたくなるような髪を見たこともない私にも、彼に恨みを抱くいわれがなくはなかったのだ。）

それに彼の鼻は？　どんな形だったろうか？　高かったろうか？　そう、そのはずだ。フランス貴族の出である祖母――ベルジュラック家の流れをくむ人だ！――の血をひいているのだから。その血が彼の血管のなかを薄い緑青色をおびて流れていて、彼の宮廷風の魅力を、残酷な何ものか、アブサンの甘く危険な色で曇らせていたのだ。

メスワルド屋敷は二つの条件をつけて売りに出された。家のなかのもの一切合切と込みで買い、そのすべてを新しい持主が保存すること、実際の引き渡しは八月十五日の真夜中までは行われないこと、である。

「一切合切ですか？」とアミナ・シナイが問い返した。「スプーンひとつも捨てられないの？　まあ（アッラー）、あのランプシェードも……櫛ひとつさえも捨てられないの？」

「何もかも全部です」とメスワルドが言った、「これが当方の条件です。気まぐれと言われるかもしれませんが、シナイさん……あなた方は引き揚げてゆく植民地居留者（コロニアル）にささやかなゲームを許して下さるでしょう？　わたしたちイギリス人にはもうあまりすることが残っていません。ゲームをすることくらいしかね」

「いいかい、ようく聞くんだよ、アミナ」とアフマドはあとで言うだろう、「このホテルにいつまでもいるつもりかい？　あれは途方もなく安いんだよ、途方もなく、ほんとに。それに証文を渡してしまったら、彼はもう何もできないさ。そうしたら君は自由にランプの笠なんか捨てたらいいさ。二月たらずの辛抱だよ……」

「庭でカクテルをいかがですか？」とメスワルドが言う。「毎日夕方の六時に飲んでるんです。カクテル・アワーというわけです。二十年間変えたことがありません」

「でもねえ、ペンキが……それに押し入れには古物の衣類がいっぱい入っているし……スーツケースに着る物を出し入れして生活しなければならないわよ。スーツをしまう所もないんだもの」

「ひどいやり方です、シナイさん」メスワルドはサボテンとバラの間でスコッチをする、「こんなの前代未聞です。何百年もちゃんとした政権が続いていた。それが突然、引き揚げるわけです。わたしたちが何もかも悪かったわけでないことは認めて下さるでしょう。あなた方の道路を造った。学校、列車、議会制度、価値あるもののすべてをです。タージ・マハルはイギリス人がめんどうみて差し上げるまでは、崩れかけていた。なのに突然、独立です。出てゆくのに猶予期間は七十日。わたしはこれには承服しかねます。かといって、何ができるでしょう？」

「……それにあなた、絨毯のしみを見てよ。わたしたちが二ヵ月もあのイギリス人たちのような生活をしなければならないの？　バスルームを見た？　便器のそばに水がないじゃないの。信じがたいことだけど、でも本当よ。あの人たちときたら、紙でお尻をふくだけなのよ！……」

「お伺いしたいですね、メスワルドさん」アフマド・シナイの声は変わって、イギリス人が相手なのでオックスフォード流のもったいぶった話し方のお粗末な猿真似になってしまっていた、「どうして引き延ばすことにこだわられるのでしょう？　早く売ってしまわれた方が、さっぱりなさるんじゃないでしょうかね、結局。この話をまとめていただけませんか」

「……それにイギリス人のおばあさんの写真が至る所に掛かっているのよ、あなた！　壁にはわたしのお父さんの写真を掛ける余地がまったくないわ！……」

「どうやらシナイさん」メスワルド氏は酒を注いでいる。ブリーチ・キャンディ・プールの向こうでは、太陽がアラビア海に沈もうとしている、「わたしのこの外見は堅苦しい英国風の流儀で装っていますが、その実、精神はインド的な寓意趣味にとらわれているんです」

「それにあなた……そんなに飲んではいけないわ」

「どうもよく分からないのですが――メスワルドさん、ええっと――あなたのおっしゃりたいことが……」

「……うん、つまりですね、わたしもある意味で、政権移譲をしようとしているわけです。それで英国の統治（ラージ）の移譲と同時にわたしも同じことをしたいと念願しているんです。前にも申しました通り、これはゲームです。このゲームにつき合ってくれませんか、シナイさん。結局、値段の方は、わるくないでしょう?」

「頭がおかしいんじゃないの？　あの人が狂人だとしたら、取引をするのは危険じゃないかしら?」

「いいかね、君」とアフマド・シナイが言う、「いつまで駄々をこねてるんだい。メスワルドは立派な人だ。育ちのいい、名誉を重んじる人だ。ぼくなんか足もとにも及ばない……それに他の買い手たちはそんなに騒いではいないよ、きっと……いずれにしてもぼくは買うと言ったんだ。それで決まりさ」

「クラッカーをどうぞ」とメスワルド氏は皿を差し出しながら言う、「さあどうぞ、シナイさん。そう、不思議な話ですよ。前代未聞です。古くからの借家人たちが――インド通の人たちですが、それがごっそり全部――突然引き揚げてしまいました。困ったことです。インドに愛想がつきてしまったわけです。一夜にしてです。わたしのような単純な人間にとっては謎です。完全に手を引いてしまったようでした。残飯を持ち帰りたくないということでしょう。『放り出せ』と彼らは言いました。国に帰って新しくやり直そうというわけです。彼らは誰も少しばかりの金に不足してはいません。しかし、困りました。わたしに厄介なことを押しつけて、行ってしまうんですから。そこでわたしは一つの計画を思いついたのです」

「……そうなの、じゃ、決めたらいいでしょ、決めなさいよ」とアミナは力をこめて言う、「わたしはここで赤ちゃんをかかえてじっと坐っているから、わたしとは関係なく何でもなさったらいいわ。この子を育てる時期に、よりによって外国人の家に住まなければならないなんて法はないでしょう……まったくあなたという人は、わたしに何をさせたいの？」

「そうわめかんでくれ」とアフマドはホテルの部屋のなかを落ち着きなく歩き回りながら言う、「いい家だし、君だって気に入ってるんだろう。それに二ヵ月さ……いや二ヵ月足らずで……何、蹴ってるのかね？　さわらせてごらん……どこだい？　ここかな？」

「そこ」とアミナは洟をかみながら言う、「とても強く蹴ってるわ」

「わたしの計画というのは」とメスワルド氏は夕陽を見つめながら説明する、「わたしの家屋敷の移譲を演出するということです。ほら、すべてを後に残していくわけでしょう。それで、適当な人たちを選んで――あなたのような人をですよ、シナイさん――全部そのままお渡しする。良好な状態のまま。まわりをよくごらんなさい。すべて申し分なしでしょう。いかがですか？　わたしたちはティケッティ・ブーという言葉を使ったものです。ヒンドスタニー語でいえばサブクチ・ティクトック・ハイ、つまりすべて良好というわけです」

「いい人たちがあの家を買うことになってるんだ」アフマドはアミナにハンカチを渡す、「いいお隣さんができるよ……ヴェルサイユ荘にはホミ・キャトラック氏。パルシー教徒だが、競走馬の持主だ。映画なんかも作ってる。サン・スーシ荘にはイブラヒム一家が来る。ヌシー・イブラヒムも子供を産むところだから、友だちになれるよ……それにイブラヒム老人はアフリカにサイザル麻の農園を持っている。いい人たちだ」

「……あとになったら、家を好きなように模様がえして住めるかしら？」

「うん、あとになったらね。当然さ。彼は行ってしまうんだから……」

「……準備はちゃんと出来てるんです」とウィリアム・メスワルドは言う、「ご存じかどうか、わたしの先祖はこの街を創るという構想を最初に抱いた人なのですよ。人をあっと驚かせることを考えたわけで、ボンベイのラッフルズ（英国の植民地行政官。一八一九年、シンガポールを建設。同国のラッフルズ・ホテルは彼の名にちなむ）みたいなものです。私は彼の子孫として、この重要な、歴史のつなぎ目の折に、何と言いますか、自分の役割を果さなければならないと感じているわけです。そう、立派にね……あなたはいつ越してこられますか？　おっしゃって下さいよ、わたしはタージ・マハル・ホテルへ越していきますから。え、明日ですか？　結構。サブクチ・ティクトック・ハイ」

　私はこの人たちの間で幼年期を過ごすことになった。ホミ・キャトラック氏。映画王で馬主。トクシーという知能の低い娘がいる。この娘はやむなく看護師のビ・アッパーと一緒に閉じ込められて暮らしていたが、この看護師ときたらとてつもなく恐ろしい女だった。サン・スーシ荘のイブラヒム一家。ヤギひげとサイザル麻を持ったイブラヒム・イブラヒム老人。息子たちのイスマイルとイスハク、イスマイルの小柄な、せわしげで不幸な妻ヌシー。私たちはいつもこの人をよたよたした歩き方のためにアヒルのヌシーと呼んだ。この人の子宮のなかには私の友だちのソニーが育っていて、今この瞬間も、産婦人科の鉗子（かんし）にはさまれる時に向かって接近中であった……エスコリアル荘は三つのアパートに分かれていた。一階にはドゥバシュ一家が住み、あるじはトロンベイ核研究基地の中心人物になる物理学者、奥さんはこれといって特徴のない人だったが、その平凡さの奥にほんものの宗教的ファナティシズムを隠し持っていた――だが詳しいことは伏せて、ただ、この夫婦がサイラスの両親であったということだけ述べておこう(もっともサイラスはまだあと数ヵ月は懐妊されないのだが)。彼は私の最初の助言者になり、学校の芝居では女役をやり、サイラス大王(アケメネス朝ペルシャの創始者キュロス大王)と呼ばれるのだ。その上の階には父の友人ナルリカル医師。彼もまたここにアパートを買ったのだ……彼は私の母のように黒く、怒ったり興奮した時だけ真っ赤になった。私たちをこの世に連れ出す役を果しているのに子供嫌いだった。また彼は死ぬと同時に、何でもできる、いったんこうと決めたらどんなことがあってもやりぬく女たちをたくさんこの町に野放しにすることだろう。そして最後に、最上階には、サバルマティ海軍中佐とリラがいた――サバルマティは海軍最高の飛行士のひとりで、妻は贅沢な趣味の持主。彼は妻のためにこんなに安く家を手に入れてやることができるとは思っていなかった。夫妻には十八ヵ月と四ヵ月の二人の息子がいたが、血のめぐりののろい騒々しい子供に育ち、「片目」、「ヘアオイル」というあだ名をつけられた。彼らはやがて私によって人生をメチャメチャにされるであろうことを知らなかった(当然のことだが)……ウィリアム・メスワルドに選ばれて、私の世界の中心となるはずのこれらの人びとは、屋敷に越して来て、イギリス人の奇妙な気紛れを我慢した――なんといっても値段が実に手頃だったからだ。

……政権移譲まであと三十日という時に、リラ・サバルマティが電話で話している、「どうして我慢できますか、ヌシー？　どの部屋にも話をするセキセイインコがいるし、たんすのなかには虫の食ったドレスや使い古しのブラジャーが入っているのよ」……ヌシーがアミナにこぼしている、「金魚なのよ、まったく(アッラー)、あたし生き物には我慢できないの、でもメスワルドさん(サヒブ)が餌をやりに来るのよ……それに半分からになったボブリル（牛肉エキスの商品名）の壜がゴロゴロしてるんだけど、捨ててはいけないと言うの……バカみたいだわ、アミナさん、あたしたち、どうしてこんなことしているんでしょう？」……そしてイブラヒム老人は寝室の天井の扇風機を回すのを拒んで、つぶやいている、「今にあの機械は落ちて来るだろう――夜中にわしの頭を切り落とすだろう――あんなに重い物がいつまでも天井にくっついているものか」……そしていささか禁欲的なホミ・キャトラックは大きな柔らかいマットレスの上に寝なければならなかった。彼は肩凝りと不眠症に悩まされ、先祖ゆずりの目のまわりの黒い隈はひどい不眠症によっていっそう深く刻まれていく。彼の召使は言う、「外国の旦那方(サヒブ)が行ってしまったのも当然でござんしょう、旦那(サヒブ)。あの人たちも必死になって眠ろうとしているんですよ」しかし彼らはみなじっと辛抱している。問題もあるが利点もあるのだ。リラ・サバルマティ（「あの人は――いい人でいるには美しすぎるのよ」とは私の母の言）の言うことを聞こう……「自動ピアノはね、アミナさん！　動くのよ！　一日中あたしはじーっと坐り込んで、何だか知らない曲を弾いてるのよ！　〈シャーリマールのほとりでわたしの愛した青白い手〉というの……とても面白いわ、とても、ペダルを踏むだけでいいんだもの！」……そしてアフマド・シナイはバッキンガム荘（この建物はわが家になるまではメスワルド自身の住まいだった）にカクテル・キャビネットを見つける。彼は上等のスコッチ・ウィスキーの味を覚えて言い放つ、「だからどうなんだ？　メスワルドさんは一風変わっている、それだけさ――ぼくらは彼に調子を合わせるくらいのことができないだろうか？　ぼくらの古い文明をもってしても、あの人と同じような文明人であることはできないものだろうか？」……そして彼は一気にグラスを飲み干す。長所短所さまざまである。「この犬たちのめんどうを見なければならないのよ、ヌシーさん」とリラ・サバルマティがこぼす、「あたしは犬が大嫌いなの、金輪際。あたしの猫が、かわいらしいネコチャンが、すっかり怯えちゃってるのよ！」……そしてナルリカル医師は腹立ちで顔を真っ赤にして、「ぼくのベッドの真上にだよ！　子供たちの写真があるんだよ、シナイ君！　いいかね、デブの、ピンク色のが三人も！　ひどいじゃないか？」……しかし余すところあと二十日となると、事態は沈静化し、非常にいやなことにもだんだん慣れ、しかも人びとは起こっていること、屋敷が、メスワルド屋敷が彼らを変えているということに、気づかなかった。彼らは毎夕六時に庭に出て、カクテル・アワーを楽しみ、ウィリアム・メスワルドが訪ねてくると、いつのまにかまがいもののオックスフォード流の話し方で話しているのだ。彼らは天井の扇風機やガスこんろやセキセイインコの正しい餌について学んでいて、メスワルドは彼らを変えようと指導しながら、小声でつぶやいている。注意して聞いてみよう。彼は何と言っているのか。そう、その通り。「サブクチ・ティクトック・ハイ」だ。ウィリアム・メスワルドはそうつぶやいているのだ、すべて良好と。

間近に迫った独立祝賀特集のために、読者を魅きつけるような人生物語（ヒューマン・インタレスト）的な企画を模索していたボンベイ版『タイムズ・オブ・インディア』が、ちょうど新しい国の誕生の瞬間に子供を出産することのできた母親に賞を与えると発表した時、蠅取り紙の不思議な夢からちょうど覚めたばかりのアミナ・シナイは新聞に釘づけになった。そして新聞をアフマド・シナイの鼻先に差し出し、くだんのページを勝ち誇ったように指差しながら、得々として声をはずませて読みあげた。

「ごらんなさい、あなた」とアミナは宣言した。「これはきっとわたしのものよ」

二人の眼前に一つの大見出しの幻影がちらついた――「シナイ家の赤ちゃんのかわい

いポーズ――この栄光の日の子供！」――特別扱いの一面大写しの赤ん坊の写真の幻影。だがアフマドが「外れる可能性も考えておかないとね、君（ベーガム）」と冷ましにかかったので彼女はむっとして口を結び、それから言い返した、「ケチをつけないでよ。まちがいなくわたしが取るわ。わたしには分かるのよ。どうしてなんて訊かないでよ」

アフマドが妻の予言のことをカクテル・アワーのジョークとしてメスワルドに話すと、メスワルドは笑って、「女性の直感ですか――すばらしいものですね、奥さん。でもさすがに、われわれ男たちにまで信じさせようとなさっても駄目ですよ……」と言った。だがそれでもアミナは動揺しなかった。これまた妊娠中でもあり、『タイムズ・オブ・インディア』を読みもした隣人、アヒルのヌシーの不機嫌そうな視線にさらされながらも、アミナは後へひかなかった。ラムラムの予言が強く心に残っていたからである。

実を言うと、産み月が近づくにつれて、アミナは占い師の言葉がますます重荷に感じられていたのだ、肩にも、頭にも、膨らんでいくおなかにも。つまり頭の二つある子供を産むのではないかという不安にとらえられていたので、メスワルド屋敷の微妙な魔術からなんとか逃れて、カクテル・アワーにも、セキセイインコにも、自動ピアノにも、イギリス風のアクセントにも染まらずにいることができた……はじめは、『タイムズ』の賞を取るのだという彼女の確信には曖昧なところがあった。つまり彼女の信じていたのは、占い師の予言のこの部分が実現されるとすれば、他の部分も同じくらい正しい——たとえそれが何を意味するにしろ——と証明されたことになる、ということだった。だから私の母は「直感ではありません、メスワルドさん。これは保証された事実です」と答えはしたが、その声は決してまじりけのない誇りと期待のこもったものではなかった。

彼女は声には出さずにつけ加えた、「これもあるわ。生まれてくるのは男の子。しかしとても手のかかる、そんな子なんです」

思うに、私の母の気持の深いところ、ご本人さえ知らないような深いところに流れているナシーム・アジズの超自然的な奇想が、彼女の考えや行動に影響を及ぼしはじめていたのだ——飛行機は悪魔の発明だとか、カメラは人の魂を盗むとか、幽霊は楽園と同じく明らかな現実の一部だとか、親指と人差指の間に誰かの聖別された耳をはさむことは罪に等しいというようなことを修道院長に吹き込んだ奇想が今、その娘のかすんでゆく頭のなかでささやいていた。「たとえこのイギリスのゴミの真ん中に坐っていようとも」と私の母は考えはじめていた、「それでもここはインドなのだし、ラムラム・セトのような人たちが大切なことを知っているのよ」こんな次第で、彼女の愛する父親の懐疑主義は私の祖母の軽信によってとってかわられた。そして同時に、アミナがアジズ医師から受け継いだ火花散らすような冒険心は、もう一つの同じくらい重い荷によって消されようとしていた。

六月の終りの、雨季が来る頃までには、彼女のおなかのなかの胎児はちゃんと形が出来上がっていた。膝も鼻もついていた。出てくるだけの数の頭がすでに出そろっていた。(はじめは)ピリオドほどしかなかったものがコンマに、単語に、センテンスに、パラグラフに、章になっていた。今それはより複雑な展開をとげていて、いわば一冊の本になろうとしていた――おそらくは百科事典に――いや一つの言語全体に……つまり私の母の胎内の塊りはとても大きく重くなった。私たちの二層の丘のふもとのウォーデン・ロードには汚ない黄色い雨水が溢れ、子供たちが水びたしの道路で泳ぎ、ぐっしょり濡れた新聞が水面下に沈む頃になると、アミナは円い塔のなかの一階の部屋にいて、自分のおなかにかかえている鉛の風船の重みのために身動きもままならなかった。

果てしない雨。鉛の枠をつけたステンドグラスのチューリップが踊っている、その窓の下から水がしみだしている。窓枠にタオルをあてがっても、たちまち水を吸収してぐっしょりと濡れ、役立たずになる。海は重く灰色を呈し、狭められた水平線のあたりで雨雲に接している。雨音に耳を打たれて母は、占い師の暗示にかかり、妊婦特有の軽信に陥り、見知らぬ他人の霊が乗り移っているという薄気味わるい気持が高じて、いろいろと奇妙な想像のとりこになった。日々大きくなってゆく胎児にとらわれていたアミナは、ムガル帝国時代の有罪を宣告された殺人犯として自分を思い描いた。当時は大きな石で押し潰して殺すのが普通の刑罰だった……後年になって、彼女が母になる前の時代の終り頃、秒読みカレンダーの一刻一刻がすべての人を八月十五日に向かって運んでいた頃を振り返ってみる時、彼女は言うだろう、「そんなことは何も知らないわ。わたしには時間が停止してしまったかのようだったの。おなかのなかの赤ちゃんが時計を止めたのよ。きっとそうなのだわ。笑ってはいやよ。丘のはずれの時計塔を覚えていて？ほら、あの雨季のあとは、あの時計は二度と動かなかったわ」

……そしてボンベイまで夫妻について来た私の父の老下僕ムーサは、赤タイルの宮殿の厨房、それにヴェルサイユ、エスコリアル、サン・スーシの裏手の使用人室に赴いて、他の使用人たちに触れまわった、「どうも掛値なしに十ルピーの赤ん坊だよ、まったくだ！　十ルピーのどでかいマナガツオさ。まあ見てるがいい」使用人たちは喜んだ。誕生は慶事であり、元気で大きな赤ん坊ともなればとりわけめでたい……

……そのおなかによって時計の動きを止めたアミナは塔の部屋にぐったりと坐っていたが、夫に言った、「そこに手を当ててみてよ……そこ、感じる？……とても大きな男の子よ。わが家の月のかけらだわ」

　雨季が終って、アミナが二人の使用人に抱きかかえてもらわなければ立ち上がれないほど体が重くなる頃、ウィー・ウィリー・ウィンキーは四軒の家の間にあるサーカスリングで歌うために戻って来た。その頃になってはじめてアミナは、『タイムズ・オブ・インディア』の賞には一人でなく二人の手強いライバルがいることを知った（しかも二人とも知った人なのだ）。予言のあるなしにかかわらず、どうも接戦になりそうであった。

「ウィー・ウィリー・ウィンキーです。歌い手稼業で名をあげました！」もと手品師、覗きめがね（ピープショウ）のおじさん、そして歌手……私が生まれる前から、もう鋳型が用意されていたようなものだ。芸人たちが私の一生を織り上げていくのだ。

「さあユカイにやりましょう……だいじょうぶ、あなたをユーカイしたりしませんから。なに、ちょっと洒落てみただけですよ。皆さん、笑顔を見せて下さい！」

　長身で浅黒くて美男の、アコーディオンを持った道化師である彼はサーカスリングに立っていた。バッキンガム荘の庭では私の父の足の親指が（他の九本と一緒に）ウィリアム・メスワルドの真ん中で分けた頭のすぐ横の地面を徘徊していた……サンダルを履いた、球根状のこの親指は、待ちうけているおのが運命を知らない。そしてウィー・ウィリー・ウィンキー(その本名をわれわれは知らなかった)はジョークをとばし、歌った。一階のベランダからアミナは眺め、聞いていた。そして隣のベランダにいるアヒルのヌシーのねたみ深い、競争心をむきだしにした、突き刺すような視線を感じていた。

……私はといえば、机に向かって、パドマの突き刺すようないらだちに悩まされている。(私は時どき、もっと頭のいい聞き手が欲しいと思う。リズム、ほどよい速さ、短調の和音の微妙なイントロがやがて高まり、盛り上がり、メロディーにつながっていくということの必要性を理解している人、胎児の重さと雨季が屋敷の時計塔の時計の音を消してしまいはしたが、マウントバッテンの秒読みの着実な刻みはまだ静かに容赦なく続いているのであり、それがメトロノームの、やがては太鼓の響きでもってわれわれの耳に入って来るのは時間の問題にすぎない、ということくらい分かっているような相手が。)パドマの言い草ときたらこうだ、「あたしはこのウィンキーのことなんか知りたくないわよ。連日連夜、待っているというのに、まだあなたが生まれるところまでも来ないんだから!」だが私は辛抱強く待て、と言うことにしている。牛糞の蓮よ、何事にも正当な位置というものがあるのだ。ウィンキーにだってちゃんと彼なりの目的と位置がある。ちょうど今、彼はベランダの上の妊婦たちをいじめにかかっていて、歌をやめて言うには、「どうです奥さんたち、賞のことはご存じでしょう。私も知っております。妻のヴァニタがまもなく臨月なんです。ホント、もうすぐにね。新聞に写真が載るのはあなた方ではなく、ウチのカミサンですよ」……アミナは顔をしかめ、メスワルドは真ん中分けの下で笑い（作り笑いだろうか？　なぜだろう？）、私の父は足の親指が徘徊するうちに分別臭そうに唇を突き出して、「気にさわることを言う奴だ。分を心得てないんだから始末がわるい」と言う。するとメスワルドは困ったような――いや、罪の意識に苛まれたような！――表情で、アフマド・シナイをたしなめる、「それはおかどちがいですよ、あなた。道化の伝統というものがあるでしょう。天下公認のもとに挑発し、からかうわけです。重要な社会的安全弁ですよ」私の父は肩をすくめて「ふん」、だがこのウィンキーはなかなか頭の切れる男で、今度は怒りをなだめようとして、こんなことを言う、「ヨツギできたらオメデタイ、二人できたら倍、メデタイ、でも、ヨツギ二人はヨツギるワイ、ジョークですが、分かりますか、そこのご婦人方？」そして彼は一つの劇的な観念、圧倒的、決定的な思想を持ち込むことによって、気分を一変させる。「皆様方、この、メスワルドさん(サヒブ)の長い過去の真っ只中に身をお置きになって、どうしてユカイになんかやれるんです？　はっきり申し上げて、ここはよその土地って感じでしょう、現実感がないでしょう？　でもご婦人方、今やここは新しい土地になったのです。新しい土地というものは新しい生命の誕生を見る時までは現実感がないんです。初めての誕生があって、その土地は親しみが出て来るんです」そのあと、〈デイジー、デイジー……〉という歌がつづいた。メスワルドは一緒に歌ったが、額にはまだ黒いしみがあった……

……このしみがくせものだ。そう、これは罪の意識に由来するものなのだ。ウィンキーはなかなか頭の切れる、面白い男ではあるが、人の心のなかを見透かしてしまうような眼力の持主ではない。しかし今、ウィリアム・メスワルドの真ん中分けの第一の秘密を明かさなければならない時が来てしまった。実は、その秘密が滴り落ちてきて彼の顔にしみをつくったのだ。秒読みと一切合切の売却のずっと前のある日のこと、メスワルド氏はウィンキーとヴァニタを招いて、のちに私の親の主要な客間となるはずの部屋で、自分ひとりのために歌わせたのだ。しばらくして彼はこう言った、「いいかね、ウィリー・ウィリー、お願いがあるんだ。この処方箋の薬が必要なんだ。頭痛がひどくてね。これをケンプス・コーナーへ持って行って、薬局から丸薬をもらってきてくれないか。あいにくと使用人たちがみな、風邪で寝込んでるんだよ」哀れなウィンキーは、はい旦那（サヒブ）、さっそく行って参りましょう、と言って出て行った。真ん中分け氏と二人きりになるとヴァニタは、自分の指が相手の髪の抗しがたい引力によって引っぱられているのに気がついた。軽やかなクリーム色の背広に身をつつみ、折り襟(ラペル)には一輪のバラの花をつけて、籐椅子に坐っているメスワルド氏の方に、彼女はいつのまにか指を伸ばして迫って行った。指はひとりでに動いて髪をまさぐり、きれいな真ん中の分け目を探り当て、それをくしゃくしゃに乱しはじめた。

という次第で九ヵ月後の今、ウィー・ウィリー・ウィンキーは妻の今にも生まれそうな赤ん坊のことでジョークをとばし、イギリス人の額にはしみが現われたのだ。

「そうなの？」とパドマが言う。「ウィンキーとその奥さんのことなんか、あたしは知りませんよ。前にはまったく言ってなかったじゃないの」

なかなか納得してくれない相手がいるものだが、パドマはもの分かりがいい方だ。だが彼女は今、いっそうひどい不満を覚えようとしている。というのは私が、メスワルド屋敷の出来事からゆっくり旋回しながら上昇して――金魚と犬と赤ちゃんコンテストと真ん中分けから逃げ出し、足の親指とタイルの屋根から逃げ出し――今、雨上がりの新鮮で清らかな街の上空を飛んでいるからだ。私は今、ウィー・ウィリー・ウィンキーの歌に聴きほれているアフマドとアミナを放ったらかしにして、フローラ・ファウンテンを越え、古城(オールド・フォート)地区の方へ飛んで行き、仄暗い荘厳な光と吊り香炉の香りに充ちた大きな建物に到着しようとしている……ここ、聖トマス教会で、ミス・メアリー・ペレイラが神の色について学んでいるからだ。

「青です」と若い司祭は熱心に言った、「わが娘よ、あらゆる証拠から見てですね、主イエス・キリストの色は最も美しい、水晶のような、薄い空色だったのです」

告解室の木の格子窓の向こうで小柄な女性はしばらく黙り込んだ。不安な、瞑想的な沈黙。そして、「でも神父さん、どうして人間は青くないのですか。世界中に青い人はひとりもいません！」

小柄な女性も当惑したが、司祭も劣らず当惑した……というのも、彼女はこんな反応をするはずではなかったのだ。司教はかつて言っていた、「最近の改宗者の問題は……肌の色のことを訊いて来る時はいつもこうなんだ……橋を架けることが大切だろう、君。いいかね、ほら、神は愛だ。そしてヒンドゥー教の愛の神クリシュナはいつもきまって青い肌に描かれる。彼らに青のことを話すのだ。これが両信仰間の橋になる。次第にそうなるさ、分かるかね？　そればかりか青は中立的な色で、例の色の問題と無関係だ。つまり黒と白の対立から自由だ。そうとも、だからわたしは、ほぼ確信しているんだよ、選ぶべき色といえば青しかないんだ」司教といえども過（あやま）つことはありうる、と若い司祭は考えてみる。しかしそうするうちにも彼は進退きわまっている。何しろ小柄な女性は明らかに興奮しかけていて、木の格子越しに猛然と反論してきたのだ、「どういうおつもりで青とおっしゃるのです、神父さん、そんなことをどうして信じられますか？　ローマの法王様に手紙でお訊ねになって下さい。法王様ならきっと神父さんの誤りを直して下さるでしょう。でも、何も法王様でなくたって、人間が決して青くないことくらい分かります！」若い神父は目を閉じて深呼吸をし、反撃を開始する。「皮膚は青く染められていたのです」彼はそこでつまずく。「ピクト人という青いアラブ遊牧民（ノマド）がそうです。教育がおありなのだから、お分かりでしょうが……」だが今や、告解室に激しい鼻息が響く。「何ですって、神父さん？　主をジャングルの野蛮人と比べるのですか。そんなお話って、恥ずかしくて耳を塞ぎたくなります！」……彼女は悪態をつきつづけたが、腹立ちをこらえながら聞いていた若い神父はふと、この青の騒ぎの背後にはもっと重要なものが隠されているにちがいないと直感して、その点を問いつめる。するとたちまち饒舌は涙に変わる。若い神父はうろたえて言う、「まあ、たしかに主の聖なる光彩というものは、単に絵の具を塗ったものとは違います」……すると、はらはらとこぼれ落ちる涙にむせながら、一つの声が、「そうです、神父さん、結局あなたがわるいわけではありません。わたしは彼にその通り言いました。ただそれだけのことをです。でも彼はいろいろと悪態をついて、聞いてはくれませんでした……」ほら、始まった。物語のなかに〈彼〉が入ってきて、今やそれが迸りはじめたのだ。小柄で、ういういしくて、とり乱しているミス・メアリー・ペレイラは、動機に関して決定的な手がかりを与えてくれるような、一つの告白をした。私が誕生した夜に彼女は、私の祖父が鼻をぶつけた時から私が成人するまでの、二十世紀のインド史全体に対して、最後にして最も重要な貢献をしたのだ。

　メアリー・ペレイラの告白というのは、すべてのマリアと同様に彼女も自分のヨセフを持っていたというものである。ジョーゼフ・ドゥコスタはナルリカル産院というペダー・ロードにある診療所の雑役夫をしている（「ホホウ！」とパドマはついに関連性をみつけた）。ここでメアリーは助産婦をしているのだ。初めはしごくうまく行っていた。ジョーゼフはメアリーをお茶やラッシーやファルーダ（インドやパキスタンで好まれる、タピオカ・ゼリー・ミルク・アイス・シロップなどを入れた甘い飲み物）を飲みに誘い、甘い言葉をささやいた。彼はダダダダーという音を出す、強力な道路工事用ドリルのように鋭い目をしていたが、もの静かな、上手な話し方をした。小柄な、ふっくらした、ういういしいメアリーは彼にやさしくされて有頂天だったのに、今はすべてが変わってしまった。

「突然、まったく突然なのですが、彼はくんくん鼻を鳴らすんです。鼻を上に向けて、へんなふうにやるんです。『風邪を引いたの、それともどうかしたの、ジョー？』と訊くと、何でもない、北からの風の臭いをかいでいるだけだ、と言います。でもジョー、ボンベイでは風は海から、つまり西から吹いて来るのよ、とわたしは言いました……」

メアリー・ペレイラはかぼそい声でジョーゼフ・ドゥコスタがそのあと荒れ出したことを物語る。ジョーゼフは言った、「君は何も知らないんだ、メアリー、今では北から風が吹いて来るんだ、死臭をいっぱい含んだ風がね。この独立というやつは金持だけのものさ。貧乏人は蝿みたいにたがいに殺し合いをやらされている。パンジャブで、ベンガルで。暴動、貧乏人と貧乏人との血で血を洗う争い。これが風さ」

メアリーは言う、「気違いじみてるわ、ジョー、どうしてそう悲惨なことばかり考えて悩むの？　わたしたちは静かに暮らすことができるのに。違う？」

「気にしないでくれ。君は一つのことが分かっていないんだ」

「でもジョーゼフ、殺し合いのことが本当だとしても、それはヒンドゥーとムスリムだけのことでしょう。どうしてわたしたちクリスチャンが彼らの争いに巻き込まれるというの？　あの人たちはずっとおたがいに殺し合って来たのよ」

「君と君のキリストに言っておこう。それが白人の宗教だということが分からないのか。白い神々は白人のために取っておけ。今、この国の人びとが死んでいるんだ。だから反撃しなくてはならない。おたがい同士で闘うのでなく誰と闘うべきか、人びとに教えてやらなければならないんだ、分かったかい？」

メアリーは言う、「こんなわけで色のことをお訊ねしたのです、神父さん……わたしはジョーゼフに言いました、何度も何度も言ってやりました、争いは悪いことだって、野蛮なことを考えるのはやめなさいって。でもそうすると彼はわたしと口をきかなくなり、危険な仲間たちと出歩きはじめました。神父さん、どうやら彼が大きな車に煉瓦や火炎壜を投げつけているという噂が立ちはじめているんです。彼は狂いかけています、神父さん。バスを燃やしたり市街電車を壊したりするのを手伝っているそうなんです。どうしたらいいのでしょう、神父さん。わたしは妹にすべてを話してみました。妹のアリスは本当にいい子なのです、神父さん。わたしは言いました、『ジョーは屠所の近くに住んでいるので、きっとあの臭いを鼻から吸い込んで、頭が狂ってしまったんだわ』と。そこでアリスは彼を捜しに行きました。『お姉さんの心配を伝えてあげるから』と言うのです。でもそれから、ああ、いったい世の中、どういうことになってしまったのでしょう……本当に、神父さん……おお、助けて……」言葉は涙にむせんだが、目から流れ落ちる塩分と共に彼女の秘密は吐き出された。戻って来たアリスが言うことには、彼女の見るところ、悪いのはメアリーの方で、人びとを目覚めさせるという愛国的大義を支援してやるどころか逆にくどくどと愚痴ばかり並べるものだから、ジョーゼフはも

うメアリーはごめんだという気持になってしまったのだ、ということだった。アリスは
メアリーより年も若いし器量もよかった。だからもう一つ噂が立った。アリスとジョー
ゼフが恋仲だというのである。メアリーは途方に暮れた。
「あの子に」とメアリー。「いったいあの子に政治の何が分かるというんでしょう。わ
たしのジョーゼフを奪うためなら、あの子はバカな九官鳥みたいに彼の喋るタワゴトを
口真似してみせるくらい朝めし前よ。チク――」
「言葉に気をつけなさい。瀆神になりますよ……」
「いえ、神父さん、チカッテと言おうとしたんです。あの人を取り返すためなら、わ
たし何だってしてします。そうですとも、たとえあの人が……アイ・オ・アイ・オー！」
告解室の床が塩分を含んだ水で濡れる……そして今、若い神父は新たな苦境に立って
いるのだろうか。むかつく胃の苦しみにもかかわらず、告解室の神聖さを守ることと、
ジョーゼフ・ドゥコスタのような男の市民社会に対する危険を防止することとを、見え
ない秤にかけているのだろうか。彼は本当にメアリーからジョーゼフの住所を訊いて、
暴露する気なのだろうか……言いかえると、司教に悩まされ、胃のむかついているこの
若い神父は、『私は告白する』のモンゴメリー・クリフトのように振る舞ったろうか。
（この映画を何年か前にニュー・エンパイア・シネマで見ながら、私にはどちらとも決

めかねた。）——だが、これはいけない。ここでまた私は根拠のない疑惑を抑えなければならない。ジョーゼフの身に起こったことはたぶん、どのみち起こったろう。そしてまず間違いなく言えるのは、この若い神父の私の物語への関わりは、ただ彼がジョーゼフ・ドゥコスタの金持に対する激しい憎悪と、メアリー・ペレイラの絶望的な悲しみのことを、部外者としては最初に聞いた人物だということだけなのだ。

明日は入浴してひげを剃ろう。きれいな、糊のきいた真新しい上着（クルター）とそれに合ったパジャマを着用しよう。つま先のそり上がった、鏡細工の刺繡のついたスリッパを履き、髪はきちんととかし（真ん中分けではないが）、歯をきれいに磨き……一言で言えば、自分として最良の装いをしよう。（「おや、まあ」とパドマの声。）

明日こそは、私の意識の奥の暗闇から紡ぎだすしかない物語（なにしろ、そこには私はまだ存在していないのだが）にけりをつけられよう。何しろマウントバッテンの秒読みカレンダーのメトロノームの音を、もはや無視できなくなったのだ。メスワルド屋敷では、ムーサ老人がなおも時限爆弾よろしくカチカチ言っている。とはいえ、その音は聞こえない。今や別の音が大きくなり、耳を聾せんばかりの轟音になっているからだ。秒をきざむ音、避けえない真夜中の近づく音が。

ティクタク

パドマにはそれが聞こえる。サスペンスをつくりだすのに秒読みにまさるものはない。私はきょう、わが牛糞の女神が桶をつむじ風のように掻きまわしているのを眺めた。そうすることで時の歩みを速めようとしているかのようだ。（そしておそらくそれは速くなったのだ。私の経験では、時間はボンベイの電力供給のように変わりやすく不安定なものなのだ。私の言うことが信じられないなら、時報ダイヤルに電話してみるといい――電気で動いているこの器械の言うことは、たいてい数時間は狂っている。われわれの方が狂っているのでなければ……「きのう」を指す語が「明日」を指す語と同じであるような人は、時間をよく理解しているとは言いがたい。）

だがきょうパドマは、マウントバッテンのティクタクを聞いた……イギリス製のこの器械は容赦ない正確さで時を刻んでいる。そして今、工場にはひと気がない。湯気は立ち昇っているが桶は静まっている。私は約束を守った。きちんと身なりを整えてパドマを迎える。彼女は私の机に駆け寄ってきて、かたわらの床に体を投げ出し、高飛車に言う、「始めなさいよ」私はちょっとうれしそうに笑う。真夜中の子供たちが頭のなかでぞろぞろ列をつくり、漁師（コーリー）の女房たちのように押したり小突き合ったりしているのを感じる。もうすぐだ、待ってくれ、と私は彼らに言う。私は咳払いをし、ペンをちょっと振って、始める。

政権移譲の三十二年前に、私の祖父はカシミールの大地に鼻をぶつけた。血（ルビー）と涙（ダイヤ）があった。水面直下に待っている未来の氷があった。神の前にも人の前にも頭を垂れまいという誓いがあった。この誓いのために一つの穴があき、それは穴あきシーツの向こうの女によって一時的に充塡された。祖父の鼻にいくつもの王朝が隠れているとかつて予言していた船頭が、不機嫌な顔をしながら彼を舟で湖の向こうへ運んだ。盲目の地主と女レスラーたちがいた。薄暗い部屋に一枚のシーツがあった。その日、私の遺伝的素質が形成されはじめたのだ——祖父の目のなかに滴り落ちたカシミールの空の青が。曽祖母の長い苦しみ、それはやがて私自身の母の忍耐とナシーム・アジズの晩年のかたくなさになる。曽祖父の鳥と話をする才能は、血筋の曲折をへて妹ブラス・モンキーの血のなかへ流れ込んだ。祖父の懐疑癖と祖母の信じやすさの間の相克。そして何よりあの穴あきシーツの幽霊じみた本質――それは一人の男を部分に分けて愛するように母を運命づけ、自分の人生を――その意味と構造を――これまた断片化して見るように私を運命づけた。だから私が理解した時には、もうあまりに遅すぎたのだ。

……歳月がたつにつれ――私が受け継いだものは増えていく。今では私にも船頭タイの神話的な金歯があり、父のアルコールの妖魔（ジン）を予告したタイのブランデーの壜がある。自殺のお手本としてはイルゼ・ルービンがおり、精力をつけるには壜漬けの蛇がある。進歩の代表者としてアーダムがおり、反対に不易の代弁者としてタイがいる。また体を洗わぬ船頭の悪臭がある――これが祖父母を南に追いたて、めぐりめぐってボンベイ移住の素地をもつくったのだ。

……そして今、パドマとティクタクにせかされて私は進んでゆく。マハトマ・ガンディーとその同盟休業（ハルタール）を平らげ、親指と人差指を頰ばり、自分はカシミール人なのかインド人なのか分からないというアーダム・アジズの煩悶を丸のみにし、それからマーキュロクロムと手の形をした汚れのくだりを飲み込むのだが、この赤い液はやがてキンマ液として再来するだろう。さらには次に登場するダイヤー准将を、口ひげもろとも飲み込む。祖父はその鼻によって救われ、消えることのない打ち傷が胸に現われる。そこで祖父と私はやむことのない傷の疼きのなかに、インド人なのかカシミール人なのかという問いに対する回答を見出す。ハイデルベルクのかばんの留め金が外れたことに端を発した事故で祖父は朱(あけ)に染まり、祖父は、そして私も、インドと運命を共にすることになる。とはいえ、異国風の青い目が変わるわけではない。タイが死ぬ。しかし彼の魔術は今も祖父と私の上にかかっており、二人を人びとから孤立させている。

……疾走してきた私は足を停めて、痰壺攻めのゲームを拾ってみる。国家誕生の五年前に、私の受け継いだものは厖大になる。楽天主義の病い、それは私の活動期に再発するだろう。地割れ、それは私の皮膚にこれまでもこれからも再現しつづける。かつての手品師であったハミングバード、この人は私と生涯にわたってかかわりを持ちつづけた多くの大道芸人たちの始まりであった。祖母については、魔女の乳首のようなほくろ、写真ぎらい、「何て言ったらいいかね」、そして兵糧攻めとだんまり作戦。アリア伯母の知恵、それはやがて独身主義と毒舌にかわり、最後には恐ろしい復讐となる。エメラルドとズルフィカルの恋、それは私に革命を始めさせるだろう。三日月刀、それは「わたしのかわいい月のかけら(チャンド・カ・トゥクラ)」という母が私に与えた愛称を思い出させる、不吉な月だ……今はずっと成長して過去という羊水のなかを漂いながら、私は一つの唸り(ハム)を食べる。それは犬たちが助けに来る時までどんどん高くなりつづけた。麦畑への逃走、そしてリキシャ・ワーラーのラシドがカウボーイ(ガイ・ワーラー)と共に――全速力で――声なき叫びを上げながら救出に駆けつける。彼はインド製の錠前の秘密を明かしてナディル・カーンを洗濯物入れの置いてあるトイレに導く。私はこのくだりも飲み込む。そう、私はこの時までに重くなり、洗濯物入れやムムターズと無韻詩人の絨毯の下での愛のために肥え太ってしまったが、ベッドのかたわらに浴槽がほしいというズルフィカルの夢と、地下のタージ・マハルとラピスラズリをちりばめた銀の痰壺を飲み干して、もっと肥え太る。一つの結婚が崩壊し、そのことが私を養う。ひとりの叔母が親に反抗して、あられもない姿でアーグラの街を走っていく。この一件も私の栄養となる。そして今、間違った門出を打ち切り、アミナはムムターズであることをやめ、アフマド・シナイは彼女の夫になっただけでなく、ある意味で父親にもなった……私の受け継いだもののうちにはこの才能、必要な時に自分で新しい親を創り出すという才能も入っている。父親や母親を産み出す力、それはアフマドが持ちたくとも持てなかったものだ。

へその緒から、私は無賃乗車の連中とか、孔雀の羽根の扇子を買う危険とかを吸収する。アミナのかいがいしさが私のなかへ染みこんでくる。そしてもっと不吉なものが――けたたましい靴音、私の母の、金をせびる時の手管。その結果、父の膝の上のナプキンがふるえはじめ、小さなテントを張るのだ――アルジュナ・インディアバイクの火事で舞い上がった灰、リファファ・ダースが世界中のすべてのものを入れようとしていた覗きめがね（ピープショウ）、無法の行為をはたらいているヤクザたち。多頭の怪物たちが私のなかでふくれあがっていく――仮面をかぶったラーヴァナたち、舌たらずな一本眉の八歳の少女、「強姦魔」と叫んでいる群集、公表が私を育て、誕生時に向かって成長していく。余すところわずかに七ヵ月。

　いかに多くの物や人や観念をひきつれて、いかに多くの可能性、そしてまた可能性の制約をひきつれて、われわれはこの世に生まれてくるのか！――これらすべてはあの真夜中に生まれた子供の親なのであり、すべての真夜中の子供たち一人一人に同じくらい多くの親がいるのだ。真夜中の親はまだほかにもあった。内閣使節団計画の挫折。M・A・ジンナーの決意。彼は死を目前にしていたが、命のあるうちにパキスタンの建国を見たい、少なくともそれを確実なことにしたいと念願していた――私の父が例によって曲がり角を間違えて、会えずに終ったあのジンナーのことだ。非常にせっかちなマウントバッテンと鶏の胸肉の好きな夫人。まだたくさんある――レッド・フォートとオールド・フォート。猿と手を投下する禿鷹。男装の白人女。接骨医とマングースつかいとあまりにたくさんの予言をするシュリ・ラムラム・セト。コーランを編み直すという父の夢もある。父をレザークロス業界から不動産業界に転向させた倉庫の放火、それにアミナが愛することができなかったアフマドの体の一部。ひとりの人生を理解するためには、世界を飲み込まなければならない。これまで述べた通りだ。

　その上、漁民、ブラガンサ家のカタリナ、ムンバデヴィのココナッツと米、シヴァージーの像とメスワルド屋敷、英領インドの形をした水泳プールと二層の丘、真ん中分けとベルジュラック家の血筋をひく鼻、作動していない時計塔、小さなサーカスリング、インドの寓話に対するある英国人の嗜好、そして彼をアコーディオン弾きの女房が誘惑したという一件。セキセイインコ、天井扇風機、『タイムズ・オブ・インディア』。これらはみな、私がこの世に生まれ落ちる時に携えてきた荷物の一部なのだ……私が体重の重い赤子であったのも当然ではないか？　青いイエスが私のなかへ染み込んできたし、メアリーの絶望、ジョーゼフの革命的無謀、アリス・ペレイラの尻軽さ……これらもまた私をつくることに貢献したのだ。

　私がいささか奇妙な姿に見えるなら、私の受け継いだものの凄まじいまでの豊富さを思い出してほしい……たぶん、あまりの雑多さのただなかにあって一個の個人でありつづけたいと思えば、人は誰しもグロテスクにならざるをえないのだ。

「とうとうあなたは」とパドマは満足そうに言う、「本当に速く話をするコツを覚えたわけね」

一九四七年八月十三日。天には不満が鬱積している。木星と土星と金星が癇癪を起こしそうな様子である。三つの不機嫌な星は十二宮のいちばん嫌われる宮ハウスへと動いてゆく。ベナレスの占星術師たちは怖れおののきながらその名前を言う。「カラムスタンだ！　星がカラムスタンに入ってゆく！」

占星術師たちが国民会議派のお偉方たちに躍起になって陳情している頃、私の母は午睡をとろうと横になる。マウントバッテン伯爵が彼の参謀本部に練達の祈禱師のいないことを嘆いている頃、天井扇風機のゆっくりと回る影がアミナの頰を撫でて彼女を眠りに誘う。Ｍ・Ａ・ジンナーが、十一時間後にパキスタンが誕生する——しかもこれは、まだ三十五時間もかかるインド独立に先立つことまる一日なのだ——ということを確認して、星占い狂たちの主張を嘲笑い、面白そうに首を横に振っている頃、アミナもまた首を左右に振る。

だが彼女は眠っている。そしておなかの子が丸石のように重くなってきてからというもの、謎のような蠅取り紙の夢が彼女の眠りを妨げている……彼女は今夢のなかで、べたべたした褐色の帯がいっぱい垂れ下がった水晶の球体のなかをさまよっている。視界をさえぎっている紙の森のなかをつまずきながら歩いていると、びらびらする帯が衣服に纏いつき、破いてしまう。彼女はあがき、紙をひき裂こうとする。だが逆に紙につかまえられ、ついに裸にされてしまう。おなかのなかでは赤ん坊が蹴っている。蠅取り紙がびらびらと長く伸びてきて、ゆるやかに脈打つ子宮をつかまえ、髪の毛、鼻、歯、乳房、太腿と、ところかまわず貼りついてくる。口を開けて叫ぼうとすると、べたべたする褐色の猿轡(さるぐつわ)が両の唇の間を塞いでしまう。

「アミナ奥様(ベーガム)!」とムーサが言っている。「起きて下さい！　悪い夢を見ておいでです。奥様(ベーガム・サヒバ)！」

ここ数時間の出来事——私に受け継がれる最後の残りかすだ。あと三十五時間というところで、母は蠅のように蠅取り紙に貼りついてしまう夢をみた。そしてカクテル・アワーになると(あと三十時間)ウィリアム・メスワルドがバッキンガム荘の庭へ父を訪ねてきた。真ん中分けの髪でそぞろ歩きながら、ふと相手の足の親指に目をとめ、それを見おろしつつ、メスワルド氏は思い出に耽った。この都市の建設を思いついた人物である初代のメスワルドにまつわる話が、最後から二番目の夕暮を活気づけた。父は——去ってゆく英国人を感心させようとしてオックスフォード風の気取った話し方を真似て——「実を申せばですな、あなた、わたしの家もなかなかの名家でありまして」などと言っている。聞く側に回ったメスワルドは、小首をかしげ、クリーム色の折り襟(ラペル)には赤いバラをつけ、広つばの帽子で分けた髪をかくし、目には興味の色をちょっぴり覗かせている……アフマド・シナイはウィスキーで舌の回りがよくなり、いささか有頂天にもなって、取っておきの話題を持ち出す。「ムガル皇帝の血を引いているんですよ、実は」これを聞くとメスワルドは、「まさか！　本当なんですか？　からかってるんでしょう」アフマドは後にひけなくなり、前へ進むしかない。「庶子ですがね、もちろん。でもムガルなんですよ、たしかに」

こんないきさつから、私の誕生の三十時間前に、父は人並みに虚構の先祖に憧れていることをみずから暴露した……勢いあまって一つの家系図をこしらえあげることまでしてしまったのだが、後年、ウィスキーで記憶がもうろうとなり、妖魔(ジン)の壜で頭が混乱してくる時、この家系図が彼の現実感覚をすべて麻痺させることになるのだ……そしてこの話をさらに面白くするために、彼は一家の呪いという観念をわが家に持ち込んできた。「ええ、そうなんです」と父が言うと、メスワルドは笑みをひっこめて、けげんそうに首をかしげた。「古い家には往々にしてこの種の呪いがつきものです。わたしの家では、これは長男から長男へと伝えられています――必ず文字に書いて。そのわけは、ご存じの通り、それを声に出したとたんに、呪いの力が解き放たれるからなんです」そこでメスワルドが言う、「すごいですな！　じゃ、あなたはその呪文をご存じなのでしょう？」父は唇をつき出し、さも得意そうに額を軽く叩きながら、足指を踏みしめつつうなずく。「ちゃんとここに入っております。ちゃんと暗記しております。ある先祖がバーブル帝（一四八三―一五三〇年。ムガル帝国の創建者。初代皇帝）と喧嘩をして、その息子のフマーユーンに呪いをかけた時以来、使われたことがないんです……恐ろしい話ですよ。これは、どこの学校の生徒でも知っていることですがね」

父が現実感覚をすっかり失って、ひとり青い部屋に閉じこもり、かつてある夕刻、自分の家の庭でウィリアム・メスワルドの末裔のかたわらに立ち自分のこめかみを叩きながらひねりだした呪いのことを思い出そうとする時が、やがて来るだろう。

蠅取り紙の夢や架空の先祖まで背負い込んでしまった私は、まだ誕生の一日以上手前にいる……しかし今も容赦のないティクタクが自己主張をつづけている。あと二十九時間、二十八、二十七……

その最後の晩、ほかにどんな夢が見られたろうか？　ナルリカル医師が、彼の産院でくりひろげられるはずのドラマのことを何も知らずに、はじめてテトラポッドの夢を見たのはこの時だろうか――もちろん、そうだ。私の叔父ハーニフは（その姉と同じく）ボンベイにやって来て、ひとりの女優、あの絶世の美女ピア（『イラストレーテッド・ウィークリー』がかつて「彼女の顔が彼女の財産である！」と書いていた）と恋に落ちたのだが、そのハーニフが彼の三本のヒット作のうちの第一作に用いられることになる映画手法をはじめて思いついたのは、この最後の晩のことだろうか——つまりパキスタンがボンベイの北方から西方にかけての地域に誕生しようとしていた時のことだろうか？……ありうることだ。神話と悪夢と幻想が巷にあふれていた。そして次のことだけは確かだ。この最後の晩に、祖父アーダム・アジズはコーンウォリス・ロードの大きな古い家で孤独に耐えていた——妻と娘のアリアがいるにはいたが、妻はアジズがよぼよぼの老人になっていくにつれてますます意志の強固な女になっていくみたいだし、娘のアリアは相変わらず嫁ぐあてもなく日々を送っていて、これから十八年後ついに爆弾で真っ二つにされる時まで処女でありつづけることになる——彼はとつぜん郷愁の鉄環にとらわれ、胸を締めつけられる思いでまんじりともできずに横になっていた。そしてついに八月十四日の朝五時——あと十九時間というわけだ——彼は見えない力によってベッドから引きずり出され、古いブリキのトランクの方へ引っぱられていく。それを開くと、古いドイツの雑誌、レーニンの『何をなすべきか』、折りたたんだ礼拝マット、そして最後に、もう一度見たいという抑えがたい衝動を起こさせたもの——白い、たたまれた、夜明けの光のなかにかすかに光るもの——が出てきた。祖父は過去を詰め込んだブリキのトランクから、汚れた、穴のあいたシーツを取り出し、穴が大きくなっているのに気がつく。しかもそのまわりに小さな穴がいくつもあいている。彼は懐かしさが転じて怒りにとらわれ、妻をゆり起こし、妻がびっくりするほどの大声を出してその鼻先に彼女の歴史を振ってみせる。

「虫に食われている！　ほら、奥様（ベーガム）。虫に食われているよ！　ナフタリンを入れるのを忘れていたろう！」

だが今や秒読みは刻々と進んでいる……十八時間、十七、十六……そしてすでにナルリカル産院では産婦の陣痛の叫びが聞こえている。ウィー・ウィリー・ウィンキーが駆けつけている。妻のヴァニタがいる。彼女はもう八時間も前から長い陣痛が続いていながら、産めずにいるのだ。最初の陣痛が彼女を襲った時、M・A・ジンナーは何百マイルも遠方で、ムスリム国家が真夜中に誕生することを宣言していた……だが彼女は依然としてナルリカル産院の（貧民の赤ん坊のために用意されている）「慈善病棟」のベッドの上でのたうち回っている……目玉はとびだしそうな様子だ。体は汗で光っている。しかし赤ん坊は出て来そうな気配がなく、父親も今ここにはいない。朝の八時になってもまだ、赤ん坊は事情が許すなら真夜中までだって待てそうな様子だ。

街にはこんな噂が流れていた。「騎馬像が走って行ったよ！」……「星の配置がよくない！」……だがこういった凶兆にもかかわらず、街は目尻に新しい神話をきらめかせながら、平静を保っていた。ボンベイの八月。祭日の多い月だ。クリシュナの誕生日とココナツ・デーのある月。そして今年は――あと十四時間、十三時間、十二時間だ――カレンダーに特別の祭日、祝うべき神話が載っている。これまで存在しなかった新しい国が自由を勝ちとろうとしていたのだ。そして五千年の歴史を持ち、チェスのゲームを発明し、中王国のエジプト（BC二〇四〇―BC一七九〇年頃）と交易をしていたというのに、それでもなおまったく架空の存在でしかなかった一つの世界へと、われわれを打ち上げてくれるのだ。神話的な国へ、ものすごい集団意志によってしか――われわれみなが夢みることに同意した夢のなかにしか――存在しないような国へ。それはベンガル人、パンジャブ人、マドラス人、ジャート族が、さまざまな度合で共有している集団幻想なのだ。それは血の儀式によらなければ与えられないような聖化と刷新を定期的に必要とするだろう。インド、新しい神話――それはどんなことでも可能にする集合的虚構、他の二つの強力な幻想である金銭と神のほかにには、比肩するもののない寓話なのだ。

私の半生はこの集合夢の寓話的性格の生きたあかしのようなものだった。だがしばらく私はこういった一般論的、大宇宙的観念から離れて、より私的な儀式に集中しようと思う。分割されたパンジャブの国境で進行中の大量流血のことは書かない（この国境では、分割された両国民がたがいに血で血を洗っており、パンチネロ（でっぷりした猫背の小男の道化）の顔をしたズルフィカルという少佐が難民の財産をただ同然で買い叩いて、ハイデラバードの君主(ニザーム)とさえはりあえるほどの富の基礎づくりをしていたのだが)。ベンガルでの暴力沙汰やマハトマ・ガンディーの長い平和行進からも目をそらす。わがままだろうか？　狭量だろうか？　そうかもしれない。だが許されてよいことだと思う。結局、人は毎日生まれてくるわけではないのだ。

あと十二時間。アミナ・シナイは蠅取り紙の悪夢から覚めて、もう眠りはすまい……彼女はラムラム・セトのことで頭がいっぱいになって、荒れ狂う海のなかを漂う。そして興奮の波のあとに、目くるめくような深くて暗い恐怖の洞穴に落ち込む……だが今、別のことも起こっている。彼女の手を見るがいい――意識の指令なしに、その手は自分の子宮を強く押している。彼女の唇を見るがいい。自分でも気づかぬうちにその唇はつぶやいている。「さあ、ぐずぐずしてないで、早く。新聞に遅れたくはないでしょう！」

あと八時間……午後四時に、ウィリアム・メスワルドは黒の一九四六年型ローヴァーで二層の丘を登ってやってくる。彼は四つの宮殿の間のサーカスリングのなかに駐車する。だがきょうの目当ては金魚池でもサボテン園でもない。リラ・サバルマティに「自動ピアノはどう？　すべて良好(ティケッティ・ブー)ですか？」といういつもの挨拶の言葉もかけないし――一階ベランダの陰に坐って、揺り椅子にゆられながらリュウゼツランのことを考えているイブラヒム老人に挨拶するでもない。キャトラックの方もシナイの方も向かずに、サーカスリングのちょうど中央に陣取る。折り襟にバラをつけ、クリーム色の帽子をしっかりと胸に当て、真ん中分けの髪を午後の陽光に光らせながら、ウィリアム・メスワルドはまっすぐ前、時計塔とウォーデン・ロードの向こう、ブリーチ・キャンディの地図の形をしたプールの向こう、金色に輝く午後四時の波の向こうを見て、挨拶する。さらに向こう、水平線の上では、太陽がゆっくりと海に沈もうとしている。

あと六時間。カクテル・アワー。ウィリアム・メスワルドの後継者たちがそれぞれの庭にいる――ただしアミナは、隣のヌシーが投げてよこす競争心をかくしきれない視線を避けて、塔のなかの自分の部屋に坐っている。ヌシーの方もまたおそらくは、息子のソニーに早く股の間から出てくるようにとせきたてているのだ。妙なことに二人とも英国人の方を見ている。この英国人は槊杖(さくじょう)のように直立している。以前にも彼の髪の分け目を槊杖にたとえたことがあるが。やがて二人は新たな来訪者の方に気をそらされる。長身の筋骨逞しい男で、首にはビーズのネックレスを三本もつけており、腰には鶏の骨のベルトを締めている。浅黒い肌は灰で汚れていて、髪は伸び放題でもじゃもじゃになっている――ビーズと灰のほかは丸裸のこの聖者(サドゥー)は、赤タイルの邸宅の間を大股で歩いている。老従者のムーサが、シッと言って追い出そうとして、駆け寄る。だが聖なる者に命令するすべを知らず、ひるんでしまう。ムーサのためらいにつけこんで、聖者(サドゥー)はバッキンガム荘の庭に入る。仰天した私の父の前を越えてまっすぐに進む。そして滴をたらしている庭の水道の蛇口の下にあぐらをかいて坐り込む。

「ここにどんなご用ですか、聖なるお方?」――ムーサがやむなく敬意をこめてそう訊ねると、聖者は落ち着き払って答える、「私は唯一なる者の到来を待つためにやって来た。ムバラク――祝福された者――の到来を。その時は近い」

信じてもらえそうもないが、私は二度にわたって予言されたのだ! その日は万事タイミングよく運んだが、私の母もタイミングを心得ていた。聖者の言葉が終るやいなや、窓辺にガラスのチューリップの踊っている塔の一階の部屋から鋭い金切声が上がった。それは恐怖と興奮と勝利とを等量に含んだカクテルだった……「ねえ、アフマド!」とアミナ・シナイは叫んだ、「あなた、赤ちゃんよ! 生まれるわ――ちょうど時間通りに」

メスワルド屋敷に電気のさざ波が走る……ホミ・キャトラックが、目の落ちくぼんだやつれた顔をして、機敏な速足でやって来て言う。「私のスチュードベーカーをお使いなさい、シナイさん。あれに乗って――すぐに出発しなさい!」……まだあと五時間と三十分あったが、シナイ夫妻は借りた車で二層の丘を下ってゆく。父の足の親指がアクセルを踏む。母の手がまん丸いおなかを押す。二人の姿はもう見えない。角を曲がり、バンド・ボックス洗濯店とリーダーズ・パラダイスを越え、ファトボイ宝石店とチマルカー玩具店を越え、一ヤードチョコレートの店とブリーチ・キャンディの門を越え、ナルリカル産院めざして走ってゆく。そこの慈善病棟では、ウィー・ウィリーのヴァニタが、背骨を曲げ、目をとびださんばかりにして、のたうちまわり、メアリー・ペレイラという助産婦が彼女の分娩を待っている……という次第で、日が暮れた時メスワルド屋敷には、唇の突き出たぶよぶよのおなかの虚構の先祖を持ったアフマドも、黒い肌をして予言のとりこになったアミナも、居合わせなかった。そしてちょうど日が落ちた瞬間に——つまりあと五時間と二分という時に——ウィリアム・メスワルドは長い白い腕を頭に持って行った。白い手はてかてかした黒髪の上でためらっていた。やがて細長い白い指がふるえながら真ん中の分け目に伸びた。そして第二にして最後の秘密が明かされた。指は髪に絡み、そしてつまんだ。しかも頭から引き揚げる時、つまんだ獲物を離さぬままだったのだ。日が落ちたあとしばしの間、メスワルド氏は部分かつらを手に持って残照にひたされた屋敷のなかにたたずんだ。

「禿頭なのね！」とパドマが叫ぶ。「そのきれいになでつけた髪がね……分かっていたわ。本物にしては立派すぎるもの！」

禿、ハゲ、ピカピカ頭！　ついに明かされたのだ。アコーディオン弾きの妻を騙していたからくりが。怪力サムソンのように、ウィリアム・メスワルドの力は髪に宿っていたのだ。しかし今、黄昏の光のなかに禿を光らせながら、彼は自動車の窓からかぶり物を投げ捨て、無造作とも見えるしぐさで署名ずみの諸宮殿の権利証書をばらまき、走り去る。メスワルド屋敷に住む誰ひとりとして、その後彼に会った人はいない。しかし私は一度も彼に会ったことはないのに、彼を忘れることはできない。

突然あらゆるものがサフラン色と緑色に色づく。アミナ・シナイはサフラン色の壁と緑色の木造部からなる部屋にいる。隣室にはウィー・ウィリー・ウィンキーのヴァニタがいる。緑色の肌をし、白目はサフラン色に血走っている。ついに赤ん坊が、これまた疑いもなく同様に色鮮やかな内なる通路を通って降りはじめているのだ。壁の時計がサフラン色の分と緑色の秒を刻んでいる。ナルリカル医師の産院の外には、花火と群集があって、これまたこの夜の色に合わせて——サフラン色の火矢（ひや）が飛び、緑色の火花が雨と降る。男たちはザファラーン（ウルドゥー語でサフラン）色のシャツ、女たちはライム色のサリーを着ている。サフラン色と緑色の絨毯の上でナルリカル医師がアフマド・シナイと話している。「奥さん（ベーガム）の分娩はぼくが担当するよ」と彼は黄昏の色のようなやさしい語調で言う。「何も心配はない。ここで待っていてくれ。歩き回れるだけの広さはあるから」ナルリカル医師は赤ん坊が嫌いなのだが、それでいて練達の産婦人科医なのだ。暇さえあれば彼は避妊について国民に向かって講義し、著作し、パンフレットを書き、叱咤している。「受胎調節こそはわが国の優先課題の筆頭だ。このことを人びとの石頭に叩き込むことに成功して、私が失業する日がきっと来るだろう」アフマド・シナイはぎこちなく神経質に笑って言う、「今夜だけはそのお説教を忘れて、ぼくの子供を産ませてほしいね」

真夜中まであと二十九分。ナルリカル産院には今、最小限の人手しかない。欠勤者が多く、それに間近に迫った国家の誕生を祝いたいので、今夜は子供たちの誕生に立ち会えないという職員も多い。この連中はサフラン色のシャツと緑色のスカートを身につけて、明るい照明のついた街路に群がっている。頭上に果てしなく連なるこの街のバルコニーには、不思議な油の入った土器製の小さなディヤーランプ（主に儀式などで使うランプ）がしつらえられている。あらゆるバルコニーと屋上に並ぶランプには芯が浮いていて、この芯はきょうという日のツートーン・カラーのしくみにうまく合わせてある。ランプの半分はサフラン色で、もう半分は緑色なのだ。

一台のパトカーが群集という多頭の怪物の間を縫って進んでゆく。なかに乗っている警官たちの制服の黄と青が、妖しいランプの光を浴びてサフラン色と緑色に変わる。

（われわれは今コラバ通り（コーズウェイ）にいるのだが、真夜中まであと二十七分という時点で、警察がある危険な犯罪者を追っていることを明らかにしておこう。彼の名前はジョーゼフ・ドゥコスタである。この雑役夫はきょうだけでなくここ数日間、産院の勤務を欠勤しているばかりか、屠所近くの部屋にも寄りつかないし、困りはてた処女メアリーの身辺からも離れているのだ。）

二十分が過ぎる。アミナ・シナイがアアアーという声を上げ、それが一分ごとに激しく速くなり、また隣室のヴァニタが弱々しい、うんざりするようなアアアーという声を上げる。街なかの怪物はすでに祝賀気分である。新しい神話がその血管を流れ、その血液をサフラン色と緑色の血球に入れ換える。そしてデリーでは、やせこけた謹厳な男が国会議事堂に坐って、演説の用意をしている。メスワルド屋敷の金魚は池のなかにじっと停止し、その住人たちはピスタチオの砂糖菓子を持って一軒一軒訪ねてまわり、たがいに抱き合い、キスし合う——緑色のピスタチオが食べられ、サフラン色の菓子（ラドゥー）も食べられる。二人の子供は秘密の通路を降りてくる。アーグラではひとりの年老いた医者が妻と一緒に坐っている。彼女の顔には魔女の乳首のようなほくろがある。こくり居眠りしながら、あちこちに虫食い穴のある思い出話のさなかで、二人はふと黙り込み、言葉が出なくなる。ありとあらゆる市町村で、ディヤーランプが窓台、ポーチ、ベランダで燃えている。その頃パンジャブでは列車が燃え、火ぶくれを起こした塗料が緑色の炎を上げ、引火した燃料がサフラン色に輝き、まるで世界一大きなディヤーランプのようだ。

　そしてラホールの街も燃えている。

　やせ型の謹厳な男は立ち上がろうとする。タンジョール河の聖なる水を注がれて、彼は立ち上がる。額に聖化された灰を塗られて、彼は咳払いをする。演説原稿を持たず、片言隻句の準備もなしに、ジャワハルラル・ネルーは始める。「……昔、私たちは運命と約束を交わしました。そして今、私たちの誓いを果す時がやって来ました——完全に、または十分にではなくとも、大いにたっぷりとです……」

　十二時二分前。ナルリカル医師の産院では、黒光りのする医師がフロリーという細くて素直で、目立たない助産婦と共にアミナ・シナイを励ましている。「さあ、いきんで、もっと強く！……もう頭が見えるよ！……」隣室ではボースという医師が——ミス・メアリー・ペレイラに手伝わせながら——ヴァニタの二十四時間の陣痛の最後の段階に立ち会っている……「ほーら、もうひとふんばりだ。さあ。生まれてしまえば、すっかり終るんだからね！……」女たちはうめき、かつ叫ぶ。別室の男たちは沈黙を守っている。ウィー・ウィリー・ウィンキーは——歌うわけにもいかず——部屋の隅っこで前後に体をゆすっている……そしてアフマド・シナイは椅子を捜している。だがこの部屋には椅子がない。これは歩き回るために造られた部屋なのだ。そこでアフマド・シナイはドアを開き、ひと気のない受付の机の前に椅子を見つけて、それを〈歩き回り部屋〉に運び込む。そこではウィリー・ウィリー・ウィンキーが盲人のような虚ろな目をして体をゆさぶっている……彼女は助かるだろうか、駄目だろうか?……そして今、ついに真夜中だ。

　街の怪物はどよめきはじめ、デリーではやせこけた男が演説している、「……真夜中の時報と共に、世界中の人びとが眠っている間に、インドは生命と自由に目覚めるのです……」そして怪物のどよめきの間に、さらに二つの叫び声、泣き声、唸り声が起こる。生まれたばかりの子供たちの呱々(ここ)の声だ。二人の無益な抗議の泣き声は、夜空をサフラン色と緑色に染めあげている独立の騒ぎに交り合う――「歴史上きわめて稀なこの瞬間、私たちが古きものから新しきものへと進み、一つの時代が終り、長らく抑圧されていた民族の魂が発言を始める時が来たのです……」サフラン色と緑色の絨毯をしいた部屋でアフマド・シナイがまだ椅子をつかんでいる時、ナルリカル医師が入って来て報告する。「シナイ君、真夜中の時報と同時に、君の奥さん(ベーガム・サヒバ)は大きな健康な赤ちゃんを産んだよ。男のお子さんだ!」そこで父は私のことを考えはじめる(何も知らずに……)。頭のなかを私の顔のイメージでいっぱいにして、父は椅子のことなど忘れてしまう。私への愛情でいっぱいになり(だが実は……)、頭のてっぺんから指の先まで父性愛のかたまりとなって、父は椅子を落とす。

そう、それは私の落度だった(何と言い訳しようとも)……他の誰の顔でもなく私の顔の力によって、アフマド・シナイは手に持った椅子を落としたのだ。椅子は毎秒三十二フィートの加速度をつけて落下し、ジャワハルラル・ネルーが国会議事堂で、「私たちはきょう不幸な時代を終えるのです」と語り、拡声器が自由のニュースを高らかに告げ知らせている間に、私のせいで父も叫び出していた。落とした椅子が足指を砕いたのだ。

ついにここまで漕ぎつけたわけだ。物音を聞きつけて、産院じゅうの人が駆けつけてきた。父とその怪我は、二人の産後の母たち、真夜中の二つの同時出産から、しばしの間だけ人びとの関心を奪った――ヴァニタもまた、素晴らしく大きな赤ん坊を出産していた。「信じられないでしょうが」とボース医師は言った、「その子は苦労して少しずつ出て来たんです。何しろ普通の赤ちゃんの十人分の大きさですから!」ナルリカルは手を洗いながら、「ぼくの方も同じさ」と言った。だがこれはしばらく後のことだった――今はナルリカルとボースはアフマド・シナイの足指の手当てにとりかかっていた。助産婦たちは新生児たちを洗って産着を着せるように言いつかっていた。そこでミス・メアリー・ペレイラが一つの役割を果すことになったのだ。

「行ってあげて」と彼女は何も知らないフロリーに言った。「あなたの助けが必要なのじゃないかしら。ここはわたしひとりで十分だから」

彼女は一人になって――二人の赤ん坊を抱きかかえ――二つの生命の生殺与奪の権を握った時――ジョーゼフのためにそれをした、彼女として精いっぱいの私的な革命的行動を。こうすればきっと〈彼〉が愛してくれるだろうと考えて、二人の大きな赤ちゃんの名札をとりかえ、貧しい赤ちゃんには特権的人生を、金持に生まれついた方の子にはアコーディオンと貧乏の運命を定めた……「わたしを愛してくれるわね、ジョーゼフ！」と心のなかで言いながら、メアリー・ペレイラはそれをした。カシミールの空の青のように青い目――メスワルドのような青い目でもあったのだが――そしてカシミール生まれの祖父のような誇大な鼻――フランス生まれの祖母の鼻でもあったのだが――をした、十人分もある大きな赤ちゃんの足首に、彼女はシナイという名札を置いた。

サフラン色が私を包んだ。メアリー・ペレイラの犯罪のおかげで、私は選ばれた真夜中の子供になった。そして自分にとっては親が親ではなく、親にとっては息子が息子ではないという事態が生じた……母の胎内から生まれてきた子供、これまた十人分もある赤ちゃんは、彼女の息子にはなれない運命だった。だが彼はすでに茶色の目と、アフマド・シナイのようなこぶのある膝をしていた。メアリーはその子を緑色の産着に包んで、ウィー・ウィリー・ウィンキーのところへ連れていった——ウィー・ウィリーは何も見えない目でメアリーを見た。彼は自分の息子が見えず、真ん中分け氏のことなど何も知らなかった……ウィー・ウィリー・ウィンキーはヴァニタが出産後まで生きながらえることができなかったことを知ったところなのだ。真夜中三分過ぎに、医師たちが足指の打撲傷のことで騒いでいる間に、ヴァニタは出血多量で亡くなったのだ。

こんないきさつで、私は母のところへ運ばれた。母は私の正統性を一瞬たりとも疑わなかった。足指に怪我をしたアフマド・シナイは妻のベッドに腰をおろして、彼女の話を聞いた。「ほらあなた、この子ったら、おじいさんの鼻を受けついだのよ」妻が子供の頭は一つだけであることを確かめているのを見て、彼はきょとんとした。占い師といえども限られた才能しか持たないのだと分かると、彼女はすっかり落ち着いた。「あなた（ジャーノム）」と母は興奮して言った。「新聞社に電話をしなければね。『タイムズ・オブ・インディア』に電話をして下さい。ほら、言ったでしょう。わたし勝ったのよ」「……今はつまらぬ破壊的批評をすべき時ではありません」とジャワハルラル・ネルーは国会で述べていた。「悪意を抱くべき時ではありません。すべての子供たちが住めるような、自由インドという立派な家を建てなければならない時です」一つの旗がひるがえる。その色はサフラン色と白と緑。

「イギリス人(アングロ)ってわけ？」とパドマは驚いて叫ぶ。「何てことなの？　あなたはイギリス系インド人というわけ？　あなたの名前は自分のものではない、というわけ？」

「ぼくはサリーム・シナイさ」と私は答える、「洟たれ君、あざのある顔、クンクン、禿坊主、月のかけらさ。ぼくのでない――とはどういう意味だい？」

「ずっとあなたはあたしを騙していたのね。お母さん、とあなたはその人を呼んでいたわ。お父さん、お祖父さん、叔母さんたちの話もしていたわね。自分の親のことで本当のことも言えないなんて、あなたって一体、何者なの？　本当のお母さんがあなたを産んで亡くなっても平気なのね。お父さんがたぶんどこかで、一文なしの素寒貧で生きているとしても、無関心なのね。あなたは怪物だわ、それとも何なの？」

いや私は怪物ではない。誰を騙してもいない。手がかりはちゃんと与えていたのだ……だがもっと重要なことがある。それはこういうことだ。つまり、メアリー・ペレイラの犯罪が発覚した後にも、何ひとつ変わりがないことが分かったのだ！　私は依然として彼らの子供であり、彼らは私の両親だった。いわば集団的な、想像力の欠如のために、私たちは自分の過去から脱出する方法を見つけることはできない……どれがあなたのお子さんですかと訊ねられたとすれば、父は（結局のところ父でさえ）絶対に、アコーディオン弾きの、ごつい膝の、体を洗わない子供を指差しはしないだろう。たとえこの子が、この乱暴者(シヴァ)が、英雄に成長したとしても。

というわけで、膝と鼻、鼻と膝があったのだ。事実、インドの至る所で人びとは同じ夢を見ていた。部分的にしか両親の子供とは言えないような子供が生まれていたのだ――真夜中の子供たちは時代の子供たちでもある。つまり歴史が父親なのだ。こういうことは起こるものなのだ。特に、それ自体がある意味で夢であるような国においては。

「もうたくさんよ」とパドマはすねている。「あたし、聞きたくないの」ある種の双頭の子供を期待していたのに、それが期待はずれに終ったので、彼女はがまんがならないのだ。しかし彼女が聞いていてもいなくても、私は記しておかなければならない。

私の生後三日たつと、メアリー・ペレイラは後悔の念に苦しめられた。パトカーから逃げ回っていたジョーゼフ・ドゥコスタは、明らかにメアリーばかりか妹のアリスをも捨てていた。そしてこの小柄な肥った女は――怖くて、自分の罪を打ち明けることはできなかったものの――自分が愚かだったことを悟った。「なぜこうも馬鹿なの！」と彼女は自分を罵った。しかし秘密は隠しておいた。だがそのかわりに一つの償いをしようと決意した。産院の仕事をやめて、アミナ・シナイに近づき、「奥さん、わたし、あなたの赤ちゃんを一目見て好きになってしまったんです。奥さん、子守女(アーヤ)が必要ではありませんか？」ともちかけた。するとアミナは母性的な瞳を輝かせて、「必要よ」と答えた。メアリー・ペレイラは（「待ってよ。あなたはこの女性をお母さんと呼んでもいいわけね」とパドマが口をはさんできた。彼女がまだ興味を持っている証拠である。「この人があなたをつくったようなものじゃないの」）、その時から私を育てることに献身し、かくして余生を自分の犯罪の記憶に縛りつけたのだ。

八月二十日。ヌシー・イブラヒムは私の母のあとからペダー・ロードの診療所に入った。ソニー坊やは私よりあとに生まれたわけだ――ただし彼はなかなか生まれてきたがらなかった。やむなく鉗子を差し込んで彼をつまみだしたのだが、ボース医師は勢いあまっていささか力をこめすぎ、おかげでソニーは両のこめかみのそばに小さなくぼみをつくって出てくることになった。浅い鉗子の痕なのだが、たったそれだけのために彼はたまらない魅力を発揮するようになった。あたかもウィリアム・メスワルドのヘアピースがこの英国人に魅力を添えたように。女の子たち（エヴィ、ブラス・モンキー、その他）は彼の小さな谷間を愛撫するために手を伸ばしてきた……そのことが私たち二人の間に不和をつくりだしもした。

だが私は、一番興味深いエピソードを最後にとっておいた。それを今話すとしよう。

私の生まれた日に、母と私のいるサフラン色と緑色の寝室へ『タイムズ・オブ・インディア』(ボンベイ版)から二人の人物が訪ねてきたのだ。サフラン色の産着に包まれて緑色のベッドに寝かされていた私は、二人を見上げた。一人は記者で、母にインタヴューした。背の高い鷲鼻のカメラマンはもっぱら私を相手にした。翌日、写真と文章が新聞に載った……

ごく最近のこと、私はあるサボテン園を訪ねた。ずっと以前に私は、そこにブリキ製のおもちゃの地球儀を埋めておいたのだ。留め金がばかになっていたので、セロテープで留めておいた。これを掘り出して開いてみると、何年も前に入れておいた物が出てきた。これを書きながら左手に持ってみると——黄変とかびがひどいにもかかわらず——一つは手紙、インド首相の署名入りの、私宛ての私信であり、他の一つは新聞の切り抜きであることが、はっきり分かる。

切り抜きには〈真夜中の子供〉という見出しがついている。

そして本文は「昨夜、ちょうどわが国独立の瞬間に生まれた赤ちゃん、サリーム・シナイ君のかわいいポーズ——あの輝かしい時の幸せな子！」というものだ。

そして大きな写真。第一面ぶちぬきの、最要人待遇の、大きな赤ん坊のスナップ写真である。頬に醜いあざのあるこの子が、鼻水を光らせているさまがまだ見てとれる。

（写真には、「カリダス・グプタ撮影」と説明（キャプション）がある。）

見出しと本文と写真を私のために載せてくれたわけだが、私はこの訪問者たちの見る目のなさを責めずにはいられない。翌日の新聞よりも先までは見通していないただのジャーナリストである彼らは、自分たちの取材している出来事の重要性を少しも理解していなかったのだ。彼らにとってそれは人生物語（ヒューマン・インタレスト）のドラマ以上のものではなかった。どうして私にそんなことが分かるのか？　それは、インタヴューの終りにカメラマンが母に――百ルピーの小切手を進呈したからである。

百ルピー！　これ以上つまらない、馬鹿らしい金額があるだろうか？　向こう気の強い相手なら、人を馬鹿にするなと怒り出すような金額である。しかし私は誕生を祝ってくれたことに対していちおう彼らに感謝し、彼らの真の意味での歴史感覚のなさを許す。「うぬぼれるんじゃないわよ」とパドマが不機嫌そうに言う。「百ルピーはそこまで少額ではないわ。それに、結局のところ人は誰でも生まれるのだから、そんなにたいしたことなんかじゃないのよ」

第2巻

漁師の人差指

書かれた言葉に嫉妬するということがありうるだろうか？　夜ごとの原稿書きがあたかも血肉をもった性的なライバルであるかのごとく、それを恨むなどということが。パドマの突飛な行動には他の理由は考えられない。この説明のいいところは、少なくとも、今夜、私が言うべきでなかった一語を書くという(そして朗読するという)過ちを犯した時、燃え上がった彼女の怒りにも奇妙にもあてはまるということだ……イカサマ医者の来訪の一件以来、私はパドマの奇妙な不満を嗅ぎつけている。エクリン腺(あるいはアポクリン腺)から謎の臭いを発しているのだ。おそらく私の「もう一本の鉛筆」、つまりズボンのなかにかくれた役立たずのキュウリを蘇生させようとする真夜中の空しい努力によって疲れはて、不機嫌になっているのだろう。(そんなわけで昨夜は、私が出生の秘密を話すと癇癪を起こし、また百ルピーという金額をけなすといらだったのだ。)　私は自分を責める。私は自分の生い立ちを語ることに夢中になって、彼女の感情を思いやることができず、今夜もまったくちぐはぐなことをしてしまったのだ。

「穴あきシーツによって断片の寄せ集めの人生に運命づけられはしたが」と書いて、私はそれを朗読する、「それでも私は祖父よりはうまくやった。つまりアーダム・アジズはシーツの犠牲者でありつづけたのに対し、私はその征服者になった——そしてパドマは今その呪縛下にある。いくつもの魅惑的な影の中に身を置き、私は日ごと自分をかいま見せてやる。うずくまって私を瞥見しようと目をこらしている彼女はといえば、コブラの揺れ動く、瞬きしない目に睨まれて身動きできなくなったマングースのように、無力なとりことなり——さよう！——愛によって、麻痺しているのだ」

　愛、というひとことが災いのもとだった。これが書かれ口にされるとたちまち、彼女の声はいつになくかん高いものとなった。そして、私にいまなお言葉で傷つくような繊細さがのこっていたら、傷つかずにはいなかったであろうような激しい言葉が、彼女の口からとびだした。「あなたを愛してるって？」とパドマは嘲るように言った、「どうしてなの？　あなたが何の役に立ってるのよ、若殿様？」——そして用意していたとどめの一撃（クー・ド・グラース）を加えてきた——「恋人として？」腕を伸ばし、ランプの明りに肌の毛を光らせながら、彼女は私のいかにも役立たずの陰部に向けて軽蔑的な人差指を突き出した。嫉妬でこわばった長くて太い指を。だがそれはあいにく、とうに失われたもう一本の指を思い出させるばかりだった……だから彼女は矢が的を外れたと見ると、叫んだ、「やはり頭がへんなのね！　あの医者の言ってた通りだわ！」そして狂ったように部屋から出ていく。金属の階段をガタガタと降りて工場の階へ行く足音がする。黒い覆いをかけたピクルスの桶の間を走る音。ドアの鍵があけられ、それからバタンと閉まる音。

私はひとりとり残され、ほかにすることもなく、仕事に戻る。

漁師の人差指。バッキンガム荘（ヴィラ）の空色の壁にかかった絵の忘れがたい中心。真夜中の子供、サリーム坊やたる私が幼児期を過ごした空色のベビーベッドは、その絵のすぐ下に置かれていた。チーク材に囲まれて、若き日のローリー――そしてもう一人は誰？――が、網の修理をしている筋骨逞しい老水夫――セイウチひげをはやしているのか？――の足もとに坐っている。老水夫は右腕を伸ばして水平線の方を指差しながらローリー――そしてもう一人は誰？――のうっとりと聴いている耳に向かって海の物語のさざ波を送っている。もう一人、さよう、絵のなかにはたしかにもう一人、フリルのついた襟とボタンのついたチュニックを身につけて、あぐらをかいている少年がいる……今ようやく記憶が甦ってくる。ある誕生日のパーティの情景だ。鼻高々の母とこれまた同じくらい鼻高々の子守女（アーヤ）がガルガンチュア的な鼻をしたひとりの子供に、ちょうどこんな襟とチュニックを着せている。洋服屋が空色の部屋の人差指の下に坐って、英国の紳士（ミロード）たちの衣装を模写していた……「あら、きゃわゆい！」とリラ・サバルマティは叫んで、私に深い屈辱感を与える、「まるでこの絵から抜け出してきたみたいじゃないの！」

寝室の壁にかかった絵のなかで、私はウォルター・ローリーのそばに坐って、漁師の指差す方を目でたどっていた。水平線に向けられた目。水平線の向こうには——何があるのか——たぶん私の未来があるのだ。私の特殊な運命が。私ははじめから、空色の部屋のなかでちらちら光る灰色の存在としてその運命を意識していた。はじめは不明瞭だったが、無視できないものだった……というのは、その指はちらちら光る水平線よりもさらに遠くをさしていたのだ。それはチーク材の額縁をはみだし、空色の壁面を横切って、もう一つの額縁に私の目をいざなっていた。そこに私の逃れられない運命が、永遠にガラスの下に固定されて収められていた。つまり予言的な説明文のついた大きな赤ん坊のスナップ写真と、その横に並んで、上質な模造皮紙に書かれた手紙が入っていたわけだ。真理の輪（ダルマ・チャクラ）（サフラン色、白、緑の三色の横縞からなるインド国旗の真ん中、つまり白色の中央に描かれている輪でもある）の上にサールナートの獅子が立っている国璽（こくじ）が型押しされた、首相の親書である。これは私の写真が『タイムズ・オブ・インディア』の第一面に載った一週間後に、郵便配達のヴィシュワナートによって運ばれてきたものだ。

新聞が私を祝い、政治家たちが私の地位を承認していた。ジャワハルラル・ネルーはこう書いている。「親愛なるサリーム君。出生時間の幸福な偶然を、おくればせながらお慶び申し上げます！　貴君は年老いた、しかし永遠に若くあり続けるインドという国を担ういちばん新しい顔なのです。私たちは細心の注意を払って貴君の行く末を見守るでしょう。貴君の行く末こそある意味で、私たちみんなの鏡となるでしょう」

メアリー・ペレイラは怖れおののいて、「政府ですか、奥さん？　政府がこの子を監視しつづけるのですか？　なぜです、奥さん？　この子のどこが悪いんです？」――アミナは子守女（アーヤ）の狼狽した声を理解しかねて、「ただの言葉のあやよ、メアリー。文字通りに受け取ってはいけないわ」だがメアリーは安心できなかった。赤ん坊の部屋に入る時はいつも、彼女は額縁のなかの手紙を見ながら目をしばたたいた。政府が見はっているかどうか確かめようとして、あたりを見まわす。うろんげな目をして考える。政府は何を知っているのか。誰か見た人がいるのだろうか……私はといえば、成長するにつれて、やはり母の説明を完全には受け入れられなくなった。とはいえ、それはかりそめの安心を与えてくれていた。だから、メアリーの疑念にいくぶんかは感染していたものの、私はある日びっくり仰天させられることになる……

おそらく漁師の指がさし示していたのは額縁のなかの手紙ではなかったのだ。指差す方向をさらにたどってゆくと、窓の外へ、二層の丘を下り、ウォーデン・ロードを越え、ブリーチ・キャンディ・プールを越え、絵のなかの海ではないもう一つの海、漁師のダウ船の帆が沈む夕陽のなかで深紅に映えている海に行き着いていた……だとすれば、それは私たちに、この町の貧民たちに目を向けよと訴える、告発者の指だったことになる。

あるいはもしかして——こう考えると私は、暑さにもかかわらず寒けがしてくるのだが——それは警告者の指であり、目的はその指自体に注目させることにあったのかもしれない。さよう、それはもう一本の指についての予言であったのかもしれないのだ。その指とさして異ならぬもう一本の指、それが私の物語に入ってくる時〈アルファとオメガ〉のおそろしい論理を解き放つであろう一本の指の……やれやれ、何という妄想だ！　私の未来のかくも多くの姿がベビーベッドの上に浮かんで、私が理解するのをひたすら待っているだなんて？　いったいどれだけの警告が与えられていたというつもりだ？　そして私がどれだけ無視したと？……そうだとも。「どこか頭がへん」とパドマにずばり言われてしまったわけだが、私はそうはならない。狂気のなかへのめり込みはしない。狂気に抵抗する力があるうちは。

借りたままのスチュードベーカーでアミナ・シナイとサリーム坊やが家に戻った時、

アフマド・シナイはマニラ紙の封筒をかたわらに置いて運転していた。封筒のなかにはピクルスの壜が入っていた。ライム・カソーンディを空にして、洗い、煮沸消毒し——中身を詰めかえたものだ。壜の口は密閉されていた。ブリキの蓋の上にゴムの覆いをかぶせて、ゴムバンドをぐるぐる巻きつけて固定してあった。ゴムの下に密封され、ガラス壜のなかに保存され、マニラ封筒のなかに隠されていたものは、いったい何か？　それはこれ。親子三人で持ち帰ってきたものは塩水で、そのなかにへその緒が一本静かに浮いていた。（それにしてもそれは私のものだったのか、それともあいつのものだったのか？　これは何とも言えない。）新しく雇われた子守女（アーヤ）メアリー・ペレイラがバスでメスワルド屋敷へ向かっている時、一本のへその緒が映画王のスチュードベーカーの小物入れのなかに鎮座ましまして運ばれていたわけだ。サリーム坊やが成長する間、このへその緒は壜詰の塩水のなかに漬かったまま、何の変化も蒙ることなくチーク材の衣装だんすの奥の方に置かれていた。そしてずっとのちに、私の一家が清浄者の国（パキスタン）へ亡命し、私が清浄者たらんとして奮闘していた頃、わずかの間ながら、へその緒は全盛期を謳歌することになった。

何ひとつ捨てられはしなかった。赤ん坊も後産も共に保存され、共にメスワルド屋敷へ運ばれ、そして両者は共に機会の到来を待った。

私は美しい赤ん坊ではなかった。生まれたての写真を見ると、私の大きなまん丸い顔はあまりに大きすぎ、まん丸すぎた。顎のあたりの何かが欠けていた。白い肌が印象的な顔立ちだったが、あざがせっかくの色白を台なしにしていた。西欧風の髪の生えぎわ(ヘアライン)に黒いしみが広がっており、東洋風の耳を黒いあざが覆っていた。こめかみは突出しすぎていて、ビザンチン建築のネギボウズのようだった。(ソニー・イブラヒムと私は生まれながらの友だちだった――頭をぶっつけ合うと、ソニーの鉗子(かんし)で出来たくぼみに私のネギボウズ型のこめかみがちょうど材木の継ぎ手のようにぴたっとはまりこむのだった。)アミナ・シナイは私の頭が一つだけなのを見てすっかり安心し、二倍もの母性愛をこめて眺めたので、私の顔もとても美しく見えていた。おかしなことに氷のように澄みきった空色の目、いじけた角(つの)のようなこめかみ、よく育ったキュウリのような鼻でさえも、眼中になかった。

サリーム坊やの鼻は醜怪で、しかも鼻水がたれていた。

小さな頃の、おかしな特徴の数々。乳児期の私は不恰好なまでに大きかったのに、なおも自分の体に不満だったようだ。生まれ落ちて早々に自己拡大という英雄的壮図にのりだしたのだ。(あたかも未来の人生の重荷を背負っていくためには巨体が必要であることを知っていたかのように。)九月なかばまでに私は母のけっして小さくはない乳房から乳を飲み尽してしまった。そこで乳母（ウェット・ナース）がひとり一時的に雇われたが、サリーム坊やの歯の生えていない歯ぐきが乳首を食い切ろうとすると訴えて、二週間後にはすっかり干上がり、水気のない体になって退散していった。私は哺乳壜を当てがわれて大量の合成乳を消費することになったが、今度は壜の乳首を食いちぎり、乳母の苦情の正当さを立証するという始末だった。育児手帳の記録はたんねんに記されていった。それをめくってみると、どうやら私は目で見て分かるほどの速さで成長し、日ごとに大きくなったようだ。しかし残念ながら、鼻の大きさは測定されなかったので、呼吸器の成長もはたして正確に同じ割合で進んだのか、それとも他の部分よりも急速に進んだのか、それは分からない。私が健康な新陳代謝をしていたことだけは確かである。老廃物が流出可能な穴という穴から夥しく流れ出たのだが、鼻孔からはきらきら光る粘液が滝となって流れ落ちた。母のバスルームにある大きな洗濯物入れのなかにハンカチとおむつが山のように投げこまれた……いろいろな穴から廃液を放出したので、目はいつも乾いていた。「とてもよい子ですわ、奥さん」とメアリー・ペレイラが言った。「決して涙をこぼしませんのね」

よい子のサリームはおとなしい子だった。私はしょっちゅう笑ったが、声は出さなかった。（私の息子もそうなのだが、私もまずは耳をすまして吟味することを覚えたのであって、性急にゴロゴロと言ったり、言葉を覚えたりはしなかった。）しばらくアミナとメアリーは口のきけない子なのではないかと恐れていた。だが二人がちょうど父親に話そうとした時（父親というものは障害児を望まないものだから――彼にはこの心配をかくしていたのだ）、子供はとつぜん声を出し、少なくともこの点ではまったくの正常児になった。「まるでわたしたちを安心させようと決心したみたいね」とアミナはメアリーにささやいた。

もう一つ深刻な問題があった。アミナとメアリーはこのことに気づくのに数日かかった。双頭の母親になりきろうという一心であれこれと込み入った大変な状況を精一杯がんばったせいで、二人とも臭いおむつがかけた霧で観察眼が鈍り、私の瞼が動かないことには気づかなかった。アミナは妊娠中におなかの子供の重さで時間が停止し、緑色によどんだ古池のように静まりかえっていたことを思い出し、今度は逆のことが起こっているのではないかしらと思いはじめていた――つまり、赤ん坊が周囲の時間に魔法の力を及ぼして時間を速めているので、母親と子守女（アーヤ）がいくらがんばっても仕事が追いつかず、またどう見ても途方もない速さで赤ん坊が成長できるようになっているのではないかと。こんな時間論的白日夢に耽っていて、母は私の異状に気づかなかったわけだ。この妄想を振りすて、この子は食欲旺盛な健康児で、成長が速いだけなのだと自分に言いきかせた時はじめて、母性愛のベールがはがれ、母とメアリーは声をそろえて叫んだ、「あら、たいへんよ、あらー、奥さん！　おや、メアリー！　この子は瞬きしないわ！」

その目はあまりに青すぎた。カシミールの青、取り替え子の青、こぼれない涙の重みに由来する青、瞬きできないほどの青だった。乳を飲む時も私の目は瞬かなかった。娘ざかりのメアリーが背中におんぶして、「ああ、何て重いんでしょ！」と叫んでも、私は瞬きせずに、げっぷをした。アフマド・シナイが添え木をつけた足指を引きずってベビーベッドにやって来ると、私は動かぬ目で鋭く見すえながら唇を突き出すのだった……「間違ってるかもしれませんけど、奥さん」とメアリーは言った。「たぶんこの子はわたしたちの真似をしているのではないかしら。わたしたちが瞬きしてみせれば、瞬きするのでは」アミナは答えて、「じゃ、順ぐりに瞬きしてみましょう」と言った。二人は交互に目をパチクリさせながら、私の氷のような青さを覗き込んだ。しかしほんのかすかな震えも起こらなかった。やがてアミナは事態を深刻にうけとめて、揺りかごのなかへ手を伸ばし、私の瞼をそっと撫でおろした。瞼は閉じた。私の息づかいはたちまち充ち足りた眠りのリズムに変わった。それから数ヵ月、母と乳母はかわるがわる私の瞼を開けたり閉じたりした。「おぼえますよ、奥さん」とメアリーはアミナを慰めた。「この子は聞き分けのいい子ですから、きっとコツをのみこみますわ」私は生まれて初めての教訓を学んだ。それは、誰しもたえず目を開けたままでは世界に立ち向かうことはできないということだった。

今、赤子の目で振り返ってみると、何もかもはっきりと見えてくる――驚くべきことに、思い出そうとすると、実によく思い出せるものなのだ。まず見えてくるのは夏の熱気の中にうずくまる吸血トカゲのような都市だ。わが町ボンベイ。それは手の形をしているが、本当は口なのだ。いつも開いていて、いつも飢えており、インドの各地から集まってくる食料や人材を呑み込んでいる。映画とブッシュシャツと魚のほかには何一つ生みださない魅惑的なトカゲ……分離独立の興奮も冷めやらぬある日のこと、郵便配達のヴィシュワナートが自転車で二層の丘を登ってゆく姿が見える。サドルバッグのなかには模造皮紙の封筒が入っている。彼のくたびれたアルジュナ・インディアバイクは一台の置きざりにされたバスを通り過ぎる――雨季でもないのにこのバスが乗り捨てられたのは、運転手が突然パキスタン移住を決意して、エンジンを停め、行ってしまったからだ。置いてきぼりを食わされたのは超満員の乗客たちだ。窓の外からぶらさがったり、ルーフラックにしがみついたり、ドアからはみ出たりしている連中もいる……彼らが口々に、馬鹿め、頓馬野郎などと罵っているのが聞こえる。やっと手に入れた座席にしばらくはしがみつくだろうが、二時間もすれば最後には、ひとり残らず去って行くだろう。さあさあ、お次は。次に登場するのはインド人として最初にイギリス海峡を泳いで渡ったプシュパ・ロイ氏で、彼は今ブリーチ・キャンディ・プールの門に着いたところだ。頭にはサフラン色の水泳帽をかぶり、水泳パンツの上に国旗の模様のタオルを巻いている。プシュパはこの施設の白人専用という経営方針に宣戦を布告したところなのだ。彼はマイソール白檀の石鹼を手に持って、胸をはり、門を入る……するとたちまちパシュトゥーン人の警備員たちにつかまってしまう。いつもの通り、インド人たちがヨーロッパ人たちを一人のインド人の反乱から救ったわけだ。彼は四人がかりで両手両足を摑まれて、それでも精一杯あがきながらウォーデン・ロードまで運ばれ、埃のなかに投げ出される。イギリス海峡完泳者は道路にとびこみ、駱駝やタクシーや自転車をかろうじてよける(郵便配達のヴィシュワナートは彼の石鹼にぶつからないように、よけて走る)……だが彼はあきらめてしまったわけではない。起き上がり、埃を払い、またあした来るぞと誓う。私の少年時代を通じて、サフラン色の帽子と国旗の模様のタオルといういでたちの水泳選手プシュパが運ばれてきて、いやいやながらウォーデン・ロードにとびこむという光景が、一日一日の区切りになっていた。彼の不屈のキャンペーンはついに一つの勝利をかちとった。つまり今ではこの施設はある種のインド人――「選良たち」

――に地図の形をしたプールの使用を許しているのだ。しかしプシュパは選良ではない。今や年老いて忘れ去られた彼は、プールを遠くから眺めている……さて、いよいよ多くの人びとが私のなかへ流れ込んでくる――たとえばバーノ・デヴィ。当時の有力な女レスラーである。もっぱら男を相手に闘い、あたしを負かした男と結婚するのだと啖呵(たんか)を切っていたが、結局彼女は一試合も負けずじまいだった。次に(ずっとわが家に近づくが)庭先の水道の蛇口の下に坐った聖者(サドゥー)がいる。プルショッタムという名前だが、私たち(というのはソニー、片目、ヘアオイル、サイラス、それに私のことだが)は、プル導師(グル)と呼んでいた――彼は私をムバラク、即ち祝福された者と信じて、一生私を見守りつづけ、また父に手相占いを教えたり母のイボを取り除くために呪(まじな)いをかけたりすることを日課にしていた。つぎに見えてくるのは老召使(ベアラー)ムーサと新しい子守女(アーヤ)メアリーの間の確執であるが、これはどんどん悪化してやがて爆発するだろう。要するに一九四七年末のボンベイでの暮らしはこの上なく猥雑で、多様で、どうにも形の定まらないものだった……私が生まれることによって、かろうじてまとまりが得られたのだ。私はすでに自分を宇宙の中心に据えはじめていた。私がそこに不動の位置を占めるようになれば、私は宇宙全体に意味を与えることになるだろう。信じられないというのかね？　耳をすましてみてほしい。私の揺りかごのかたわらで、メアリー・ペレイラが小唄を口ずさんでいる。

なりたいものに　あなたはなれる
どんなものでも　思いのままに

ゴワリア・タンク・ロードのロイヤル理髪店からやって来た、兎唇（みつくち）の理髪師の手で割礼をうけた頃（生後二ヵ月とちょっとだったが）には、私はメスワルド屋敷のたいへんな人気者になっていた。（ついでに割礼のことを書いておこう。今もありありと覚えているのだが、床屋が薄笑いを浮かべながら包皮をつまみあげると、私のものは元気のよい蛇よろしくあばれはじめた。剃刀が当ると激痛が走ったが、その時でさえ私は瞬きもしなかったそうだ。）

さよう、私は人気者の子供だった。二人の母、アミナとメアリーは私に飽きることがなかった。何事においても、二人は私の最も近しい同盟軍であった。割礼のあと、二人は私を入浴させた。湯ぶねの中で私の傷つけられた器官が怒ったようにゆれるのを見て、笑った。「この子をよくごらん下さいよ、奥様」とメアリーはいたずらっぽく言った、「この子の持ち物ったら、まるでそれだけで生きてるみたいだわ！」アミナは「あら、メアリー、はしたない……」と言ったものの、こらえきれずに爆笑した。「でも、ごらんなさいよ、奥様、この子のオチンチンを！」それはまた動きだし、喉を切られた鶏のようにあばれた……二人は協力しあって、かいがいしく私の世話をした。けれども愛情の面では、二人は和解の余地ないかたき同士だった。ある時二人は私を乳母車にのせ、マラバルの丘の上の空中庭園（ハンギング・ガーデン）へ連れて行った。その時アミナはメアリーが他家の乳母たちに、「ほら、わたしの子よ、大きいでしょ」と言っているのを耳にして妙に不安になった。その時以来サリーム坊やは二人の愛情のぶつかり合う戦場となった。二人は愛情を示すことにおいて互いに相手をだしぬこうと競い合った。サリームはといえば、ようやく瞬きもし、ゴロゴロと声も出すようになり、母たちの愛情を吸収して成長を加速するために利用し、間断なく抱っこしたりキスしたり顎の下を撫でたりしてくれる相手の気持を幾倍にもして蓄えながら、人間としての形が整う時を目指して突進した。毎日、ひとりきりで漁師の人差指を見つめることのできる稀有な時間にだけ、私はベビーベッドのなかで起き上がり、立とうとしてみた。

（私が立ち上がろうとかなわぬ努力をしている頃、アミナもまた無益な決意のとりこになっていた――彼女は名前を口に出せない夫の夢を心から追い払おうとしていたのだ。私が生まれた晩以降、この夢が蠅取り紙の夢に取ってかわったのだ。これは圧倒的なまでに現実味をおびた夢で、覚醒時もずっと彼女にとりついていた。そのなかでナディル・カーンが彼女のベッドにやって来て、彼女を身籠もらせた。こういう人騒がせな倒錯にみちた夢にうなされて、アミナは子供の父親のことで確信が持てなくなった。真夜中の子供である私のために、ウィンキーとメスワルドとアフマド・シナイを押しのけて、第四の父親が登場したわけだ。夢にとらえられて興奮し、無力にもなった母アミナは、漠然とした罪悪感のとりこになり、それは後年、黒い花冠のように彼女の頭を飾ることになる。）

私は絶頂期のウィー・ウィリー・ウィンキーの声は聞いたことがなかった。彼は妻を失って盲目になったが、視力の方は徐々に回復した。だが声にはしわがれた悲痛なものが忍び込んでいた。これは喘息だと言って、彼はあいかわらず週に一度メスワルド屋敷へやって来て歌った。ご本人と同様、その歌も多くはメスワルド時代の遺物だった。〈グッドナイト・レディーズ〉を彼は歌ったが、〈雲はすぐ晴れる〉のような最新の曲もレパートリーに加えたし、少し後には〈飾り窓のあのワンちゃんはいくら？〉もやった。膝をばたばたさせる大きな赤ん坊を、サーカスリングのなかの自分のかたわらに敷いた小さなマットの上に置いて、彼はノスタルジアをこめて歌った。誰もそっぽを向くわけにはいかなかった。ウィンキーと漁師の人差指はウィリアム・メスワルド時代の数少ない遺物だった。かのイギリス人が去ったあとは、後継者たちが宮殿から彼の遺物を一掃したからである。リラ・サバルマティは自動ピアノを残した。アフマド・シナイはウィスキー・キャビネットを取っておいた。イブラヒム老人は天井扇風機と和解した。だが金魚は死んだ。あるものは餓死し、他のものはとてつもない過食のために破裂して鱗(うろこ)と未消化の餌の微粒子と化した。犬たちは野犬となり、屋敷内をうろつくことさえやめてしまった。古いたんすのなかの色褪せた衣類は、掃除婦(スイーパー)その他の使用人たちの間で分けられた。そんな次第で、その後何年にもわたって、ウィリアム・メスワルドの相続人たちのめんどうも、昔の主人の使用人たちが引きつづいてみることになった。彼らのシャツや綿のプリントドレスは日に日にすりきれていった。だがウィンキーと、私の部屋の壁に掛かった絵は生き残った。歌手と漁師は、カクテル・アワーと同様、わが家の名物となり、すっかり根づいて手放せない習慣になっていた。「小さな涙と悲しみだけが、あなたをわたしに近づける……」とウィンキーは歌った。彼の声はどんどん悪くなり、ついにラッカーを塗ったカボチャで作った共鳴板を鼠にかじられてしまった、シタールのような響きになった。「喘息です」と彼はかたくなに言っていた。死ぬ間際になると、その声はすっかり出なくなっていた。医者たちの診断は喉頭癌だった。だが医者たちの診断も誤っていた。ウィンキーは病気からでなく、決して貞操を疑ったことのない妻を失った辛さから死んだのだ。生殖と破壊の神にちなんでシヴァと名付けられた彼の息子は、幼い日々に、父の足もとに坐して、自分が父のいのちの緩慢な衰弱の原因(少なくとも彼はそう考えた)となってしまったことの重みに黙して耐えていた。そして年を経るにつれて、次第に彼の目が語りえない怒りで一杯になるのを、私たちは見守った。また彼の手が小石を摑み、はじめは不器用に、長ずるに及んではいっそうの危険を伴って、あたりの空虚のなかへ投げ込むのを、私たちは見守った。リラ・サバルマティの上の子供は八歳になると、シヴァ少年を、陰気だとか、糊のついていない半ズボンをはいているとか、ごつごつした膝をしているとかいう理由で、いじめる役割を引き受けた。そこでメアリーの犯罪によって貧乏とアコーディオンの世界に運命づけられた少年は、剃刀のような平たく鋭い石を投げつけて、迫害者の右目をつぶした。この〈片目〉の事故のあと、ウィー・ウィリー・ウィンキーはひとりでメスワルド屋敷へやって来るようになり、放っておかれた息子は暗い迷路に踏み込んでいく、一つの戦争が彼を救うまで。

　声が駄目になり、息子が暴力沙汰を起こしたというのに、ウィー・ウィリー・ウィンキーがあいかわらずメスワルド屋敷に出入りできたのはなぜか。それはある時、彼が彼らの人生について重要なヒントを与えたからである。「初めて生まれる子供が、あなたがたに本物の人生を与えてくれるでしょう」と彼は言ったのだ。

ウィリーのヒントの直接的な結果として、幼年期の私は引っぱりだこになった。アミナとメアリーは私の気を惹こうと競い合った。そして屋敷のどの家にも、私のことを知りたがる人がいた。とうとうアミナは私の人気に気をよくしたあまり、わが子を目の届かないところへやりたくないという気持を抑えて、私を丘の上のあちこちの家へ順ぐりに貸してやることを承知した。メアリー・ペレイラの押す空色の乳母車に乗って、私は赤タイル張りの宮殿中を勝ち誇ってめぐりはじめた。一つ一つの宮殿に私の臨席という栄誉を与えつつ、それぞれの屋敷を持主にとって本物の住み処にしてやったのだ。ところでサリーム坊やの目で振り返ってみて、私は今、隣人たちの秘密の数々をあばくことができる。というのも、大人たちは私の面前で、観察されているとも思わず、後年になって誰かが赤ん坊の目で振り返ってみて自分たちの秘密をあばこうとするなどとはつゆ知らずに、暮らしていたからだ。

さて、まずは老イブラヒムだが、彼はアフリカ諸国の政府が彼のサイザル麻農園を国有化しようとしているというので、死ぬほど心配している。その長男のイスハクは自分の経営するホテルが借財をかかえ、土地のギャングから金を借りる羽目になってしまい、困りはてている。このイスハクの目は弟嫁を物欲しそうに見つめているのだが、アヒルのヌシーが誰かの性的関心をかきたてたということが、どだい私には不思議でならない。ヌシーの夫で弁護士のイスマイルはといえば、息子が鉗子でつままれて生まれてきた時、一つの重要な教訓を学んだのだった。「この世では無理に引っぱり出さないかぎり、何ひとつ出て来はしないのさ」と彼はアヒルのような妻に言ってきかせる。この哲学を法律の世界に適用して、彼は判事に賄賂を贈り、陪審員たちを買収するという仕事にのりだす。すべて子供というものは親を変える力を持つものだが、ソニーもまた父親をきわめて羽振りのよいぺてん師に変えた。次にヴェルサイユ荘へ行くと、ここにはガネーシャ神の神殿を持つドゥバシュ夫人がいる。その神殿というのは超自然的なまでに乱雑なアパートの片隅に設けられているので、わが家では「ドゥバシュ」という言葉は「メチャメチャにする」という意味の動詞になっていた……「あらサリーム、またお部屋をドゥバシュしたのね。ほんとに困った人ね！」とメアリーは叫んだものだ。さてこの乱雑の張本人が乳母車のフードの上に身をかがめて、私の顎の下をそっと叩く。夫君のアディ・ドゥバシュは物理学者で、原子と乱雑の天才である。細君はすでにサイラス大王をはらんでおり、人づきあいを避け、目もとに狂気めいた光をたたえて胎児の成長を願い、出産を待っている。この子が生まれるのは、この世で最も危険な物質を相手にした研究に明け暮れているドゥバシュ氏が死んだあとのことだ。彼の死因というのは、妻が種を取り除くのを忘れていたオレンジを食べて窒息したことであった。私は子供嫌いの産婦人科医ナルリカルのアパートには招かれなかった。だがリラ・サバルマティの家とホミ・キャトラックの家では、覗き趣味を満喫した。リラの浮気千夜一夜物語にはちょっぴり関わりをもったし、海軍士官の妻と映画王兼馬主の情事の始まりのところを目撃した。それらはみないずれ、私が一種の復讐とでもいうべき行動を企てる時にうまく役立つだろう。

さて、赤ん坊といえども、自己規定の問題は避けて通れない。幼い私が人気者すぎたことにはさまざまな問題があったのではと言わざるをえない。このことについてはあまりにいろんな見解があったために、混乱に直面せざるをえなかったからだ。水道の蛇口の下の導師(グル)から見れば私は祝福された者であり、リラ・サバルマティから見れば覗き見する子供であり、アヒルのヌシーから見ればソニーのライバル、しかもうまく行っているライバルであった(とはいえ、あっぱれなことに、彼女はけっして恨みがましいところは見せず、他の人たちと同じく、私を貸してほしいと頼んできたのだ)。私の双頭の母にとっては、私は赤ん坊らしいもののすべてだった――二人は私をジューヌー・ムーヌー、プッチ・プッチ、お月様のかけらなどと呼んだ。

だが結局ひとりの赤ん坊に、そのすべてを飲み込んで、のちにそこから意味を引き出そうと望むこと以外の何ができようか？　がまん強く、乾いた目をした私は、ネルーの手紙とウィンキーの予言を吸収した。だが何よりも強烈な印象を受けたのは、ホミ・キャトラックの馬鹿娘がサーカスリングをこえて私の幼い頭のなかへ想波を送ってよこした日のことだ。

馬鹿でかい頭とよだれの垂れた口をしたトクシー・キャトラック。丸裸で最上階の格子のはまった窓辺に立って、ひどい自己嫌悪に打ちひしがれた動きで自慰をしているトクシー。格子の間からしょっちゅう激しく唾を吐き、時どき私たちの頭に命中させているトクシー……彼女は二十一歳だった。わめくことしかできない薄ばか娘で、長年にわたる近親婚の産物だ。しかし私の頭のなかでは彼女は美しかった。というのは彼女はすべての赤ん坊が生まれる時さずかってくる資質、世のなかに出ると次第に磨りへってしまう資質を、失わずに持っているからだ。私はトクシーが私にささやきかけようとして想波を送ってよこした時、彼女の言ったことは何ひとつ覚えていない。たぶんゴロゴロという声と吐かれた唾以外は何もなかったのだろう。だが彼女は私の心の扉をちょっと一押しした。したがって、洗濯物入れでの事故を可能にしたのはもしかしてトクシーかもしれない。

サリーム坊やの最初の日々については、これくらいにしておこう――すでに私の存在自体が歴史の上に影響を及ぼしている。すでにサリーム坊やは周囲の人びとに変化をもたらしている。また父についていうと、私は信じているのだが、父が酒におぼれたあげく、おそらくは当然の結果として凍結の時期に突っ込んでいった責任は、ほかならぬこの私にあるのだ。

　アフマド・シナイは足指を潰されたことで、息子をけっして赦さなかった。添え木がとれた後になっても、かすかに跛行が残った。父は私のベビーベッドの上にかがみこんで言った。「そうか、息子よ、お前は予定の行動を始めたわけだ。早くも哀れなおやじをうちのめしたからな！」冗談のつもりだったろうが、私の見るところ、それはなかば本音だった。私の誕生と共に、アフマド・シナイにとってすべてが変わったのだ。私が生まれてきたために、彼の家庭内での地位は衰えた。アミナのかいがいしさはとつぜん別の対象を得ていた。彼女はもう甘えて金をねだらなくなり、食事時にアフマドの膝にかけたナプキンもげんなり垂れたままで、昔日の張りはなかった。今ではアミナは「赤ちゃんにこれこれが必要です」とか「あなた（ジャーノム）、しかじかのためにお金を下さい」という言い方をした。ひどい、とアフマド・シナイは思った。私の父はうぬぼれの強い男だった。

だから、アフマド・シナイが私の誕生後、彼の破滅のもとになる二重の幻想に、妖魔の国と海底の国という二つの非現実界にのめりこんでいったのは、私のせいである。

涼しい季節の夕暮時の父の思い出がある。父は私のベッドに坐って（私は七歳だったが）、かすかに濁った声で、海岸に打ち上げられた壜のなかに妖魔を見つけた漁師の話を語ってきかせた……「妖魔の約束なんか信じてはいけないよ！　壜から出してやると、さっそくお前を食べてしまうからな！」私は——父の吐く息に危険なものを感じて——おずおずと答えた、「でも、お父さん、妖魔は本当に壜のなかに住めるの？」これを聞いて父は気分を一変して笑いころげながら部屋から出ていき、白いラベルの貼ってある暗緑色の壜をもって戻ってきた。「ほら」と父はよく通る声で言った、「ここに入った妖魔を見たいかね？」「見たくない！」と私は怯えてかん高い声で答えた。だが、「見たい！」と、隣のベッドから妹のブラス・モンキーが叫んだ……そこで私たち二人は恐怖におののきながら縮こまって、父が壜の蓋を取り、芝居気たっぷりにその口を手で塞ぐのを見た。別の手からはタバコのライターが現われた。「さあ、悪い妖魔たちよ、死んでしまえ！」と父は叫んで、手のひらを離し、壜の口に炎を当てた。畏怖の念に打たれて、モンキーと私は青と緑と黄の怪しい炎がゆっくりと円を描いて壜の内側へ入ってゆくのを見つめた。底に達するとそれは束の間燃え上がり、そして消えた。「ぼくのお父さんは妖魔(ジン)と闘って、勝つんだよ。本当さ！」私は翌日ソニーと〈片目〉と〈ヘアオイル〉に話し、さんざん笑いのめされた……だが本当であった。私の誕生と同時に妻から甘えられたり尽されたりしなくなったアフマド・シナイは、一生つづくことになる妖魔壜(ジン)との闘いを始めたのだ。しかし私は一つだけ間違っていた。彼は勝ちはしなかったのだ。

　以前からカクテル・キャビネットが彼の渇きを刺激していたのだが、彼をそこに追い込んだのは私の誕生だった……当時ボンベイは禁酒州宣言をしていた。酒を手に入れる唯一の方法はアル中として認定してもらうことだった。そんな事情から新手(あらて)の医者、妖魔医(ジン・ドクター)なるものが出現した。その一人、シャラビ医師を父に紹介したのは隣のホミ・キャトラックだった。それからというもの毎月一日(ついたち)に、父やキャトラック氏をはじめ町の有力者多数が、まだら模様のガラス戸のついたシャラビ医院の玄関に列をなして入っていき、小さなピンク色のアル中切符(チティ)をもらって出てきた。だが許された量は必要量に比してあまりに少なかったので、父は使用人たちを送り込むことにした。庭番、召使、運転手(今ではわが家にも車が一台あった。ウィリアム・メスワルドの持ち物と同じく踏み板(ランニング・ボード)のついた一九四六年型ローヴァーである)、それにムーサ老人やメアリー・ペレイラまでが、次々と父にピンク色の切符を運んできた。父はそれをゴワリア・タンク・ロードの割礼床屋の向かいにあるヴィジェイ・ストアズへ持っていき、アル中用の褐色の紙袋と交換した。そのなかで緑の壜がカチャカチャ音を立てていた。壜には妖魔(ジン)がいっぱい入っていた。そしてウィスキーも。アフマド・シナイは使用人たちの緑の壜や赤ラベルを飲み干して、渇きをいやした。貧者たちはほかに売るものがないので、ピンク色の紙片に記した自分の身元(アイデンティティ)を売った。そして父はそれを酒に変えて、飲んでしまったというわけだ。

毎夕六時にアフマド・シナイは妖魔(ジン)の世界に入った。毎朝彼は真っ赤に充血した目をし、夜じゅうつづいた闘いの疲れでずきずき痛む頭をかかえて、ひげも剃らずに朝食のテーブルについた。何年かするうちに、ひげ剃り前の上機嫌は昔のこととなり、壜のなかの妖魔(ジン)との闘いのあとの不快な疲労感にもっぱら苦しめられるようになった。

朝食ののち彼は階下に降りた。一階の二部屋を事務所に当てていたのだ。あいかわらずの方向音痴なので、通勤の途中ボンベイの街なかで迷子になることを考えるとぞっとしたからである。さすがの彼も階段の下では迷子にならなかった。父はほろ酔い加減で不動産の取引をした。母が子供にかまけていることへのつのる不満は、事務所のドアの向こうに新しい捌け口を見出した――アフマド・シナイは秘書たちと浮気を始めたのだ。壜と格闘して過ごした幾晩かが時として激しい言葉となって爆発することもあった――「何て女房をもらってしまったんだ！　息子をひとり買ってきて、子守を雇った方がましだった――それとどこが違うというんだ？」そう言って彼が涙を流すと、アミナは「あ、あなた、虐待（ジャーノム）はやめてよ！」と言った。すると彼はまたもや癇癪を起こして叫んだ、「虐待されたのはこっちの足の方だ！　亭主が女房に世話をしてくれと頼むことが虐待になるのか？　ああ神様、私めをバカな女どもからお救い下さい！」――父は足を引きずって階下に降りていき、コラバの娘たちを横目で見る。しばらくしてアミナは、夫の秘書たちがいつも長続きせず、突然予告もなしにわが家の車寄せの道を走り去っていくのに気づいた。彼女は目をつぶろうと決めたのか、それとも罰として受け入れたのか、それは読者に判断してもらうしかない。だが彼女は何も手を打たず、あいかわらず私にかまけきっていた。彼女の示した唯一の反応は、娘たちをひとまとめにして一つの名前をつけたことだ。「あのイギリスかぶれたちは」と彼女はちらっと上流意識（スノバリー）を覗かせながらメアリーに言った、「フェルナンダとかアロンゾとか、妙な名前をしてるわね。苗字の方もへんてこりんよ。スラカとかコラコとか、何とか、かんとか。わたしがあんな女たちを気にするはずがないでしょう。安っぽい女たちだもの。わたしはまとめてコカ・コーラ・ガールズと呼んでいるのよ――みな、そんな感じじゃない？」

　アフマドが情事に耽っている間、アミナはじっと耐えていた。だが彼としては、妻が気にしてくれた方が嬉しかったろう。

メアリー・ペレイラは言った、「それほどへんな名前ではありませんわ、奥さん。ごめんなさい、でもみなキリスト教的な名前ですもの」アミナはアフマドのいとこのゾホラが黒い肌を馬鹿にしたことも思い出して——あわてて弁解したが、結局ゾホラと同じ誤りに陥ってしまった。

「あら、あなたのことではないのよ、メアリー。なぜわたしがあなたを馬鹿にしなければならないの?」

角のようなこめかみとキュウリのような鼻をした私は、ベビーベッドに寝て、聞いていた。起こることはすべて、私のせいで起こった……一九四八年一月のある日の午後五時、ナルリカル医師が父を訪ねてきた。例によって二人は抱き合い、背中を叩き合った。「チェスを一局やろうか」と父はいつものように訊ねた。彼の来訪は習慣になっていたのだ。二人は古代インドの方式でチェスをするのだった。つまりシャトランジのゲームである。チェス盤の単純さのおかげで人生の複雑さから解放されたアフマドは、一時間ほどコーランの再編纂のことを夢想するのだった。すると六時になる。カクテル・アワー、妖魔の時間だ……しかしこの晩はナルリカル医師は「駄目だ」と言った。アフマドは言った、「駄目だって? どうしてさ。さあ、坐って、チェスをして、お喋りしようじゃないか……」ナルリカルはさえぎって、「今晩はだな、シナイ君、君に見せたいものがあるんだ」二人は一九四六年型ローヴァーに乗る。ナルリカルの方はクランク軸を回してから、急いで乗り込む。車はウォーデン・ロードを北に進み、左手のマハラキシミ寺院と右手のウィリンドン・クラブ・ゴルフ場を過ぎ、競馬場を越え、防波堤のきわのホーンビー通り（ヴェラード）を走ってゆく。ヴァラブバイ・パテル・スタジアムが見えてくる。ここには〈不滅の女〉バーノ・デヴィや最強のダラ・シンなどの、ボール紙を切り抜いた巨大なレスラー像がある……チャナ豆の売子がいて犬を連れた人たちが海辺を散歩している。「ストップ」とナルリカルが号令をかけ、二人は外に出る。そして海に向かって立つ。涼しい海風が頬を撫でる。海上に築かれたコンクリート道のはずれに島があって、そこには神秘家ハッジ・アリの墓がある。巡礼者たちが通り（ヴェラード）と墓の間をぞろぞろ歩いている。

「あそこに何が見える？」とナルリカルは指差して問いかける。アフマドはめんくらって「別に何も見えないな。墓と人じゃないか。いったいこりゃ、何のマネだい？」ナルリカルは答えて、「そうじゃない、そこさ！」アフマドはナルリカルの指がコンクリートの道を差していることに気づく……「遊歩道かい？　遊歩道がどうしたってんだい。あと何分かすると、潮が満ちてきて、かくれてしまうよ。誰でも知ってることじゃないか……」ナルリカルは肌を灯台のように輝かせながら泰然と落ち着きはらっている。

「その通りだ、アフマド君。その通り。陸と海。海と陸。永遠の闘いさ。そうじゃないかね？」アフマドはきょとんとして黙っている。「かつて七つの島があった。ウォルリ、マヒム、サルセッテ、マトゥンガ、コラバ、マザガオン、ボンベイ。イギリス人がそれらをつなぎ合わせた。海が陸になったのさ、アフマド君。陸が隆起して、潮の下に沈まなくなったのだ！」アフマドはウィスキーが欲しくてならない。巡礼者たちがしだいに細くなる道を急ぎ足で通ってゆくのを見ながら、彼は唇を突き出す。「君の話のポイントは何かね」と彼は訊ねる。ナルリカルは眩ゆい夕陽に目を細めながら、「ポイントはこれさ、アフマド君（バイ）！」

それは彼のポケットから出てきた。高さ二センチの小さな焼石膏のモデルである。テトラポッドだ！　メルセデス・ベンツの立体看板のように、三本脚で彼の手のひらの上に立っている。四本目の脚は男根（リンガム）のように夕暮の空に向かって突き立てられている。父はぎょっとする。「それは何かね？」と彼は訊ねる。ナルリカルは説明を始める。「これは、君（バイ）、われわれをハイデラバード（デカン高原中央部の都市。この町を首都とする旧藩王国はインド独立に際して共和国への統一を拒否し、インド政府の軍事力行使を招いたほど強大であった）よりも豊かにしてくれる可愛いヤツだよ！　この小さな仕掛けによって君は、君とぼくは、あれを克服することができるんだ！」彼はひと気のなくなったコンクリートの通路を海が覆いはじめているあたりを指差す……「ほら、陸が海に沈んだ！　だから、こういうやつを何千も造らなければならないんだ——いや何万もさ！　埋立て工事契約の入札をしなければならない。幸運がすぐそこで待っているんだ。逃しちゃいかんよ君、今こそ千載一遇の好機だよ！」

父はなぜ産婦人科医師の夢物語的な事業に付き合う気になったのか？　本物のコンクリートのテトラポッドが次々と防波堤の向こうへ進出していき、ついには四本脚の征服者が海を制してしまうという夢想がなぜ、アイディアマンの医師のみならず、父をもとりこにしたのか。それから何年にもわたって、何故にアフマドは全島民の空想——波を征服するという神話——のために一身を捧げたのか。またしても曲がり角を見落とすことを恐れたからかもしれない。シャトランジの相棒を大切に思ったからかもしれない。それともナルリカルの話がもっともらしかったからかもしれない——「君の資本とぼくの顔（コンタクト）があればだな、アフマド君（バイ）、だいじょうぶさ。この街のお偉方はみな、ぼくの手で生まれてきた息子をひとりは持っている。だからぼくを入れてくれない門はありしない。君が製造し、ぼくが契約をとる。フィフティ・フィフティだ。これでいいじゃないか」だが私の見るところ、理由はもっと単純なものだった。妻の愛を失い、息子にお株を奪われ、ウィスキーと妖魔（ジン）で頭がもうろうとなっていた父は、世間的地位を回復しようとあせっていたのだ。テトラポッドの夢物語は渡りに舟というわけだった。彼は喜び勇んで途方もない愚行にとびこんでいった。手紙を書き、ドアを叩き、裏金（ブラック・マネー）を渡した。おかげでアフマド・シナイはサチヴァラヤの廊下で取沙汰される名前になった――州庁の廊下で官憲は、ルピーを湯水のように使っているムスリムの存在を嗅ぎつける。酒を飲んで寝ていたアフマド・シナイは自分の陥っている危険に気づかなかった。

この当時わが家の生活は文通によってかたどられていた。私は生後七日目に首相から手紙をもらった――自分の鼻をぬぐうこともできない頃に、『タイムズ・オブ・インディア』の読者たちからファンレターをもらった。そして一月のある朝、アフマド・シナイもまた、終世忘れえぬ手紙を受け取った。

赤い目をしての朝食、仕事時間になってからのひげ剃り。階段を降りてゆく足音。コカ・コーラ娘の驚いた忍び笑い。緑のレザークロスを敷いた机に椅子が引きよせられるキーという音。金属製のペーパーナイフが手に取られる時ちょっと電話機に当って立てられる金属的な音。封筒を切るハサミの軋み音。そして一分後、アフマドは階段を登ってきて、大声で私の母を呼ぶ。

「アミナ！　来てくれ！　奴らはおれのタマを氷のバケツのなかへ押し込みやがった！」

アフマドが彼の全資産が凍結される旨の公式書状を受け取ってから幾日もの間、街じゅうが噂でもちきりだった……「あなた（ジャーノム）、お願い、そんな言葉はやめて！」とアミナは言っている——これは私の想像かもしれないが、赤子の私は空色のベビーベッドのなかで赤面したようだ。

ナルリカルはぐっしょり汗をかいてやって来た。「ぼくが全面的にわるかった。大っぴらにやりすぎたよ。ひどい時代だよ、シナイ君（バイ）——あるムスリムが、その筋から資産を凍結するという通告を受けたら、その男はパキスタンへ逃げなければならない、全資産を捨ててだ。トカゲのしっぽを掴まえてみろ、そいつはしっぽを切り捨てるんだ。このいわゆる世俗国家は実にわる賢いことを考えついたものさ」

「一切合切だ」とアフマド・シナイは言っている、「銀行預金、貯蓄債券、クルラの不動産の家賃——すべてを封鎖し、凍結する。命令によって、と手紙に書いてある。命令によって、四アンナも残してはくれないんだよ、お前——いや、覗きめがね（ピープショウ）を見るための一チャヴァンニさえもさ！」

「あの新聞に載った写真のせいだわ」とアミナはきめてかかった。「でないとしたら、あの成り上がりの、利口ぶってるだけの連中なんかに、誰を摘発したらいいかどうして分かります？　あなた（ジャーノム）、やはりわたしが悪いのよ……」

「チャナ豆を一袋買うための十パイスもないんだ」とアフマドはつけ加える。「乞食に恵んでやるための一アンナもない。凍結だなんて——冷蔵庫じゃあるまいし！」

「ぼくのせいだよ」とイスマイル・イブラヒムが言っている、「ぼくは君に注意してあげるとよかったんだよ、シナイ君（バイ）。凍結騒ぎのことは聞いていたんだ——当然、裕福なムスリムだけが狙われている。君は闘うことだ……」

「——極力がんばることだ！」とホミ・キャトラックが言う、「ライオンのように！　アウラングゼーブ（一六一八—一七〇七年。最盛期のムガル帝国皇帝、在位一六五八—一七〇七年）のように——これは君のご先祖様だったね。それにジャーンシーの女王（ラーニ）（十九世紀中葉、この藩王国で果敢な反英反乱をくりひろげた女性、ラクシュミー・バーイーを指すものと思われる）のように！　そのあとで、どんな国へ行ったらいいか考えることにしよう！」

「この国には法廷がある」とイスマイル・イブラヒムが言う。アヒルのヌシーはソニーに乳を飲ませながら牝牛のように笑う。彼女は赤ん坊のこめかみのくぼみのあたりに、上の方へ下の方へと、指を一定のリズムで這わせて放心したように愛撫している……

「弁護活動はぼくが提供しよう」とイスマイルはアフマドに言う、「まったく無料で。いやいや、そうはいかないよ。黙って受けてくれたまえ。君とぼくはお隣同士じゃないか」

「破産だ」とアフマドは言う、「凍結だ、水みたいにさ」

「さあ、いらっしゃい」とアミナが口を出す。彼女はぐっと献身的な気持がこみあげてきて、彼を自分の寝室の方へ連れていく……「あなた、あなたはしばらく休息が必要なのよ」アフマドは答えて、「何だい、こんな時に——ぼくは素寒貧だし、へとへとに疲れているし、氷のように砕けてしまってる——なのに君の考えることといったら……」だが彼女はドアを閉め、スリッパを脱ぎすて、夫の方に腕を伸ばす。それからその手を下へ下へと伸ばしていって、「あら、あなた、ただ悪態をついているだけかと思ってたのに、本当なのね！　とても冷たいわ、本当よ。小さな氷の玉のように冷たい！」

こんなこともあるのだ。国家が父の資産を凍結したあと、母はそれがどんどん冷えていくのを感じるようになった。最初の日に彼女はブラス・モンキーを身籠もった——駆け込み乗車だった。というのは、その後もアミナは夫を暖めようと夜ごと添寝をして彼をしっかりと抱きしめたが、彼の下腹部から憤怒と無力感の冷たい指が這い上がってきて、その体を震わせているのを感じると、彼女はもう手を伸ばして触れることはできなかった。小さな氷の玉はそれほどまでに冷たくなっていたのだ。

二人は——いや私を入れた三人は——何か悪いことが起こるだろうことを知るべきだったのだ。その一月、チョウパティ・ビーチやジュフー、そしてトロンベイにも、マナガツオの不吉な死体がぷかぷか浮いていた。何とも説明のつかない現象だったが、それは腹を上に向けて、うろこのある指のような姿で砂浜の方へ漂っていた。

蛇と梯子

前兆はほかにもあった。バック・ベイ（手の形をしたボンベイの、親指と人差指の間の湾）上空に彗星の爆発が見られた。花から本物の血が流れるのを目撃した人の話も伝えられた。二月には蛇がシャープシュテーケル研究所から逃げた。狂ったベンガル人の蛇つかい（トゥーブリ・ワーラー）が国中を旅して回りながら、呪（まじな）いをかけて爬虫類をとらわれの身から解放し、蛇飼育場（たとえば蛇の毒の医療効果を研究し、解毒剤を考案しているシャープシュテーケル研究所のような）からおびき出しているという噂が広まった。愛する黄金のベンガルの分離に対する報復として、パイド・パイパーのように笛によって蛇を呪縛したというのだ。しばらくすると、この蛇つかいは身の丈が七フィートもあり、鮮やかな青い肌をしているという噂が加わってきた。彼は民衆を罰するためにやって来たクリシュナであった。伝道師たちの空色のイエスであった。

私が取り替え子されて生まれてきた直後あたり、私が猛烈なスピードで大きくなっていた頃から、早晩狂うべきものは狂いはじめていたようだ。蛇騒動の冬、つまり一九四八年初頭、そしてそれに続く暑季と雨季に次々と事件が起こり、九月にブラス・モンキーが生まれる頃には、私たちはみな疲れはて、二、三年の休息を必要としていた。

逃げたコブラたちが市の下水道のなかへ消えた。縞のあるマルオアマガサヘビがバスのなかで見つかった。宗教指導者たちは蛇の脱走は一つの警告だと説明した――国民が公式に神々を放棄したことに対する罰として龍神(ナーガ)が解き放たれたのだ、と彼らは合唱したわけである。(「わが国は世俗国家であります」とネルーが宣言し、モラルジーとパテル(どちらもガンディーの後継者の一人)とメノン(独立運動当時の政治家、外交官。反植民地主義者)もこれに同意した。にもかかわらずアフマド・シナイはまだ凍結の影響下にあって震えていた。)ある日メアリーが「これからどうして暮らすんですか、奥さん?」と訊ねた時、ホミ・キャトラックは私たちをシャープシュテーケル博士その人に引き合わせてくれた。彼は八十一歳で、紙のように薄い唇の間から舌をひらひらと絶え間なく出入りさせていた。彼はアラビア海を見おろす最上階のアパートの家賃を即金で払うことができた。その頃、アフマド・シナイは寝込んでいた。凍結の氷のような冷たさが彼のベッドシーツにしみこんでいた。彼は医療用のウィスキーを大量に飲んだが、それでも体は暖まらなかった……そこでアミナは、バッキンガム荘の上の階を老蛇博士に貸すことを承知したわけだ。二月末には蛇毒が私の生活のなかに入りこんできた。

シャープシュテーケル博士はとてつもない噂に取り巻かれた男であった。この研究所の迷信深い雑役夫（オーダリー）たちの断言するところによれば、彼は毎晩蛇に咬まれる夢を見ることができ、そのおかげで咬み傷に対する免疫を保っているのだという。他の雑役夫たちに至っては、彼自身が半分蛇なのだ、人間の女とコブラとの自然に反する交わりから生まれた子供だと言った。マルオアマガサヘビ――学名 bungarus fasciatus――の毒に対する彼の執念は伝説になろうとしていた。この蛇の咬み痕に効く解毒剤は何ひとつ知られていない。だがシャープシュテーケルはそれを発見するために生涯を捧げてきた。彼は（特に）キャトラックの厩から衰弱した馬を買ってきて、それに少量の毒を注射した。だが馬たちは抗体をつくることとなく、口から泡を吹いて立ったまま死に、ニカワの原料になるほか何の役にも立たなかった。そして今ではシャープシュテーケル博士――「シャープスティッカー（シャープシュテーケルの英語訓み）さん（サヒブ）」――は皮下注射器を持って近寄っただけで馬を殺すことができるとまで言われていた……しかしアミナは、この種のほら話を聞く耳は持たなかった。「あの人は普通のお年を召した紳士よ」と彼女はメアリー・ペレイラに言った。「あの人の悪口を言う人たちなど相手にしてはいけないわ。あの人は家賃を払い、わたしたちの生活を保証してくれているんですからね」アミナはこのヨーロッパ生まれの蛇博士に感謝していた。アフマドが闘う気力をなくしたように見えた凍結当時は特にそうだった。

「敬愛する父上様、母上様」とアミナは書いた、「わたしの目と頭にかけて誓いますが、どうしてこんな事態がわが家に起こるのか分かりません……アフマドは良い人ですが、今回のことでひどい打撃をうけました。何か良い忠告がおありでしたら、是非おきかせ下さい」この手紙を受け取って三日後に、アーダム・アジズと修道院長はフロンティア・メイル号でボンベイ中央駅に到着した。アミナはわが家の一九四六年型ローヴァーで両親を家に運びながら、サイドウィンドーの向こうにマハラキシミ競馬場を見た時、大胆な着想の最初の萌芽を得たのだった。

「この近代装飾は、何て言ったらいいか、あなたがた若い人たちにはいいんだろうけど」と修道院長は言った。「わたしには昔ながらのちゃんと坐れるような椅子(タクト)を持ってきておくれ。こういう椅子では柔らかすぎて、何て言ったらいいか、落っこちそうな気がするのよ」

「彼は病気なのかい?」とアーダム・アジズが訊く。「診察して、薬を処方しようか」

「ベッドのなかに隠れている時ではないわ」と修道院長は言い放った。「彼は男になって、何て言ったらいいか、男の仕事をしなければいけないわ」

「二人とも元気そうね」とアミナは叫んだが、実は、父が老人になって、年ごとに体が縮んでいるようだと考えていた。他方、修道院長は恰幅がよくなり、柔らかい肘掛椅子でさえも彼女の体重がかかるとうめき声をあげていた……そして時どき、光線のいたずらで、父の体の真ん中に、まるで穴があいたような暗い影が見えるような気がする、とアミナは思った。

「このインドに一体何が残っているというの？」と修道院長は手で空（くう）を切りながら言った。「こんな国は出ていったらいい。パキスタンへ行くのよ。ほら、あのズルフィカルはうまくやってるわ——あの人が、はじめはめんどうみてくれるわよ。さあ男らしく勇気を奮いおこして、やり直すことよ！」

「彼はこのところ口をききたがらないのよ」とアミナは言った。「休息をとらなければね」

「休息だと？」とアーダム・アジズはどなった。「この男は腑抜けかね！」

「アリアでさえだよ、何て言ったらいいか」と修道院長は言った、「自分の力でパキスタンへ行ったわ——しかも立派な学校で教鞭をとって、ちゃんと生活してるわ。そのうち校長になるっていうじゃないの」

「しーっ、お母さん、彼は眠りたいのよ……隣の部屋へ行きましょう……」

「眠るべき時間というものもあるけど、何て言ったらいいかね、起きてるべき時間というものもあるんですよ！　お聞き。ムスタファはね、何百ルピーも月給があるのよ、何て言ったらいいか、公務員としてね。あなたの旦那は何かい？　生まれが良すぎて働けないとでも？」

「お母さん、彼は気が動転しているのよ。体温がとても低くて……」

「あなたはいったい何を食べさせてるの？　きょうから、何て言ったらいいかね、わたしが台所を預かりますよ。近頃の若い人たちときたら――赤ん坊みたいに、何て言ったらいいかね！」

「お好きなように、お母さん」

「何て言ったらいいか、あの新聞に載った写真のせいよ。わたしは手紙に書いたでしょ――書いたわね？　ろくなことにならないとね。写真というものは人の魂を少しずつ奪ってしまうものなのよ。ああ、何て言ったらいいか、わたし、あなたの写真を見た時、あなたは透明になってしまっていて、裏側の文章があなたの顔から透けて見えたわよ！」

「でもそれはただ……」

「口答えしてはいけません、何て言ったらいいかね。あなたがあの写真から回復したので、神様に感謝しているのです！」

この日からアミナは家事労働のわずらわしさから解放された。修道院長が夕の食卓の上座に坐って、食べ物を食器によそった(アミナはアフマドのところへ食事を運んだが、彼はベッドに寝たまま、時どき、「潰れたよ、お前、壊れてしまったよ——ツララみたいにさ！」とうめいた)。一方、台所ではメアリー・ペレイラがお客のために世界一上等で美味なマンゴーのピクルスとライムのチャツネとキュウリのカソーンディをつくろうと立ちはたらいていた。わが家にありながら娘という立場に逆戻りしたアミナは、他人の食べ物が自分の胃の腑に入ってくることへの違和感を持ちはじめていた——修道院長は頑固さのしみこんだカレーとミートボールなど、作り手の人柄がしみこんだ料理をよそってくれたからだ。アミナは一徹さを絵に描いたような魚のサランやビリャーニを食べた。メアリーのつくったピクルスはある程度中和的な効力を持っていたが、彼女はそのなかへ内心の罪の意識や発覚することへの怖れを混ぜ込んでいたので、味はよかったけれども、それを食べた人が、後ろ指を差されるんじゃないかという得体のしれない不安と悪夢に呪縛されるという結果を招いた——総じて修道院長の与えてくれた食事は、アミナには強い意欲を、そして打ちのめされた夫のなかにもかすかながら向上の兆しを醸し出した。そしてある日のこと、私が風呂のなかで白檀のおもちゃの馬と不器用にたわむれるのを見ながら、風呂の湯から立ち昇る白檀の甘い香りを吸い込んでいたアミナは、とつぜん自分のうちに、老いた父親ゆずりの冒険家の気概、アーダム・アジズを山の谷間から降りてこさせた気概を再発見した。アミナはメアリー・ペレイラの方を向いて言った、「もううんざりよ。誰もこの家を立て直そうとしないのなら、わたしがやるわ！」

おもちゃの馬たちがアミナの目の奥を疾駆していた。私の体を拭くのをメアリーにまかせて彼女は寝室へ入っていった。かいま見ただけのマハラキシミ競馬場の情景が鮮やかに甦ってきて、頭のなかを駆けめぐった。彼女はサリーとペチコートを脱ぎすてた。熱病じみた大胆な計画に上気しながら、彼女は古いブリキのトランクの蓋を開いた……義理堅い患者たちや結婚式の客たちからもらった金貨やルピー札を財布のなかにいっぱい詰めて、私の母はレースに出かけた。

日に日に大きくなるブラス・モンキーをおなかにかかえた母は、富の女神の名にちなんだ競馬場（ラキシミは美と富の女神。ヴィシュヌー神の妃として、マハ〔偉大な〕ラキシミとも呼ばれる）の下見所を見てまわった。早朝のつわりと静脈瘤にもめげず、馬券売場の前の列に並んで、三レースころがしの馬券を買い、しかもまるで人気のない穴馬ばかりを選んだ。競馬のイロハを知らない彼女は、長距離レースで勝つとは誰も思っていない牝馬に肩入れし、笑顔の魅力的な騎手に賭けたりした。

嫁入りに際して母がトランクに詰めてくれた時から手を触れたことのなかった、持参金のいっぱい入った財布をかかえて、どう見てもシャープシュテーケル研究所の実験用がいいところとおぼしき牡馬に金をつぎ込み……勝ちに勝った。

「いい知らせがあります」とイスマイル・イブラヒムがきりだす、「あなた方はあのロクデナシどもと闘うべきだと思ってましたよ。すぐにも訴訟を起こそうと思うのですが……それにはお金が要るんですよ、アミナさん。現金はありますか」

「お金なら出来ます」

「ぼくのためではありませんよ」とイスマイルは説明する。

「前にも言った通り、ぼくの労力は無報酬でいいんです。まったくの無償でね。でも申し訳ないけど、事情を分かってほしいのです。事をうまく運ぶために、いろいろな人にちょっとした贈物をしないことにはね……」

「はいこれ。これで間に合うかしら?」と言って、アミナは封筒を差し出す。

「何ですって?」イスマイルは驚いてその封筒をとり落とし、ルピーの高額紙幣を居間の床面いっぱいにばらまいてしまった。「いったい何を始めたんです……?」アミナは答えて、「何も訊かないで――わたしもあなたがこれを何に使うか、訊かないことにしますから」

わが家の食費をまかなったのはシャープシュテーケルの払ってくれる家賃だったが、一家の闘いを担ったのは馬だった。競馬場での母のツキは長く続き、豊かな鉱脈のようなものであり、実際にそれが訪れなかったとしたら、とうてい信じられないようなものだった……何ヵ月もの間、彼女はある騎手の素敵なきりっとしたヘアスタイル、ある馬のきれいな白黒斑らの模様といったものに賭けつづけた。彼女が紙幣のいっぱい詰まった分厚い封筒を持たずに競馬場をあとにしたことは一度もなかった。

「うまく行ってます」とイスマイル・イブラヒムは言った、「でもアミナさん、いったいあなたは何をなさってるんです？　きれいな仕事なんでしょうね、法にかなったことなんでしょうね？」アミナは答えて、「心配はご無用よ。どうにもならぬことは耐えるしかないわ。わたしはしなければならないことを、しているだけです」

この間、一度として母は、このものすごい勝ち方に浮かれたことはなかった。彼女は胎児よりも重いものにのしかかられていたのだ——修道院長の作ってくれる、古い偏見のいっぱい入ったカレー料理を食べながら、彼女は、ギャンブルはアルコールの次に悪いものだと確信するようになっていた。だから犯罪者でもないのに、彼女は罪悪感のために身の細る思いをしていた。

彼女は足のイボが痛かった。プルショッタム——庭の水道の蛇口の下に坐りつづけた結果、房々した髪の真ん中に禿が出来てしまった例の聖者だが——は呪いの力でイボを治す名人ということになっていたが、さっぱり奇跡は現われなかった。だが蛇騒動の起こった冬と熱暑の時節の間ずっと、母は夫の闘いを肩代わりした。

あなたは訊ねるだろう、どうしてそんなことが可能なのかと。どうして一介の主婦が、いかに献身的、いかに意志強固な人であろうと、毎日、毎月、競馬で金儲けをすることができるのか、と。あなたは想像するだろう、ははーん、あの馬主のホミ・キャトラックのはからいだろう、それに誰でも知っていることだが、競馬なんてほとんどが八百長なのだろう、アミナはお隣さんから最新の予想を教えてもらっているんだろう、と！ごもっとも、と申し上げたいところだが、どっこい、キャトラック自身が勝負あいなかばの成績なのだ。彼は競馬場で母を見かけ、彼女が勝っているのを知って仰天した。（「お願いです」とアミナは頼んだ、「キャトラックさん、このことは内緒にして下さい。ギャンブルは悪いことです。わたしの母にでも見つかったら恥ずかしいです」キャトラックはめんくらったようにうなずきながら言った、「分かりました」）というわけで、このパルシー教徒が背後にいたわけではない——だが私はもう一つ別な説明をごらんに入れることができそうだ。それはここ、壁に漁師の人差指が見える、空色の部屋の空色のベビーベッドのなかにある。母が秘密のいっぱい詰まった財布をもって出かけていく時、サリーム坊やはいつもここにいる。彼の顔は最高度に精神を集中しているらしい表情をおび、目は強大な力を発揮しようという至純な目的に向けられているために濃紺を呈し、鼻は妙な具合にぴくぴく動いている。彼は遠くの出来事を眺めているようでもあり、ちょうど月が潮の干満を支配するように、自分がそれを遠隔操作しているような感じでもある。

「まもなく裁判が始まりますが」とイスマイル・イブラヒムは言った、「かなり自信を持ってもらっていいと思います……しかし驚いたな、アミナさん。あなたはソロモン王の洞窟でも見つけたんですか？」

ボードゲームができる年頃になると、私はスネークス・アンド・ラダーズ（すごろくの一種。蛇の絵と梯子の絵がプレイヤーを後戻りさせたり、前進させたりする）に夢中になった。賞と罰との見事な釣合い！　骰子(さい)の一擲によってなされる一見でたらめな選択！　梯子を這い登ったり、蛇の上を滑り降りたりして、私は生涯の最も幸福な日々を過ごした。私が苦戦している時、父が、お前もシャトランジを覚えたらいいと勧めたので、それよりお父さんこそ梯子と咬みつく蛇の間で運試しをしてみたらどうとやり返し、父を怒らせた。

すべてのゲームは教訓を含んでいる。蛇と梯子のゲームは他のいかなる遊びにもまして、梯子を一つ登るごとに蛇がひそんでおり、蛇一匹に出会うごとに梯子が一つ報いられる、という永遠の真理を表わしている。それだけではない。単なるアメとムチの問題ではないのだ。このゲームには事物の不変の二面性、上下、善悪の二重性が内包されている。梯子のしっかりした合理性が蛇のオカルト的なしなやかさと釣り合っており、階段とコブラの対立のうちに、アルファ対オメガ、父親対母親など、考えうるあらゆる対立が隠喩的に見てとれるのだ。ここにはメアリーとムーサの暗闘、膝と鼻の両極性もある……だが私は人生のごく早い時期に気づいたのだが、このゲームには一つの枢要な次元、両義性の次元が欠けていた——だって、これから生じる一連の出来事にも明らかなように、ずるずると梯子を滑り落ちたあとで蛇の毒を食らって勝利の頂点に登りつめるということだって、人生には起こりうるではないか……しかし話がややこしくなるので、今はただ、私の母は競馬のツキに象徴される勝利への梯子を見つけはしたが、それもつかのま、この国の溝(どぶ)にはまだ蛇がうようよしていることを思い出させられた、ということを記しておこう。

アミナの弟のハーニフはパキスタンへは行かなかった。彼はかつてアーグラの麦畑でリキシャ・ボーイのラシド相手に吐露した幼年期の夢を追って、ボンベイに赴き、大きな映画撮影所で仕事を捜した。ほんの駆け出しの頃から大変な自信家で、インド映画史上最年少の監督になったばかりか、かのセルロイドの天空に輝く一番の綺羅星、眩ゆいばかりの美人女優ピアを口説き落として結婚したのだった。ピアといえばその顔こそが彼女の幸運そのもの、彼女の着るサリーを見れば、この生地のデザイナーは明らかに人間に知られたすべての色を一つの模様のなかに織り込むことが可能であることを証明しようとしている人に違いない、と思えてくる。修道院長は女神のようなピアを認めなかったが、ハーニフは一族のうちで唯一人、母親の口うるさい干渉から自由になっていた。船頭タイを思わせる高らかな笑い方をし、父アーダム・アジズ譲りの一過性の無邪気な癇癪癖があり、陽気で逞しい男であったが、いざ彼女を妻にしてしまうと、マリーン・ドライヴのちっぽけな、映画人にふさわしからぬアパートで、質素な暮らしをさせ、「ぼくが有名になったら、ゆっくり王侯のような暮らしができるよ」といってきかせた。彼女は黙ってうなずいた。そして彼の最初の長篇映画に主演した。一部はホミ・キャトラック、また一部はD・W・ラマ・スタジオ(私営)会社の出資した映画で――題名は『カシミールの恋人たち』だった。競馬に明け暮れていた頃のある晩、アミナ・シナイは試写会に出かけた。彼女の両親は行かなかった。なにしろ修道院長が大の映画嫌いだったし、アーダム・アジズには頑迷な老妻の考え方を変えさせるような力はもう残っていなかった――ちなみに、かつてはミアン・アブドゥラーと共にパキスタンと闘ったこともある彼だったが、今はもう妻がその国を賛美しても言い合いをすることもなくなり、わずかに自分の立場を守って移住を拒否するだけの力を保持するのみとなっていた。だが、義母の料理で生気を取り戻しはしたものの、その長逗留には業を煮やしていたアフマド・シナイは、腰をあげて、妻に同行した。二人はハーニフとピア、およびこの映画の主演男優でインド最高の「二枚目スター」の一人であるI・S・ナイヤールのすぐ隣に席を取った。じつは、彼らの知らぬ間に、一匹の蛇が舞台脇に待ち構えていた……だがしばらくはハーニフ・アジズを有頂天にさせておこう。『カシミールの恋人たち』は私の叔父に短いながら輝かしい勝利の時を与えてくれるに十分な着想を含んでいた。当時は二枚目男優と相手役の女優がスクリーンの上で触れ合うことは許されていなかった。彼らの接吻がこの国の青少年を堕落させるという危惧からであった……だが『恋人たち』が始まって三十三分後に、試写会の観客たちは驚きのあまり低いざわめきを立てはじめた。ピアとナイヤールが口づけを始めたからである――といってもお互いにではない――それぞれが物にキスしたのだ。

ピアは口紅をつけたぽってりとした唇を官能的にリンゴに押し当てた。やがてそれをナイヤールに渡すと、彼はリンゴの反対側の面に熱く激しいキスの雨を降らせた。これが間接キスと呼ばれるようになったものの始まりである——この着想は今日の映画の意匠にもまして洗練されており、なんとも憧憬とエロティシズムにみちたものであった。観客たちは(今日の観客たちなら、若い男女が藪のなかへ消えていき、藪が淫らにゆれはじめるのを見て、野卑な歓声を上げるといった程度だろう——われわれの暗示を感じ取る能力はそれほどまでに低下しているのだ)、ピアとナイヤールの愛が、ダル湖と氷のように青いカシミールの空を背景にして、赤いカシミール茶のカップに接吻する場面に仮託して描き出されるのを、スクリーンに釘づけになって眺めていた。シャーリマールの噴水のほとりで二人は一本の剣に口づけする……ところが今、ハーニフ・アジズの勝利の絶頂において、蛇は待つのをやめた。そのおかげで映画館の照明がついた。テープ音楽に合わせて口ずさみながらマンゴーにキスしているピアとナイヤールの大映しを背にして、ひとりのおずおずとした、顔に似合わぬ口ひげをはやした男が、マイクを片手にもってステージのスクリーンの下を歩いている。〈蛇〉は今、いちばん思いがけない形をとって現われた。いかにも無力な支配人の姿を借りて、それは毒を吐き出しにかかる。ピアとナイヤールが色褪せ、消える。口ひげの男の増幅された声が聞こえてくる、「皆様、失礼いたします。恐ろしいことが起こりました」彼はそこで声を詰まらせ——蛇の口からすすり泣きがもれ、蛇の歯にいっそうの力を貸し与えていた！——やがて続ける、「きょう午後、デリーのビルラ邸で、私たちの敬愛する聖者が殺害されました。狂人によって腹部へ弾丸を撃ち込まれたのであります。皆様——私たちの父は逝去されました！」

観客たちは彼が話しおわらないうちに悲鳴をあげはじめた。彼の言葉の毒は観客たちの血管に入った——男たちが通路にころがり、腹をかかえて笑うのでなく叫んだ、「ああ悲しい！　ああ悲しい！」——そして女たちは髪をかきむしった。この町の最も美しく結われた髪が毒のまわった女性たちの耳のまわりに崩れおちた——漁師の女房みたいに泣きわめく映画スターまで出てきて、あたりは異様な空気に包まれた。ハーニフは小声で言った。「ここから出るんだ、姉さん——殺しをやったのがムスリムだとすれば、どえらい復讐が始まる」

梯子をひとつ登ると、蛇が一匹現われる……『カシミールの恋人たち』の上映が打ち切られてから四十八時間というもの、私の一家はバッキンガム荘に閉じこもっていた（「ドアに家具を当てがうんですよ、何て言ったらいいかね！」と修道院長が命令した。「ヒンドゥーの使用人が来たら、家に帰しなさい！」）。アミナもさすがに競馬場へ出かける気にはなれなかった。

しかし蛇が一匹出ると、梯子が一つ与えられる。ラジオが一つの名前を流した。ナトゥラン・ゴドセ。「まあ、有難いわ」とアミナは叫んだ、「これはムスリムの名前ではないわ！」

そしてアーダムは、ガンディーの訃報に接して齢の重みがいっそう増したように見えた。「このゴドセという男を有難がるなんて、もってのほかだ！」

しかしアミナは安堵のあまり頭痛がとれ、長い安堵の梯子を眩しそうに駆け上がっていった……「どうして？　有難いわよ。だってゴドセという名前だからこそ、彼はわたしたちの命を救ってくれたのよ！」

アフマド・シナイは奇妙な病いの床から起き上がったのちも、あいかわらず病人のように振る舞っていた。彼はくもったガラスのような声でアミナに言った、「じゃ、君は裁判にもちこむことをイスマイルに頼んだのだね。なるほど、それもいいだろう。しかし負けるぞ。裁判をやるなら判事たちを買収しないことには駄目なんだ……」アミナはイスマイルのところへ駆けつけて、「決して――どんなことがあっても――アフマドにお金のことを話さないで下さいな。男の人はプライドを保たなければならないもの」それから夫のもとに戻って、「いいえ、あなた（ジャーノム）、わたしはどこへも行かないわ。赤ちゃんは少しも手がかからないし。休んでらしてね。ちょっと買物に行くだけよ。たぶんハーニフのところへ寄ると思うけど——だって、女だって暇つぶしをしなければならないもの！」

ルピー紙幣のいっぱい詰まった封筒を持って帰る……「さあイスマイルさん、彼は今起きているから、迅速、慎重に事を運ばなければならないわ！」そして夜になると母のかたわらに行儀よく坐って、「そうよもちろん、お母さんのおっしゃる通りよ。アフマドはすぐお金持になるわ。見ててごらんなさい！」

法廷での果てしない遅滞。封筒の中身が次々と消えてゆく。胎児が育っていき、一九四六年型ローヴァーの運転席にアミナが坐れなくなる時間が迫っている。彼女のツキは続くのだろうか？　ムーサとメアリーは年老いた虎のようにいさかいを続けている。

その原因は何か？

メアリーは長らく腸のなかに溜っていた罪と恐怖と恥の残滓に衝き動かされて、喜びいさんで？　それともやむなく？　老召使（ベアラー）を怒らせるようなことをいろいろとしてのけたのだろうか——鼻を突き出して自分の方が身分が上であることを誇示したり、敬虔なムスリムの鼻先でロザリオのビーズを当てつけがましく数えてみせたり、屋敷内のほかの使用人たちから「小母ちゃん（マウシ）」という呼び名をもらって、ムーサに自分の地位が危うくなっているという不安を与えたり、奥様（ベーガム・サヒバ）と必要以上に親しくし——おまけに奥様を部屋の隅に誘っていって、しゃちこばった堅物で律気なムーサがやっと聞きとるとからかわれているとしか思えないような小声で、忍び笑いを交えながら耳打ちしたりしたのだろうか?

やがて、古くからの召使は打ち寄せる老齢の波におぼれ、彼の唇の間に付着していた小さな砂粒が一つ、憎悪の黒い真珠に変わっただろうか——ムーサはこれまでにない無気力におちこみ、手足が麻痺して花瓶をとり落としてこわしたり、灰皿をひっくり返したりし——メアリーが故意にあるいは不注意に漏らした言葉のはしばしから——自分はいつかは首を切られるだろうという漠然たる予感を覚え、その予感はやがて四六時中念頭を去らない恐怖となってはねあがり、陰謀をしかけた当人にぶち当ったのだろうか?

ところで(社会的要因にも注目してみるなら)召使の地位というものは、どんな残酷な影響を人に与えるものなのか。ストーブのすすで黒くなった台所の奥の使用人室で、ムーサは庭番や雑用係や下男と一緒に寝起きしなければならなかった——メアリーはといえば、新しい赤ん坊のかたわらで、快適なイグサ(ハマル)のマットの上に寝ることができたのだ。

メアリーには罪がないのか、あるのか?　教会へは行けない——なにしろ教会には告解室があり、告解室では秘密を守っているわけにはいかないもの——という気持が心のなかで腐敗し、彼女はいささか気が立ち、傷つきやすくなっていたのだろうか。

それとも心理の彼方を見透かさなければならないのか——つまり、一匹の蛇がメアリーを待ち伏せしていたとか、ムーサは早晩梯子の両義性を学び知る運命にあるとかいう命題のうちに解答を求めなければならないのか。それとも蛇と梯子の彼方に、確執のうちに、〈運命の手〉を見るべきなのか——つまり、ムーサが爆発する幽霊になってもどって来てボンベイの爆弾(ボム)の役割を果すために、一つのきっかけを与えてやる必要があった、ということなのか……それとも、崇高な世界から一気に卑俗な世界に降りてくるなら、アフマド・シナイ——ウィスキーの力をかりて、また妖魔(ジン)にそそのかされて、とんでもない無礼を働いていたシナイ——が老召使(ベアラー)をひどく怒らせていたので、メアリーの前科にも劣らぬムーサの犯罪は、酷使された老下僕の傷つけられた誇りから犯されたものであって、メアリーとは何の関係もないものなのだろうか。

疑問はこれくらいにして、事実に的を絞ろう。とにかくムーサとメアリーはたえず反目していた。それに、そうだ、アフマドはムーサを侮辱し、アミナがとりなそうとしても効き目はなかったかもしれない。それに、そうだ、彼は寄る年波におびえつつ、いつなんどき予告なしに解雇されるか分からないと予感していた。そんなある八月の朝、アミナは家が夜盗に荒らされたことを発見した。

警察がやって来た。アミナは失くなったものを報告した。ラピスラズリの象眼の入った銀の痰壺、金貨、宝石をちりばめたサモワールと銀の茶器一式、緑のトランクの中身。使用人たちは広間に並んで、ジョニー・ヴァキール警部のおどしに従った。「さあ、すっかり吐いてしまえ」――と、警棒で自分の脚をぴたぴたと叩きながら――「さもないとひどい目に遭わすぞ。夜昼ぶっ通しで片脚で立っていたいかね？　水をぶっかけられたいかね？　ある時は沸騰した湯を、ある時は氷のように冷たいやつをな。警察にはいろいろと方法があるんだ……」使用人たちからいっせいに、私じゃありません、警部さん（インスペクター・サヒブ）、私は正直者です、どうぞ持物をお調べ下さいまし、旦那さん（サヒブ）！という声があがる。アミナはあわてて、「これはひどすぎます。何もそこまでなさらなくとも。少なくともメアリーは無実です。あの子には訊問なさらないでいただきたいですわ」警察官はいらだちを抑える。持物の検査が始まる――「もしもということがあるのですよ、奥さん（マダム）。こういった連中の知恵など高が知れています。それに奥さんは早目に盗みにお気づきだったようですから、犯人は獲物をもって逃げることはできなかったでしょう！」

　捜査は成功する。老召使ムーサの丸めた寝具のなかに、銀の痰壺が見つかる。衣類の小さな包みのなかから金貨と銀のサモワールが出てくる。縄のベッド（チャルポイ）の下に、失くなった茶器が隠されている。そこでムーサはアフマド・シナイの足もとに身を投げ出し、そして哀願する、「お赦し下され、旦那様（サヒブ）。私は頭がどうかしておりました。旦那様が私めを放っぽりだしておしまいになるだろうと思ったのです！」だがアフマド・シナイは聞こうとしない。凍結の寒けが抜けないのだ。「ぼくはどうも気分がわるくて」といって、彼は部屋から出ていく。あっけにとられていたアミナが訊ねる、「でもムーサ、あんなおそろしい誓いをしたのはなぜなの？」

……誓いというのは、広間での整列と使用人室での盗品発見の合間に、ムーサが主人に向かって吐いた言葉のことだ。「私ではありません、旦那様（サヒブ）。私が泥棒したのならハンセン病にかかったってかまいません！　体中に腫物が出来たって仕方ありません！」アミナは顔に恐怖の色を浮かべてムーサの答えを待つ。召使（ベアラー）の老いた顔がゆがんで怒気が現われる。言葉が吐き出される。「奥様（ベーガム・サヒバ）、私は旦那様の大切な財産を盗りましたが、それだけです。ところが、奥様と旦那様、そして旦那様のお父上は、私の一生をお盗りになりました。しかもこんなに年老いた私の近くに、奥様はキリスト教徒の子守娘（アーヤ）をお連れになって、私にいやがらせをなさいました」

バッキンガム荘は静まりかえっている――アミナは告訴しないことにしたが、それでもムーサは出ていくと言う。彼は丸めた寝具を背負って鉄製の螺旋階段を降りていく。梯子は上りだけでなく下りにも使えることが明らかになる。彼はこの家に呪いをかけて、丘を降りていく。

まもなく(その呪いのせいだろうか)メアリー・ペレイラは、たとえ闘いに勝ち、都合よく梯子が現われてくれても、蛇を避けることはできない、ということに気づくことになる。

アミナが言う。「これ以上お金を差し上げることはできないわ、イスマイルさん。もう十分でしょう?」答えてイスマイルは、「だといいのですが——何とも言えないんですよ。もう全然駄目ですか……?」だがアミナは、「困ったことにおなかが大きくなってしまって、もう車に乗り込めないのよ。これだけで何とかしていただくほかないわ」……またしてもアミナにとって時の歩みがのろくなる。またしても彼女の目は、緑の茎をした赤いチューリップが一斉に踊っているさまを鉛枠入りのガラス越しに眺める。また再び彼女の視線は、一九四七年の雨季以来とまったままの時計塔にさまよっていく。またしても雨が降っている。競馬の季節は終った。

薄青い時計塔。ずんぐりしてペンキの剝げかけた、機能をとめたままの塔。それはサーカスリングのはずれの、黒タールを塗ったコンクリートの上に立っている——そこはウォーデン・ロード沿いに連なる建物の上階の平らな屋根をなしており、またこの建物は私たちの二層をなす小丘陵に隣接しているので、バッキンガム荘の境の石塀に登ると、黒タールの屋根はすぐ足もとに見おろされる。黒タールの下はブリーチ・キャンディ幼稚園ならびに学校になっており、学期中の午後はそこからいつも変わらぬ子供の歌を弾いているハリソン先生のピアノの調べが聞こえていた。その下手（しもて）には、リーダーズ・パラダイス、ファトボイ宝石店、チマルカー玩具店、一ヤードチョコレートをウィンドーいっぱいに飾ったボンベリ菓子店といった商店が並んでいる。時計塔のドアは施錠されていることになってはいたが、その錠たるやナディル・カーンのような男でさえそれを見破れるような安物ときていた。インド製なのだ。私の誕生日の直前に三晩つづけて、私の部屋の窓辺に立っていたメアリー・ペレイラは、屋根の上に浮かぶ怪しい人影に気づいた。両手に形の定かならぬ物をいっぱい持ったこの人影を見て、彼女は名状しがたい怖れにとらえられた。三日目の晩のあと、彼女は私の母に話した。さっそく警察が呼ばれた。ヴァキール警部が腕ききぞろいの特捜隊をひきつれてメスワルド屋敷へ乗り込んできた――「射撃の名手ぞろいですよ、奥様（ベーガム・サヒバ）。われわれに一切おまかせ下さい！」――彼らは掃除夫（スイーパー）に身をやつし、ボロ着の下に銃を隠し持ち、サーカスリングを掃除しながら、時計塔を監視した。

夜になった。カーテンやすだれのすきまから、メスワルド屋敷の住人たちはおそるおそる時計塔の方を覗いてみた。馬鹿げたことに真っ暗闇のなかで、掃除夫たちは仕事をつづける。ジョニー・ヴァキールはわが家のベランダに陣取って、ライフルを隠し持っている……やがて真夜中頃に肩から袋をぶらさげた人影が一つ、ブリーチ・キャンディ・スクールの側壁に現われ、塔に近寄っていった……「あいつはきっとあのなかへ入ります」とヴァキールはアミナに向かって言った。「きわめつけのワルを捕まえましたよ」そのワルはタール屋根を越えて塔にたどり着き、なかに入った。

「警部さん、何を待ってらっしゃるんですか?」

「しーっ、奥さん、これは警察の仕事です。どうか部屋のなかへお入り下さい。われわれはあいつが出て来るところをひっ捕えます。私の言う通りになさって下さい。もう捕まえたも同然。袋の鼠です」とヴァキールは満足げに言った。

「でもあれは誰なんです?」

「分かりません」ヴァキールは肩をすくめた。「まちがいなく悪党です。近頃はいたるところにワルどもがウヨウヨしていますから」

……鋸をひくような一声によって、夜のしじまが台なしになる。何者かが時計塔のドアの内側によろけてもたれかかる。ドアがねじれて開く。ドサッという音がする。何かが黒タールのコンクリートの上を走る。ヴァキール警部は行動を開始する。ライフルを振り上げ、ジョン・ウェインよろしく腰のあたりから撃つ。掃除夫たちは箒のなかから飛道具を取り出し、撃ちまくる……興奮した女たちの悲鳴、使用人たちの叫び声……沈黙。

黒いタールの上にだらりと伸びている褐色と黒の、縞のあるものは何か？　黒い血を流して、シャープシュテーケル博士に見晴らしのきく最上階の自室から金切声をあげさせたものは何か。「この馬鹿ども！　ゴキブリの兄弟たち！　服装倒錯者(トランスヴェスタイト)の息子ども！」……ヴァキールの一隊がタールの屋根に駆けつけていく間に、ちろちろと舌をひらめかせながら息絶えるものは何か。

そして時計塔のドアのなかでは？　どんな重い物が倒れてあのドサッという音を立てたのか。誰がドアをこじ開けたのか。踵に二つ穴があいていて、そこから赤い血が流れており、解毒剤が一切ない毒液、厩いっぱいのくたびれきった馬を殺した毒が詰まっている——それは誰の踵か。私服警官たちが偽の掃除夫たちを付添い人に塔から運び出しているのは誰の死体か。葬送行進曲のなかを、柩にも入っていない死体が運ばれている。死体の顔に月の光が落ちる時、メアリー・ペレイラはなぜジャガイモの袋のように床に倒れるのか。なぜ目をむいて突然劇的に卒倒するのか。

そして時計塔の内壁にしつらえられた棚。安っぽい時計にとりつけられた奇妙な仕掛けは何か——ボロ切れを口に詰めた壜がこんなにたくさんあるのはなぜか？

「警察を呼んで下さって幸いでしたよ、奥さん（ベーガム・サヒバ）」とヴァキール警部がいう。「あれはジョーゼフ・ドゥコスタでした——指名手配凶悪犯のリストに載っている男です。われわれは一年くらいやつを追っていました。極悪人です。時計塔の内壁をごらんになるとよろしい！　床から天井まで棚にぎっしり手製爆弾が積まれています。この丘をそっくり海のなかへ吹き飛ばしてしまえるほどの爆破力です！」

メロドラマにつぐメロドラマ。人生はボンベイ・トーキー（ボンベイ映画）のような様相を呈してくる。蛇が梯子を追いかけ、梯子が蛇のあとについてゆく。あまりに多事多端の時期のさなかに、サリーム坊やは病気になった。あまりに多くの出来事を吸収することができなくなったかのように、彼は目を閉じ、顔を紅潮させた。その頃アミナは、イスマイルが国を相手どって起こしてくれた訴訟の結果を待っていた。彼女の胎内ではブラス・モンキーが成長していた。メアリーはショック状態に陥り、そこから完全に回復するのはジョーゼフの亡霊が戻ってきて彼女に取りつく時のことだ。へその緒がピクルスの壜のなかに漬けられていた。メアリーの作るチャツネのせいで、私たちの夢のなかに人差指が現われるようになった。修道院長が台所をとりしきっていた。祖父は私を診て言った。「疑いの余地はないようだ。この子はチフスにかかっている」

「まあ何ですって」と修道院長が叫んだ、「黒い悪魔がやってきて、何て言ったらいいか、この家に坐り込んだというの？」

あとで聞き知ったことだが、この病気はまだ始まりもしないうちに私の人生を終らせかねないものだった。一九四八年八月末のこと、母と祖父が昼夜看護に当ってくれた。メアリーは罪の意識から脱け出して、冷やしたフランネルを額に当ててくれた。修道院長は子守歌を歌い、スプーンにすくった食べ物を口に運んでくれた。父までがしばし自分の病気を忘れて、戸口に立っておろおろしていた。にもかかわらず、老馬のようにやつれたアジズ医師がこう宣告する晩がやって来た、「わしにはこれ以上何もできない。この子は朝まではもつまい」女たちは泣き叫び、悲しみのあまり母は産気づいてしまい、メアリー・ペレイラは髪をかきむしった。その騒ぎのさなかに、ノックの音がする。召使がシャープシュテーケル博士の来訪を告げる。彼は私の祖父にこう言って一つの小壜を手渡した、「単刀直入に申しましょう。これで死ぬか、治るか、二つに一つです。正確に二滴、これを飲ませて、あとは結果を待つことです」

医療器具に囲まれて、両手で顔をおおって坐り込んでいた祖父は、訊ねた、「これはいったい何です？」八十二歳になろうとするシャープシュテーケル博士は、口の端から舌をひらめかせながら答えた、「キングコブラの毒を薄めたものです。よく効くと言われています」

蛇が勝利をもたらすことだってある、梯子が没落をもたらすことだってあるように。私がどのみち死ぬことを知っていた祖父は、コブラの毒を私に飲ませた。一同が立って見守るなか、毒は子供の体中に回っていった……六時間ののち、私の体温は正常に戻った。このことがあってから、私の成長の速度は異常さを失った。だが失われたものと引換えに別のものが与えられた。それは生命であり、また、蛇の両義性についてのあまりに早い認識であった。

私の体温が下がっている間に、ナルリカル産院では妹が生まれようとしていた。九月一日のことだ。まったくの安産で、何の苦もなく生まれてしまったので、メスワルド屋敷ではほとんど誰ひとり知らずにいたほどだった。何しろ同じ日にイスマイル・イブラヒムが私の両親を産院に見舞って、勝利の報告をしたのだ……イスマイルがおめでとうと言っている時、私はベビーベッドの囲い枠を摑んでいた。「凍結は終りだよ！　君の資産は戻ってくる！　高等裁判所の命令によってね！」とイスマイルが叫んだ時、私は顔を真っ赤にしながら重力にさからって起き上がろうとしていた。そしてイスマイルがまじめくさった顔で、「シナイ君(バイ)、法の支配がみごとに貫徹したわけさ」と言い、母の嬉しそうな、勝ち誇った目を避けているとき、ちょうど一歳と二週間と一日になった私サリーム坊やは、ベビーベッドのなかで立ち上がった。

その日のめまぐるしいまでの慌ただしさが、二重の後遺症を残した。つまり、私はあまりに早く立ち上がったので、取返しのつかないガニマタのままで大人になった。そしてブラス・モンキー(この名の由来は、房々とした赤と金の髪をして生まれてきて、九歳の頃ようやく濃い色になる時までそのままだったことである)は、この世界では人の注目を惹こうと思ったら騒々しくしなければならないということを学び知った。

洗濯物入れのなかの出来事

パドマが私の身辺から嵐のように去ってから、まる二日になる。この二日間、マンゴー・カソーンディ作りでのパドマの役割は、別の女が務めていた――彼女も腰回りが分厚く、前腕が毛深いところなどパドマとそっくりなのだが、私から見て、しょせんパドマの代役の務まる女では毛頭ない！――いったい私の糞蓮の女神はどこへ行ってしまったのか。バランスが崩れてしまい、私は体の割れ目が広がっていくのが分かる。何しろ突然、孤独のなかに投げ出されたのだ。必要な耳を失って、それだって十分じゃないのに。突然、激しい怒りにとらわれる。なぜ私はたったひとりの弟子から理由もなくこんなあしらいを受けるのか。先輩たちだって私のように物語を語ったろう。彼らはこんなふうにいきなり捨て去られはしなかったのだ。『ラーマーヤナ』の作者ヴァールミキがこの傑作を象頭のガネーシャに口述した時、この神様は中途で退散したろうか。けっしてそんなことはしなかった。（お気づきのように、私はムスリム系の人間ではあっても、まぎれもないボンベイっ子で、ヒンドゥー神話なら自家薬籠中のものにしているし、象の鼻と耳を持つガネーシャ神がしゃちこばって口述筆記している姿が大好きなのだ！）

どうしてパドマを諦められようか。あの無知と迷信、私の驚嘆すべき全知と釣り合ったおもりをどうして捨てられようか。あの逆説的な世俗的精神をどうしてなしにすませようか。あれこそ私の足を地面に引き留めている——それとも、いた？——ものなのだ。私はどうやら記憶という手に負えない神と現在という蓮の女神、この二柱の神体が支えあう二等辺三角形の頂点をなしている……だが今のところは、直線的な語りという一次元的な隘路を進むほかないのだろうか。

いや私はおそらくこれらの問いの背後に隠れようとしているのだ。たぶんそうなのだろう。疑問文にせずに、はっきり言うべきだろう。われらがパドマが行ってしまって、私はさびしい、そう、そうなんだ、と。

だが、まだなすべき仕事がある。たとえば。

この世のたいていのものがまだ私より大きかった一九五六年夏のこと、妹のブラス・モンキーは靴に火をつけるという妙な癖を身につけてしまった。ナセル大統領がスエズ運河で船舶を沈めたので、長い時間をかけて希望峰を回ってゆくことを余儀なくされて、世界の動きは少しスピードを落としていたが、同じ頃、私の妹もまた私たちの歩みを妨げようとしていた。注目を集めるために闘わざるをえず、たとえ不愉快なことであれ、あらゆることの中心にいたいという欲求にとりつかれて（彼女は私の妹に違いはなかったが、首相から手紙をもらったり、庭の水道栓の下に坐した聖者(サドゥー)から見守られたりしたわけではない。予言や撮影の対象になったわけでもない彼女の生活は、はじめから闘いであった）、彼女は履物の世界に闘いを挑んだのだ。おそらく私たちの履物を燃やすことによって、私たちを立ち停まらせ、私たちに自分の存在を確認させようとしたのだ……彼女は自分の犯罪を隠そうとはしなかった。ある日のこと、父が自分の部屋に入っていくと、黒いオックスフォード靴が燃えていて、ブラス・モンキーがマッチを手にして立ったまま靴の焼けるさまを見ていた。チェリー・ブロッサム靴墨と少量のスリー・イン・ワン油に混じり合った、焼ける靴の革の実に異様な悪臭が彼の鼻孔を襲った……「ほら、お父さん(アッバ)！」とモンキーはかわいい声で言った、「とてもきれいでしょ――あたしの髪とそっくり同じ色よ！」

万全の注意が払われたにもかかわらず、その夏、妹の妄想の愉快な赤い花は、アヒルのヌシーのサンダルといわず、ホミ・キャトラックの映画王にしか履けない靴といわず、屋敷中に咲き乱れた。髪の色の炎はドゥバシュ氏のみすぼらしいスエード靴やリラ・サバルマティのスティレット・ヒールをもなめた。マッチが隠され、召使たちが警戒の目を光らせていたにもかかわらず、ブラス・モンキーは叱られようと脅かされようと性懲りもなくいたずらを続けた。メスワルド屋敷は一年の長きにわたって頻繁に靴の焼ける臭いに襲われた。それは彼女の髪が名状しがたい褐色に色づき、彼女がマッチに興味を失うまで続くのだった。

　子供に手を上げることを考えただけで嫌になり、気質的に声を荒らげることさえできなかったアミナ・シナイは途方に暮れそうになった。だからモンキーが毎日うけたお仕置きは沈黙であった。母は懲罰としてこれしか選べなかったのだ。子供を叩けないので、お黙りと言ったわけだ。彼女自身の母親がアーダム・アジズを苦しめた大いなる沈黙が、疑いもなく彼女の耳に谺（こだま）していたのだろう――沈黙もまた、音の響きよりもうつろで長く続く谺を持っているものなのだ――力をこめて「お黙り（チュップ）！」と言って口に指を当て、彼女は私たちに沈黙を命じた。私は怖れをなして必ずその罰に服従した。だがブラス・モンキーはもっと頑固にできていた。彼女は無言のまま祖母のように口を固く結び、ひそかにまた靴を燃やしてやろうと決意を新たにしたのだ――昔、別の町の別の猿（モンキー）が、レザークロスの倉庫の焼打ちを不可避にしたある行為をやってのけたように……

　私は醜かったが、そのぶんだけ彼女は美しかった（いささか痩せぎすではあったが）。

しかし彼女ははじめからつむじ風のようにいたずら好きで、群集のように騒々しかった。故意の事故によってこわされた窓ガラスと花瓶の数、それに彼女が夕食の皿から投げ飛ばして、高価なペルシャ絨毯を汚したご馳走の数を、できるものなら数えてみるがいい！　沈黙は実のところ、彼女の受けた最悪の罰であった。だが彼女は陽気にそれに耐え、こわれた椅子やくだけた装身具の残骸のなかに平気な顔をして立っていた。

メアリー・ペレイラは言った。「あの子は、あのモンキーちゃんは！　四本足で生まれてくるべきだったわ！」だが、すんでのところで双頭の息子を産まずにすんだ記憶がなまなましく残っているアミナは、叫んだ、「メアリー、何てことを言うの。そんなこと、考えてほしくもないわ！」……母の抗議にもかかわらず、ブラス・モンキーが人間であったと同じくらい動物であったのは本当だ。そしてメスワルド屋敷の召使や子供はみな知っていたことだが、彼女は鳥や猫と話をすることができた。いや、犬ともである。ところが六歳の時、彼女は狂犬病にかかっていたと思われる野良犬に咬まれて、あばれたりわめいたりしながらブリーチ・キャンディ病院にかつぎ込まれ、三週間つづけて毎日昼過ぎにおなかへ注射を射ってもらわなければならなかった。この時から彼女は、犬の言葉を忘れてしまったか、少なくとも犬とかかわりを持つことを拒みはじめたようだ。鳥からは歌うことを学んでいたし、猫からはある種の危険な独立心を学んでいた。ブラス・モンキーが一番怒ったのは、誰かから愛の言葉をかけられた時であった。彼女はひたむきに愛情を求めつつも、私の圧倒的な影にかくれて愛されることができなかったのだが、騙される可能性から身を護るかのように、欲しいものを与えてくれる人に背を向ける傾向があった。

……たとえばソニー・イブラヒムが勇を鼓して、「ねえ、サリームの妹さん――君はとてもしっかりしているから、ぼくはあの、君が大好きだ……」と言った時のこと。彼女はソニーの両親がラッシーをすすっていたサン・スーシ荘の庭まですたすたと歩いていって、こう言ったのだ、「ヌシーおばさま、あたし、お宅のソニーが何をしようとしているのか知らないわ。でもたった今、ソニーとサイラスの二人が藪の陰でおかしな恰好してオチンチンをこすっていたわよ!」

ブラス・モンキーは食事時の作法は守らないし、花壇は踏み荒らすしという始末で、たちまち問題児のレッテルを貼られた。しかし額入りのデリーからの手紙や水道栓の下から見守ってくれる聖者のあるなしという差があったにもかかわらず、彼女と私は大の仲良しだった。はじめから私は彼女を競争相手としてではなく盟友として扱うことに決めていたので、私が家庭でいつも重んじられることを彼女はけっして責めず、反対に、「何もわるくはないわ。みんなが兄さんを偉いと思ったからといって、べつに兄さんがわるいわけじゃないもの」と言ってくれた。（とはいえ、何年も後のことだが、私がソニーと同じ誤りを犯した時、彼女は私に、彼に対してと同様な仕打ちをした。）

　そしてほかならぬモンキーこそが、ある間違い電話に出ることによって、小割板で出来た白い洗濯物入れのなかでの私の事故を呼び寄せることになる、一連の出来事のきっかけをつくったのだ。

　まもなく九歳になろうとする頃、私は早くも次のことを知った。すなわち、みんなが私を待っているということを。真夜中の誕生と生まれたばかりのスナップ写真、そして予言者と首相が、私のまわりに輝かしくも逃れられない期待の霧をつくってしまっていた……その霧に包まれながら、父は涼しくなったカクテル・アワーに私をぶよぶよのおなかに抱き寄せて、「でっかいことをやるんだぞ！　何もかもお前のために用意されているんだ。立派な仕事をし、立派な人生を送るのさ！」と言った。私は父の突き出た唇と足の親指の間でもがき、たえず流れている鼻水で父のシャツを汚しながら、真っ赤になって叫んだ、「離してよ、お父さん（アッバ）！　みんなが見てるもの！」すると父は大声でこう叫び、信じられぬほど私を当惑させた、「見てもらったらいいさ！　お父さんがお前をどんなに好きか、世界中の人に見てもらおうじゃないか！」……またある年の冬わが家にやって来た祖母も、こんなことを言ってくれた、「靴下を引っぱり上げなさい、何て言ったらいいかね。そうすればお前は、世界中の誰よりも立派に見えるからね！」……期待の霞のなかを漂いながら、私はすでに心のなかにある形なき動物の最初のうごめきを感じていた。それは今なお、パドマのいない夜な夜な私の腹のなかを食い荒らし、引っ掻いているのだ。いろいろな希望とあだ名（早くもクンクン、洟たれ君というあだ名がついていたのだが）を与えられて、私は、みんなが間違っているのではないか――ぼくの鳴り物入りで祝われた存在はまったくの役立たずで、空虚で、一片の目的さえも持ち合わせていないのではないか、と恐れるようになった。そしてこの獣から逃れるために、私は幼時から母の大きな白い洗濯物入れのなかへ逃げ込むようになった。というのは、この生き物は私の内部にいたのだけれども、汚れた衣類にすっぽりと囲まれていると、そいつがおとなしくなり、眠りにつくように思えたのだ。

　洗濯物入れの外では、すごくはっきりした目的意識を持っているらしい人びとに囲まれて、私は童話のなかに閉じこもっていた。ハティム・タイ（六世紀から七世紀にかけてのアラビアの詩人。イスラム以前のアラブ世界の理想的人物とされる。多くの伝説を生み、アラビア、イランの文学にしばしば登場する）とバットマン、スーパーマンとシンドバッドが、九年近くもの間、私の友であった。メアリー・ペレイラと買物に出かけた時は――鶏の首を見ただけでその年齢を言い当てる彼女の能力、そして死んだマナガツオの目をにらむ時の刺すような厳しい目つきにおじけづいて——途方もないほら穴のなかをさまようアジンになった。召使たちが、こっそりやっているともしゃちこばっているとも見える懸命さで花瓶の埃を払っているのを眺めながら、私はアリ・ババと四十人の盗賊が埃を払われた壺のなかに隠れているのだと想像した。庭では聖者プルショッタムが水を浴びているのを眺めながら、私はランプの妖魔(ジニー)に変身した。こうすることによって、この世界で自分だけが何になるべきなのか、どう振る舞うべきなのかを知らずにいるのだ、というおそるべき認識からなんとか逃れることができた。目的。その観念は、海岸にある地図の形をしたプールではね回っていたヨーロッパ人の娘たちを窓ごしに眺めて立っている時、背後から忍び寄ってきた。「いったい、そいつはどこにあるんだ?」と私は叫んだ。空色の部屋を私と共同で使っていたブラス・モンキーは、びっくりしてとびあがった。私はまもなく八歳になるところで、彼女はもうすぐ七歳であった。事物の意味のことで思い悩むには早すぎる年齢だった。

しかし召使たちも洗濯物入れのなかまでは入ってこられない。そこにはスクール・バスも来ない。九歳になる頃、私は旧市街フォート地区のアウトラム・ロードにあるカセドラル・アンド・ジョン・コノン男子校に通いはじめた。私は毎朝、顔を洗って髪をとかし、二層の丘のふもとに立っていた。白い半ズボン、蛇型のバックルのついた青い縞の入ったゴムベルト、肩には学生かばんをかけ、大きなキュウリのような鼻からは相変わらずの鼻水といういでたちだ。片目とヘアオイル、ソニー・イブラヒムとおませのサイラス大王も待っていた。バスに乗り込むと、ガタガタゆれる座席、そしてなつかしい割れ目の入った窓ガラス。だがそこには確かさがある！　九歳になろうとする少年たちの、未来に対する自信にみちている！　ソニーがホラを吹き始める、「ぼくは闘牛士になるぞ！　スペイン！　女の子たち（チキータス）！　ほら、牛（トーロ）、牛（トーロ）！」マノレテ（一九一七―四七年。スペインの闘牛士）の赤い布（ムレータ）のように学生かばんを前にかざして、彼は自分の未来を演じてみせる。その間にもバスはガタガタとケンプス・コーナーを回り、トマス・ケンプ商会（薬局）の前を通り、インド航空の藩王（ラージャ）のポスター（「ではまた、ワニ君！　わしはインド航空でロンドンへ参るところじゃ！」）、それにもう一つの広告板の下を通過する。広告板には私の子供時代を通じてずっとコリノス・キッドが描かれていた。グリーンというよりも葉緑素（クロロフィル）色のとんがり帽子をかぶって、ぴかぴか光る歯をした妖精が、〈コリノス歯みがき〉の効能を述べたてているところである――「歯を清潔に、歯をピカピカに！　歯をコリノスで真っ白に！」広告板の上の子供とバスのなかの子供たち。どちらも一次元的で、自信満々のあまりのっぺらぼうで、自分が何のためにいるかを知っている。たとえば甲状腺（グランディ）キース・コラコという、すでに唇の上にまでびっしりヒゲの生えた、甲状腺がボールのようにはれあがった子供が豪語する、「ぼくはお父さんの映画館をまかされることになってるんだ。お前ら、映画を見たい時は、ぼくのところへ来て、券を都合できないかと頭を下げることになるんだぞ！」……すると食べ過ぎのせいで肥満していて、甲状腺キースとクラスのいじめっ子大将の地位を分け合っているでぶの魚屋（ファットフィッシュワーラー）パースが負けずに、「馬鹿！　それがどうした！　ぼくはダイヤモンドとエメラルドとムーンストーンをいっぱいもつことになってるぞ！　ぼくのタマほどもある真珠だってさ！」でぶのパースはこの町でもう一軒の宝石店の経営者を父に持っている。彼の大敵は宝石商ファトボイ氏の息子だ。もっともこちらはチビで勉強家ときているので、真珠のタマの大きさ比べではほかの子供たちにかなわない……〈片目〉は目の不自由さなど何のその、クリケット選手になって世界選手権に出てやると抱負を語った。〈ヘアオイル〉は弟が縮れ毛のもじゃもじゃ頭であるのに対し、きちんと髪をなでつけているのだが、いわく、「君たちはなんて自分勝手なんだ！　ぼくはお父さんのあと継ぎとして海軍に入り、国を守ろうと思ってるよ！」そこまで言うと彼は、定規やコンパスやインクの滴を投げつけられた……スクール・バスはガタガタ揺れながら、チョウパティ・ビーチを越え、大好きなハーニフ叔父のアパートの脇で左に曲がってマリーン・ドライヴを離れ、ヴィクトリア駅（ターミナス）を越えてフローラ・ファウンテンに向かい、チャーチゲート駅とクローフォード市場を越えていった。私は落ち着きはらっていた。私は秘密の身元を隠している、おとなしいクラーク・ケントだった。しかしそれがいったい何だというのか。「おい、洟たれ君！」と甲状腺キースがどなった、「おいみんな、このクンクン坊主は将来、何になると思う？」でぶの魚屋パースが大声で答える、「ピノキオさ！」そして他の少年たちが大声で合唱する、「だってぼくには糸がついてないよ！」……その間、サイラス大王は天才らしい沈着さを保ち、この国の先端的な原子力研究所の未来について構想をめぐらしている。

家ではブラス・モンキーが靴の放火を続けていた。衰弱のどん底から這い上がってきた父は、もう一度おろかにもテトラポッド事業にはまり込んでいった……「それはどこにあるんだろう？」と私は窓辺で自問した。漁師の人差指は、誤解を誘うかのように海に向けられていた。

洗濯物入れからは排除されている。「ピノキオ！　キュウリ鼻！　洟たれ小僧！」という罵声もだ。隠れ家のなかに身をひそめて、私はブリーチ・キャンディ幼稚園の先生であるミス・カパディアの記憶から解放されていた。彼女は最初の授業の時、黒板から振り向いて私の鼻を見るなり、驚いて黒板消しを落として、足の親指の爪を強打し、悲鳴をあげた。父の有名な事故を小型にしたような出来事だった。汚れたハンカチとしわくちゃのパジャマのなかに埋まって、私はしばし自分の醜さを忘れた。

私はチフスに罹ったが、アマガサヘビの毒のおかげで治った。幼時の過熱した成長率は沈静化した。九歳になろうとする頃、ソニー・イブラヒムは私より一インチ半だけ背が高かった。しかしサリーム坊やの体のある一部分は、病気に対しても蛇のエキスに対しても免疫性を持っていた。それは両目の間で外へ下へと脹れ出した。あたかも私のなかにある膨脹主義的なエネルギーが体の他の部分から追われて、この唯一無比の突起に集中しようと決めこんだかのようなのだ……両目の間、唇の上で、私の鼻はまるで特大の栗のように大きくなった。（だが半面、親知らずという余計なものは生えてこなかった。自分に与えられた幸運のことも考慮に入れるべきなのだ。）

鼻には何が入っているのか？　普通の答えはこうだ。「簡単だよ。呼吸器官と嗅覚器と毛だ」しかし私の場合、答えはもっと簡単だった。とはいえ急いでつけ加えておかなければならないが、いささか不快なものでもあった。私の鼻のなかにあったものは鼻汁なのだ。しんどくはあるが、ご免蒙って、詳しく説明しておかなければなるまい。鼻詰まりがひどくて口で呼吸するほかなかった私は、いつもまるで金魚のように喘いでいた。万年鼻孔閉塞とあって、幼年期の私は匂いというものを知らずに過ごし、麝香やチャンベリやマンゴー・カソーンディや自家製のアイスクリームの匂いさえ分からなかった。

そして、汚れた洗濯物の臭いさえも。洗濯物入れの外の世界での障害は、なかに入れば利点にもなりうる。あくまで、なかに入っている限り、ということだが。

目的という観念に毒されていた私は、鼻のことで悩んだ。女校長のアリア伯母から季節ごとに送られてくる恨みのこもった洋服を着て、私は学校に通い、フレンチ・クリケットをし、喧嘩をし、童話に読み耽り……そして悩んだ。（その頃アリア伯母はとめどもなく子供服を送ってきてくれるようになっていたが、その縫い目のなかに彼女は老嬢の悲嘆を縫い込んでいた。最初は恨みのベビー服、それから怨念のロンパースという具合に、ブラス・モンキーと私は伯母から贈られたものを身につけていった。育ち盛りの私は嫉妬の糊のきいた白い半ズボンをはき、モンキーの方はアリアの妬み(ねた)が濃厚にしみこんだ花模様の美しいドレスを着た……贈られた衣服を着ることで伯母の復讐の網のなかに捕えられていることも知らずに、私たちはおしゃれを楽しんだ。）ガネーシャ神の象鼻のような私の鼻は最上級の呼吸器、そしていわば鋭敏すぎる嗅覚器官であるべきはずのものだと私は思った。ところが実際は永遠に詰まりっぱなしの、木で出来たシークカバブのように無益な代物なのだ。

このくらいでよかろう。私は洗濯物入れのなかに坐り、鼻のことを忘れた。一九五三年のエベレスト登頂――そのニュースにうす汚ない〈片目〉はほくそ笑みながら、「おいみんな！　テンジン（テンジン・ノールゲイ。ネパールの登山家。エドマンド・ヒラリーと共にエベレストに初登頂）はクンクンの顔を登れると思うかい？」と言った――のことも忘れたし、私の鼻をめぐっての両親の口論のことも忘れた。口論というのは、アフマド・シナイが私の鼻のことで飽きもせずにアミナの父を責めていたことだ。「ぼくの一族には、ああいう鼻は前例がない！　シナイ家の人間は立派な鼻をもってるんだ。誇り高い鼻だよ。王族の鼻なんだよ、きみ！」アフマド・シナイはその頃すでに、彼がウィリアム・メスワルドの信用を得るために創作した架空の先祖を信じるようになっていた。妖魔（ジン）の呪縛にかかっていた彼は、自分のなかにムガル王朝の血が流れていると考えていた……洗濯物入れのなかで忘れたことと言えば、もう一つ、私が八歳半の時のある晩のことがある。父が妖魔（ジン）くさい息をして寝室に入ってきて、私のシーツを剝ぎ取って、「何を始めようってんだ、豚め、のら豚め」と言ったのだ。私は眠そうな、無邪気な、キョトンとした顔をしていた。父はどなりつづけた。「汚ない（チヒーチヒー）！　不潔なやつめ！　神様はそんなことをする男の子に罰をお与えになるんだ！　すでに神様はお前の鼻をポプラの木のように大きくした。今度はお前の成長を停めるだろう。そしてお前のチンチンを縮ませるだろう！」すると騒ぎの起こっている部屋へ寝巻姿の母が入ってきて、「あなた（ジャーノム）、お願い。その子はただ眠っていただけじゃないの」父をすっかりとりこにしていた妖魔（ジン）は父の口をかりてどなった。「こいつの顔を見ろ！　眠っただけであんな鼻になる奴があるかい」

洗濯物入れのなかに鏡はない。下品な冗談も人差指も、そこへ入っては来ない。父親の怒声も汚れたシーツや脱ぎ捨てられたブラジャーに吸収されてしまう。洗濯物入れは世界の穴であり、文明が自らの外に、境界の外に設けた場所である。というわけでそれは恰好な隠れ場所なのだ。洗濯物入れのなかで、私は地下室のナディル・カーンのように、あらゆる外圧から守られ、両親や歴史の期待から隠されている……

父はぶよぶよのおなかに私を押しつけ、こみあげてくる感情に声を詰まらせながら言った。「よしよし、ほら、お前はいい子だ。何でも好きなものになれるぞ。ただ強く願うだけでいいんだ！　さあ、もう寝なさい……」メアリー・ペレイラは父と同じことを歌にして言った。「なりたいものに、あなたはなれる！　どんなものでも思いのままに！」この家ではちゃんとしたビジネスの原理が暗黙のうちに信じられているということが私にはすでに分かっていた。彼らは私に投資したものを十分に取り戻そうと考えているのだ。子供たちは食と住と小遣いと長い休暇と愛情を受け取る、しかもそのすべてを一見ただで、無償で、手に入れる。たいていの愚かな子供たちは、それが、生まれたことに対する報酬だと思っている。「ぼくには糸なんかついてない」と彼らは異口同音に言う。だがピノキオである私には糸が見えていた。両親というものは利益という動機に衝き動かされているのであって——それ以上でも以下でもない。注ぎ込んだ愛情の見返りとして彼らは、出世という私からの莫大な配当金を当てにしていた。誤解しないでほしい。それがいけないというのではないのだ。私はその頃、従順な子供だった。両親に、彼らの欲しがっているものを、占い師や額入りの手紙が約束してくれたものを、与えてやりたいと願った。ただ、その方法が分からなかった。出世って、どこから来るのか。どうやって手に入れるのか。いったいいつ？……私が七歳の時、アーダム・アジズと修道院長がやって来た。七歳の誕生日に、私はおとなしく漁師の絵のなかの少年のような衣装を身につけた。暑苦しくてきつい、その異様な装束に包まれて、私はにっこり笑ってみせた。「まあ、月のかけらちゃん！」とアミナは砂糖で家畜の絵が描かれているケーキを切りながら、叫んだ、「とてもかわいいわ。泣いたりしてはだめよ！」目の真下のあたりにひそむ洪水のような涙、暑苦しさと、贈物のなかに一ヤードチョコレートが入っていないことへの不満からくる涙をなんとかこらえて、私は一切れのケーキを病臥中の修道院長のところへ運んだ。私は医者の使う本物の聴診器を与えられており、それを首にかけていた。祖母が診察してごらんと言うので、私はもっと運動しなさいという処方を与えた。「一日一回、部屋のなかを歩きなさい。たんすのところまで行って戻ってらっしゃい。ぼくにつかまってもいいのですよ。ぼくは医者ですからね」聴診器をつけた英国紳士は魔女のようなあざのある祖母の手をとって部屋のなかを歩き回った。ふらつき、足を引きずりながら、祖母は私についてきた。この療法を三ヵ月間つづけると、祖母は全快した。お隣さんたちがラスグラ（チーズを使った団子のシロップ漬け）やグラブ・ジャムンなどのお菓子を持って、お祝いに来てくれた。修道院長は椅子の上に背筋をのばして坐り、言い放った、「わたしの孫をごらんなさいよ。この子はわたしの病気を治したのですよ、何て言いますかね。天才！　天才ですよ、何て言ったらいいか。これは神様からの贈物です」なるほど、そういうものなのか。私は悩むのをやめるべきなのか？　天才とは、求めるということ、覚えるということ、知るということ、できるということ、とはまったく無関係のものなのか？　真新しい、緻密な織りのカシミア・ショールのように、予定された時に私の肩の上に降りてくるものなのか？　落ちてくるマントとしての出世。それは洗濯夫のところへ送られる必要もない。天才を石の上で叩いて洗ったりはしないのだ……その一つの鍵、祖母がふと言ったひとことが、私の唯一の希望だった。そして結局、祖母の言葉にあまり狂いはなかった。（事故はほとんど私の頭上にある。真夜中の子供たちは待っている。）

何年ものち、パキスタンでアミナの頭上に屋根が落ちてきて彼女を煎餅のように押し潰した晩のこと、彼女は昔の洗濯物入れの幻を見た。その幻が瞼のなかに現われた時、彼女は特に会いたいわけではないいとこのようにその幻を迎えた。「あら、またあなたなの？」と彼女は言った。「でもいいわ。近頃はいろんなものが甦ってくるのね。何ひとつ置き去りにはできないみたいだわ」わが家の女たちはみなそうだが、アミナも年より早く老け込んだ。洗濯物入れは老いがはじめて彼女に忍び寄ってきた年のことを思い出させた。一九五六年の猛暑——メアリー・ペレイラの話では、強烈な羽音を立てる目に見えない虫が原因ということだった——が、またしても彼女の耳に響いてきた。「あの時もう足のイボがわたしを殺しはじめていたのよ」と彼女は声に出して言った。灯火管制を発令していた民間防衛隊員はひとり悲しげに笑って考えた、戦争になると老人たちはどっぷりと過去のなかに身を沈めるものだ、そうすることによって死なねばならぬ時に死ねる準備を整えるのだ、と。彼はその家をほとんど一杯にしているボロのテリー・タオル（テリーはけば立った厚手のタオル地。後出のテリー・クロスに同じ）の山を越えて這い出した。なかに残ったアミナは汚れた洗濯物のことでひとりごちていた……ヌシー・イブラヒム——アヒルのヌシーのことだが——はアミナを崇拝していた。「あなたのその姿勢！　その口調！　ほんとにすてきだと思うわ。あなたってまるで見えないトロリーに乗っているみたいに、滑っていくのね！」だが私の優雅な母は、その猛暑と虫の夏、ついにイボとの闘いに負けた。

聖者プルショッタムが突然、魔力を失ったからである。水が彼の髪のなかに禿をつくったのだ。長年にわたって滴りつづけた水滴が彼を磨滅させたのだ。彼は自分の祝福(ムバラク)された子供に幻滅しただろうか。彼の真言(マントラ)が力を失ったのは私のせいだろうか。苦悩にさいなまれた様子で、彼は母に言った、「ご心配なく、少しお待ち下さい。奥様の足はきっと治して差し上げます」だがアミナのイボはいっそうひどくなった。彼女は医者通いを始めたが、医者たちは絶対温度の炭酸ガスで冷やしてくれるだけで、イボは二倍もいきいきとしてきた。彼女はよたよた歩くようになり、滑るように歩いた時代は永久に終りになった。まぎれもなく老いが迎えに来たのだと彼女は悟った。(空想で頭がいっぱいになった私は、母を烏骨鶏(シルキー)に変えた――「お母さん(アンマ)はきっと本当は人魚なんだけど、ある男の人が好きなために人間の姿をしているんでしょう――だからまるで剃刀の刃の上を歩いてるような歩き方をするんだ!」母は表情をゆるめはしたものの、笑いはしなかった。)

一九五六年のこと。アフマド・シナイとナルリカル医師はチェスをしながら議論していた――父はナセルを激しく非難し、ナルリカルは彼を公然と礼賛した。「あの男はビジネスには向かない」とアフマドが言うと、「しかし彼はスタイルを持っている」とナルリカルは興奮で顔を真っ赤にして反論した、「誰からも甘く見られることがない」同じ頃、ジャワハルラル・ネルーは更なるカラムスタンを避けるために、国家の五ヵ年計画のことで占星術師に相談していた。そして世界に侵略とオカルト趣味がはびこっている時、私は、すでにいささか窮屈になっていた洗濯物入れのなかに隠れていた。そしてアミナ・シナイは自責の念に苦しめられるようになった。

彼女はすでに競馬場での冒険を心から追い払おうとしていた。しかし祖母の料理が与えた罪の意識から逃れることはできなかった。だから彼女にとって、イボを罰と考えることは難しくなかった……何年も前の競馬場通い（マハラキシミ）の罰としてばかりか、夫をアル中用のピンクの切符から救うことも、ブラス・モンキーを女らしく躾けることも、ひとり息子の鼻の大きさをほどほどのところで抑えることもできなかったことに対する罰として。今、母のことを回顧してみると、自責の霧が母の頭にかかりはじめていたようだし――黒い肌から吐き出された黒い雲が目の前に垂れ込めていたようだ。（パドマならこれを信じてくれよう。パドマには私の言わんとすることが分かるだろう！）自責の念が強まると霧も濃くなった――これはまあ当然だろう――母の首から上がすっかり隠れてしまう日もあったのだ！……アミナはこの世の苦しみを一身に背負い込む稀有な存在になった。彼女はみずから罪責を引き受けようとする人の持つ磁力を発散しはじめた。すると彼女と知己を得た人は、ことごとく内心の罪を告白したいという衝動にかられるようになった。母の抱擁力の前に相手が自分の罪をすっかり投げ出した時、母はやさしい、しかし悲しい、霧のような微笑を投げ与え、相手はたちまち晴ればれとした心になって帰っていった。明るい顔で、重い苦しみはずっしりと母の肩に残して。自責の霧は濃くなった。アミナは召使が殴られたとか、役人が買収されたとかいう話を聞いた。ハーニフ叔父と美人の妻ピアが訪ねてくると、二人は夫婦喧嘩の模様をことこまかに話してきかせた。リラ・サバルマティは母の美しく傾斜した、悩みばかり聞かされ続けている耳に向かって、自分の浮気話を打ち明けた。メアリー・ペレイラは自分の犯罪を告白したいというほとんど耐えがたい誘惑といつも闘っていた。

人びとの罪を受けとめて、母は霧のような笑みを浮かべ、固く目を閉じた。頭上に屋根が落ちてくる時までには視力がひどく損なわれていたが、それでもなお洗濯物入れを見ることはできた。

母の自責の奥底に本当は何があったのか。つまりイボと妖魔(ジン)と告白のさらに下層には何があったのか。それは言うに言われぬ病いだった。名付けることさえできぬ、もはや地下室の夫の夢だけに限られるものでもない、一つの苦悩だった……母は電話に呪縛されていたのだ(父もまもなく同じことになるのだが)。

その夏の午後、蒸しタオルのように暑い午後、しょっちゅう電話が鳴った。アフマド・シナイが枕の下に鍵束をかくし、たんすのなかにへその緒をしまって眠っている時、電話のけたたましい音が夏の虫の羽音を引き裂いた。母はイボが痛くて足を引きずりながら広間にやって来て受話器をとった。さて、この表情は何だろう。乾きかけた血のような顔色をしているではないか？　見張られていることも知らずに、魚のように口をパクパク動かし、声を押し殺して話しているのは、なぜか？……たっぷり五分間も耳を傾けてから、こわれたガラスのような声で「すみません、番号が違います」と言っているのは、どうしてか？　瞼にダイヤの粒がキラッと光っているが、いったい何があったのだ？……ブラス・モンキーが「こんど鳴ったらつきとめてやろうよ」と小声で言った。

五日後のこと。これも午後だった。アミナはアヒルのヌシーのところへ出かけて不在だった。電話がうるさく鳴りだす。「急いで！　急がないとお父さんが起きてしまうから！」その名のごとく敏捷なモンキーは、アフマドがいびきの調子を変えるまもないうちに受話器をとる……「もしもし、こちらは七〇五六一です。もしもし」私たちは体中の神経をとぎすまして聞いていたが、しばらくは何の声もしない。ようやく諦めかけた頃になって、声が聞こえてきた。「……ええっと……はい……もしもし……」モンキーが「もしもし、どちら様ですか?」とどなった。再び沈黙。ついに話さざるをえなくなった相手は、答え方を考えてから、「……もしもし……シャンティ・プラサド貸トラック会社さんですか」モンキーはすかさず、「そうですが、ご用件は?」またも沈黙。相手は当惑しているらしく、ほとんど言い訳するような声で、「トラックを一台、借りたいんです」

声とはひどくちぐはぐな用向き! 身分をいつわっている人の見え透いたたわごと! 電話の声はトラックを借りる人の声などではなかった。それは柔らかくて、ちょっと肉感的で、いわば詩人の声だ……その日から電話はきまった時間に鳴った。時どき母が出て、口を魚のようにパクパクさせながら黙って聞いたあと、あまりに遅れて「すみません、番号が違います」と言うのだった。そうでない時はモンキーと私が電話にとびついて受話器を二つの耳に当て、モンキーがトラックの注文を受けた。私は首をかしげた。「おいモンキー、どう思う? なぜトラックがやって来ないのかとあの人は思わないのかな?」彼女は目を丸くして、そわそわした声で、「兄さん、本気でそんなこと……いいえ、たぶん来てるんでしょ!」

だが私にはよく分からなかった。ともかく小さな疑惑の種が私のなかに蒔かれた。母が秘密を持っているのかもしれないという想念が、ちらと脳裡を横切った――まさか、お母さんが！「秘密を抱いていると、それは心のなかで腐敗するの。いろんなことを誰にも言わずに内緒にしておくと、胃が痛くなるわ！」と口癖のように言っていた人なのに――その想念ははじめ、微小な火の粉でしかなかったのだが、洗濯物入れのなかでの私の体験に煽られてやがて山火事になるのだ。（というのは、この時ばかりは母は証拠を与えてしまうのだ。）

さていよいよ本題の汚れた洗濯物に話を移すことにしよう。メアリー・ペレイラは私にこう言いきかせるのを好んだ、「ねえ坊や、大人になりたかったら、清潔にしなければいけないわ。着換えをし、毎日ちゃんとお風呂に入ることね。さあ、坊や、さもないと洗濯男のところへやってしまいますよ。その男は坊やを石の上でぶちのめすでしょうよ」彼女は虫の話でおどかすこともあった。「ああ、それなら汚ないままでいなさい。蠅以外の誰からも愛されなくなりますよ。眠っている間に蠅が坊やの上にたかって、皮膚のなかに卵を生みつけるんですよ！」私が洗濯物入れを隠れ場所に選んだのは、一つには反抗であった。洗濯夫や家蠅をも恐れずに、汚ない所に身を隠したわけだ。シーツやタオルは強さと慰めを与えてくれた。私の鼻は石で打たれる運命のリネンのなかにだらだらと鼻汁を垂らした。しかし木製の鯨の腹のなかから外界に出てくると必ず、汚れた洗濯物に対する悲しい大人の分別が戻ってきて、冷静であれ、けっして品位を失ってはならない、石鹸から逃げることなどできはしないという真理を教えてくれた。

　六月のある午後のこと、私は午睡をむさぼっている家の廊下を抜き足さし足で自分の選んだ隠れ場所に赴いた。母が眠っている部屋を過ぎて、白タイル張りの静まり返ったバスルームへ忍び込む。目的地の蓋をあげて、柔らかい衣類(ほとんどが白だ)の連なりのなかへ飛び込む。ここに入って思い出されるものといえば、過去においてここを訪れた時の記憶だけだ。そっと安堵の息をついて蓋を閉める。そして生きていることの苦痛をパンツや肌着に揉みほぐしてもらいながら、まもなく九歳になるのだ。

　ふと空気中に電気が走る。暑熱が蜂のように唸り声をあげていた。空のどこかに掛っているマントがひらひらと私の肩の上に舞い降りてこようとしている……どこかで一本の指がダイヤルの方に伸びる。ダイヤルがぐるぐる回り、電流が電線を伝って走る。七・〇・五・六・一。電話が鳴る。くぐもったベルの音が洗濯物入れのなかまで響いてくる。なかにはまもなく九歳になる少年が窮屈な思いをして隠れている……私、サリームは、発見されるのを恐れて固くなっていた。今や次々といろいろな音が箱の中へと押し寄せてきたからだ。ベッドが軋む音、スリッパが廊下をゆく音、途中で鳴りやんだ電話の音、そして――これはただの想像だろうか。彼女はまわりに聞こえないような小声で話しているのだろうか――例のごとく遅すぎる時に出てくる科白、「すみません、番号が違います」

それから引きずるような足音が寝室に戻ってゆく。隠れ場所にいる少年がいちばん恐れていたことが現実になる。ドアのノブが回って、警告してくれる。剃刀のように鋭い足音がひんやりした白いタイルの上に響き、彼を切りさいなむ。彼は氷のように冷えきり、棒のように動かぬままだ。鼻汁が汚れた衣類のなかに静かに滴る。一本のパジャマのひも——蛇のような運命の先触れだ！——が左の鼻孔に入り込む。クンと鼻を鳴らしたとたんに絶命ということに相成りそうだ。彼はひものことは考えないことにする。

……恐怖に締め上げられたまま、汚れた洗濯物のすきまから外を覗いてみる……バスルームで一人の女が泣いている姿が目に入る。厚い黒雲から雨が降っている。更なる音、更なる動きが起こる。母の声が、二つの音節を何度もくりかえしはじめる。母の手が動きはじめる。下着類に包み込まれた耳が音を聞きとろうとして緊張する——あの音はdirなのか、Birなのか、Dilなのか？——それにもう一つの方はHaなのかRaなのか？　いや、あれはNaだ。そこでHaとRaは追放される。DilとBirは、永久に消え失せる。少年の耳に、ムムターズ・アジズがアミナ・シナイになって以来いちども口にされたことのない名前が入ってくる。ナディル。ナディル。ナ・ディル・ナ。

そして彼女の手が動いている。追憶に耽りながら、アーグラの地下室で痰壺攻めをしたあとに起こったことを思い出しながら、その手は楽しげにひらひらと頬を撫でる。どんなブラジャーよりもきつく胸を締めつける。そして露出した胴(ミドリフ)を愛撫し、裾の下にさまよっていき……そう、これはわたしたちがいつもしていたこと、それだけでよかった、たとえ父が何と言おうと、わたしはそれで満足だった、あなたは消えた、そして今度は電話が、ナディルナディルナディルナディルナディルナディル……電話を持っていた手が今は体に触れている。ところで向こう側のもう一本の手は何をしているのだろう？　受話器を置いたあと、もう一本の手はどこへさまよっていくのだろう？……いや、こんなことはどうでもいい。それよりここで、プライバシーを覗かれながらアミナ・シナイは、一つの古い名前を何度も何度もくりかえし、ついに大声で「ああ、ナディル・カーン、今までいったいどこへ行っていたの？」と叫んでしまう。

秘密。男の名前。かつて一度も見たことのない手の動き。少年の心はとりとめもない考えでいっぱいになり、言葉にしようもない想念によって苦しめられる。左の鼻孔にはパジャマのひもが蛇のように上へ上へと入っていき、もう放ってはおけない……

そして——ああ慎みをかなぐり捨てた母よ！　とうとう二面性をさらけだし、家庭には置き場のない激情をさらけだしてしまったのだ。あまつさえ破廉恥にも、黒マンゴーをあらわにして！——アミナ・シナイは涙をぬぐいながら、もっとくだらない欲求に引きずられていく。息子の右の目が洗濯物入れの上端の細板の間から覗いてみると、母はサリーをくるくると脱いでいる。洗濯物入れのなかから私は声にならない声で「やめてやめてやめて！」と叫ぶ……だが私は目を閉じてしまうことができない。瞬きもしない瞳孔が、サリーが床に脱ぎ捨てられる逆さまの映像をとらえ、いつもどおりに頭のなかで正しい向きの像を結ぶ。私は薄青い目で、サリーの次にスリップが脱がれるのを見る。すると——ああ、何てことだ！——洗濯物と細板の枠のなかに見える母は、脱いだものを拾い上げようと身をかがめる！　これは駄目だ、網膜が焦げちゃうぞ——母の臀部がまる見えだ。夜のように黒くて、まんまるい肉づきがゆるやかな曲線につながっている。この世で似ているものといったら、巨大な黒いアルフォンソ・マンゴーしかない！　洗濯物入れのなかの私はこの光景におじけづきながら自分と闘う……今、自制こそ急務でありながら、同時に不可能事だった……黒マンゴーの雷鳴のような衝撃を受けて、私はげんなりとなり、パジャマのひもは勝ち誇る。アミナ・シナイが便器の上に坐っている間、私は……何をする？　くしゃみではない。くしゃみよりはおとなしいものだ。ピクッと動くというのでもない。それよりは大がかりのものだ。はっきり言ってしまおう。二音節の声とひらひら動く手に打ちのめされ、黒いマンゴーに圧倒されたサリーム・シナイの鼻は、母の二面性の証拠をつきつけられて絶句し、母のお尻をまのあたりにして打ち震え、その結果、パジャマのひもに乗じられてしまった。そして、驚天動地の——世界を一変させるような——取返しのきかない、スーというひと啜りをやってしまった。パジャマのひもが痛みとともにさらに半インチ上昇する。だがほかのものも一緒に上昇を開始する。鼻孔内の液が熱病じみた吸入行為によって押し上げられ、容赦なく上へ上へ上へと、重力に逆らい、自然に逆らって吸い込まれていく。副鼻腔に耐えがたい圧力がかかり……とうとう、九歳になろうとする少年の頭の内部で何かが破裂する。決壊したダムから鼻水の激流が暗い新水路に流れ込む。粘液が本来上昇可能な高さよりも高く上昇する。廃液はおそらく脳の境界まで達し……ショックを起こす。電気をおびたものが水分に触れたのだ。

激痛。

そしてざわめき。耳を聾せんばかりの、大勢の声からなる、ものすごい騒ぎが私の頭のなかで起こる！……白い木製の洗濯物入れのなかか、私の頭蓋骨という暗い講堂の内側で、私の鼻が歌い出したのだ。

しかし今はそれに耳を傾けている暇はない。すぐ近くで一つの声が起こったのだ。アミナ・シナイが洗濯物入れの下側のドアを開けたのだ。私は羊膜のような洗濯物に頭をくるまれて下へ下へと落ちていく。パジャマのひもが鼻から外れる。そして今、母のまわりの黒雲を突き抜けて稲妻が光る――かくして一つの隠れ家が永久に失われることになった。

「見てなかったよ！」と私は靴下やシーツの間から叫んだ。「何にも見なかったよ、お母さん、本当さ!!」

そして何年ものちのこと、捨てられたタオルの落ちている部屋で籐椅子に坐って、ラジオから流れる誇張された戦勝のニュースを聞きながら、アミナは思い出した、嘘つき息子の耳を親指と人差指でつまんでメアリー・ペレイラのところへ連れていった時のことを。メアリーはいつものように空色の部屋の籐のマットの上で眠っていた。「このオバカサンに、このロクデナシに、まる一日口をきかせてはいけません」とアミナは言った……そして頭の上に屋根が落ちてくる直前に、彼女は「あれはわたしのせいだった。躾がわるかったのだわ」と声に出して言った。爆風が襲ってきた時、彼女はさらにつづけて、穏やかに、だがきっぱりと今生最後の言葉を洗濯物入れの幽霊に向けて吐いた、「さあ、行っておしまい。もうお前は見飽きたから」

シナイ山の上で預言者ムーサまたの名モーセは、姿なき神の十戒を聞いた。ヒラー山の上で預言者ムハンマド（モハンマド、マホメット、最後から二番目の者、マハウンドとも呼ばれる）は大天使（ガブリエルと呼んでもジブリールと呼んでもよいが）と言葉を交わした。そしてまたアングロ・スコティッシュ教育協会の「後援によって」経営されているカセドラル・アンド・ジョン・コノン男子校のステージの上で、いつものように女役を演じた私の友サイラス大王は、バーナード・ショーの書いた科白を言う聖女ジョーン（ジャンヌ・ダルク）の声を聞いた。だがサイラスは孤立者だ。野のなかにその声が聞かれたジョーンのようにではなく、ムーサすなわちモーセのように、最後から二番目の者ムハンマドのように、私は丘の上で声を聞いた。

ムハンマド（ついでながら、その名よ安らかなれ。私は誰をも怒らせたくはない）は、一つの声が「誦め！」と言っているのを聞いて、自分は気が狂うのではないかと思った。私はまず、調節されていないラジオよろしく、頭のなかでさまざまな声がベチャベチャ喋りまくっているのを聞いた。あいにくと母の厳命によって口を閉じていたので、慰めを求めることもできなかった。四十歳のムハンマドは妻や友人に救いを求め、かなえられた。「まちがいなく、あなたは神の使者なのだ」と彼らは言った。九歳になろうとする齢で罰の苦汁をなめていた私は、ブラス・モンキーの助けも求められず、メアリー・ペレイラからやさしい言葉をかけてもらうこともできなかった。夕と夜と朝ずっと沈黙を守りながら、私はひとりで自分に何が起こったのかを理解しようとあせった。そしてついに私は、天才のショールが刺繡された蝶のようにひらひらと舞い降りてきて、出世のマントがするすると落ちてきて自分の肩にかかるのを見た。

その沈黙の夜の暑さのなかで（私は無言の行をつづけていた。外では海が遠くでこすれあう紙のようにさらさらと鳴り、烏たちは羽毛に包まれた悪夢に苦しんでカアカア鳴いていた。のろのろ走るタクシーのパッパッという音がウォーデン・ロードから聞こえてきた。ブラス・モンキーは好奇心の塊りのような顔をして、眠り込む前に食いさがってきた。「ねえ、サリーム、誰も聞いてないわ。いったい何をしたのよ。教えて、教えて、教えて！」……同時に私のなかで、さまざまな声が頭蓋骨の壁にぶつかってはね返っていた）私は興奮という熱い指に摑まえられた――興奮という高ぶった昆虫が私の胃のなかで踊った――そのわけは、どうやらその時は十分には分かっていなかったのだが、トクシー・キャトラックがかつて私の頭のなかでちょっと一押しした扉が、力ずくでこじ開けられてしまい、そこから――まだおぼろげで、不明確で、謎めいてはいたが――ついに、自分の生まれてきた理由をかいま見ることができたからなのだ。

ガブリエルまたの名ジブリールがムハンマドに言った、「誦め！」と。アラビア語でアル・クルアーン（コーラン）と呼ばれる読誦はこの時から始まった。「誦め、『創造主なる主の御名において。いとも小さい凝血から人間をば創りなし給う』」それはメッカ・シャリーフ郊外のヒラー山でのことだった。ブリーチ・キャンディ・プールの向かいの二層の丘の上で、いろいろな声が私に読誦の仕方を教えようとした。「あした、あした、あした！」と私は興奮して言った。

　夜明けまでに分かったことは、これらの声は調整可能だということだった――私はラジオ受信機なのだ。ボリュームを上げることも下げることもできた。一つ一つの声を選ぶこともできた。新発見の内なる耳を意志の力で塞いでしまうこともできた。驚いたことに恐怖はあっというまに消えた。朝になるまでに、私はこう考えるようになっていた。

「おい、これは全インド放送よりもいいぞ。セイロン放送よりもさ！」

　妹としての忠誠のあかしを立てるかのように、ちょうど二十四時間が経過した時、ブラス・モンキーは母の寝室に駆け込んだ。（たしかその日は日曜で学校は休みだった。あるいはそうではなくて――あれは言語行進（ヒンディー語を統一言語にしようとする政権への反発から起こった、一言語が一州を持とうという激しい運動によるデモ）で賑わった夏だったから、バス道路での暴力の危険に備えて学校はしょっちゅう休校になったのだ。）

「時間だわ！」と叫びながら、モンキーは母を揺り起こした。「お母さん（アンマ）、起きて。時間よ。サリームはもう話をしてもいいでしょう？」

「いいわ」と言って、母は空色の部屋にやってくると、私を抱いて、「許してあげますよ。でも二度とあのなかに隠れたりしないことね……」

「お母さん」と私は熱っぽい調子で言った、「お母さん、聞いて下さい。あることを話しておきたいんです。とてもだいじなことなんだ。でもお願い、まずお父さんを起こして下さい」

「何だって？」「どうして？」「そんなのだめよ」といった問答がしばし続いたあと、母は私の目に尋常ならざるものを見てとって、心配のあまりアフマド・シナイを起こしに行った。「あなた、すぐいらして。サリームの様子がへんなのよ」

子守女も含めて家族全員が居間に集合した。カットグラスの花瓶やふっくらしたクッションに囲まれ、回っている天井扇風機の影が落ちたペルシャ絨毯の上に立って、私は彼らの心配そうな目に向かって微笑み、天啓を開陳する準備をした。さあ始めるぞ。この人たちの投資の報酬の始まり、最初の配当だ——最初というのは、まちがいなくあとにたくさん続くからだ……黒い母、唇の突き出た父、モンキーもどきの妹、そして犯罪を隠している子守女は、当惑の色をあらわにして待っていた。

言ってしまうんだ。率直に、修飾なしに。「今はじめて言うんですが」と私はおとなびた調子を真似て言った、「実はきのう、たくさんの声を聞いたんです。頭のなかでいろいろな声が語りかけてくるんです。それで思ったんです——本当にそう思ったんですよ、母さん（アンミ）、父さん（アブー）――大天使たちがぼくに語りはじめたんです」

ほら！　私は思った。言ってしまったぞ！　肩を叩かれ、お菓子を買ってもらえるかもしれない。あちこちで吹聴され、またもや写真を撮られることになるかもしれない。わが一族は誇りで胸を膨らませるだろう。だが無邪気な子供の何というおめでたさよ！　正直が仇になって――ぜひとも皆を喜ばせてやろうという善意が裏目に出て――私は四方から攻撃される羽目になった。まずモンキーがこの調子。「いやーね、サリームったら。こんなコケオドシの芝居を始めちゃって、何かと思ったらまたいつもの阿呆みたいな冗談なの？」モンキーよりひどいのはメアリー・ペレイラだった。「あらまあ（クライスト・ジーザス）！　お助け下さい、神様！　ローマ教皇様、きょうわたしはひどい瀆神の言葉を耳にしました！」メアリー・ペレイラよりひどいのは母アミナ・シナイだった。今は黒マンゴーこそ隠しているものの、禁断の名を呼んだ痕が唇に熱く残っている母の言い草はこうだ。「めっそうもない！　この子のせいでわたしたちの頭の上に屋根が落ちてくるわ！」（それも私のせいだったのか？）アミナは続けた、「この悪魔！　ならず者！　サリーム、お前は頭がおかしくなったの？　いったいどうしたというの――気が狂ってしまったの？――しようのない子ね！」アミナの金切声よりひどいのは父の沈黙だった。母の恐怖よりひどいのは父の顔に現われた荒々しい怒りだった。そして何よりひどいのは父の手だった。その手、指の太い節くれだった、牡牛のように強い手が突然伸びてきて、私の横っ面を張りとばし、おかげで私はその日から永久に左の耳がよく聞こえなくなった。私は仰天した部屋のなかを罵言によってけがされた空気を引き裂いて吹っ飛び、不透明な緑のガラスのテーブルトップを粉々にしてしまった。生まれてはじめて自分に確信が持てたその日に、私は、鋭く光るもののいっぱい散らかった緑の不透明ガラスの世界、いちばん大事な人たちにも頭のなかで起こったことを話してはいけない世界に放り込まれた。気がつくと、緑のガラスのかけらで手をひどく怪我していた。その目の回るような世界で、私はいつまでも、自分は何のためにあるのかという疑問にたえず苦しめられる運命にあった。

白いタイルのバスルームに置かれた洗濯物入れのかたわらで、母は私の傷口にマーキュロクロムを塗り、ガーゼを当ててくれた。その時、戸口から父の恐ろしい声が聞こえてきた、「いいか、そいつにはきょうは何も食べさせるな。聞いてるのか？　胃袋をからっぽにして冗談を楽しませてやることだ！」

その晩、アミナ・シナイはラムラム・セトの夢を見ることになる。地面の六インチ上に浮かび、眼窩に卵の白身を入れていた男、「洗濯物がこの子を隠すでしょう……声がこの子を導くでしょう」と宣（のたま）った男の夢……そしてどこへ行くにもその夢が肩にのしかかっていた数日間がすぎると、彼女は勇を鼓して、一度はさんざん罵った息子に、彼のとんでもない主張についてもう少し訊ねてみた。彼は涙をこらえていた幼児期と同様の緊張した声で、こう答えた。「あれは悪ふざけですよ、お母さん（アンマ）。おっしゃる通り、バカげた冗談です」

彼女は九年後、真実を知りえぬまま死んだ。

全インド放送

現実とは遠近法の問題である。過去は、遠ざかれば遠ざかるほど、いっそう具体的な、真実らしいものに見えてくる――だが現在は、近づくにつれ、どうしてもますます信じがたいものになってくるようだ。大きな映画館で、はじめに後列に坐り、それから一列ずつ前方に進んできて、スクリーンに鼻をくっつけそうになるところまで行くとしよう。次第にスターの顔は分解して、踊る光の粒子になってしまう。細部がグロテスクなまでに拡大される。幻影が分解する――というよりも、幻影こそが現実であることがはっきりしてくる……一九一五年からスタートして五六年までやって来たので、われわれはかなりスクリーンに近づいたわけだ……このへんで比喩はやめよう、そして恥の意識を捨てて、自分の信じがたいような主張をくりかえすことにする。洗濯物入れのなかの奇妙な出来事のあと、私は一種のラジオになったのだ、と。

……だが、きょう、私は頭が混乱している。パドマが帰ってこないのだ――警察に連絡すべきだろうか？　彼女は失踪者ということになるのだろうか――彼女がいないと、私はまったく落ち着かなくなるのだ。自分の鼻までが私に一杯くわせようと仕掛けてくる――昼間、屈強な、毛むくじゃらの腕をした、おそろしく有能な女たちが管理しているピクルス桶の間を歩きながら、私は自分がレモンの匂いとライムの匂いを嗅ぎ分けることもできないことに気づいた。働き手たちは口に手を当ててウフフと笑っている。かわいそうに旦那様（サヒブ）は失ってしまったのよ――でも何を？――そりゃやはり恋じゃないの……パドマのこともあるし、体中に広がっている割れ目のこともある。こいつはへそのところから蜘蛛の巣のように放射状に広がっているのだ。それに暑さもひどいときている……こんな状況では多少の混乱くらい許されよう。書いたものを読み返してみて時系列の間違いが見つかった。マハトマ・ガンディーの暗殺はこの原稿では日付が間違っている。だが今、私には事件の実際の順序がどうであったのかは分からない。私のインドでは、ガンディーは間違った時日に死につづけるだろう。

一つの誤りは織りあげたものすべてを無効にするだろうか。ひたすら意味を求めるあまり、すべてをゆがめる覚悟――自分を中心に据えるために自分の時代の歴史全体を書きかえる覚悟――をするところまで私は行ったろうか？　きょうは頭が混乱していて、判断できない。この問題は他人にまかせるほかない。私としてはあと戻りするわけにはいかず、始めたことをなし終えねばならない。たとえ出来上がったものがはじめの構想と違っていたとしても……

イエ・アカシヴァーニ・ハイ。全インド放送です。

うだるような街に出て近くのイラニ・カフェで急ぎの食事をとったあと、戻ってきて、アングルポイズの明りのなかに坐る。孤独を慰めてくれるのは、安物のトランジスターだけ。暑い夜だ。煮えたぎるような空気には、静まり返ったピクルス桶の臭いが強く残っている。闇のなかの声。暑さのなかでピクルスのたまらない臭気が記憶の分泌を活性化し、今と昔の間の相似と相違を際立たせてくれる……昔は暑かった。今も(季節のわりに)暑い。昔も今のように、誰かが暗がりのなかで目を覚ましていて、姿の見えない相手の言葉を聞いていた。昔も今のように片耳が聞こえなかった。そして猛暑のなかで募る不安……しかも怖いのは(昔も今も)声ではない。彼、昔のサリーム少年は一つの考えを恐れていた――両親が怒って愛情を失ってしまうのではないか、たとえ両親が自分を信じてくれるようになっても、自分の能力を一種の恥ずかしい不具として見るのではないかという考えを……ところがパドマのいない今の私は、これらの言葉を闇のなかへ送り込みながら、信じてもらえないのではないかと恐れている。彼と私、私と彼……私にはもう彼の能力がないし、彼には私の能力がなかった。彼がほとんど他人のように見えることがある……彼には割れ目がなかった。暑さのなかでも蜘蛛の巣状のひびが入りはしなかった。

パドマなら信じてくれるだろう。しかしパドマはいない。昔も今も変わらず、飢えというものはある。だが種類が違う。今のは、昔のような夕食を取り上げられるという飢えではなく、料理人がいないという飢えだ。

それにもう一つ、もっとはっきりした違いがある。昔はトランジスターの発振電子管(ヴァルヴ)から声が聞こえてきはしなかった(世界のこの地域では、これは今後もずっと性的不能を象徴するものでありつづけるだろう――トランジスター進呈と引換えの悪名高い不妊手術の実施以来、このガーガー言う機械は、ハサミでちょきんと切って端っこをきゅっと結ばれる前に男たちができていたことの身代わりになった)……昔は、真夜中のベッドに寝ている九歳になろうとする少年は、機械など必要としなかったのだ。

相違しつつ相似する私たち二人は、炎暑のなかで一つになる。昔と今の、ゆれる陽炎(かげろう)のなかで、彼の昔の時間は私の今の時間に溶け込む……熱波をこえてゆく私の混乱は、彼の混乱でもある。

暑い国で最もよく育つものは何か。蔗糖、ココナツ、それにバジラ、ラジ、ジョワルのようなある種の雑穀、亜麻仁、そして(水があれば)茶と米、といったところだ。この暑い国はまた世界第二の綿花生産地でもある——少なくとも、エミール・ザガロ先生の狂った目ににらまれながら、そして額に入ったスペインの征服者の鋼鉄のようなまなざしを浴びながら、私が地理を学んだ頃は、そうだった。しかし熱帯の夏はもっと珍しい果樹もはぐくむ。想像力という異国の花を咲かせ、汗まみれにし、寝苦しい夜を麝香のような濃厚な匂いでみたし、その匂いが男たちに不満という暗い夢を見せる……昔も今のように、不安が巷に溢れていたのだ。言語行進者たちが、二つの言語圏の境目でボンベイ州を分割せよと要求していた——一方ではマハラシュトラ州という幻のために(マラーティー語圏住民による)デモ隊が繰り出し、他方ではグジャラート州という蜃気楼が別の(グジャラーティー語圏住民による)デモ隊を動かしていた(この運動は一九六〇年五月、州再編成条例によって実を結んだ。ボンベイ市はマハラシュトラ州の州都となった)。精神を蝕んで幻想と現実に分裂させてしまうこの暑さのなかでは、どんなことでも起こりうるように思える。午後のうたた寝の朦朧とした状態では、人間の脳は曇る。ひとり呼び醒まされた欲情のねばっこい膜に何もかも包まれてしまう。

暑い国で最もよく育つのは何か。幻想と非理性と欲情である。

昔、一九五六年のこと、言語行進者たちが昼の街頭を勇ましく行進した。そして夜は私の頭のなかで騒ぎを起こした。〈私たちは細心の注意を払って貴君の行く末を見守る

でしょう。貴君の行く末こそある意味で、私たちみんなの鏡となるでしょう〉
いよいよ声の話をする時がきた。
それにしても、パドマがここにいてくれさえしたら……

私はもちろん大天使のことでは間違っていた。父の手は――かつて父の顔をまともに打ったもう一つの身体のない手を（意識して？　それとも偶然に？）真似て、その手は私の耳を打った――少なくともある好影響を及ぼした。そのおかげで私は、初めの、預言者を気取ろうとする姿勢を反省し、結局は捨てることにした。面目をなくしたその晩、私はベッドに入ると、自分の内部に深く閉じこもってしまった。「でも、何だってあんな真似をしたの、サリーム。兄さんはいつだって良い子なのに」と、青い部屋でブラス・モンキーがうるさく問い詰めてきたが、無視していた……ついに彼女は不満なまま眠り込み、口だけを動かして無言の問いを続けていた。父の平手打ちの谺（こだま）がいつまでも残っていて、それは左の耳で唸り、そしてこうささやいた。「ミカエルでもアナエルでもない。ガブリエルでもない。カシエルもサチエルもサマエルも忘れろ！　大天使はもう生身の人間とは話をしないのだ。読誦は昔アラビアで完成されたものだ。最後の預言者はやってきても、ただ〈終り〉と言うだけだ」その晩、私の頭のなかの声の数がいろいろな階級の天使の数よりはるかに多いことが分かって、私はいささかほっとした気持で、結局、自分は世界の終末に立ち会う役には選ばれなかったのだ、と納得した。私のなかの声たちは聖なるものを畏れるどころか、ちりあくたのように卑俗で、しかもおびただしい数なのだ。

そう、テレパシーなのだ。煽情的な雑誌でおなじみのもの。おっと、早合点しないで——待ってほしい。少しの間だけでいい。それはテレパシーだったが、同時にテレパシー以上のものでもあった。簡単にきめつけないでほしいのだ。

そう、テレパシーなのだ。いわばひしめきあった何百万という大衆と上流人士の内的独白が、私の脳のなかのすきまをめがけて殺到したのだ。はじめの頃、私が聞き役であることに満足している間は——つまり働きかけをする以前には——言語の問題があった。声たちはマラヤーラム語（インド南西端のドラヴィダ語）からナガ語（シナ・チベット語族の一つ）の諸方言、はたまた純粋なラクナウ（北インド、ウッタル・プラデシュ州の州都）のウルドゥー語から南部らしい早口のタミル語（インド南部とスリランカの言語。ドラヴィダ語族）までのあらゆる言語で喋っていた。私は自分の頭蓋骨の壁のなかで言われたことのほんの一部しか理解できなかった。のちに深く探りを入れるようになってからは、表面の伝達——はじめのころ聞きとっていた、精神の表層部のはたらき——のさらに奥で言語は消え、言葉をはるかに超える普遍的な知的思考形式にとってかわられた……とはいえ、それは頭のなかの多言語（ポリグロット）の興奮の下に別の貴重な信号を聞きとるようになってからのことだ。それらの信号は他の何ものとも異質であり、そのほとんどは遠い太鼓の音のように微かな、遠来のものであったが、その根気強い律動（パルス）はついに私の声たちの魚市場もどきのざわめき（カコフォニー）を突き破ったのだ……あの秘密の、夜ごとの呼び声は、同類が同類に呼びかけるもの……真夜中の子供たちの無意識の信号であり、自己の存在だけを知らせ、ただ「私」とだけ伝える。北の果てからの「私」、南、東、西からの「私」「私」「私」。

　だがちょっと話を急ぎ過ぎたようだ。はじめのうち、テレパシー以上の圏域へ突入する前は、私は聞くだけで満足していた。しかしすぐに、自分の内なる耳を理解可能な声たちに「同調させる」ことができるようになった。また遠からずして、声の群れのなかから、自分の家族の声、メアリー・ペレイラの声、友だち、クラスメート、先生などの声を、選び出せるようになった。街頭では、見知らぬ通行人の精神の流れを確認することができた――ところで、こういう超常的（パラノーマル）な領域にもドップラー効果が作用していて、見知らぬ人が近づいてくる時、声は大きくなり、通過すると小さくなっていく。

　それらの声のすべてを、私はなぜか他人には隠しておいた。毎日のように（左の、つまり不吉（シニスター）な方の耳に残るブンブンという音によって）父の怒りを思い出し、右の耳だけは聞こえるようにしておかなければならないと考えて、私は口をつぐんでいた。九歳の少年にとって、知っていることを隠しておくということは、我慢しがたいほど辛い。だが幸いにも、私が真実を隠そうとやっきになっていたように、家族たちは私の狂気の発作を忘れようとやっきになっていたのだ。

「ね、サリームちゃん！　きのうは馬鹿なことを言ってたわね！　恥ずかしくないの？　石鹼で口を洗ってきたらいいわ！」……私の屈辱の日の翌朝、メアリー・ペレイラは彼女の作るゼリーのように怒りで震えながらこう言って、正気を取り戻すための完璧な方法を教えてくれた。私は悔い改めたような顔をして、無言のままバスルームへ入り、子守女（アーヤ）とモンキーが驚いて見守るなかを、コール・タール・ソープ社のぴりっとしみる石鹼泡（レーザー）をつけた歯ブラシで、歯、舌、口蓋、歯ぐきをこすった。私が劇的な罪つぐないをしてみせたというニュースは、メアリーとモンキーが触れまわったので、たちまち家中に広まった。母は私を抱いて、「そう。いい子ね。もうこの話はしないことにしましょう」と言った。アフマド・シナイは朝食の時ぶっきらぼうにうなずいて言った、「少なくともこの子には、やり過ぎた時それを認めるだけの素直さがあるね」

ガラスの切り傷が癒えると共に、瀆神の宣言もすっかり忘れてもらえたかのようであった。九歳の誕生日の頃には、私以外は誰ひとり、私が大天使の名をみだりに口にした日のことを覚えている人はいなかった。洗剤の味が何週間も舌に残っていて、秘密を守らなくてはいけないのだと思い出させてくれた。

ブラス・モンキーさえも私の悔悛ぶりに満足した――お兄ちゃんは理性を取り戻して、またわが家の良い子になった、と彼女は見ていた。もとの秩序を回復したいという意志表示のために、彼女は母のお気に入りのスリッパに火をつけ、わが家の暴れん坊という正当な地位を取り戻した。とはいえ他人に対しては――こんなはねっかえりからは誰も予期しないような保守主義を貫き通し、両親と一体となって、私の一度かぎりの乱心を、自分の友だちにも私の友だちにも秘密にした。

子供の肉体的・精神的特異性が一族の深刻な恥と見なされる国にあって、両親は私の顔のあざ、キュウリ鼻、ガニマタのことはどう思われようと仕方がないと諦めていたが、これ以外の私の欠陥は見ようとしなかった。私の方も、時として電話のベルのような耳鳴りがして、それに痛みが伴ったりすることは、けっして言わないでおいた。秘密もあながち悪いものではないと悟っていたからだ。

だが私の頭のなかの混乱を想像してほしい！　醜怪な顔の奥、石鹸を味わった舌の上、穴のあいた鼓膜のすぐ近く、そこに、九歳の少年のポケットよろしくガラクタのいっぱい入った、あまり整理のよくない頭脳が隠れている……私の内部に入って、私の目で外界を見、音や声を聞いているところを想像してみるといい、私はこちらの考えていることを人に知らせてはならないということを鉄則にしていたわけだが、そこでいちばん難しいのは驚いたふりをすることで、たとえば母が、ねえサリーム、当ててごらん、アーリー・ミルク・コロニーへピクニックに行くのよ、と言ったとして、私は、本当？ステキだなあ！と言わなければならないけれど、私は母の語られざる内なる声を聞いているから、そんなことは先刻承知なのだ、誕生日だって、贈物を開いてもみないうちから、それが何なのか、くれる人の心のなかに全部見えてしまうし、宝捜しもできなくなる、すべてのヒントも獲物のありかも父の心のなかにあり、もっと難しいことと言えば、たとえば、地階の事務所へ父を訪ねていくこと、そこへ着くなり、ほら、私の頭は得体の知れない嫌なものでいっぱい、父の頭は秘書のことだけ、新入りのコカ・コーラ・ガール、アリスとかフェルナンダ、父は頭のなかでゆっくりと彼女の着物を脱がせている、それは私のなかでもあって、彼女は籐椅子の上に丸裸で坐り、やがて立ち上がると、お尻にいっぱいバツ印がついている、それは父が考えていることだ、父がだ、父は奇妙な顔で私を見て、どうしたんだ、お前、加減でもわるいのか、いいえ、元気ですよ、お父さん、もう行かなくちゃ、宿題があるので、お父さん、さあ、顔に手がかりを見つけられる前に逃げるんだ（父がいつも言うには、私は嘘をつく時、額の上に赤い光が現われるらしい）……大変さがお分かりだろうか、ハーニフ叔父がやってきて、私をレスリングに連れだし、そしてホーンビー通り（ヴェラード）のヴァラブバイ・パテル・スタジアムに着く前に、私は悲しくなる、私たちが群集と共にダラ・シンやタグラ・バーバの巨大なボール紙の切り抜きの前を歩いてゆくと、叔父の悲しみ、大好きな叔父さんの悲しみが、私のなかに流れ込んでくる、それはまるでヤモリのように彼の陽気なうわべのすぐ下に住みついていて、昔の船頭タイの笑いを思わせる豪快な笑いの下に隠れている、私たちは上等な席に坐り、組み合ったレスラーたちの背中で投光照明が踊ると、私は叔父の悲しみにぎゅっと摑まれて、振りほどけず、じりじりと落ち目になっている映画人としての悲しみ、叔父はたぶんもう二度と映画を作ることはなかろうが、しかし私は悲しみを目に表わしてはならず、叔父は私の想念のなかに割り込んで来て、おい、ちっちゃなレスラー（パヘルワン）君、どうしてそんなにやつれた顔をしてるんだい？　退屈な映画より長く見えるぞ！　チャナ豆にするか、パコラ（インド風てんぷら）にするか、それとも何がいい？　私は頭を振り、いいえ、何もいりません、ハーニフ叔父（マームー）さん、そこで彼は安心して向こうをむき、ほら、ダラ、その調子、やっつけろ、ダラ君（ヤーラ）！　家に帰ると、廊下でアイスクリーム容器の上にかがみ込んでいた母は、現実に外へと聞こえる声で言う、これ作るの手伝ってね、お前の大好きなピスタチオ味よ、私はハンドルを回す、しかし母の内なる声が私の頭のなかに反響し、母が意識のすみずみまで日常的なこと、マナガツオの値段とか、こまごまとした家事のことで充たそうとしているのが分かる、ダイニングルームの天井扇風機を修理するために電気屋に来てもらわなければ、夫の身体のいろいろな部分を精神を集中することによって愛さなければ、だが口にすべからざる言葉がたえず入り込んでくる、あの日バスルームのなかで母の口から漏れた二音節、ナ・ディル・ナ・ディル・ナ、間違い電話がかかってくると母は受話器を置くことがますます難しくなり、お母さん、言っておきますがね、子供は大人の想念のなかへ入っていくと、心底仰天させられるんです、夜も休めず、真夜中の時計の音で目が覚めると、私の頭のなかにはメアリー・ペレイラの夢が入り込んでいる、毎夜、私だけの魔の時刻にいつも、いやこの時刻はメアリーにも意味を持つ、彼女の夢は何年も前に死んだ男ジョーゼフ・ドゥコスタのイメージによって毒されて、夢は私にその名前を告げる、私の理解を絶するやましさが塗り込められている夢、彼女の作ったチャツネを食べる時いつもおなかのなかにしみこんでくる、あのやましさと同じもの、そこには秘密がある、謎めいたものがある、しかしその秘密は彼女の心の前面にあるわけではないから、私にはつきとめることができず、ともかくジョーゼフは夜ごとそこにいて、時には人間の姿をしているが、いつもそうとは限らず、時として狼であったり、カタツムリであったり、一度などは箒になって、しかし私たち（すなわち、夢みる彼女と覗きみる私）は、それが彼であることを知っている、怨念と無慈悲と糾弾の鬼となっている彼は、彼の化身たちの言葉で彼女を罵り、狼ジョーゼフの時は吼え、カタツムリ・ジョーゼフの時は粘液で彼女を覆い、ついに箒に化身した時は穂先で叩く……そして朝、彼女が私に、お風呂に入って学校へ行く用意をしなさいと言う時、私は唇を噛んで、質問を堪えなければならない、私は九歳にして、暑さのなかで溶けあっている他者たちの生活の混乱のなかに踏み迷っている。

　変化の初期段階の記述を終えるに当って、一つ、苦い告白をしておかなければならない。新しい能力を学校の勉強を補うために用いることによって、両親からの評価を高めることができるのではないかと思いついたのだ――そう、私はクラスでカンニングを始めた。つまり先生の、そして頭のいい生徒たちの内なる声にダイヤルを合わせ、彼らの心から情報を盗んだのだ。そうしてみて気づいたのだが、たいていの先生はテストをする時、心のなかで模範答案を作ってみるものなのだ――そしてこれまた気づいたのだが、先生が他のこと、たとえば自分の情事のこととか金に困っていることとかを考えている時が稀にあるとしても、その時はわがクラスの天才サイラス大王の早熟にして非凡なる頭脳のなかに解答が見つかるのだ。私の点数は劇的に向上しはじめたが――しかし過度にではない。というのは、私は答えを盗みはしたが、自分の答案を本物とは別のものに作りかえたからだ。サイラスから英語の作文をそっくりテレパシーによって盗んだ時でさえ、自分流の凡庸な文体を加味しておいた。もちろん疑惑をさけるためだ。結局、完全に疑惑をさけることはできなかったが、ばれることはついぞなかった。エミール・ザガロの恐ろしい、訊問するようなまなこの下で、私はあくまでけがれない天使のような生徒で通した。英語教師タンドン先生は不審に思い、首を振ったけれども、私は黙々と不正行為をつづけた――たとえふとした偶然によって、あるいは私がドジを踏んで、秘密を漏らしたとしても、彼らが真相を信じないことは分かっていた。

まとめておこう。この生まれて日の浅い国の歴史の分かれ目の頃、五ヵ年計画が立てられ、選挙が迫り、ボンベイ州の分割を求めて言語行進者たちが闘っていた時、サリーム・シナイという九歳の少年は不思議な才能を手に入れた。彼はその才能を貧しい未開発の国のために、いろいろと有効に使うこともできたはずなのに、それを隠しておいて、つまらぬ覗きとか、けちなカンニングなどに、ちびちびと使うにとどめた。この行動――正直にいって、英雄的行動とはほど遠い――は、精神の混乱の直接の結果であった。精神の混乱は、道徳心――すなわち正しいことをしたいという欲望――と、そして功名心――すなわち人から認められることをしたいという欲望――とを、必ずごちゃ混ぜにしてしまうものなのだ。親の勘当(オストラシズム)を恐れて、彼は自分の変化のことは言わずにおいた。親の祝福を得ようとして、才能を学校で濫用した。この人格的欠陥は、彼の若さゆえに許せはするが、あくまで、ある程度までである。混乱した思考が彼の一生を大きく狂わせることになるのだ。

そうしたい時は、私は自分に辛(から)い点をつけることができる。

ブリーチ・キャンディ幼稚園の平らな屋根の上に立っていたものは何か？——読者はご記憶だろうが、この屋根は仕切壁があるだけでバッキンガム荘の庭と地続きになっている。冬になってもさっぱり冷えてこないその年のこと、予定された本来の機能を果せなくなりながら、私たちを見張っていたものがある——それは何か。ソニー・イブラヒム、片目、ヘアオイル、そして私が、時としてサイラス大王やでぶの魚屋(フィッシュワーラー)パースや甲状腺(グランディ)キース・コラコのようなお客さんも交えて、カバディやフレンチ・クリケットやセヴン・タイルズをして遊んでいるのを、眺めていたものは何か？　トクシー・キャトラックの看護師であるビ・アッパーに、ホミの家の最上階から「ガキども！　うるさいったら、ロクデナシども！　静かにおし！」とどなられて……私たちはみな逃げ去り、(彼女の姿が見えなくなってから)戻ってきて、彼女の立っている窓辺をぽかんと見上げるということがよくあったが、そんな時、近くに立っていたものは何か？　要するに、私たちの生活を見張っていた青くて背の高い、ぼろぼろに剝げ落ちていたものは何か？それは私たちが長ズボンをはくようになる日を待って、いやそればかりか、もしかしたらエヴィ・バーンズが来る日をも待って、しばらく様子を窺っているやに見えた。たぶん読者はヒントをお望みだろう。かつて爆弾を隠していたものは何か？　ジョーゼフ・ドゥコスタが蛇の毒にやられて死んだのは、どこだったか？……数ヵ月にわたる心の苦しみのあとで、私は大人たちの声からの隠れ家を捜そうと思い立った。そしてそれを、誰も鍵をかけようとしない、古い時計塔のなかに見出した。ここの孤独な錆びついた時間のなかで、逆説的にも私は、大事件や公生活に関わりを持つための第一歩を踏み出したのだ。こういった外部の出来事から私はけっして自由にはなれないだろう……けっして、〈未亡人〉の登場する時までは……

洗濯物入れから追放された私は、可能な時はいつも、時間の止まった時計塔のなかへこっそり逃げ込むようになった。暑さのせいで、あるいは単なる偶然から、サーカスリングに詮索好きな連中がいない時、アフマドとアミナが夜カナスタ（カードゲームの一種）をしにウィリンドン・クラブへ出かけている時、ブラス・モンキーが家を留守にして、どこかで新しく見つけたヒロインたち、すなわちウォルシンガム女子学校の水泳とダイビングのチームにつきまとっている時……言い換えれば、事情の許す限りいつでもということなのだが、私は秘密の隠れ家に入って、使用人室から持ち出してきた藁ぶとんの上に長々と寝そべり、目を閉じ、新たに目覚めた内なる耳(これはすべての耳がそうであるように鼻につながっていた)を自由に街中にさまよわせ——さらには北に南に、東に西にさまよわせ——あらゆる物の音を聞いた。知っている人の声を漏れ聞くということの苦痛を逃れるために、私は見知らぬ人の声を聞く訓練を積んだ。というわけで、私がインドの公的問題に関心を持つようになったのは、まったく恥ずかしい理由によってなのだ——つまり身近な人の心のひだを間近に見て辟易したので、丘の外の世界を休息のために利用したわけだ。

　壊れた時計塔のなかで見出された世界にあって、はじめ私はただの物見遊山の旅人、いわば「デリーをごらん（ディリー・デーコホー）」の器械の不思議な覗き穴から覗いている子供でしかなかった。左の(損なわれている)耳のなかでダグダギー・ドラムが鳴り出し、私はおなかをこわしている肥ったイギリス女性の目を通してタージ・マハルをはじめてちらっと見た。それから南北の釣合いを取るために、マドライのミーナークシ寺院へ南下し、経文を唱えている僧侶のもうろうとした神秘的認識のなかへ寄り添っていった。次はオート・リキシャの運転手に化けてニューデリーのコンノート・プレースを走り回り、ガソリン代の高騰についてお客様相手にくどくど不平を並べた。カルカッタでは排水管のなかに野宿した。そのうちにすっかり旅が病みつきになり、コモリン岬（インド亜大陸の最南端）まで下がって、尻の軽い分だけきつくサリーを纏った漁師の女房に変身し……三つの海（アラビア海、インド洋、ベンガル湾）に洗われる赤い砂の上に立ち、自分にも理解できない言葉でドラヴィダ系の与太者たちとたわむれた。それからヒマラヤ山中へ、グージャル部族の太初的な苔むした小屋のなかへ、コラホイ氷河（スリナガル東方五十キロほどの所にある）の光り輝く真ん丸い虹と転がる氷堆石の下へと、めまぐるしく飛び回った。ジャイサルメール（ラージャスターン州西部、砂漠のなかの町）の黄金の城砦では鏡細工の刺繡のドレスを作っている女の心のなかを覗き込み、カジュラーホー（マディヤ・プラデシュ州の都市）では村の若い衆になって、野原のなかに立っているチャンデーラ王国時代の数々の寺院にきざまれた、タントラの男女交合の彫刻を見て仰天しながらも、目をそむけることができなかった……見知らぬ土地を旅する気安さから、私はいくばくかの安らぎを得ることができた。だがそのうちに物見遊山にはもの足りなさを覚え、私の好奇心は細部にこだわるようになった。「ここで本当は何が起こっているのか探りだしてやろう」と私はひとりごちた。

九歳の少年の、あれもこれもという欲張りから、私は映画スターやクリケット選手の頭のなかに飛び込んだ。まずダンサーのヴィジャヤンティマラにまつわる『フィルムフエア』誌のゴシップの背後にある真相をつかんだ。そしてブラボーン・スタジアムではポリー・ウムリガル（有名なクリケット選手）と一体になって投手線上にあった。私はプレイバック・シンガー（映画の劇中歌の吹替歌手）のラター・マンゲーシュカルになり、シヴィル・ラインズ（公務員居住区）の向こうのサーカス小屋に出ている道化師のブーブーになり……そして手当り次第の精神飛翔の果てに、当然の帰結ながら政治を発見した。

あるときはウッタル・プラデシュ州（インド北部。州都ラクナウ）の地主となり、パジャマのひもの上に太鼓腹を突き出して、農奴たちに命じて余剰穀物に火をつけさせた……またある時は万年食料不足のオリッサ州（インド東部。ベンガル湾に臨む。州都ブバネスワル）で飢死しそうになった。二歳の幼児になったはいいが、母親の乳が涸れてしまったのだ。短い間だが国民会議派の労働者の精神にのりうつり、ある村の学校教師を買収して、次の選挙運動においてガンディーとネルーの党の黒幕として職権を濫用するようにしむけたこともあった。また共産党に投票しようときめていたケーララ州（インド南西部。アラビア海に面する州。州都トリヴァンドラム）の農夫の意識にももぐりこんだ。私はますます大胆になった。ある日の午後、私は慎重に州首相の頭のなかへ侵入した。こうして私は、それが国民的ジョークになるよりも二十年も前に、モラルジー・デサイ（ガンディー政権下で野党、人民党（ジャナタ）結成。のちにはインド首相、在位一九七七―七九年）が毎日「自分の尿を飲んでいる」ことを発見した……私は彼の内部に入って、コップ一杯の泡立つ尿をゴクゴクと飲み干している時のぬくもりを味わった。そしてついに私は頂点を極めた。首相であり、額入りの手紙の主であるジャワハルラル・ネルーになったのである。この偉人と一体になり、歯間のあいた、不揃いな顎ひげをたくわえた占星術師たちに囲まれて坐り、五ヵ年計画を調整して、天球の音楽と調和するように組みかえた……上流の生活というのは豪気なものだ。「ぼくを見てくれ！　どこへでも好きなところへ行けるんだ！」と私は無言ながら得意だった。かつてジョーゼフ・ドゥコスタの憎悪の爆破装置がぎっしり詰まっていた塔のなかで、次の文句が（適切なカチカチという時計の音を伴って）私の意識のなかに完全な姿で浮上してきた。「おれはボンベイの爆弾（ボム）だ……おれが爆発するところを見ろ！」

つまり私はこんな気がしていたのだ、ぼくは世界を創造している。ぼくがとびこんでいった想念はぼくの想念になる。ぼくが取り憑いた肉体はぼくの思うように動く。日々のニュース、芸術、スポーツなど、一流のラジオ放送局の多様な番組がぼくのなかに流れ込んでくる時、ぼくがどうしてかそれらを生起せしめているのだ……言い換えれば、私は芸術家の幻想のなかに入り、この国の群れなす現実を、私の才能の生（なま）で未形成の素材として考えていたのだ。「どんなものでも見つけてやるぞ。ぼくに知り得ないものはないんだ」と私は勝ち誇っていた。

今日、失われた、過ぎ去った歳月を振り返ってみて言えることは、当時私をとらえていた自己拡大の精神は、自己保存本能から生まれた反射作用であったということだ。もし私が洪水のように押し寄せる多数者を統御しうる自己というものを信じていなかったなら、彼らのひしめきあう多数のアイデンティティが私のアイデンティティを殺してしまっていただろう……しかし時計塔のなかで私は不遜な喜悦に酔い、古代の月の神シン(これはインドの神ではなく、私が昔のハドラマウト(イエメン南東部の高原地帯)から輸入してきたものだ)になり、遠隔操作によって、世界の潮の流れを変えることができた。

だが死がメスワルド屋敷を訪れた時、それはまだ私を驚かすことができた。

資産凍結は何年も前に解除になっていたけれども、アフマド・シナイの腰の下の部分は相変わらず氷のように冷たかった。「あいつら、おれのタマを氷のバケツのなかへ押し込みやがった！」と彼が叫び、アミナがそれを手にとって暖めてやろうとすると、指が凍ったタマに貼りついてしまうというありさまだったが、その日から彼の性は眠ったままであり、五六年にロシアで発見されたような、氷山のなかの毛深い象であった。子供欲しさに結婚した母アミナは、呼び醒まされなかった命が子宮のなかで朽ち果てるのを感じ、また足のイボや何かのこともあって夫にとって魅力のない女になってしまったことをすまないと思っていた。彼女は自分の不幸のことをメアリー・ペレイラに話してみたが、子守女(アーヤ)は「男たち(ザ・メンズ)」から得られる幸せなんてありはしませんと言うばかりだった。二人は話しながらピクルスを作り、アミナは涙の出るほど辛いライム・チャツネのなかに、自分の失望をまぜこんだ。

　勤務時間中のアフマド・シナイは、裸の秘書に口述筆記をしてもらっているという幻想、フェルナンダだかポピーだかがお尻に籐椅子の痕のようなバツ印をつけたまま、生まれたままの姿(バースデー・スーツ)で部屋を歩き回っているという夢想にとりつかれていたが、彼の器官の方はそれに応える力がなかった。ある日、本物のフェルナンダだかポピーだかが退社したあと、彼はナルリカル医師とチェスをしていた。舌が（いやゲームの方も）妖魔(ジン)のためにあやしくなってきた頃、彼は言いにくそうに打ち明けた、「ナルリカルさん、ぼくはあっちの方には興味がなくなってしまった。何のことか分かるだろう」

　聡明な産婦人科医の顔は喜びに輝いた。この暗い情熱を秘めた医者のなかに住みついた産児制限(バース・コントロール)狂は彼の眼を輝かせ、次のようなスピーチをさせた。「ブラボー！　シナイ君。よくぞ言った！　君は――そしてぼくも、ということにさせてもらおう――そうさ、君とぼくはだよ、シナイ君(バイ)、稀に見るすぐれた精神の持主なんだ！　恥ずかしい恰好で息をはずませる肉欲の行為などは、われわれの好むところではない――ねえ君、生殖を避けること――今この国を貧しくしている莫大な数のニンゲンに、もう一つのニンゲンの生命を加えるのを避けること——そして反対に、われわれのエネルギーを、ニンゲンが住める土地をふやすための仕事に捧げることの方が——より立派なことだと思わないかね。いいかね君、君とぼく、そしてわれわれのテトラポッドさ。海のなかから土地を引っぱり揚げるんだ！」この雄弁を称えるために、アフマド・シナイは酒を注いだ。父とナルリカル医師は四本脚のコンクリートの夢に乾杯した。

「土地、賛成！　愛、反対！」とナルリカル医師はいささか心許ない声で言った。父は彼のグラスを充たした。

一九五六年の大晦日(みそか)までに、何千何万という大きなコンクリートのテトラポッドを用いて海を埋立てて陸を造るという夢——凍結の原因になったのと同じあの夢——そして今は父にとって、凍結の結果として奪われた性的活力のいわば代用品になっているもの——は、実際に実を結ぼうとしていた。しかしアフマド・シナイは今度は慎重な金の使い方をした。今度は父は背後にかくれていたので、文書に彼の名前が残ることはなかった。今度は凍結の教訓を得て、できるだけ人の関心をひかないようにしようと心に決めていた。だから父がテトラポッド計画に参画していることを示す記録を何ひとつ残さずに死んでしまうという裏切りをナルリカル医師がやってのけた時、アフマド・シナイ（これまで見てきたように、彼は災厄に対してへたな対応をしやすい人なのだが）は、長い、蛇のような下降線をたどり始めることになった。彼が落ち目から回復するのは、生涯の終りに臨んで、やっと妻に恋をするようになった時のことだ。

この物語はメスワルド屋敷に戻って話し始めなければならない。ナルリカル医師はマリーン・ドライヴ近くの友人たちを歴訪していた。そのあと彼はチョウパティ・ビーチに赴き、揚げパン（ベール・プーリー）とココナツ・ミルクを買うつもりだった。防波堤に沿った舗道をスタスタと歩いていくと、おとなしく歌いながらゆっくり練り歩いている言語行進の末端に追いついた。ナルリカル医師は象徴的なテトラポッドが一つだけ置かれている防波堤上の地点へ近づいていった。いわば未来を指さす像（イコン）としてそれを置く許可を、市当局から取りつけたのだ。ところがそこで彼は仰天するようなものに出会った。一群の乞食女たちがテトラポッドのまわりに集まって、礼拝（プージャ）の儀式を行なっているではないか。その物体の足もとに石油ランプを並べて、一人が上向きに突起した部分の先端にOM（オーム）（本来はヒンドゥー教の礼拝の時となえられる聖句であるが、ここでは主神シヴァをさす。なお、シヴァは男根像によって象徴される）の像を描いていた。女たちは祈りを唱えながら、テトラポッドをすみずみまで敬意をこめて洗っていた。技術の奇跡がシヴァ神の男根（リンガム）に変えられているのだ。多産に敵対するナルリカル医師は、生殖を礼賛した古代インドの暗く淀んだ男根的エネルギーが不毛な二十世紀のコンクリートの美の上に解き放たれたかのようなこの光景を見て、腸が煮えくり返った……彼は、走り寄りながら、ものすごい剣幕で礼拝中の女たちを罵りはじめた。女たちのところまで来ると小さなディヤーランプを蹴飛ばした。一説では、女たちを突きとばそうとしたという。その彼の行動は、言語行進者たちによって目撃されていた。

言語行進者たちの耳は彼の罵詈雑言を聞いた。行進者たちは足をとめ、非難の声をあげた。こぶしを振り上げ、罵りもした。すると善良な医師は逆上して前後を忘れ、群集の方を向いて彼らの主張ばかりか、彼らが子供をつくっていること、姉妹を持っていることまで誹謗した。ふと言葉が尽きたその時、その間に相手は力をもり返した。彼が黙るのを待って、行進者たちは、テトラポッドと泣いている女たちの間に立ってギラギラ目を光らせている産婦人科医に詰め寄っていった。行進者たちは無言のままナルリカルの方へ手を伸ばした。ナルリカルは無言で四本脚のコンクリートにしがみついた。行進者たちは引きはがそうとしたが、恐怖のとりこになったナルリカル医師はまったく無言のまま、カサ貝の吸着力を発揮した。彼の腕はテトラポッドにはりついたまま、どうしても離れなかった。そこで行進者たちはテトラポッドに手をかけた……そしてそれを無言のままゆさぶりはじめた。無言のままの数の力がその重量を克服した。悪魔がとりついたような静寂につつまれた夕刻、テトラポッドは傾き、埋立て工事という偉大な事業のために海中に沈む材料の第一号になろうとする体勢に入った。ナルリカル医師は声なきまま「あ」と言う形に口をあけて、まるで燐光性の軟体動物のようにそれにしがみついていた……人間と四本脚のコンクリートは音もなく落ちていった。水しぶきが呪縛を破った。

ナルリカルが落ち、愛する呪物の重みによって押し潰されて死んだ時、遺体が海中から火のように明るい光を送ってよこしたので、遺体捜査の労が省けたと言われる。

「何があったのか、知ってる?」「おい、いったいどうしたんだ?」——私を含む子供たちがナルリカル医師の独身住まいのあるエスコリアル荘の庭の垣根のまわりに集まった。リラ・サバルマティの下男がしゃちこばって、「先生の遺体が絹に包まれて運ばれてきたのです」と教えてくれた。

固いシングルベッドの上にサフランの花に埋まって寝かされているナルリカル医師の遺体を見ることは、私には許されなかった。だがいずれにしろ、私はすべてを知ることになった。そのニュースが彼の部屋の外に漏れて遠方まで広まったからである。私が聞き知った話のほとんどは屋敷の召使たちからのもので、彼らは死のことをあけすけに話すのは自然なことだと思っていた。だが彼らは生のことはあまり話さなかった。生においてはすべてが明白であるからだ。ナルリカル医師自身の召使(ベアラー)の話では、遺体は大量の海水を飲んでいて、水そのものの性質をおびているということだった。それはどろっとした流体と化していて、光の加減で幸福そうにも、悲しそうにも、無関心そうにも見えた。ホミ・キャトラックの庭師は叫んだ、「死人をあまり長く見つめていると危険ですよ。いい加減にやめないと、死人がちょっぴり乗り移ってきて、禍いを及ぼしますからね」そこで私たちは訊ねた、「禍い？　何の禍い？　どの禍い？　どんなふうに来るの？」聖者(サドゥー)プルショッタムは何年ぶりかでバッキンガム荘の庭の水道栓の下の持場から出て来て言った、「他人の死に遭遇することによって、生者は自分をはっきりと見るようになります。死者のかたわらで過ごしたあと、生者は自分の特徴を鮮明にするのです」この特異な主張は、事実いろいろな出来事によって立証された。トクシー・キャトラックの看護師、ビ・アッパーは遺体を洗い清めるのを手伝ったのだが、そのあとはこれまでになく声高くガミガミ言う、恐ろしい女になった。正装安置されたナルリカル医師の遺体を見た人はみな影響を受けたようだった。ヌシー・イブラヒムはいっそう愚かになり、いっそうアヒルのようになった。またこの死者の上の階の住人で、この死者の部屋の片付けを手伝っていたリラ・サバルマティはその後、本来かくし持っていた多淫さを爆発させ、それがもとでやがて発砲さわぎを引き起こすことになる。彼女の夫サバルマティ海軍中佐は世にも珍しい指揮棒でもってコラバの交通整理をして……

しかし、私の一家は死者に近づかなかった。父は弔問にも行こうとせず、亡き友人の名前を言うのを避けて、単に「あの裏切者」と呼んだ。

二日後このニュースが新聞種になった時、突然ナルリカル医師の女の縁者たちが大勢現われた。生涯女ぎらいの独身者として通してきた彼は、死ぬと同時に、大柄な、騒々しい、恐ろしく有能な女たちの大群に呑み込まれることになった。アムル酪農場で乳しぼりをしていた女、映画館のもぎり嬢、街角でソーダ・ファウンテンの番をしていた女、不幸な結婚をしていた女、といった具合に、この町のあちこちの片隅で目立たない生活をしていた女たちばかりである。ナルリカル族の女たちは一年間にわたってぞろぞろと押しかけてきた。体の図抜けて大きな女たちのこの長い行列は、二層の丘を登ってきて、ナルリカル医師のアパートをいっぱいにしてしまった。この女たちが窓から肘を突き出し、ベランダからお尻をはみ出させている様が、下の道路からも見えたほどである。一週間というもの、誰も眠れなかった。ナルリカル族の女たちの泣き声があたりに充ち溢れていたからである。しかし彼女たちは泣き声をあげながらも有能さを発揮していた。産院の経営を引き継ぎ、ナルリカルの仕事の取引をすべて調べ上げ、小気味のよいほど冷淡に私の父をテトラポッドの事業から除外した。長年の苦労のあと、父に残ったものといえばポケットの穴くらいのものだった。女たちはナルリカルの遺体をベナレスへ運んで荼毗に付した。屋敷の召使たちがそっと耳打ちしてくれたところによると、医師の遺体は夕刻、マニカルニカー・ガート（露天火葬場にもなっているガンジス河畔の沐浴場）から聖なるガンガーの流れの上に撒かれたということだ。ところが灰は沈まず、小さな蛍のように水面に浮かんだまま海へ流されていった。海を航行中の船舶の船長たちは、奇妙な発光性を持った灰を見て、さぞや驚いたことだろう。

アフマド・シナイはといえば、あれはたしかにナルリカルの死と女たちの到来の後のことだったが、文字通り色褪せていった……次第に肌の色が薄くなり、髪は色を失い、数ヵ月後には黒い目を除いて体じゅう真っ白になった。（メアリー・ペレイラはアミナに言った、「旦那さまは血まで冷たくなってしまわれたのだわ。肌が冷蔵庫みたいに白く凍りついてしまわれたのだわ」）私の見るところでは、彼は白人に変身したことでとまどっているふりをしたし、医者にかかりもしていたが、医者が病状を説明することも治療法を処方することもできないと分かると、むしろひそかに喜んでいたのだ。というのは、彼はかねてからヨーロッパ人の肌の色を羨んでいたからである。（ナルリカル医師の死のほとぼりもさめて）再び冗談が言えるようになったある日のこと、彼はカクテル・アワーに、リラ・サバルマティにこう語った。「最上流の人びとはみな皮膚の下が白いでしょう。ぼくは黒いふりをするのをやめただけのことです」隣人たちはみな彼より黒かったので、内心いやな思いをしながらも、にこやかに笑ってみせた。

黒檀のように黒い母と並べると父が雪のように白くなった原因は、状況証拠の示すところでは、ナルリカルの死のショックである。だが(どこまで信じてもらえるか分からないが)危険は承知の上で、別の説明を提示しておこう。これは私が時計塔の抽象的な孤独のなかでつくりあげた理論である……たびたび精神旅行(サイキック・トラヴェル)を行なっている間に、私はかなりおかしなことに気づいた。独立後九年の間に、同様の色素異常に見舞われた実業家が大勢いたのだ(この異常が最初に現われた人は、記録の上ではクーチ・ナヒーン女王(ラーニ)であるかもしれない)。インドの至る所で私は、よきインド人実業家たち、通商の興隆に重点をおいた五ヵ年計画のおかげで富み栄えているよきインド人実業家たち……非常に色の薄くなってしまった、あるいはなりつつあるビジネスマンたちに、出会った！　イギリス人からすべてを引き継いで、自分の運命を自分できりひらいてゆくためのガルガンチュア的な(英雄的ですらある)努力が、彼らの頬から色を抜き取ってしまったように思えるのだ……だとすればたぶん父は、人びとに気づかれないながら至る所に存在した現象の、遅ればせな犠牲者なのであった。インドの実業家は白く変わったのだ。

一日じっくり考えるにはこれくらいで十分だろう。だが、エヴリン・リリス・バーンズがやってくる。パイオニア・カフェがどんどん迫ってくる。そして――さらなる勢いをもって――わが分身、恐ろしい膝を持ったシヴァを含めた真夜中のほかの子供たちが、力いっぱい押しまくっている。まもなく割れ目がパッと大きく開いて、彼らは脱出するだろう……

ところで、一九五六年暮のある日、歌手で、妻に裏切られた男ウィー・ウィリー・ウィンキーも、まず間違いなく死に逢着した。

ボンベイの恋

ラマダーン、つまり断食月間には、私たちはできるだけ映画を見に行った。母のかいがいしい手で午前五時に起こされ、メロンと砂糖入りライム水だけの夜明け前の朝食をとったあと、とりわけ日曜の朝には、ブラス・モンキーと私が交替で(時には声をそろえて)アミナにこう催促した、「午前十時半のショーなんだよ！　ほら、メトロ・カブ・クラブの日さ、お母さん(アンマ)、お願い――！」それからローヴァーで映画館へ。そこへ着いてしまえばもう、コカ・コーラも、ポテトチップスも、クオリティ・アイスクリームも、油紙入りのサモサも、ご法度だ。しかし少なくともエアコンがあり、洋服にピンで留めたカブ・クラブのバッジがあり、ゲームがあり、不似合いな口ひげをはやした司会者がやる誕生日の披露がある。そして「次の大作」「近日上映」という文句つきの予告篇と漫画(「大作、まもなく上映。でもまずこれを……！」)のあとで、ついに映画が始まる。

『クェンティン・ダワード』だろうか、『スカラムーシュ』だろうか。「こけおどしだね！　ドタバタで、ワイセツな娯楽作品だ！」などと妹と私は映画評論家の口真似をする。だが実は、こけおどしとかワイセツとかいう言葉の意味は知らない。わが家ではあまり礼拝はやらなかった（例外は開斎節(エイドル・フィートル)で、この日には私も父に連れられて金曜モスクへ行き、頭にハンカチを巻きつけたり、額を床に押し当てたりして祭日を祝った）……だが私たちは映画が大好きだったので、間食はつつしんだ。

エヴィ・バーンズと私が意気投合したのは、二人とも世界最高の映画スターはロバート・テイラーであると思ったからだ。私はトント（『ローン・レンジャー』の主人公の相棒であるネイティヴ・アメリカン）を演じたジェイ・シルヴァーヒールズも好きだった。しかし彼の忠実な友(ケモ・サベー)であるクレイトン・ムーアは、私の見るところでは、ローン・レンジャーの役には肥りすぎていた。

エヴリン・リリス・バーンズは一九五七年の元日にやって来て、やもめの父親と一緒にアパート暮らしを始めた。そのアパートというのは、私たちの二層の丘の下の方の層に、私たちの気づかぬうちにいつのまにか建ってしまった、二つ並んだずんぐりした醜悪なコンクリート・ブロック造りの建物の一つで、そこでは妙な人種差別が行われていた。ヌーア・ヴィルには（エヴィのように）アメリカ人などの外国人が住み、ラキシミ・ヴィラには成り上がりのインド人が住んだ。私たちはメスワルド屋敷の高みから彼らを、肌が白い者も褐色の者も等しなみに見下していた。だが誰一人エヴィ・バーンズを見下す者はなかった――ただ一度だけを除いて。一度だけ誰もが彼女の上に立ったのだ。

初めて長ズボンをはくようになる前に、私はエヴィに恋をした。だがこの年、面白い恋の連鎖反応が起こっていたのだ。時間節約のため関係者全員をメトロ・シネマの同じ列に並べるとしよう。一同はうっとりとしてロバート・テイラーを食い入るように眺め、同時に隣の相手を意識していたのだ。サリーム・シナイは隣に坐ったエヴィ・バーンズに恋をし、エヴィは隣に坐ったソニー・イブラヒムに恋をし、ソニーは隣に坐ったブラス・モンキーに恋をし、通路ぎわに坐ったブラス・モンキーは恋をする相手がなくて飢えている……という具合である。私がエヴィを好きだったのは、一生のうちのたぶん六ヵ月くらいだろう。二年後、彼女はアメリカへ帰り、老婆をナイフで刺して感化院へ送られることになる。

このへんで手短かに感謝の言葉を述べておくべきだろう。もしエヴィが私たちの間で生活するようにならなかったら、私の物語は時計塔の中の隠密探索と教室でのカンニングから先へは進まなかったろう……だとすると、未亡人たちのホステルでのクライマックスもなかったろうし、私の主張の明白な証拠に出会うこともなかったろう。蒸気の立ちこめる工場、ネオンの女神ムンバデヴィの瞬きしながら踊るサフラン色と緑色の像が護っている工場で、結末(コーダ)を迎えることもなかったろう。だが実際にエヴィ・バーンズはやって来た(彼女は蛇か梯子か? 答えは明白、両方だ)。銀色の自転車ごとそっくりやって来た。おかげで私が真夜中の子供たちを発見できただけではない、ボンベイ州の分割も保証されたわけだ。

そもそものはじまりから始めることにしよう。彼女の髪は案山子(かかし)の麦藁のようで、肌にはソバカスがあり、歯には金属のブリッジがかぶせられている。どうやらこれらの歯は、彼女にどうにもならないこの世で唯一の相手であるようだ——幾重にも鎧を着せられた歯は必死にあがこうとし、彼女がアイスクリームを食べる時ズキンと痛む。(一つご免を蒙って一般論をやらせてもらおう。アメリカ人は宇宙を制覇したが、自分の口中を支配することができない。しかるにインドは無力であるが、その子供たちはおおむね立派な歯を持っているのだ。)

歯痛に苦しめられながらも、わがエヴィはあっぱれにも痛みに耐えた。骨と歯ぐきに支配されるなんてまっぴらだとばかり、痛みのさなかにもいつもケーキを食べ、コークを飲み、泣きごとひとつ言わなかった。何しろエヴィ・バーンズは大変な強者(つわもの)だった。自分の苦痛を克服してしまう彼女の強さをまのあたりにして、私たちはみな文句なしに彼女を仲間の首領として認めた。すべてのアメリカ人はフロンティアを必要とする、とはよく言われることだ。苦痛はエヴィのフロンティアで、彼女は征服しようと心に決めていた。

ある時、私ははにかみながらエヴリン・リリスに花の首飾りをあげた。（夕べの百合（リリー・オブ・ザ・イヴ）に夜の女王（クイーン・オブ・ザ・ナイト）（ゲッカビジン。蔓性のサボテンの一種で、夜に美しい花が咲く）を贈ったわけだ。）スキャンダル・ポイントで行商女から買ったものだった。「花なんかつけないわ」とエヴィは言って、欲しくもない花輪を高々と放り上げ、落ちる前に、必殺のデイジー空気ピストルから撃ち出した弾で射抜いた。デイジーで花輪を破壊することによって、たとえ首飾りによってであろうと縛られるつもりのないことを宣言したわけだ。彼女は私たちの仲間の気紛れで気丈な「丘の上の百合（リル）」であり、イヴであり、私の禁断の実（アダムズ・アップル）であった。

彼女が初めて出現した時のことを書いておこう。ソニー・イブラヒム、片目とヘアオイル・サバルマティ、サイラス・ドゥバシュ、モンキー、それに私が、メスワルドの四つの宮殿の間のサーカスリングでフレンチ・クリケットをしていた。正月試合である。トクシーが格子窓を叩いていた。ビ・アッパーまで陽気で、ただの一度も私たちを罵らなかった。クリケットは——たとえフレンチ・クリケットでさえ、また子供がする場合でさえ——いたっておとなしい遊技である。絵にかいたようなのどかな情景。革のボールと柳のバットに当る音、まばらな拍手、時おり起こる声援——「打って！　打って！

頼むよ！」――「なーんだ」しかし自転車に乗ったエヴィにはそんなところは微塵もなかった。

「ねえ、みんな！　あんたたちー！　ねえ、どうしたのよ？　みんな、耳が聞こえないの？」

私は打っていた（ランジーのように優雅に、ヴィヌー・マンカドのように力強く）。その時、彼女が二輪車に跨がって、藁色の髪を風に靡かせ、ソバカスを輝かせて、丘を登ってきたのだ。陽を受けた金歯がキラッと何ごとかを語っている。さながら銀の弾丸に跨がった案山子といったところだ……「ねえ、鼻水たらしてるあんた！　つまらないボールなんか見るの、やめなさいよ、ボケナス！　ほんとにすごいものを見せてやるから！」

エヴィ・バーンズのことを思い出そうとすると、いつもその姿に引きずられて一台の自転車が登場してくる。ありふれた自転車ではなく、れっきとした昔ながらの自転車の最新型で、真新しいアルジュナ・インディアバイクである。マスキングテープにくるまったドロップハンドル、五段変速、模造チーター革のサドルときている。車体は銀色（いうまでもなくローン・レンジャーの馬の色だ）……薄汚れた片目と清潔なヘアオイル、天才サイラスとモンキー、ソニー・イブラヒムと私は――ソニーと私は最良の友であり、メスワルド屋敷の真の息子であり、生まれながらの屋敷の相続人だった――鉗子で脳にくぼみをつけられて以来ずっと鈍いと言ってもいいくらいの純真さをもったソニーと、危険な秘密の知識を知っている私は――さよう、未来の闘牛士、未来の海軍大将などなどであった私たち一同は、口をぽかんと開けて、金縛りにあったように不動のまま見とれていた。エヴィ・バーンズはペダルを漕ぐ足をますます速めて、サーカスリングの周囲をぐるぐる回りはじめた。「ほら、あたしを見てよ。よく見てよ。鳩が豆鉄砲食ったような顔してないでさ！」

チーター革のサドルから尻を浮かしたり降ろしたりしてエヴィは曲芸を始めた。片足をサドルにのせ、片脚を背後に伸ばしてわれわれのまわりをぐるぐる回った。スピードをあげ、サドルの上に頭をのせて逆立ちした！　前輪の上に跨がって後ろを向き、ペダルを逆向きに漕ぐこともできた……重力は彼女の奴隷となり、スピードは彼女の本領となった。一つの力、車輪に乗った一人の魔女がやって来たことを私たちは理解した。垣根の花は花弁を投げかけ、サーカスリングの埃は舞い上がって歓迎の雲をつくる。サーカスリングもまた、ふさわしい女主人を見出したのだ。それは回転する車輪という筆で描かれるカンバスとなった。

よく見ると、私たちのヒロインは右の尻ポケットにデイジー空気ピストルを隠している……「さあこれからよ、おバカさんたち！」と彼女は叫び、武器を取り出した。それで撃つと、石がはじけとんだ。私たちがアンナ銅貨を投げ上げると、彼女はそれを撃ち落とした。「さあ的を投げてよ、もっと、もっと！」そこで片目が大事にしていた一揃いのラミー・カードを、不平も言わずに犠牲に供すると、彼女は王様たちの頭を打ち抜いた。歯列矯正器をつけたアニー・オークリー（一八六〇—一九二六年。米国の女性射撃名手）といったところ——誰ひとり彼女の正確な射撃の腕を疑わなかった。一度を除いて。だがその一度が彼女の時代の終止符になった。猫族大襲来の最中のことだ。情状酌量すべき事情はあった。

紅潮し、汗だくになったエヴィ・バーンズは自転車から降り、こう宣言した。「きょうからこのあたりの大親分は一人よ。分かった、インド人たち？　文句ある？」

文句はなかった。その時、私は自分が恋をしたと知った。

エヴィを交えて、ジュフー・ビーチでのこと。彼女は駱駝レースに勝ち、私たちの誰よりも多くココナツ・ミルクを飲むことができ、アラビア海のきつい塩水のなかで目を開けることができた。

六ヵ月の違いが、これほど大変なものなのか。（エヴィは私より六ヵ月、年上だった。）エヴィ、君はそれで大人たちと対等の口をきく資格があったわけかい。彼女がイブラヒム・イブラヒム老人と無駄話をしている姿が見られた。リラ・サバルマティから化粧の仕方を教わっているのだと言った。ホミ・キャトラックを訪ねて銃の話をした。（心底から銃の愛好者（アフィショナード）であったホミ・キャトラックがある日、銃口を向けられることになったのは、彼の生涯の悲劇的アイロニーというほかない……彼がエヴィのなかに見出したものは、仲間であり、母のない娘であった。ただ、彼自身の娘トクシーと違って、エヴィはナイフのように鋭く、頭のよい少女だった。ついでながら、結局エヴィ・バーンズは哀れなトクシー・キャトラックにはまったく同情を示さなかった。「頭のなかが狂ってるのよ」と彼女は不用意にも言い放った、「鼠のように殺してやるといいんだわ」しかしエヴィよ。鼠はそんなに弱くはない！　現に君の軽蔑するトクシーの体全体にもまして、君の顔には、齧歯類的（げっし）なところがあるぞ。）

これがエヴリン・リリスだった。彼女が出現して数週間のうちに、私はその影響から決して完全には立ち直れないような連鎖反応の発端をつくってしまった。

それはソニー・イブラヒム、隣のソニー、鉗子のくぼみのあるソニーと共に始まった。彼は私の物語の袖に隠れて、じっと自分の出番を待っていたのだ。当時ソニーはひどく傷ついていた。鉗子でへこまされた以上に傷ついていた。彼はブラス・モンキーを愛そうとしたのだが、これは（九歳の子供が理解しているような意味においてさえ）たやすくできることではなかった。

前にも言った通り、二番目に、先触れもなしに生まれてきた妹は、いかなる愛情表明に対しても邪険な反応を示すようになっていた。彼女は鳥と猫の言葉を話すということになっていたが、恋人たちのやさしい言葉は彼女のなかにほとんど動物的な怒りを掻き立てた。だがソニーは単純な男で、危険だからよせと忠告しても聞きいれようとはしなかった。もう何ヵ月も彼は「サリームの妹だものね、君は本当に信頼できる人だ！」とか、「ねえ、ぼくの女友だちにならないかい。君んとこの子守女（アーヤ）もつれて三人で映画に行こうよ……」などという科白で彼女の逆鱗に触れていた。同じように何ヵ月もずっと、彼女は自分に惚れたという理由で相手をいじめつづけた——彼の母親に告げ口したり、間違えたように見せかけてわざと彼を泥水のなかへ突き飛ばしたり、それどころか一度などは彼に襲いかかり、おかげで彼の顔には長い爪痕が残り、目には放蕩者が殴られた時のような表情が残った。それでも彼は懲りなかった。そこでついに彼女は最も恐ろしい復讐を思いついた。

　モンキーはネピアン・シー・ロードにあるウォルシンガム女子学校へ通っていた。背が高く、筋骨逞しく、魚のように泳ぎ、潜水艦のようにもぐるヨーロッパの娘たちの多い学校である。彼女らが暇を見つけてブリーチ・キャンディ・クラブの地図の形をしたプールで跳ね回っている姿が、わが家の寝室の窓から見えた。これはつまり私たちが締め出されていたプールだ……モンキーがなぜかこれらの特権的なスイマーにまるでマスコットのようにしがみついているのを知った時、私はおそらく初めて、彼女の姿に心が痛んだ……だが妹は人の説得など聞く相手ではなかった。いつもしたいようにしていたのだ。筋骨隆々の十五歳の白人娘たちはウォルシンガムのスクール・バスのなかへ彼女を一緒に坐らせた。こうした娘たちのうちの三人が妹と一緒にスクール・バスを待っていた。ソニー、片目、ヘアオイル、サイラス大王、それに私が、カセドラル・スクールからのバスを待っていたのと同じ場所で。

ある朝、理由は忘れたが、バス停にいた男の子はソニーと私だけだった。伝染病の流行かなにかのせいだった。モンキーはメアリー・ペレイラが私たちを筋骨隆々のスイマーたちの間に置いて去っていく時まで待った。その時、私は特別の理由はなく、彼女の意識のなかへ入ってみたのだ。そしてとっさに彼女の計画していることの真相を悟った。私は「おい！」と叫んだ――しかし遅かった。「近寄らないで！」とモンキーは金切声をあげた。そして彼女と筋骨隆々のスイマーはソニー・イブラヒムに襲いかかった。浮浪者たち、乞食たち、それに自転車屋の店員たちがあからさまに面白がって眺めていた。三人の白人娘と妹はソニーの体から衣服を次々と剝ぎ取っていったのだ……「何てことだ、君たちはボケッとして見ているつもりか！」――ソニーが大声で助けを求めた。しかし私は身動きできなくなっていた。妹と親友の間に立って、どっちに味方することもできかねた。ソニーが「お父さんに言いつけるぞ！」と、涙を流しながら言うと、モンキーは「さあ、いくらでもたわけたことを言うがいいわ」と言い返す。彼は靴を脱がされる。シャツも取られる。肌着も高飛び込みの得意な女の子に剝ぎ取られてしまう。「いくらでも女の腐ったみたいなラヴレターを書いたらいい」靴下を取られる。涙がどっとあふれ出る。「来たわ！」とモンキーがどなる。ウォルシンガムのバスが到着して、暴行をはたらいていた三人娘と妹を乗せて、走り去る。「バイバイ、色男！」という捨て科白を残していく。ソニーはチマルカー玩具店とリーダーズ・パラダイスの向かい側の舗道に、生まれたままの丸裸で取り残されている。鉗子で出来たくぼみにワセリンが滴り落ちて、潮の引いたあとに残った溜まり水のように光っている。同じく目もうるんでいる。「なぜこんなことするんだい、ちくしょう。好きだと言っただけなのに……」

「さあね」と私は目のやり場に困りながら言った。「妹の奴はいろんなことをするんだよ。それだけのことさ」彼女がこの私にもっとひどい仕打ちをする時が来るとも知らず、私はそう言った。

だがそれは九年後のことだ……話を一九五七年に戻すが、この年早々に選挙運動が始まっていた。ジャン・サング党（一九五一年結成の極右政党。インド亜大陸に一国家、一民族、一文化と法の支配を実現することを綱領とする。反パキスタン、反ムスリムの急先鋒となる）

は年老いた聖牛のための保養所を建てようというキャンペーンを張っていた。ケーララ州ではE・M・S・ナンブーディリパド（この年の選挙で共産党州政府の首相となる）が、共産主義は万人に食事と仕事を与えると約束していた。マドラス（タミルナードゥ州の州都）ではC・N・アンナドゥライの率いるアンナDMK（ドラヴィダ進歩連盟）が地域主義（中央政府がこのタミル語地域にヒンディー語を押しつけようとしたことへの反発）の炎を煽っていた。国民会議派は、ヒンドゥー教徒の女性に平等の相続権を与えるヒンドゥー相続法などの改革でもってこれに対抗していた……要するに誰もが自分の主張を述べるのに忙しかった。ところが私ときたら、エヴィ・バーンズの面前で口がきけなくなり、ソニー・イブラヒムに泣きついてとりなしを頼むというていたらくだった。

インド人は常にヨーロッパ人に弱かった……エヴィが私たちと過ごしたのはわずか数週間のことだったのに、私は早くもヨーロッパ文学のグロテスクな二番煎じのなかへ呑み込まれようとしていた。（私たちは学校で平易に書きかえられた『シラノ』の芝居をやっていたし、『挿絵入り古典文学』という漫画本も読んでいた。）ヨーロッパはインドにおいて茶番として反復される、ということが言えるのではなかろうか。エヴィはアメリカ人だが、同じことだ。

「だって君、それはムシがいいよ。なぜ自分でやらないんだい？」

「頼むよ、ソニー。友だちだろう？」

「そうだけど、君はあの時、助けてくれなかったじゃないか……」

「あれは自分の妹だからね、ソニー。どうにもならないさ」

「なるほどそうかい。だったら自分のことは自分でやれよ……」

「なあ、ソニー、考えてみろよ。ちょっと考えてみろよ。女って、扱い方が難しいんだ。ホラ、モンキーだってカッとなるだろう！　君は体験した、そうつまり、身をもって思い知ったわけだ。だから今はうまくやるコツが分かってるだろう。ぼくには分からないんだ。エヴィはぼくなんか眼中にないかもしれない。君は、ぼくも衣服をむしり取られるといいと思うかい？　そうすると気持がスッとするかい？」

するとと邪心のない、気立てのよいソニーは答えた、「いや、そんなことはない……」

「オーケー。じゃ行ってくれるね。ちょっとぼくのことを誉めてもらいたいんだ。鼻のでかいことなんか、どうだっていいじゃないか、人柄が大切だ、と言ってくれよ。そうしてくれるかい？」

「……いいとも……ぼくは……いいよ。だけど君も、君の妹に話してくれよ？」「いいとも、ソニー。でも、何ができるかな？　あいつの性格は君も承知だろう。しかしともかく話してみるよ」

男はいくらでも慎重に作戦を練ることができるが、女たちはそれを一撃のもとに壊すことができる。選挙運動の勝敗の確率は一対二というところだ……バッキンガム荘のベランダで竹すだれの間から、私はソニー・イブラヒムが私の選んだ選挙区を遊説して回っているさまを覗いてみた……そして有権者の声を聞いた。エヴィ・バーンズの鼻にかかった声が高まり、嘲笑で空気を引き裂いた。「誰がよ。ああ、あいつか。洟をかんだらどうなのって言ってやってよ。へーえ、あのクンクンがね。ふん、自転車に乗ることもできないくせに！」

それは本当だった。

しかもさらにひどいことが起こるのだ。たった今（その場面は竹すだれによって細長い短冊状に細分されていたが）エヴィの顔の表情が和らぎ、変わるのが、私の目に映らなかったろうか？――エヴィの手（竹すだれによって縦に細分されていた）は私の選挙事務長の方に伸ばされなかったろうか？――あのエヴィの指（深爪の指）がソニーのこめかみのくぼみに触れ、そこに溜まったワセリンが指先に付着しなかったろうか？――そしてエヴィはこう言ったか、言わなかったか。「ねえ、あなたならいいわ。たとえばの話よ。あなたはかわいいもの」恐れていたことがすべて当ってしまった。私は見た、エヴィの手は伸びた、彼女の指先にワセリンがついた、彼女は言った、そういうことだ。サリーム・シナイはエヴィ・バーンズを愛している。エヴィはソニー・イブラヒムを愛している。ソニーはブラス・モンキーに惚れている。さてモンキーはどう出るだろうか？

「ほんとうにうんざりよ、いやーね」私がソニーを弁護しようとすると——私は彼に見捨てられたのに、立派に弁護したつもりである——これが妹の回答だった。有権者たちは私たち二人に否と答えたのだ。

私はまだ負けてはいなかった。エヴィ・バーンズという妖女の誘惑——彼女がまったく私に興味がなかったことは認めないわけにはいかないが——に引きずられて、私は容赦なく堕落していった。（しかし私は彼女を少しも恨んではいない。私の堕落は向上に通じていたからだ。）

時計塔のなかで、亜大陸横断の散歩の合間に、私はひそかにソバカスだらけのエヴィを口説いてやろうと考えた。「仲介者のことは忘れよう。あくまでひとりでやることだ」と私は自分に言いきかせた。そこで計画を立てた。彼女の興味を分かち合わなくては、彼女の好きなことをこちらも好きにならなくては、と考えついた……とは言っても銃には興味がもてなかったので、私は自転車に乗ることを覚えようとした。

エヴィはその頃、自転車の曲乗りを教えてほしいという丘の上の子供たちの頼みを聞きいれていた。だから私はたやすくレッスンの仲間に加わることができた。私たちはサーカスリングに集まった。リングの至高の女王たるエヴィは、ふらふらするとはいえ、ものすごく集中力のある五人のサイクリストたちの中心に立っていた……私はその間、自転車なしで彼女のかたわらに立っていた。エヴィに出会う以前には、私は自転車には何の興味もなかったから、与えられもせず……なのに今は、エヴィの毒舌をおとなしく聞いていた。

「あら、デカ鼻クン、どこへ行っていたの？　のんきにあたしの自転車に乗ってみたいんでしょう」

「違うよ」と私は来たのを後悔しながら答えたが、エヴィは軟化して「いいのよ、いいのよ」と言い、肩をすくめながら続けた、「ほら、サドルに跨がって、君のお手並み拝見といこうじゃないの」

正直言って、私は銀のアルジュナ・インディアバイクに乗りながら、胸が躍った。エヴィは自転車のハンドルを摑んで、サーカスリングの周囲を歩いてくれた。「バランスとれたかな？　まだだって？　マッタク、いつまでもこうしてはいられないよ！」と彼女は言った――エヴィにハンドルをとられて回りながら、私はどう言えばいいのか……幸せだった。

　グルグルグルグル……ついに、「だいじょうぶ……ひとりで……乗れそうだ」彼女を悦ばすために思い切ってそう言ってみると、たちまちひとりでバランスがとれてきた。エヴィの最後の一押しによって、銀色の生き物はまばゆく光りながら勝手にサーカスリングを横切って走り出した……彼女の叫びが聞こえてきた。「ブレーキ！　ブレーキをかけるんだってば、この馬鹿！」――しかし私の手は動かなかった。体は材木のように硬直していた。そして〈ホラ、ホラそこに〉、目の前にソニー・イブラヒムの青い自転車が来るではないか。こりゃ衝突必至〈ホラ、どけ！〉、サドルに乗っかったソニーはよけようとするが、青は銀に向かって突進してくる。ソニーはやっと右に折れる。だが私も同じ方向に曲がってしまう〈アア、あたしの自転車が！〉、銀の車輪が青の車輪に触れる。車体が車体に触れる。私は飛び上がる。ハンドルを乗り越えて、ソニーの方へ飛ぶ。ソニーはソニーで私に向かってそっくり同じ放物線を描いている〈ガチャン〉、二台の自転車は二人の下で地面に倒れ、二人は睦まじく抱き合う〈ガツン〉、宙に浮かんだままの合体だ。ソニーの頭部が私の頭部を迎え入れる……九年余り前、私は突起したこめかみをもって生まれ、ソニーは鉗子でくぼみをつけられて生まれてきた。何事にも理由があるらしい。今、私の突起したこめかみはソニーのくぼみのなかにはまりこんだ。すっぽりと寸分たがわずに。頭部を結合させて、二人は地上に落下した。幸いなことに、自転車からは完全に離れて落ちた〈ドサッ〉、一瞬、世界は消えた。

エヴィはソバカスを光らせて、「なんて奴、洟たれ小僧め！　壊してしまったじゃないか、あたしの……」しかし私は聞いていなかった。サーカスリングの事故は、洗濯物入れでの災難が誘発したものを完成したのだ。それは今、私の意識の前面にあり、もはやこれまで特に気にとめなかった微かな背景音ではなくて、北から南から東から西から送られてくる、「私はここにいる」という信号……あの真夜中に生まれた他の子供たちの「私」「私」「私」という声であった。

「ねえ、ねえ、洟たれ君！　だいじょうぶ？……ねえ、この子のお、か、あ、さんはどこ？」

ここでまた話の腰を折られる。まったく、いつもこうなのだ！　私のいささかややこしい生涯のさまざまな部分は、実に聞き分けのない頑固さでもって、それぞれの区分のなかにきちんと収まっていることを拒否する。時計塔のなかから声が漏れてきて、エヴィの領分ということになっているサーカスリングを侵犯する……かと思うと今度は、私がまさに途方もない秒読み出産の子供たちの話をしようとしている時に、当の私がフロンティア・メイル号で連れ去られるという事態が起こった——つまり私は老いさらばえた祖父母のもとへ連れていかれたのだ。というわけで、アーダム・アジズが私の物語の自然な展開を邪魔することになる。しかし、〈どうにもならぬことは耐えるしかない〉。

その一月(いちがつ)、私が自転車の衝突によって引き起こしたひどい脳震盪から回復しかけた頃、両親は子供たちを連れてアーグラへ出かけた。だがそれはかの悪名高い（とはいえ架空の事件であるにちがいないと思えるのだが）カルカッタのブラック・ホール（一七五六年、カルカッタの土牢に百四十六名のイギリス人が閉じこめられ、一夜にして百二十三名が窒息死したとされる事件）にもまして無残な一族再会と相成った。二週間というもの、私たちはエメラルドとズルフィカル（今や少将になっていて、将軍とよばれたがっていた）が有名人の名前をちらつかせ、自分たちのとてつもない富をそれとなく自慢するのを聞かされつづけた。その富というのは今や、パキスタンで七番目の私有財産にふくれあがっていた。彼らの息子ザファルは（たった一度ではあるが）モンキーの色のあせつつある赤毛のおさげを引っぱろうとした。公務員のムスタファ叔父とそのイラン人の血の混じった妻ソニアが、名前も性別も判然としない出来のわるい子供たちを打ったり叩いたりして完全に黙らせるさまを、私たちは恐怖におののきながら黙って見ていなければならなかった。アリアが発散する老嬢特有の臭いがあたりに充ちていて、食事を台なしにした。父は早々に寝室に引き揚げて、夜ごとの秘密の妖魔(ジン)との闘いを始めていた。ろくでもないことばかりの連続。

ある晩、時計が十二時を打つ音で目を覚ますと、祖父の夢が私の頭のなかに入っていて、やむなく祖父自身の目を通して祖父を見ることになってしまった——それは今にも砕けてしまいそうなよぼよぼの老人の像で、十分に明るい所でなら、その中心に巨大な影が透けて見えた。彼の若さを支えていた確信は、老いと修道院長のために、また考えを同じくする友人がいないために衰え、それにつれて体の真ん中には古い穴が再び現われてきて、彼はただの干からびた、空っぽな老人になってしまい、彼が長らく反抗してきた神(とかその他の迷信)が再び支配力をもり返していた……他方、修道院長はといえば、軽蔑してやまぬ映画女優であるハーニフ叔父の妻を二週間にわたってねちねちと侮辱して過ごした。私が子供の遊びで鬼にされ、祖父のたんすの上に置かれた古い革のアタッシェケースのなかに、一枚のシーツを見つけ出したのも、この時のことだ。このシーツは虫に食われていたが、一番大きな穴は人間の手であけられたものだった。私はこの発見のために、祖父母からえらく怒られることになった(読者もあとで思い出してくれるだろう)。

とはいえ一つだけ成果があった。私はリキシャ・ワーラーのラシドと友だちになったのだ(若き日に麦畑で無言の叫びを上げて、ナディル・カーンをアーダム・アジズの家のバスルームに手引きしたあの男である)。彼は私の両親には内緒で自転車の乗り方を懇切に教えてくれた——まだ例の事故から日が浅かったから、両親が知ったら、許してくれなかったろう。帰途につく時までには、私はこの秘密を他の秘密と一緒にしまいこんだ。ただこれをいつまでも秘密にしておくつもりはなかった。

……帰りの列車では、コンパートメントの外にぶら下がっている人たちの声が入ってきた。「ほれ、旦那様（マハラージ）、開けて下せえまし、旦那様！」只乗りの連中の声が、私の聞きたいと思う声、私の頭のなかの新しい声とぶつかっていた。やがてボンベイ中央駅に到着し、車で競馬場と寺院を越えてわが家へと帰りつく。今やエヴリン・リリス・バーンズが、私がもっと高尚なものに集中して書きはじめる前に、まず彼女のくだりをちゃんとしてほしいと要求している。「帰ってきたのね！」とモンキーが叫ぶ。「万歳……ボンベイへ帰ってきた（バック・トゥ・ボム）！」（彼女は不興を買っていた。アーグラで将軍の長靴を燃やしてしまったのだ。）

州再編成委員会が一九五五年十月という早い時期にネルー氏にレポートを提出したことは、特筆に価する。一年後、委員会の勧告は実施に移された。インドは新たに十四の州と六つの連邦政府「直轄地（テリトリー）」に分割された。だがこれらの州の境界は河川、山岳、その他いかなる自然的地形によって作られたものでもなく、言葉の壁によって作られたものであった。言語が私たちを分けたのだ。ケーララ州は世界唯一の回文の名前を持った言語、マラヤーラム(Malayalam)語使用者の州であり、カルナータカ州ではカナラ語を話すことになっていた。そして切断されたマドラス州――今日ではタミルナードゥ州と称している――はタミル語の愛好者(アフィショナード)だけの土地になった。ところが手ぬかりによって、ボンベイ州には手がつけられなかった。おかげでムンバデヴィの街では言語行進者たちの行列がいっそう長く、騒がしくなり、それはついにいくつかの政党に成長していった。マラーティ語を代表し、デカン高原にマハラシュトラ州を創設することを要求するサミユクタ・マハラシュトラ・サミティ(「統一マハラシュトラ党」)、そしてグジャラーティ語の旗のもとに行進し、ボンベイ市の北方、はるかカチアワル半島からカッチ湿原(パキスタン国境に沿って広がる)にまで広がる州を夢みるマハ・グジャラート・パリシャド(「大グジャラート党」)……私はこの冷たい歴史のすべてに熱気を感じる。デカン高原の乾ききった熱暑のなかで生まれたマラーティ語の鋭角的な響きと、グジャラーティ語の沼地的、カチアワル的柔らかさとの間の、古くからの死闘に興奮を覚える。説明を加えておくと、一九五七年二月のある日、私たちがアーグラから帰ったすぐ翌日のことだが、モンスーンの水にも劣らず大量にウォーデン・ロードに溢れ出したシュプレヒコールをとなえるデモ隊の洪水によって、メスワルド屋敷は市内から遮断された。このパレードの長いことと言ったら通過するのに二日もかかったほどで、シヴァージーの石像が生命をおびて、行列の先頭に立ったのだという伝説まで出来上がった。デモ隊は黒旗を掲げて歩いた。同盟休業中の商店主も多く、またマザガオンとマトゥンガから来たスト決行中の繊維労働者も多かった。だが丘の上の私たちは彼らの仕事のことなど何も知らなかった。子供たちにとって、ウォーデン・ロードの言語行進者たちの果てしない蟻の行列は、蛾にとっての電球のように魅惑的なものであった。今回のデモはきわめて大規模かつ熾烈なものであって、過去のすべての行進はまるで存在しなかったかのように人びとの心から消えてしまった——私たちはほんのちょっと覗いてみようと丘を降りてゆくことさえ禁じられていた。私たちのうち一番大胆だったのは誰だろう？　少なくとも途中まで、丘の道がウォーデン・ロードにぶつかる前の急なU字を描いているあたりまで、這い降りてみようと唆したのは誰だろう。「なにが怖いって？　ちょっと途中まで降りて、覗いてみるだけなのに」と言ったのは誰だろう……目を丸くしたインドの子供たちは親の言いつけに背いて、アメリカから来たボスのあとに続いた。(「あの人たちがナルリカル先生を殺したんだよ——あのデモ隊が」とヘアオイルは震える声で言った。エヴィは彼の靴に唾をかけた。)

だが私、サリーム・シナイには思い知らせてやる相手がほかにいた。「エヴィ」と私は静かに何気なく言った、「ぼくが自転車に乗るところを見たくないかい？」答えはなかった。エヴィはその光景に見とれていた……そしてソニー・イブラヒムの左側の鉗子のくぼみを埋めたワセリンの上にこれ見よがしにつけられているのは彼女の指紋だったろうか。もう一度、もうちょっと力をこめて、私は言った、「乗れるんだよ、エヴィ。モンキーの自転車でやってみるよ。見たいだろう?」するとエヴィは意地わるく、「あたしこっちを見てるのよ。これは面白いわ。あんたなんか見たくないわよ」私はちょっと鼻をすすりながら、「だってぼくは覚えたんだよ、エヴィ……」眼下のウォーデン・ロードからのどよめきが私の言葉を呑み込んでしまう。彼女は私に背を向けている。ソニーも片目もヘアオイルも背を向けている。頭のいいサイラス大王も同様だ……例の指紋をやはり目にしていた私の妹は不愉快そうな顔をして、私を唆す、「さあ、さあ、あの子に見せてやるのよ。あの子ったら自分を何様だと思ってるんだろう?」そこで私は妹の自転車に跨がると……「ほら、乗ってるぞ、エヴィ、見てくれ!」子供たちのまわりを円を描いて回りながら、「見てくれ、ほら」しばし得意になっている。するとエヴィはいらだち、いかにも興味なさそうに、「どきなってのよ、お願いよ。あたし、あれを見たいんだってば!」爪を嚙んだあとのある指は、言語行進者の方をさしている。サミュクタ・マハラシュトラ・サミティのパレードのために、私は厄介払いされたのだ！兄思いのモンキーが「ホント、いやなやつね。サリームはとても上手に乗れるのに」と言ってくれたにもかかわらず——またそのこと自体、うれしいことであるのに——私のなかで何かがめちゃくちゃになる。私はエヴィのまわりをますます速く回る。「君はいったい何なんだ。ぼくはどうすればいいんだ……」と抑えきれずに鼻をすすりながら叫ぶ。その時、別の考えが取ってかわる。彼女に問い質す必要はないと気がついたのだ。あのソバカスだらけで歯には金属がかぶせてある奴の頭のなかに入って、探り出してやればいい、本当はどうなっているのか一度くらい調べてみてやれ……というわけで、私は自転車に跨がったまま、入ってゆく。すると彼女の意識の表層はマラーティ語の行進のことでいっぱいで、意識のあちこちの片隅にアメリカのポップ・ソングがひっかかっている。だが私に興味のあるものは何ひとつ見当らない。そこで今、やっとのことで、はじめて、失恋の涙に駆られながら探りはじめる……ぐいぐい突き進み、もぐり、彼女の防御線を突破し……秘密の場所へと分け入っていく。そこにはピンクの上っぱりを着て、一匹の小さな魚のしっぽを摑まえている彼女の母親の写真がある。なおも深く深く深く分け入っていく。ここはどこだろう。彼女の顔面がぴくっと震えるのはなぜか。彼女が急に体をかわし、くるっと振り向いて私を見ようとする時に起こった、あの痙攣(けいれん)は何のせいだろう。私は相変わらず回っている、グルグルグルグル……

「出てって!」とエヴィ・バーンズは金切声を上げる。両手を額のあたりに上げる。

私は目に涙をためて自転車に乗ったまま、なかへなかへと潜入していく。するとエヴィが下見板張りの寝室の戸口に立っている光景につき当る。彼女が持っているのは、な、何だろう。鋭い、きらっと光るものだ。赤いものが滴り落ちているぞ、戸口に。おや、ベッドには女が寝ている。身に纏っているのはピンクだ。何ということだ。エヴィは手に、赤がピンクを染めて、そこへ一人の男がやって来る。ああああ、何てことだ……

「出てけ、出てけ、出てけ！」と金切声をあげているエヴィを子供たちがあっけにとられて眺める。言語行進のことはすっかり忘れられていたが、突然ふたたび思い出される。エヴィがモンキーの自転車の後部を摑んだからだ。〈エヴィ、何をするんだ〉、彼女は後ろから押しながら〈早く出てけ、地獄へ行っちまえ！〉――彼女はぐいぐいと私を押しまくり、私はコントロールを失って坂道を突進し、U字型の坂の最後の部分を下ってゆく。〈ああデモ隊だ〉、バンド・ボックス洗濯店を越え、ヌーア・ヴィルとラキシミ・ヴィラを越え〈アアアアー〉、行進の列の口のなかへ突っ込んでいく、頭や足や胴体のなかへ。大声をあげてそこに到達した時、青い奔馬のような少女用自転車に跨がって歴史のなかに突入した時、デモ隊の波はぱっと二つに分かれた。

ハンドルを握りしめたまま、私は興奮した群集のなかでスピードを緩める。真っ白い歯を見せて笑っている人びとが私を取り囲む。それは友好的な笑顔というようなものではない。「ほら、ほら、小っちゃな坊っちゃん（ラード・サヒブ）がお大尽たちの丘から降りてきて、わしらの運動に加わったぞ！」会話はすべてマラーティ語なので、ほとんど分からない。何しろこれは学校で、私の一番にがてな科目なのだ。笑顔の人たちが訊ねる、「ＳＭＳ（前出の統一マハラシュトラ党）に入りたいのかい、坊っちゃん？」私は質問の意味がやっと分かるようになったところで、頭がふらふらになり、つい本心を漏らしてしまう。いいえ、と首を振ったのだ。すると笑顔たちは、「ほう！　この若様はわれわれの言葉がお気に召さぬとよ！　じゃ、何がお好きでいらっしゃるのかね？」もう一人の笑顔が言う、「きっとグジャラーティ語さ！　あんた、グジャラーティ語を話しなさるのかね、坊っちゃん？」だが私のグジャラーティ語はマラーティ語と同じくひどいものだった。このカチアワル半島の沼のような言葉で知っていることといえば一つしかなかった。笑顔たちは指を突きたてながら、せきたてた、「さあ、話してみな、若様、何かグジャラーティ語を話すんだ！」――そこで私は知っていることを話した。学校で甲状腺キース・コラコから教わった、押韻する文句だった。この言語の話し言葉のリズムをからかうために作られた戯れ歌で、甲状腺キースはグジャラーティ系の少年たちをいじめる時に、これを利用していた。

スー・チェ？　サルー・チェ！
ダンダ・レ・ケ・マルー・チェ！

「達者かい？――達者だよ！――では棒で、お仕置きだ！」ナンセンスだ。たわごとだ。九語からなる無意味な言葉……だがそれを言ってみると、笑顔たちは爆笑した。そして近くの声たちが、やがてはずっと遠くの声たちまで、私の戯れ歌を歌い出した。〈達者かい？　達者だよ！〉彼らはやがて私には興味を失って、「さあ自転車に乗って、行くがいいさ、若様」と嘲って言い、歌いつづけた。〈では棒で、お仕置きだ〉と。私は丘を駆けのぼった。私が伝えた歌はたちまち前に後ろに伝わり、二日分の長さの行列が先頭からどんじりまで、同じ歌を合唱しはじめた。それはいつしか闘いの歌になっていた。

その日の午後、サミュクタ・マハラシュトラ・サミティの行列はケンプ薬局の角でマハ・グジャラート・パリシャドのデモ隊の先頭とぶつかった。ＳＭＳの合唱隊は「スー・チェ？　サルー・チェ！」と歌い、ＭＧＰの群集は激怒して罵声をはりあげた。インド航空のラージャとコリノス・キッドのポスターの下で、二つのデモ隊はかなり激しい乱闘を始めた。やがて第一の言語集団は私の戯れ歌に合わせて行進を再開したが、十五名が死亡し、三百余名が負傷した。

　こんなわけで、暴力沙汰の引金をひいてしまったことに私は直接の責任がある。だがそのおかげでボンベイ州の分割は実現されたのだし、その結果としてボンベイ市はマハラシュトラ州の州都になった——だから少なくとも私は勝者に加担したことになる。


　エヴィの頭のなかにあったものは何か。犯罪なのか夢なのか。そこまでは分からなかった。だが他に分かったことがある。誰かの頭の内部に深く潜入すると、〈相手はこちらが入ってきたことを感じとるものである〉。

　その日以来、エヴリン・リリス・バーンズはあまり私とかかわりを持ちたがらなくなった。だが不思議なことに、私にはもう彼女への執着はなくなっていた。〈私の生涯の転機にいたのはいつも女だった。メアリー・ペレイラ、エヴィ・バーンズ、ジャミラ・シンガー、そして魔女パールヴァティが、私は誰なのかという問いに答えてくれなければならないのだ。それに、最後まで伏せておこうと思うのだが、〈未亡人〉。そして最後のさらにあとに登場する糞の女神パドマ。女たちは私を救ってくれはしたが、彼女らが中心になることはなかった——おそらく女たちが充たすべき場所、つまり祖父アーダム・アジズから受け継いだ私の中心の穴は、あまりに長いことあの声たちでいっぱいになっていたのだ。あるいはもしかすると——あらゆる可能性を考えてみるべきだろうから——女たちはいつも私に軽く恐怖感を与えていたのかもしれない。)

私の十歳の誕生日

「ああ、あなた、申し訳ありません。みんなあたしがいけないのよ！」

パドマが戻って来た。私は中毒から回復して、今ふたたび机に向かっているところだが、彼女は神経が高ぶっていて、黙っていることができない。戻って来たわが蓮姫はくりかえしくりかえし自分を責め、重い乳房を叩き、大声で泣き叫ぶ。（病みあがりの私には、これはかなりこたえる。しかし私は何一つ彼女を責めはしない。）

「これだけは信じて下さい、あなた。あなたが元気でいて下さることを、いつも祈っておりました！　女って、何という生き物なんでしょうね、大切な人が病いの床に臥していると、片時も心が落ち着かないんです……でも、あなたが良くなってくれて、ほんとに幸せだわ。分かるかしら」

パドマの話はこうだ（彼女の語った通りに書いておこう。確認のために本人に向かって読んできかせると、目を丸くし、声をあげて泣きだし、乳房を叩く)。「ここの仕事は楽しいし、あなたは付添いが欠かせないというのに、あなたから去って行ったわけは、サリーム、あたしの愚かしい誇りと虚栄心のためなの！　でも出て行ってすぐに、死ぬほど戻りたくなったわ」

「そこであたしは考えました。あたしを愛してくれようとはせず、愚かな書きものばかりしているあの男のところへ戻るには、どうしたらよいものかと。(ごめんなさいね、サリーム、でも本当のことを言わなければならないでしょう。あたしたち女にとって、愛は何よりも大切なものなのです。)」

「そこであたしは一人の聖者のところへ相談に行きました。その人があたしのやるべきことを教えてくれました。あたしは持ち合わせの小銭でバスに乗り、田舎へ出かけました。あなたの精力を眠りから覚ましてくれる薬草を採るためです……想像してみて下さい。あたしは『牡牛によって引き抜かれた薬草よ！』という呪文を唱えました。それから薬草を水とミルクのなかに浸して挽(ひ)き、こう言いました、『精強く色好みの薬草よ！　秩序の神ヴァルナが半神ガンダルヴァに命じて掘り出された植物よ！　あたしのサリーム様のために精力を与えておくれ。雷霆神(インドラ)の炎のような熱さを与えておくれ。薬草よ、お前は牡の羚羊(かもしか)のように、存在するあらゆる力を備えている。インドラの全能と野獣の精力を備えている』」

「これを手に入れて帰ってみると、あなたはいつものように独りで、いつものように紙とにらめっこなのよね。でも誓いますが、あたし、嫉妬は捨ててきました。嫉妬が顔の上に居すわると、老けますからね。そして、ああ神様、お許しを。あたし、作った薬をあなたの食事のなかへそっと入れたんです……ほんとにごめんなさい。あたしは単純な女です。聖者の言うことなら鵜呑みにしてしまうのです……でも、ようやくあなたは良くなってくれた。神に感謝しなくては。きっとお怒りにならないでしょうね」

パドマの薬の影響で、一週間というもの私はうわごとを言っていた。わが糞蓮の女神が（さかんに歯ぎしりしながら）証言するところでは、私は体を板のように強ばらせ、口から泡を吹いていた。熱もあった。うわごとを言い、べらべらと蛇のことを話した。だがパドマは蛇ではないし、危害を加えることもないことは分かっている。

「愛は女を」とパドマは泣きながら言う、「狂わせてしまうのです」

くりかえして言うが、私はパドマを責めはしない。彼女は西ガーツ山脈（アラビア海に沿って千六百キロにわたって連なる）のふもとで男性能力を高める薬草、mucuna pruritus（和名、ハッショウマメ）と feronia elephantum（和名、ナガエミカン、ゾウノリンゴ）の根っこを捜してくれたのだ。実際は彼女が何を見つけたものやら分かりはしない。何をミルクで捏ねて、私の食事に混入し、私の内臓を「攪拌状態」に陥れたものか分かりはしない。ヒンドゥー教のコスモロジーを知る人なら誰でも知っているように、インドラも巨大な攪乳器に入った原始スープをかきまぜてこんな状態にし、そこから物質を創造したわけだ。別にかまいはしない。殊勝なことをしてくれたわけだ。しかし私は再生のきかない体になっている――〈未亡人〉によってだめにされたのだ。本物のmucuna（ある種の薬効をもつ植物の名）によっても私の不能が治るなんてことはありえない。feronia（イタリアの古い女神。非解放自由人の守護神）といえども私のなかに「野獣の精力」を湧かせることなどできはしない。

それでも私は再びテーブルに向かう。パドマは再び私の足もとに坐って、私を促す。またバランスが回復されたのだ――二等辺三角形の構造が安定したのだ。私は現在と過去の両辺の頂点に宙吊りになっているわけだ。ペンに雄弁さが戻ってくるのが感じられる。

これはやはり一種の魔法にかけられているのだ。パドマの媚薬捜しの旅が、今日では大半の者によって軽蔑されている古代の学問と魔術の世界に、私を一時的に結びつけたのだ。しかし(胃に痙攣を起こし、発熱し、口に泡を吹いてはいても)、その世界が私の晩年に訪れてくれたことをうれしく思う。というのは、その世界に思いを致してみることが、失われた釣合いの感覚をいささかなりとも取り戻すことに通じるからである。

　こんなふうに考えてみよう。歴史は、私の解釈では、一九四七年八月十五日に新局面を迎えた――しかし別の解釈に立てば、この逃れられない日付は、暗黒時代（カリ・ユガ）のはかない一瞬でしかない。道徳という牡牛が一本脚でよろめきながら立っていなければならなくなった時代！　カリ・ユガ――それはわが国のサイコロ勝負において振り出された負けの目であり、最悪のめぐりあわせである。財産が人間に位（ランク）を与え、富が徳と同等視され、情欲が男女の唯一の絆となり、虚偽が成功をもたらす時代（こんな時代にあっては、私の善悪の観念が混乱してしまうのも当然かもしれない）……この時代は紀元前三一〇二年の二月十八日金曜日に始まり、たかだか四十三万二千年間つづくにすぎない！　こう考えただけで何だか自分が小人になったような感じがするが、この暗黒時代は締めてその十倍の長さを持つ現在の大世（マハ・ユガ）の第四局面にすぎない。しかもブラフマー（ヴィシュヌー、シヴァと並ぶヒンドゥー教の三主神の一つ。創造神）の一日をなすためには千のマハ・ユガが必要であることを考えてみれば、釣合いという言葉で私が何を言おうとしているか、お分かりだろう。

　ここで（つまり子供たちの話をはじめようとしている今）、ちょっとばかり謙虚になっておくのも悪くあるまいと思うのだ。

　パドマは当惑して、もじもじしはじめる。「何を話しているの？」とパドマはちょっと赤らみながら訊ねる。「僧侶（バラモン）たちの話じゃないの。そんな話、あたしに何の関係があるの？」

……ムスリムの伝統に生まれ育った私は、昔の学問に突然言い知れぬ魅力を覚えてしまう。だが他方、今、私のそばに、その帰りを待ち侘(わ)びていたパドマがいる……私のパドマ！　蓮の女神、糞を持つ者、蜜に似て、黄金でつくられし者、水分と泥を息子に持つ者……

「あなたはまだ熱があるのよ」と彼女はくすくす笑いながらさとす。「どうして黄金でつくられているのよ？　それに、あたしには子供なんかいないし……」

……パドマ、大地の聖なる宝と、聖なる河ガンガー、ヤムナー（ジャムナー。デリーを貫流し、アラハバードでガンガーに合流）、サラスヴァティ（パンジャブ州の河で、インダスの支流と考えられるが、砂漠のなかに伏流する）、そして樹木の女神たちを代表する大地の守護霊(ヤクサ・ジェニー)と並んで、生の守護者であり、可死の人間たちがマヤの夢の織物の間を通る時、彼らを欺き、また慰める女神……パドマ、ヴィシュヌーのへそから生え、ほかならぬブラフマーがそこから生まれてきた蓮の萼(がく)。パドマ、始源、時間の母！……

「ちょっと」と彼女はけげんな声をあげる、「額にさわらせてごらんなさい！」

……こんなしくみのなかで、私はいったいどこに位置づけられるのか？　私は（彼女の帰還によって欺かれたり慰められたりしているが）単なる死すべき者なのか、それとも何かそれ以上の者なのか？　たとえば——そうとも——何しろマンモスの鼻、ガネーシャの鼻をしているから――もしかして象なのだろうか。月神シンのように、水を司り、恵みの雨を降らせ……地上のすべての生き物の王者にして先祖たる老亀人カシュヤプの妃イラを母とする者。虹でもあり雷光でもあり、なおつけ加えるなら、その象徴的価値がきわめて不明瞭、不明確な象。

よしそれなら、虹のようにとらえがたく、雷光のように予言しがたく、ガネーシャのように饒舌な者として、私は結局、古代の賢者たちの仲間に入れてもらえそうだ。

「あらあら」パドマはタオルを冷やすために走っていく。「あなたの額は燃えているわ！　横になりなさいよ。物を書くのはまだ早いわ！　しゃべっているのは病気なのよ、あなたではなくて」

しかしすでに一週間を無駄にしている。だから熱があろうとなかろうと、前進しなければならない。（差し当って）この種の昔風の語りはタネ切れになったので、私はいよいよ自分の物語の幻想的な核心にたどり着こうとしているわけだ。これからは真夜中の子供たちについて明白、赤裸々な仕方で書いていくほかあるまい。

私の言わんとすることを分かってほしい。一九四七年八月十五日の最初の一時間の間に――つまり真夜中と午前一時の間に――少なくとも千と一人の子供たちが、新たに誕生したばかりの主権国家インドの国境内に生まれ落ちた。それ自体は何ら珍しいことではない（その数が妙に文学的響きをもっているとしてもである）——当時、この地域での毎時間あたりの出生者数はおよそ六百八十七人だけ死亡者を上回っていた。この出来事を注目に値する（注目に値する、とは！　もっと地味な言葉もあるのに）ものにしたのはこれらの子供たちの性質であった。彼らの一人一人が何か生物学的突然変異によって、あるいはたぶん時代の超自然的な力によって、それともただの偶然によって（とはいえ、これほど大がかりな共時性（シンクロニシティ）はかのC・G・ユングをも仰天させたことだろう）、奇跡的としか言いようのない特徴、才能、もしくは能力を授かったのだ。ほかに、私にできる最もまじめな説明は何だろうかとほんの一瞬でも考えさせてくれるなら——あたかも歴史は、最も意義深く約束にみちた時点に到達したその時、未来の種を蒔くことを選んだかのようなのだ。これまで見たこともなかったような未来の種を。

同様な奇跡が国境の外の新しく分割されたパキスタンで起こっていたとしても、私には何も知る手立てがない。私の知覚はちゃんと機能している時にも、アラビア海、ベンガル湾、ヒマラヤ山脈によって、さらにまたパンジャブとベンガルを貫いている人工の境界によって、限られていた。

当然のことながら、これらの子供たちの多くは生きながらえることができなかった。

彼らのうち四百二十人が、私がその存在を知るようになる以前に栄養不良、病気、日常生活の不如意のために死亡している。もっともこれらの死にもまた目的があったと仮定することは可能である。大昔から、420という数字は詐欺、欺瞞、ごまかしと結びついていたのだ。それなら、失われた子供たちは何らかの意味で不適格であり、真夜中の子供たちの一員とは言えないということで排除された、と言えるだろうか。なるほど、しかし第一に、それではまた別の空想のなかへ逃げこむことになるし、第二に、それはきわめて神学的な、野蛮なまでに残酷な人生観に立脚した考え方である。これはもともと答えられぬ問いなのだ。したがって、これ以上追究するのはしょせん無益なことなのだ。

一九五七年までに、生き残った五百八十一人の子供たちはみな十歳の誕生日に近づいており、そのほとんどはたがいの存在をまったく知らずにいた――もちろん例外はありはしたが。オリッサ州のマハーナディ河畔のバウドの町には、すでに当地の伝説になっている双子の姉妹がいた。このご両人、まったくごく平凡な顔であったのに、拝顔の栄に浴した男たちをことごとくひたむきな、命を賭けるほどの恋のとりこにしてしまう能力を持っていた。彼女らの両親は困惑し、厄介者の娘の片方あるいはなんと両方と結婚したいという男たちの行列によって、のべつ幕なしに悩まされていた。顎ひげにこめられた知恵をかなぐり捨てた老人たちと、月一度バウドにやってくる映画ショーの女優に夢中になるのがふさわしいような青年たち。だがもっと厄介な行列があった。息子たちを悩殺して自虐的行為に走らせ、わが身に致命的な障害や笞打ちを加えさせ、(一例だが)みずからの命を絶たせるに至ったこの二人の娘を呪う、親たちの行列だ。だがこんな例外は別として、真夜中の子供たちは、粗削りで均整のとれていないダイヤの形をしたインドの各地にちらばった真の兄弟姉妹同士、選ばれた者同士をたがいにまったく知らぬまま成長した。

ところが自転車事故で衝撃をうけた結果、私、サリーム・シナイは、彼らすべてを知るようになったのだ。

この事実を受け入れられないほど頭の硬い人に対しては、私はこう言いたい。それが真相だったのであり、真実から逃げることはできないのだと。懐疑者の不信の重荷は私が背負わなければなるまい。だがこのインドのおよそ読み書きのできる人で、私が今ここに披露しているような種類の情報にまるっきり無縁な人はいない——全国的な新聞の読者なら必ず次々と——たとえ大物ではないにせよ——魔術じみた、あるいは色とりどりの畸形（フリーク）の子供たちに出会っているはずだ。つい先週もラビンドラナート・タゴールの生まれ変わりと自称するベンガルの少年が現われて、即興で見事な詩文を創りはじめ、両親をびっくりさせた。その他にも思いつくままにあげると、双頭の子供たち（時には一つの頭が人間で、もう一つが動物）がいたし、牡牛の角をはやした子供たちもいた。

さっそく断わっておくが、すべての子供の才能が望ましいものであったわけではなく、また子供自身が望んだものでさえなかった。ある場合には、子供たちは生きながらえはしても、真夜中に授けられた性質を奪われてしまっていた。たとえば（バウドの双子の娘の話と好一対をなすような話だが）スンダリというデリーの乞食娘のことに触れておこう。彼女は、アミナ・シナイがラムラム・セトの予言に耳を傾けた屋上にほど近い中央郵便局裏の通りで生まれた。すこぶる見目うるわしい嬰児で、彼女の誕生後まもなく、母親と出産を手伝った近所の女たちは目がつぶれてしまった。女たちの悲鳴を聞いて部屋にとびこんできた父親は、入ってはいけないと彼女らに警告された。だが彼は娘の姿をちらと見たばかりに、視力をひどく損ない、それ以降、インド人と外国からの旅行者を見分けることもできなくなった。この視力障害のために、彼は乞食として稼ぐ力がだいぶ落ちてしまった。スンダリはその後しばらくの間、顔にぼろ布をかぶせられていた。やがて無慈悲な大おばが彼女を骨ばった腕に抱き、包丁で顔を九回叩いた。私が知るようになった頃には、スンダリは立派に生計を立てていた。彼女を見た人は誰も、かつては明らかに正視にたえないほど美しかったはずなのに今はむごたらしい傷跡のあるこの娘に対して、同情を禁じえなかったのだ。そんなわけで彼女は家族の誰よりもたくさんの施しをうけていた。

子供たちは誰も自分の生まれた時刻が自分のありようと関係があるとは想像だにしなかったので、私はそのことに気づくのに多少の時間がかかった。はじめは、自転車事故のあと（そして特に言語行進者たちが私の脳裡からエヴィ・バーンズを追い払ってくれたあと）で、とつぜん自分の精神的視野に入ってくるようになった途方もない人びとの秘密を一つ一つ発見したり、収集したりする——昆虫を集めたり、列車の型を言い当てたりする少年のような熱心さで——ことに満足していた。署名入りの本をはじめとする一切の収集趣味に興味を失って、私は可能な時はいつも、五百八十一の、別々でもあれば、ひとかたまりの総体としてよりくっきりと感じられもする現実的存在にのめりこんでいった。（二百六十六人は男子で、女子よりも少数だった——女子は三百十五人で、パールヴァティもその一人だった。魔女パールヴァティである。）

真夜中の子供たち！……ケーララ州には、鏡のなかへ入って、この国にあるどんな反射面からでも——湖や（ちょっと骨は折れるが）自動車のよく磨いた金属の車体から、出てこられる少年がいた——魚を殖やす力のあるゴアの娘……それに変身能力を持った子供たちもいた。ニルギリ高原（タミルナードゥ州にある）の狼男、ヴィンディヤ分水嶺（インド中部、ナルマダ河の北岸に沿走ってる)の、体の大きさを意のままに拡大したり縮小したりすることができるおかげで早くから(ほくそ笑みながら)大騒動をひき起こし、巨人族が戻ってきたという噂の主になっている少年……カシミールには、水に漬かると男にも女にも思いのままに変われるので、本来の性別が分からない青い目の子供。私たちのうちある者はこの子供をナラダと呼び、他の者はマルカンダヤと呼んだ。どの性別転換にかかわる昔話を聞き知っているかによって、呼び方が違うわけだ……乾燥したデカン高原の中心、ジャルナの近くには、占い棒で水脈を探り出せる若者を見つけたし、カルカッタ近郊のバッジ・バッジには口の悪い娘がおり、彼女はすでに言葉によって他人を肉体的に傷つける力を持っていた。彼女の口から何気なく投げつけられた逆棘(さかとげ)がつき刺さって二、三人の大人がひどく出血したあと、人びとは彼女を竹の檻に閉じこめてガンジス河に放り込み、スンダルバンのジャングル(そこここそ怪物と幽霊の正当な住み処なのだ)へ流してしまおうと衆議一決した。ところが誰一人彼女に近づく度胸の持主はなかった。彼女は恐怖の真空地帯と化した町を歩き回ったが、誰ひとり彼女の食べ物を拒む勇気はなかった。さらに金属を食べることができる少年、緑色の指をしていて、タール砂漠(インド・パキスタン国境の大砂漠)で特大のナスを育てることができる少女、などなど……彼らの数と色とりどりの異様な才能に圧倒されて、その頃の私は彼らの普段の人となりにはほとんど注目しなかった。だが私たちに悩みがあったとすれば、それは常に性格と環境に由来する日常的、人間的な悩みであった。喧嘩をする時は、私たちは単なるガキどもの集団だったのだ。

一つ注目すべき事実があった。出生時刻が真夜中に近い者ほど、才能も大きかったのである。例の一時間の最後の数秒間に生まれた子供たちは、（率直に言って）サーカスのフリークスとさして変わらなかった。顎ひげのある女の子たち、真水に棲むマハシーア鱒（ます）のような、ちゃんと動く鰓（えら）を持った男の子、一つの頭と首から二つの体がぶらさがっているシャム双生児——頭は男性と女性の二つの声で話し、また亜大陸のあらゆる言語、あらゆる方言で話すことができた。しかしいかに驚嘆に値しようとも、彼らは不運な者たちであり、あの霊的な時間の生ける犠牲者たちだった。零時半くらいになると、もっと興味深い、有用な能力が現われてきた——ギル森林（グジャラート州、カチアワル半島にある。アジア唯一のライオン生息地）には手を当てるだけで病いを癒してしまう魔法つかいの少女がおり、シロン（バングラデシュの北に位置する州メーガーラヤの州都）に住む裕福な茶園主の息子は、見聞きしたことは何ひとつ忘れることができないという幸せ（もしかしたら呪い）を授かっていた。だが最初の一分間に生まれた子供たちのために——この一時間は人間がかつて夢みた最高の才能をとっておいたのだ。パドマよ、もし君が秒単位まで正確に記された彼らの出生登録簿を持っていれば、君にだって知りえただろう。ラクナウのさる名家の子孫（真夜中の二十一秒過ぎ生まれ）が十歳までに錬金術という失われた技術を完全に修得し、それを使って彼の由緒はあるが淫蕩な血筋の一家の富を再興したとか、マドラスの洗濯夫（ドービ）の娘（十七秒過ぎ）が目を閉じるだけでどんな鳥よりも高く飛ぶことができたとか、ベナレスの鍛冶屋の息子（真夜中十二秒過ぎ）が時間のなかを旅行し、過去を説明するだけでなく未来を予言する才能――子供ながらに私たちはその才能を、過ぎ去り忘れられたものが相手の時には暗黙裡に信頼したが、彼が私たちの最期を予告しようものなら、嘲笑した――を授かっていたということを……幸いにしてそんな記録は存在しない。また私としては、彼らの名前、いや居住地さえも明かすつもりはない――または、明かすように見せかけて、偽るだろう。そんなふうに身元を明かしてしまえば私が言っていることは立証されはするけれども、真夜中の子供たちは結局そっとしておいてやった方がいいのだ。おそらく忘れられた方が。しかし私だけは（望みはうすいが）覚えておきたい……

　魔女パールヴァティは、オールドデリーの金曜モスクの石段のまわりに蝟集するスラムで生まれた。モスクの陰にごちゃごちゃと並んだ、古い荷箱と波形のトタン板と黄麻の粗布のきれはしで造られた小屋の群れは、よくある貧民街と一見さして違わないように見えたが、実はこれは尋常一様のスラムではなかった……というのは、ここはマジシャンたちのゲットーだったのだ。あの凶刃に倒れた、野良犬たちも救うことができなかったハミングバードを産んだ場所であり……この国の第一級の奇跡行者、手品師、幻術師が首都での成功を求めてたえず各地から集まってくる、魔術師のスラムだったのだ。だが彼らがそこで見つけたものは、トタン小屋、警察のいやがらせ、それに鼠くらいのものだった……ところでパールヴァティの父はかつてアウド（ウッタル・プラデシュ州の一部地域の名）最大の奇術師だった。彼女は石にジョークを言わせることができる腹話術師や、自分の脚を呑み込む曲芸師、尻の穴から炎を吐き出す火食い師、目尻からガラスの涙を流す悲劇の道化師などの間で育った。彼女は父の手で首に釘を打ち込まれながら、息を凝らして見守る群集に囲まれてにこやかな顔で立っていた。だが自分の秘密はずっと守りとおしてきた。それは身近にいた有象無象の奇術師たちの小手先の芸などよりはるかに偉大なものであった。というのは、八月十五日の真夜中七秒過ぎに生まれた魔女パールヴァティは、真の達人、真の明知者の能力、奇術と妖術の真の天分、いかなる仕掛けも必要としない術を備えた人だけが持つ力を授けられていたのだ。

このように真夜中の子供たちのなかには、変身、飛翔、予言、魔法の能力を持った子供たちがいた……だがそのうちの二人は真夜中の時報と同時に生まれた。サリームとシヴァ、シヴァとサリーム、鼻と膝、膝と鼻である……この時刻はシヴァに対しては武人の天分を与えた（引けない弓を引いてしまうラーマ（ヴィシュヌー神の第六・七・八化身。叙事詩『ラーマーヤナ』の英雄）の、そしてアルジュナとビーマ（ともに叙事詩『マハーバーラタ』の武人兄弟。前者は勇壮な英雄、後者は怪力の持主）の天分を、クル家とパンダヴァ家（『マハーバーラタ』は両家の抗争の物語）双方の古代的勇気を分かちがたく結合したものを！）……そして私に対しては何よりも偉大な才能――人びとの心のなかを覗き見る能力を。

しかし時代はカリ・ユガである。どうも暗黒の時間の子供たちは暗黒時代のさなかに生まれたのだという気がする。だからこそ私たちは光る存在になることは容易だったのだが、善き存在であることについては混迷に陥っていたのだ。

さて、とうとう言ってしまった。これが私の正体であり――私たちの正体なのだ。

パドマは母親に死なれでもしたような顔をしている――口をぱくぱくさせているその顔は、さながら浜に打ち上げられたマナガツオだ。「ああ！」パドマはやがて言った、「ああ、あなたは、あなたは病気なのよ。うわごとを言ってるんだわ」

いや、それでは安易すぎる。病気に逃避するわけにはいかないのだ。たったいま明らかにしたことを単なるうわごととして、あるいは孤独な醜い子供の異常に誇張された空想として排除するという誤りを犯さないでほしい。前にも述べたように私は比喩をもてあそんでいるのではない。いま書いていることは（そして呆気にとられているパドマに向かって朗読していることは）文字通りの、母の髪の毛に誓ってまちがいのない真実なのだ。

現実は隠喩的内容を持ちうる。だからといって現実味が薄れるということもない。千と一人の子供たちが生まれた。かつて一時に一ヵ所に存在したためしのない千と一つの可能性があった。そして千と一つの袋小路があった。真夜中の子供たちはそれぞれの見方によって違ったものの象徴となりうる。彼らを、この神話に支配された国の古臭く退歩的なすべてのもの、近代化志向の二十世紀経済というコンテクストのなかでは克服されることこそ望ましいものの最後の現われ、として見ることもできる。あるいはまた、今日では永久に消え去ってしまっている真の自由の希望として見ることもできる。だが、とりとめのない病める精神をもった奇妙な創造物にだけは決してなってはならない。そう、病的なものはここにもそこにもどこにもないのだ。

「分かった、分かったわ、あなた（バーバ）」とパドマは私をなだめにかかる。「どうしてそうするんでしょうね？　さあ、お休みになって、ゆっくりね。お願いはそれだけよ」

たしかにそれは私の十歳の誕生日が来る前の幻覚めいた時期だった。とはいえ幻覚に侵されていたのは私の頭のなかではなかった。ナルリカル医師の死という裏切りにあい、妖魔（ジン）とトニックの酔いが次第にまわってきて、父アフマド・シナイが、厄介な非現実の夢の世界へ逃げ込んだのだ。彼の緩慢な衰弱の実に厄介な点は、人びとが長い間それを実際とは正反対のものとして受け取っていたということだった……ある晩のこと、庭先でソニーの母であるアヒルのヌシーがアミナにこう言っている。「アミナさん、お宅は皆さん、順風満帆というところね。何てったってアフマドが男盛りですもの！　素敵なご主人だわ。家族のためにばりばり仕事もしてくれるし！」彼女はこれを当のアフマドに聞こえるような大声で言った。彼は傷んだブーゲンビリアのことで庭師に指図をしているふりをしていたし、謙虚に卑下しているような顔もしていたが、さっぱり説得力がなかった。というのは、ぶくぶく太った体がご本人も知らぬまに得意げにぷっと膨れ出し、のしのしと歩き出したからだ。庭の水道栓の下の憂鬱な聖者プルショッタムでさえ、当惑げな顔をしている。

初老の父は……下顎のひげを剃り落とす前は、かれこれ十年というもの、朝食の席でいつも陽気だったものだ。しかし肌の艶が失せ、ひげが白くなるにつれて、ひそかに自慢の頤の力もあやしいものになってきた。やがて父が朝食時に癇癪を起こす日がやってきた。それは税金が上げられ、同時に納税義務の下限が下げられた日のことだった。父は荒々しいしぐさで『タイムズ・オブ・インディア』を放り投げ、怒った時だけ見せる赤い目であたりを見まわした。そして「こいつは用を足してるようなものさ！」とどなった。謎めいた言葉を選んだつもりらしい。卵とトーストとお茶が怒声のなかでゆれた。

「シャツを上げ、ズボンを下ろしてな！　なあ、お前、この政府ときたら、国民の上に用を足してるんだよ！」母は黒い肌を透かして赤面し、「あなた（ジャーノム）、子供たちがいるから、お願い」と言った。父はドカドカと足音を立てて出て行った。国なんて糞くらえと人が言う時、本当は何を言おうとしているのか、私は理解した。

それから何週間かにわたって、父の顎は日ごとにやつれていった。朝食時のなごやかさだけにとどまらず、何かが失われた。ナルリカルに裏切られる前の頃は自分がどんな男だったかを、父は忘れはじめていた。わが家の習慣はすたれはじめた。父が朝食のテーブルに来なくなったので、アミナは金をせびることができなくなった。だがそのかわり父は金銭に無頓着になり、脱ぎ捨てた衣類にはルピーの札やコインがいっぱい入っていた。だから母は父のポケットからくすねることによって家計をまかなった。だが父が家庭生活から遠のいて、もっと残念でならなかったのは、めったに寝る前のお伽話をしてくれなくなったことだ。たまにしてくれることがあっても、想像力と説得力に欠けたもので、とうてい楽しめはしなかった。題材は相変わらず同じで、王子、悪鬼、空飛ぶ馬、魔法の国の冒険などであったが、父の仕方なさそうな声のなかに聞きとれるのは枯渇した想像力のきしみであり、うめきであった。

父は抽象世界の誘惑に屈したのだ。ナルリカルが死んで彼のテトラポッドの夢が潰（つい）えた時、アフマド・シナイは人間関係が本質的に信頼しえぬものであることを学び知り、一切の人間的な絆を捨て去る決意をしたらしい。父は夜明け前に起きだして、フェルナンダだかフロリーだかの、その頃の気に入りの秘書と一緒に階下の事務所に閉じこもるようになった。事務所の窓の外には、私の誕生日とモンキーの誕生日を記念して植えられた二本の常緑樹が、早くも朝日を遮るまでに伸びていた。私たちは父の邪魔をする気はなかったから、父は深い孤独におちこんでいた。それは人口過剰のこの国にあっては異常といってもいいほど稀有な状態であった。おまけに父はわが家の台所で作られた食事をとらなくなり、秘書が毎日運んでくる安っぽい弁当を食べるようになった。冷えかけたパラタ(インド風のパイ)、ぐにゃぐにゃになったベジタブルサモサ、それに炭酸入りの飲み物だ。父の事務所のドアの下から変な臭いが漂ってきた。アミナはそれを汚れた空気とまずい食事の臭いと考えた。だが私は思った、古い臭いが、幼児から父につきまとっていた古い挫折の臭いが、強度を増して戻ってきたのだと。

父はボンベイに来てすぐの頃に安く買い取り、わが家の資産の基礎にした棟割長屋(チョール)の多くを売り払った。人間相手の取引関係をいっさい絶ち――クルラとウォルリ、マトゥンガとマザガオンとマヒムの名もない長屋の住人たちとの関係さえも絶って――資産を処分し、金融投資という稀薄で抽象的な世界へ入っていった。彼は事務所に閉じこもり、そのころ彼が接触した唯一の外界といえば(気の毒なフェルナンダ嬢たちを別にすれば)電話だった。彼は受話器を握ったまま一日を過ごした。これこれの株、しかじかの株に金を注(つ)ぎ込み、国債や下向き相場に投資し、空売りし……しかも例外なくその日の最高の儲けを得た。その昔、母が競馬で大儲けしたのに匹敵するような幸運つづきのなかで、父とその電話は株式取引所に波乱をまきおこした。しかもアフマドの酒癖がひどくなるにつれて、株売買の腕はますます上がるのだった。妖魔(ジン)の世界に浸りきっていながら、彼は金融市場の抽象的な起伏の高みに登りつめることができ、ちょうど恋をしている男が恋の相手のどんなささいな気紛れにも応えるように、その微妙で予言不能な動きと変化に対応していった……株が上がる時を、頂点になる時を、彼は感じとることができた。そして常に、下落の前に手をひくことができた。彼が電話片手に暮らした頃の抽象的な孤独はこんな具合だったし、また彼の利殖での大当りは現実との確実な離反をこんな具合に覆い隠した。だが財産が肥えふとっていく陰で、彼の容態は確実に悪化していた。

　ついにキャラコのスカートをはいた最後の秘書が、息をするのも困難なこの稀薄で抽象的な雰囲気の中での生活に耐えられず、去って行った。そこで父はメアリー・ペレイラを呼び寄せて、猫撫で声で彼女に頼んだ、「友だちだろう、メアリー。そうだよね、ぼくと君とは?」哀れな女は答えた、「そうですよ、旦那様(サヒブ)。もちろんですとも。わたしが年を取ったら、めんどうみて下さらなきゃいけませんよ」そう言って彼女はかわりの秘書を捜してくることを約束した。翌日、彼女は妹のアリス・ペレイラを連れてきた。彼女はあらゆる種類の主人に仕え、男たちに対してほとんど無限の寛容さを示してきたのだ。アリスとメアリーはずっと以前にジョー・ドゥコスタのことでのいさかいから仲直りしていた。妹は一日の終りにしょっちゅう上の階へ上がってきて私たちの仲間に入った。そしてわが家のいささか重苦しい空気のなかに活気と生気を持ち込んでくれた。私は彼女が好きだった。父のあまりに常軌を逸した振舞いのことを知らされたのも彼女の口からである。セキセイインコと雑種の犬が父の犠牲になっているというのだ。

七月が来るまでに、アフマド・シナイはほとんど永続的な酩酊状態に入っていた。アリスの報告では、ある日父は突然ドライブに出かけて戻らず、まさか死んだのではと彼女を大いに心配させたが、どうしてか布で包んだ鳥籠を持ち帰ってきた。なかには新しく手に入れたブルブル（鳴き声が美しい、いわば東洋のナイチンゲール）が入っているのだと言った。「そりゃまあ長いこと」とアリスは包みかくさず話した、「旦那様はブルブルのことを話して下さったんですよ。その鳥の歌にまつわるお伽話などをね。どこぞのカリファがこの鳥の歌のとりこになったとか、その歌のおかげで夜の美しさが長くなったとか。かわいそうな旦那様がペルシャ語やアラビア語を引用しながら喋っていらっしゃることは、あたしにはかいもくチンプンカンプンでした。ところが覆いを取りのけてみると、籠のなかに入っていたのはただのセキセイインコだったの。チョール・バザールのいかさま師が羽根に色を塗っていたのよ！　でも、あたしはかわいそうな旦那様に何と言って差し上げたらよいのでしょう。何しろ鳥に夢中になっていて、『歌えブルブル、歌え！』と叫びながら笑ってらっしゃるんです……鳥は絵の具のせいで死にましたけど、その直前に旦那様の言葉を旦那様に向かってオウム返しに言いつづけて、おかしいったらないんです。そっくりそのままです――それも鳥らしくギーギーと鳴くのではなくて、旦那様の声をそっくり真似て、『歌えブルブル、歌え！』と言ってるんです」

　だがもっとまずいことが起ころうとしていた。二、三日後、使用人用の螺旋階段の上に私がアリスと坐っている時、彼女が言うのだった、「ねえぼく（バーバ）、あなたのお父様ときたら何を思いついたのかしら。一日中あそこに坐り込んで、犬に呪文を浴びせようとしているのよ！」

　私たちがシェリーと名付けたその雑種の牝犬は、その年の早い頃、二層の丘を登ってきて、メスワルド屋敷は動物が生きていくには危険な所であることも知らずに、私たちの家に居ついてしまっていた。ほろ酔い加減のアフマド・シナイは彼女を、一族の呪いをとなえるための実験台にしたのだ。

これはまさに彼がウィリアム・メスワルドを感心させようとして創り出した架空の呪文だった。しかしべろんべろんに酔いのまわった彼の心のなかの部屋で、妖魔（ジン）が、これは架空でもなんでもない、君はその文句を忘れただけだろうと説得した。そこで彼は狂気じみて孤独な事務所のなかで長時間にわたり、そのきまり文句を実験して過ごした……「こんな言葉で旦那様はかわいそうな犬を呪っていたのよ」とアリスは言った、「あの犬はまもなく死ぬんじゃないかしら」

しかしシェリーはただ隅っこに坐って、父に向かってばかみたいな薄笑いを浮かべていた。目を充血させたり、激しく吠えるようなことはしなかった。ところがある晩ついに、父は事務所から出てくると、みんなを乗せてホーンビー通り（ヴェラード）まで行くんだ、とアミナに命じた。シェリーも出て来た。私たちはきょとんとした顔でその通りを行ったり来たりしていた。「みんな車に乗るんだ」と父は言った。ただシェリーだけは乗せなかった……父がハンドルを握ってローヴァーのアクセルを入れると、シェリー（ジャーノム）は車のあとを追って来た。モンキーはお父さん、お父さんと声をかけた。アミナは、あなたお願い、と哀願した。私はおじけづいて黙っていた。何マイルもの道を、サンタクルズ空港（ボンベイ北郊にある国内線空港）近くまで走った後、父は妖術に屈しなかった犬に対して復讐を遂げた……犬は走りながら動脈がさけ、口と尻から血を吐いて死んだ。その光景を一頭の飢えた牝牛が眺めていた。

ブラス・モンキーは（犬好きであったわけでもないのに）一週間も泣きつづけた。彼女が脱水症になることを心配して、母は何ガロンもの水を飲ませた。まるで芝生に水をやるような飲ませ方ですわ、とメアリーは言った。だが私は、父がおそらくは罪悪感を覚えて私の十歳の誕生日のために買ってくれた新しい子犬が好きになった。名前はシムキ・フォン・デア・ハイデン男爵夫人と言い、優勝したシェパードのいっぱいいる血統証がついた犬だった。とはいえまもなく母は、この血統証が贋（にせ）のブルブルと同じくまがい物であり、父の忘れられた呪いやムガル皇帝の血筋と同じく架空のものであることを発見した。六ヵ月後、この犬は性病にかかって死んだ。それ以後、わが家ではペットを飼ったことがない。


頭をひそかな夢想の雲のなかへつっこんで私の十歳の誕生日を迎えたのは、父だけではなかった。というのは、メアリー・ペレイラはチャツネとカソーンディとあらゆる種類のピクルスを作る楽しみに耽っていて、陽気な妹のアリスが近くにいるのに、彼女の顔にはどこか憑かれたようなところがあった。

「わー、メアリーなのね！」と、この罪深い子守女（アーヤ）を愛するようになっていたパドマは、彼女が話の中心に戻って来たことを歓迎した。「彼女、何を悩んでいるの」

それはこういうことなのだ、パドマ。ジョーゼフ・ドゥコスタが襲ってくるという悪夢にうなされて、メアリーはますます眠れなくなっていたのだ。どんな夢が待ちかまえているか知っていたので、目を覚ましたままでいなければならなかったのだ。目の下には黒い隈（くま）ができた。そして目には薄い膜のようなものがかかってきた。やがて彼女のもうろうとなった意識のなかで、覚醒と夢境はたがいに見分けのつかぬものに合一した……危険な状態におちこんだわけだよ、パドマ。こうなると仕事が手につかなくなるだけじゃない。夢のなかのことが漏れ出てくるのだ……ジョーゼフ・ドゥコスタがぼやけた境界を越えて、悪夢としてではなく立派な幽霊として、バッキンガム荘に現われたのだ。（この時）メアリー・ペレイラの目にだけ姿の見えていた彼は、彼女の行く部屋べやについてきた。彼がこの家でわがもの顔に振る舞うので、メアリーは怖くて、また恥ずかしくてならなかった。客間のカットグラスの花瓶やドレスデン焼きの小像や天井扇風機の回転する影に囲まれて、彼は肘掛け椅子にふんぞりかえり、長いごつごつした脚を肘掛けの上に無造作に伸ばしたりもした。目は白身だけの卵のようで、足には蛇に咬まれて出来た穴があった。ある日の午後に至っては、彼はアミナ奥様（ベーガム）のベッドのなかにもぐりこんでいた。なんと睡眠中の私の母のすぐそばに、キュウリのように平然と身を横たえているのだ。それを見てメアリーは叫んだ、「まあ、あなた！　出て行ってよ！　何を勘違いしてるの。旦那様になったつもりなの？」――だが、呆気にとられた母が目を覚ましただけで、ことはすんだ。ジョーゼフの幽霊は無言のままメアリーを苦しめた。何よりまずいことに、彼女はこの幽霊にだんだんと馴れていった。長らく忘れていた情愛に体が熱くなり、これは気違い沙汰だと自分に言いきかせながらも、彼女は死んだ病院の雑役夫の亡霊を前にして昔の愛を思い起こしていた。

　だが愛は戻って来なかった。ジョーゼフの卵のような白い目は無表情なままだし、唇は責めるような、冷笑的な薄笑いを浮かべたままだった。ついに彼女は悟った。この目の前にいる亡霊は昔の夢のジョーゼフと少しも変わらない（とはいっても、襲ってきたりはしないけど）、この人から自由になれた暁には、わたしは信じがたいようなことをしなければならない、つまり自分の罪を世間に告白しなければ、と。しかし彼女は告白しなかった。おそらくは私のためを考えて――彼女が生んだのではない、彼女には想像も及ばないような子供であった私を、メアリーはあまりに愛していたのだ。こんな告白は私をひどく傷つけることになるという配慮から、彼女は私のために良心の責苦に耐え、亡霊に憑かれたまま台所に立って（妖魔（ジン）びたりになった父がある晩、料理番を馘（くび）にしてしまったので）食事の仕度をし、偶然にも「海辺で」(Ora Maritima)という私のラテン語教科書の冒頭の一行を、地で行くことになった。「海辺で子守女が食事をつくっている」(Ora Maritima, ancilla cenam parat.) 料理をしている子守女の目を覗き込んでみるがいい。教科書に書いてある以上のことが見てとれるだろう。

私の十歳の誕生日に、「人を呪わば穴二つ」に類することがいろいろと起こっていた。私の十歳の誕生日に、一九五六年の耐えがたい暑さのあとに続く気紛れな天候――嵐、洪水、雲のない空から降った雹(ひょう)――のせいで、第二次五ヵ年計画がつぶれたことが明らかになっていた。政府はやむなく――選挙が間近に迫っていたにもかかわらず――貸与国が返済を無期限に待ってくれるのでない限り、これ以上の開発借款を受け入れることはできないと世界に向かって宣言した。(だがこの事実を誇張するのはやめておこう。五ヵ年計画の終る一九六一年までに鉄鋼の生産は二百四十万トンにしか達せず、この五年間に土地と仕事のない大衆の数が実は増大し、それは英国の支配下(ラージ)においてよりも大きかったけれども、進歩の方もまたかなりのものだった。鉄鉱石の生産はほぼ倍増し、電力生産も倍増、石炭の生産は三千八百万トンから五千四百万トンに飛躍した。綿織物の生産は毎年五億ヤードに達した。自転車、工作機械、ディーゼル・エンジン、動力ポンプ、天井扇風機も多数にのぼる。だが最後に好ましくないことも書いておかなくてはならない。字の読めない人はさっぱり減らず、人口は増加しつづけていた。)

私の十歳の誕生日に、ハーニフ叔父が訪ねてきて、「選挙が近い。共産党を見ていてくれ!」と言ってはしゃいだりして、メスワルド屋敷で顰蹙を買った。

私の十歳の誕生日に、ハーニフ叔父が醜態を演じた時、(謎の「買物」に出歩くようになっていた)母は、不思議なことにパッと顔を赤らめた。

私の十歳の誕生日に、私は、まもなく梅毒で死ぬことになる偽の血統証のついたシェパードの子犬をもらった。

私の十歳の誕生日に、メスワルド屋敷の人びとはみな陽気になろうとしていたにもかかわらず、一皮むけばみな同じことを考えていた。「十年か、やれやれ! この歳月はどこへ消えてしまったのか? この間に何をやったろう?」

私の十歳の誕生日に、イブラヒム老人はマハ・グジャラート・パリシャド支持を宣言した。ボンベイ市の帰属という観点からみると、彼は負け方に加担したことになる。

私の十歳の誕生日に、私は母が赤面したのを不審に思って、母の想念に探りを入れてみた。そこであることを見てしまった私は、母のあとをつけるようになった。その結果、ボンベイの伝説的な私立探偵ドン・ミントよろしく大胆に嗅ぎまわり、パイオニア・カフェとその界隈で大変なことを見つけ出すに至ったわけだ。

　私の十歳の誕生日に、私はパーティを開いた。すっかり陰気くさくなった私の家族、親たちに送りだされてやってきたカセドラル・スクールの級友たち、それにブリーチ・キャンディ・プールの常連で、ブラス・モンキーがつきまとい、隆々たる筋肉をつまむことを許しているあの退屈気味の少女たちが出席した。大人としてはメアリー・ペレイラとアリス・ペレイラ、イブラヒム夫妻、ホミ・キャトラック、ハーニフ叔父とピア叔母さん、それにリラ・サバルマティがいた。このリラに学童たちの(そしてホミ・キャトラックの)目が釘づけになり、ピアはひどくいらだった。丘の上の仲間たちのうち、出席したのは忠実なソニー・イブラヒムだけだった。彼は、激怒したエヴィ・バーンズの、私の誕生日をボイコットしようという呼びかけを蹴ったのだが、来るなり開口一番こう言った。「エヴィからの申し渡しだ、君は仲間から追放だとさ」

　私の十歳の誕生日に、エヴィ、片目、ヘアオイル、そしてサイラス大王までが私の隠れ家を急襲した。彼らは時計塔を占拠し、この避難所を私から奪った。

　私の十歳の誕生日に、ソニーは動転した様子だったし、ブラス・モンキーはプールの常連から離れ、エヴィ・バーンズに対しては煮えくり返るような怒りを覚えていた。「あの子に思い知らせてやるわ」と彼女は私に言った。「心配しないでね、兄さん。きっとあの子をいたぶってやるから」

私の十歳の誕生日に、一組の子供たちから見捨てられた私は、五百八十一人の他の子供たちが同じように誕生日を祝っていることを知った。こんないきさつから、自分の出生時刻の秘密も理解した。そして一つの仲間から追放された私は、自分の仲間を結成することに決めた。この国中の端から端まで散らばっている仲間を集め、その本部は私の眉間の奥というわけだ。

そして私の十歳の誕生日に、私はメトロ・カブ・クラブからイニシャルを盗んだ――それは遠征中のイギリスのクリケット・チームのイニシャルでもあった――そしてそれを私の真夜中の子供たち会議(Midnight Children's Conference)、ほかでもない私自身のMCCに与えた。

私が十歳になった時のありさまは、かくのごとくだった。頭の外は悩み事（トラブル）ばかりだった。頭のなかは奇跡（ミラクル）ばかりだった。

パイオニア・カフェにて

緑と黒のほかに色はない、壁は緑、空は黒（屋根はない）、星は緑、〈未亡人〉は緑、ただし髪は真っ黒。〈未亡人〉は高い高い椅子に坐っている、椅子は緑、座席は黒、〈未亡人〉の髪は真ん中分け、左は緑、右は黒。空ほども高い椅子は緑、座席は黒、〈未亡人〉の腕は死のように長い、その肌は緑、指の爪は長く鋭く黒い。壁と壁の間で子供たちは緑、壁は緑、〈未亡人〉の腕は蛇行して降りてくる、蛇は緑、子供たちは叫び、爪は黒、爪はひっかき、〈未亡人〉の腕は獲物を襲う、子供たちが走り叫ぶさまを見よ、〈未亡人〉の手が緑と黒をなして彼らに巻きつく。今や子供たちが一人また一人と、ムムフフ、静かに絞め殺される、〈未亡人〉の手が子供たちを一人また一人と持ち上げる、緑、彼らの血は黒、爪を切っただけで噴き出したその血は（緑の）壁の上に黒く飛び散る、巻きついた手が子供たちを一人また一人と空のように高く持ち上げると、空は黒く、星はない、

〈未亡人〉は笑い、彼女の舌は緑、しかし歯は黒。そして子供たちは〈未亡人〉の手の中で二つに引き裂かれ、その手は二つにちぎれた子供たちをコロコロ転がして、小さなボールに丸め、ボールは緑、夜は黒。小さなボールは夜のなかへ、壁と壁の間へ飛んでゆき、子供たちは悲鳴をあげる、見れば〈未亡人〉の手が一つ一つ。隅の方でモンキーと私が(壁は緑、影は黒)、縮こまり、這ってゆく、広い高い壁は緑で、黒へと消えてゆく、屋根はない、〈未亡人〉の手がやって来る、一人一人子供たちが悲鳴をあげ、ムムフフ、小さなボール、手、悲鳴、ムムフフ、黒い飛沫のしみ。今は彼女と私、もはや悲鳴はない、〈未亡人〉の手がぐーっと迫って来る、肌は緑、爪は黒、隅の方へ向かって、ぐーっと迫って来る、私たちは隅に追いつめられ、悲鳴をあげる、私たちの肌は緑、恐怖は黒、そして今、手がぬーっと伸びて来る、彼女、妹が私を隅からぐいぐい押し出す、彼女は相変わらず縮こまり、手を見つめている、爪がカールしている、悲鳴、ムムフフ、黒の飛沫、空までも高く、笑いながら〈未亡人〉が引き裂いている、私はコロコロと小さなボールになって、ボールは緑、夜のなかへ、夜は黒……

　きょうは熱が出た。まる二日というもの、パドマが徹夜で看病してくれた(ということだ)。額に冷たいタオルを当て、震えながら〈未亡人〉の手の夢にうなされている私を押さえていてくれた。二日というもの、彼女は未知の薬草を飲ませたことで自責の念にかられていた。「いや、今度のはそれとは無関係だ」と私は言ってやる。この熱には覚えがある。これは内部から出たもので、他のどこから出たものでもない。悪臭と同じくこの熱も私の割れ目から染み出てくるものだ。十歳の誕生日にもちょうどこんな熱が出たのだ。まる二日間ベッドに寝ていた。思い出が甦ってきて染み出ている今、この昔日の熱も甦ってきたのだ。「心配しないでくれ」と私は言う、「二十一年も前にぼくはこの菌に感染しているんだ」

私たちは二人きりではなかった。ピクルス工場の朝だった。私に会わせるため息子が連れられてきた。誰かさん(誰と問うなかれ)が息子を抱いて、私に付き添っているパドマのかたわらに立つ。「あなた、うれしいわ、よくなって。病気の間、何を口走っていたか、知らないでしょう」彼女は心配そうに言い、時系列に先駆けて私の物語のなかに割り込んでこようとする。だがうまくいかない……誰かさん、このピクルス工場とその子会社である壜詰め工場を創設し、私の頑固な子供のめんどうも見てくれている人なのだが、かつてのように……いや待て！　彼女はすんでのところでこの話を私にさせるところだったが、幸いにも、熱があろうがなかろうが、私はその手にのるほど油断をしてはいない！　誰かさんは一歩さがって、出番の来るまで匿名性のなかに隠れていなければなるまい。そしてその出番は最後の最後にならないと来ないのだ。私は誰かさんからパドマに視線を移す。「熱にうなされていたからといって、ぼくの語ったことがまったく真実じゃない、なんて思わないでくれ。すべてはぼくの描いてみせた通りに起こったのだ」と私は彼女に念を押す。

「なるほど、そうでしょうとも」と彼女は叫ぶ、「明けても暮れても、あなたとあなたの物語——あなたは自分で自分を病気にしているのよ！　ともかく、少し休んで下さい。休んだからって損なわれはしないでしょう」私は固く口を結んだ。すると彼女は突然調子をかえて、「じゃ言って下さいな。何か欲しいもの、ありますか？」

「グリーンのチャツネが欲しいな」と私は言った、「明るい緑——バッタのような緑のやつを」すると名前を伏せておかなければならない誰かさんが思い出してくれて、パドマに言う（病室か葬式においてしか出さないような静かな声で）、「わたし、この人の言おうとしていることが分かるわ」

……この重大な時に、あらゆる種類のことが語られるのを待っている時に——パイオニア・カフェが間近に迫り、膝と鼻の抗争が迫っているときに——なぜ私はたかが調味料の話題なぞ持ち出すのか？（なぜ私はどうでもよい、インド風ジャムの話を持ち出して時間を無駄にするのか？　一九五七年の選挙のこと——インド中の人びとが投票に出かけようとしていた、今から二十一年前のことを語ってもよい時に。）それは気配を嗅ぎとったからだ。客たちの何くれとなく気遣ってくれているらしい表情の裏に、鋭い危険の臭いを感じたのだ。私は自分を守ろうとして、チャツネの助けが必要になったのだ……

これまでのところ、昼間の工場を紹介したことはなかった。これまで描写しないでおいたのだ。緑のガラス窓を通して、私の部屋から鉄の高架通路(キャットウォーク)が見えるし、調理室も見おろせる。調理室では銅製の桶が泡を立てて煮えたぎっており、逞しい腕をした女たちが木造の階段の上に立って、ピクルスの湯煙の鋭いぴりっとする臭いのなかで柄の長い柄杓(ひしゃく)を動かしている。(緑の窓から別の方、世間の方を見ると)鉄道線路が朝日のなかに鈍く光り、一定の間隔をおいて汚れた架線橋が線路を跨いでいる。昼間は工場の入口の上に据えられたサフラン色と緑色のネオンの女神は踊っていない。電力節約のためにスイッチを切ってあるのだ。しかし電車は電力を使っている。黄色と褐色のローカル電車がダダル、ボリヴリ方面から、そしてクルラ、バセイン・ロード方面から、南へガタゴトとチャーチゲート駅に向かって走ってくる。電車から白いズボンをはいた人びとが蠅の群れのように吐き出される。工場の内部にも蠅がいることを私は否定しない。だがあたかも釣合いをとろうとするかのように、天井からじっと逆さまにぶらさがっているヤモリもいる。こいつらの顎ときたら、さながらカチアワル半島といったところだ……待ってましたとばかり音も聞こえてくる。桶の泡立つ音、毛深い腕をした女たちの大きな歌声、下品な罵声、野卑な冗談。鼻のとがった、唇の薄い監督たちが注意を促す声。隣接した壜詰め工場からたえまなく響いてくるピクルス壜のカチャカチャという音。そして電車の轟音、(頻繁ではないがやむなく聞こえてくる)蠅たちのブーンという羽音……バッタのような緑のチャツネが桶からよそられる。へりにサフラン色と緑色のストライプの入った、きれいに拭かれた皿に盛られて、もう一皿の近所のイラン料理店でつくられた山盛りのスナックと一緒に運び出されるのだ。今お目にかけたような光景はいつものように続いており、今きこえてくるもの(匂ってくるものは言うまでもなく)は空気に満ちている。私は自分の仕事場のベッドにひとりで寝ながら、遠足の話がもちあがっているのを知って、驚く。

「……もっと元気になったら」と名前を明かすわけにはいかない誰かさんが言っている、「一日エレファンタ島(ボンベイ市の東方海上十キロに浮かぶ小島。観光の名所)へ出かけてはどうかしら。モーター・ランチで楽しく行けるわ。洞窟にはとても美しい彫刻もあるし。それともジュフー・ビーチ。泳いだり、ココナツ・ミルクを飲んだり、駱駝レースを見たりできるわ。それともアーリー・ミルク・コロニーもいいわね!……」パドマも相槌を打って、「そうですよ、空気は新鮮だしね。子供はお父さんと一緒に行きたがるでしょう」すると誰かさんは私の息子の頭を軽く叩いて、「もちろん、みんなで行きましょう。素敵なピクニック。素敵な行楽。あなた（バーバ）にもいいに決まってるわ……」

　召使（ベアラー）がチャツネを私の部屋へ運んでくる。私はあわてて行楽の計画に水を差す。「だめだよ。ぼくは仕事があるから」パドマと誰かさんがたがいに目くばせをしているのが分かる。やはり疑ってかかったのは正しかった。前にも一度、ピクニックの誘いによって騙されたことがあるのだ。前にも一度、偽りの笑顔とアーリー・ミルク・コロニーへ出かけるという話に騙されて玄関を出、自動車に乗り込んだのだ。ところが知らぬ間に何人もの手で摑まえられてしまった。病院の廊下を通り、医者たちや看護師たちに押さえつけられ、麻酔薬を染ませたマスクを鼻の上に当てられた。「数えて、十まで数えて」と一つの声が言った……彼らが何を企んでいるのかは分かっている。「待ってくれ、ぼくには医者なんか必要じゃない」と私は言う。

　するとパドマは、「医者？　誰もお医者さんのことなんか……」とはいえ彼女は誰をからかっているわけでもない。私は薄笑いを浮かべながら言う、「さあ、皆さん、チャツネを少しどうです。ちょっとばかり、大切なことを話しておかないとね」

　チャツネ――一九五七年に私の子守女（アーヤ）のメアリー・ペレイラが申し分なくおいしく作ったチャツネ、いつまでもあの時代を思い出させるバッタのような緑のチャツネ――の美味の効あって、目のまえにいる三人が私の過去の世界へ連れ戻され、気分もなごんで話を聞くのにふさわしい状態になった時、私は三人に向かってやさしく巧みに語りかけ、チャツネと話術の相乗効果を利用して悪質な呪医(グリーン・メディシン)たちの手から自分を守った。私は言った、「息子は理解してくれるだろう。ぼくは他の誰のためよりも、息子のために物語を語っているのだ。だからのちほど、ぼくが割れ目との闘いに敗れた時、息子は知るだろう。道徳も判断も人格も……すべては記憶と共に始まる……だからぼくは記録をとっているのだ」

チリ・パコラにつけた緑のチャツネが誰かさんの食道を下ってゆく。微かなぬくもりのあるチャパティにつけたバッタ色のチャツネがパドマの口のなかに消える。私は相手がひるんだきざしを見て、追い打ちをかける。「ぼくは真実を語ったまでだ」と私は言う。「記憶は真実だよ。記憶にはそれ本来の性質があるからね。記憶は選択し、削除し、変更し、誇張し、縮小し、称賛し、誹謗する。そして記憶は最後にそれ自体の現実を創造するに至る。多様な出来事の、異質ながら多くの場合一貫した解釈を。そして正気の人間なら誰でも他人の解釈を自分の解釈ほど信用しない」

そう、私は「正気」と言った。聞き手たちが何を考えているか私は知っている。「架空の友だちをこしらえてしまう子供はたくさんいるわ。でも千と一人だなんて！　気違いじみてるわよ！」ということなのだ。真夜中の子供たちのことになると、さしものパドマも私の物語を信じかねていた。だが私は彼女を納得させた。そして遠足の話はもはや消えてしまっていた。

　私が相手を説得した方法はこうだ。私の物語を知ってもらわなくてはならない息子のことを引き合いに出した。記憶の働きに注意を促した。ばか正直なのとキツネのようにずる賢いのとをとりまぜた、他の工夫も用いた。「ムハンマドでさえ」と私は言った、「はじめは自分が気違いだと思った。それくらいのことをぼくが考えたこともないと思うかね？　しかし預言者にはハディージャ（ムハンマドの最初の妻）とアブー・バクル（ムハンマドの最も忠実な教友）がいて、自分の使命の純正さを保証してくれた。誰も彼を精神病院に引き渡すという裏切りはやらなかった」今や、緑のチャツネのおかげでみなの頭のなかは何千年も前のことでいっぱいになっていた。聞き手たちの顔に罪と恥の色が浮かんだ。「真実って何だろう」と私はいっそう雄弁になった。「正気って何だろう？　イエスは墓穴から甦ったのだろうか。ヒンドゥー教徒は信じているじゃないか――パドマよ――世界は一種の夢であるということを。ブラフマーが宇宙を夢見た、今も夢見ているということを。われわれはマヤというあの夢の織物を通してかすかに見ているだけだということを。マヤとは」と私はもったいぶった講義調になっていた、「虚妄なるものすべて、詐術、策略、欺瞞と定義できるかもしれない。幻影、まぼろし、蜃気楼、手品、事物の見かけの姿、これらはすべてマヤの一部なのだ。ブラフマーの夢のなかにとらえられている君たちにはとても信じがたいようなことが起こったのだ、そうぼくが言ったとすれば、ここにいるわれわれのうち正しいのは誰だろう？　もっとチャツネをいかがです」と私はたっぷり取ってやりながら鷹揚につけ加えた。「とてもいい味だ」

パドマは泣き出した。「あたしは何も、信じないなんて言いはしなかったわ」と彼女は泣き声で言った。「もちろん誰でも、自分で真実だと思う仕方で物語を語らなければならないわ。でも……」

「でも」と私は強引に相手を遮って言った、「君だって、何が起こったか知りたいだろう――違うかい。触れることなくひらひら踊る二つの手のことを、そして膝のことを。そしてサバルマティ海軍中佐の奇妙な指揮棒のことを。そしてもちろん〈未亡人〉のことを。子供たちのことも――彼らはどうなったかを」

パドマはうなずいた。医者と病院の件はひとまず措いて、私はペンをとることにした。（足もとにいるパドマを別にすれば、まったくひとりで。）チャツネと雄弁、神学と好奇心。私を救ってくれたのはこれらのものだ。それにもう一つある――それを教育と呼んでもいいし、出身階級と呼んでもいい。メアリー・ペレイラなら「育ち」と呼ぶだろう。

学をひけらかすことによって、また純粋なアクセントで話すことによって、私は相手を恥じ入らせ、自分たちにはとうていこの人に指図する資格はないと感じさせたのだ。あまり立派なやり方とは言えないが、救急車が近くで待っている時にはどんな手段でも許されるはずだ。(現に許されたのだ。私は臭いで分かった。)とはいえ――私は一つの戒めを大切にしていた。自分の考え方を他人に押しつけようとするのは危険だということを。

パドマよ。もし君が私という人間をどこまで信用できるかということで少し不安だということなら、なに、不安を覚えることは悪いことじゃない。確信しきった男というのはひどいことをするものだ。女だって同じさ。

さて、話は変わって、私が十歳になった頃のことだ。母の車のトランクのなかに隠れるにはどうすればよいかと考えているところだ。

同じ月に聖者プルショッタム(私はこの人に自分の内面生活のことを話していなかった)はついに坐ったままの生活に望みを失い、おまけに命取りのしゃっくり癖がついてしまった。まる一年以上もしゃっくりに苦しめられ、地上数インチまで体が飛び上がるほどの激しい発作もしょっちゅう起こった。そのたびに水に洗われて禿げ上がった頭が庭の水道栓に激突し、これがもとで彼はついに命を落とすことになった。ある夕刻、カクテル・アワーに彼は足を蓮華座に組んだまま横ざまに転がったのだ。これで私の母のイボは永久に治癒の見込みを断たれた。同じ頃、私はしょっちゅう夕刻にバッキンガム荘の庭に立って、スプートニクが空を横切るのを眺め、ライカにも劣らぬほど高揚しつつも孤立した気分を味わった。ライカというのはもちろん宇宙に打ち上げられた最初の、そして今なお唯一の犬のことだ(まもなく梅毒にかかるはずのシムキ・フォン・デア・ハイデン男爵夫人は、私のそばに坐って、シェパードの目で、スプートニク二号の明るい微小な一点を追っていた——何しろ宇宙競争において犬に関心が集まった時代であった)。その頃エヴィ・バーンズとその仲間たちが私の時計塔を占拠し、洗濯物入れは入ることを禁じられたばかりか小さくなってしまっていた。そこで秘密と正気を守るために、私は真夜中の子供たちへの訪問を邪魔の入らない無言の一時間に限らざるを得なくなった——つまり毎夜、真夜中にのみ彼らと交信したのである。奇跡のために取ってある、いわば時間の外部にある一時間に。またその頃——端的に言うと——私は、母の意識の前面に坐った時にかいま見た恐ろしいことを、自分の目で見た証拠をもってしかと確かめてやろうと決心した。洗濯物入れのなかに隠れて聞き捨てならぬ二音節の言葉を漏れ聞いた時から、私は母が秘密を持っているのではないかと疑っていた。母の思考過程のなかに侵入することによって、私の疑念は確かめられた。だから私はある日の放課後、目を輝かせ、決意を固めて、ソニー・イブラヒムを訪ね、彼の援助をとりつけようとしたのだ。

ソニーはスペイン闘牛のポスターがいっぱい貼ってある自分の部屋で、むっつりした顔で室内クリケットをひとりでやっていた。私を見るなり、彼はすまなそうに叫んだ、「あのさー、まったくもって残念ながらだよ、エヴィ様は誰の言うことも聞かないんだよ。なあ、どうするかね」……だが私は威厳をもって手をあげ、彼を黙らせた。「今はそんな時じゃない」と私は言った。「鍵なしで錠前をあける方法をどうしても知りたいんだ」

ソニー・イブラヒムについてまちがいなく言えたことは、闘牛士になりたいという夢にもかかわらず、彼の天分は機械いじりにあったということだ。もうしばらく前から漫画本とか炭酸飲料と引換えに、彼はメスワルド屋敷のすべての自転車の修理を引き受けていた。エヴリン・リリス・バーンズでさえ大切なインディアバイクの点検を彼にまかせるほどだった。どんな機械でも彼が動く部分を撫で回すと直ってしまうかに見えた。彼がいじってみても直らない機械などなかった。つまりソニー・イブラヒムは（純粋な探求心から）錠前開けの専門家になったのだ。

私への忠誠を示す機会を与えられると、彼の目は輝いた。「ちょっとその錠前を見せてくれよ！　そこへ案内しろよ！」

人に見られていないことを確かめると、私たち二人はバッキンガム荘とソニーの住むサン・スーシ荘の間の車道を這うように進んで、わが家の古いローヴァーの後ろに立った。私はトランクを指差した。「これだ」と私は言った。「ぼくはこいつを外から開けることができなければならないんだ。それに、内側からも」

ソニーは目を丸くした。「おい、何をやらかそうというんだい？　こっそり家出でもするつもりか？」

唇に手を当てて、私は謎めいた表情をしてみせた。「言えないよ。ソニー」と私はもったいをつけた。「最高機密事項だ」

「わー、なかなかやるな」とソニーは言い、薄いピンクのプラスチック片を使ってトランクを開ける方法をわずか三十秒で伝授してくれた。「これ持って行けよ」とソニー・イブラヒムは言った。「ぼくより君に必要なものだから」

昔々、母となるために自分の名前を変えることに同意した一人の母がいた。彼女は少しずつ夫を愛せるようになろうと努力してみた。しかしどうしてもある一つの部分は愛することができなかった。実に奇妙なことに、まさに彼女を母にしてくれる当の部分を。

彼女は足にイボが出来て足をひきずり、肩は世界中の罪の重荷を背負いこんで曲がった。彼女の夫のどうしても愛せない器官は凍結の影響から回復しなかった。彼女はその夫と同様、ついに謎めいた電話に屈服し、間違い電話の主たちの言うことを何分も何十分も聞いていた……私の十歳の誕生日の少しあと（熱病から回復した時のこと——ちなみにこの熱病は、二十一年近い間を置いてごく最近再発して私を苦しめたところなのだが）、アミナ・シナイは突然、それもきまって間違い電話の直後に、急ぎの買物に出かけるという最近の習慣をまた始めていた。だが今回はローヴァーのトランクのなかに一人の密航者が隠れていた。彼はピンクのプラスチックの薄板を手に握り、内緒で持ち込んだクッションで身を守りながら、横たわって隠れていた。

これぞ正義の名において耐える苦しみだ。ゴツン！　ボカン！　ガクガク鳴る歯の間からゴムの臭いのするトランク内の空気を吸い込む。そしてたえず発覚を恐れている……「母が本当に買物に行くのだとしたら？　トランクの蓋がいきなり開けられるだろうか。両足を縛られ、翼を切り取られた生きた鶏が投げ込まれ、バタバタ暴れては嘴でついばむ鳥たちが私の隠れ家に割り込んでくるだろうか。母に見つかったら、それこそ一週間は無言の行を課されるだろう！」膝を顎の下に引きつけ——顎には色褪せた古いクッションをあてがって、膝がゴツンとぶつからないようにして——私は母の背信の車にひそんで未知なるもののなかへ分け入っていった。母は慎重なドライバーだった。ゆっくり走り、注意深く角を曲がった。しかしあとで気がついてみると、私はあちこち打ち傷を負ってあざができていた。おかげで、喧嘩をして来たのでしょうといって、メアリー・ペレイラからお目玉を喰らった。「あれまあ、何てことでしょう。木っ端微塵にならなかったのが不思議なくらいだわ。きっとあなたはほんとに悪い人になるわよ、痩せこけたレスラー（ハッディ・パヘルワン）さん！」

ガタガタ揺れる暗闇から気をそらすために、私は、母の精神のなかの運転を担当している部分へ、細心の注意を払いつつ入って行った。その結果、車の進んでいる道をたどることができた。（それのみならず、母のいつもはきちんとした精神のなかに驚くほどの混乱ぶりを発見した。その頃、私はすでに内面的整頓の度合によって人を分類する癖がついていて、自分はゴチャゴチャな人の方が好きなのだということにも気づいていた。この種の人の想念はいつもたがいに滲透しあい、何かを食べたいという欲望が生計という重要な問題と混じりあい、性的空想が政治的思考と重なりあっていて、私の頭脳の混沌としたさまと酷似しているのだ。私のなかでは何もかもごたまぜになっており、意識の白い斑点が元気のいい蚤よろしく、いろいろなものの上をぴょんぴょん飛び回っているのだ……かいがいしい整頓本能によって異常なまでに整理された頭脳を持っていたアミナ・シナイは、混乱の軍勢に仲間入りした奇妙な新兵であった。）

　私たちは北へと向かい、ブリーチ・キャンディ病院とマハラキシミ寺院を越えて、ホーンビー通り（ヴェラード）を北にヴァラブバイ・パテル・スタジアムとハッジ・アリの島の墓地を越え、（初代のメスワルドの夢が現実になる前は）ボンベイの島であった所を離れて北へ進んだ。ボンベイ史の北の果て、長屋と漁師村と繊維工場と映画撮影所がゴチャゴチャと並んだ名もない一画に向かっていたのだ（そこはここからさほど遠くない。つまりローカル鉄道を見おろしながら私が今すわっている所から近いのだ！）……とはいえ当時は私にとってまったく未知の地域であった。たちまち私は方向が分からなくなり、とうとう自分が迷子になったことを認めざるを得なくなった。ようやく車は、排水管を寝ぐらにしている人びとがたむろし、自転車修理屋が並び、ぼろをまとった男たちや少年たちがうようよする見栄えのしない横町を下ったところで、停車する。母が車から降りると子供たちの群れが襲ってきた。蝿一匹追い払うこともできない母は、小銭をくれてやり、おかげで群れはかえって大きくなった。ついに母は子供たちから逃れて、通りを進んでいった。一人の少年が訴えていた、「車を磨きましょう、奥さん（ベーガム）。最高のピカピカ磨きあるよ、奥さん。お帰りの時まで車の番しましょう、奥さん。おいら、最高張り番あるよ。誰にでも訊ねておくれ！」……私は狼狽して、母が何と答えるか、聞き耳を立てた。張り番の小僧が見ているとなると、どうやってこのトランクから抜け出たものか？　それだけでも気が気ではなかったが、私が飛び出したらまた通りに一騒ぎ起こるだろう……母は「だめ」と答えた。母は通りの向こうに消えて行った。自称磨き屋兼張り番はとうとうあきらめた。やがて次の車がやって来て、一瞬、子供たちの目が全部その方に向けられた。その車がこのへんで停まり、上流の婦人が降りてきて、ピーナツでもばらまくように小銭を恵んでくれるのを当て込んでいたのだ。その瞬間（幾人もの目を通して見ることによって私は自分の潮時を選んだのだ）私はピンクのプラスチックを使って手品をやり、瞬く間に外に出て、閉じたトランクのかたわらに立った。唇を冷たく固く結び、差し出されたたくさんの手をすべて拒み、ブラッドハウンドの鼻をもった小型猟犬になりきり、心臓があったはずの位置に激しい鼓動を覚えながら、私は母の行った方角に進み……数分後、パイオニア・カフェに着いた。

汚れた窓ガラス、テーブルの上の汚れたグラス――パイオニア・カフェはボンベイの繁華街のゲイロードやクオリティのような店に比べるとずっと見劣りがする。まったく薄汚れた店で、〈おいしいラッシー〉〈きわめつけファルーダ〉〈純ボンベイ風ベール・プーリー〉などと書かれた色とりどりの板きれが並んでいる。キャッシュ・レジスターのそばの安っぽいラジオから往年の映画音楽が流れている。店は細長いつくりで、緑がかった色で内装を施され、ネオン灯が明滅している。皺くちゃのカードを持ち、無表情な目をし、歯の欠けた男たちが模造皮（レクシン）ばりのテーブルに向かって笑っている、近づきたくない世界だ。しかしその陰気くさい老朽状態にもかかわらず、パイオニア・カフェは数々の夢の貯蔵所なのだ。毎朝早くから、見事な男前のゴクツブシどもでいっぱいになる。映画スターになり、金ピカの家を建て、賄賂を受け取る身分になることを夢見て、かつてこの町にやって来たゴロツキやタクシー運転手、けちな密輸業者や競馬予想屋だ。毎朝六時に大手撮影所が下っぱ職員をパイオニア・カフェに送り込んできて、その日の撮影のためのエキストラを募るのだ。D・W・ラーマ・スタジオやフィルミスタン・トーキーズやR・K・フィルムズが人選をする朝の三十分間、パイオニアは全ボンベイ市民の野心と希望の焦点となる。やがてスタジオのスカウト連中はその日の幸運児たちを引き連れて引き揚げてゆく。するとカフェはからになり、ネオン灯の点ったいつもの無気力さだけが残る。昼時になると、別種の夢の大群がカフェに押し寄せてきて、トランプと〈おいしいラッシー〉とまずい安葉巻（ビリー）を相手に午後の時間を過ごす——別種の希望に燃える別種の男たちだ。その頃の私は知らずにいたが、午後のパイオニアは悪名高い共産党のたまり場だったのだ。

午後だった。私は母がパイオニア・カフェに入るところを見た。後に続いて入る勇気はなく、私は通りに残って、汚れた窓ガラスの蜘蛛の巣の張った片隅に鼻をこすりつけていた。好奇の視線を無視して――なるほど衣服はトランクで汚れてはいたが糊がきいていたし、髪はトランクのなかで乱れはしたが油がたっぷりついていたし、靴はすりきれてはいたがそれでも金持の子のスニーカーだったのだ――私は、母がぐらぐらするテーブルや目つきの鋭い男たちの間をおずおずと、イボのせいで足をひきずって歩いてゆくのを、目で追った。私は母が細長い店の向こう端の、影になったテーブルの前に坐るのを見、それから母を迎えるために立ち上がった男を見た。

男の顔の皮膚は皺になって垂れていて、かつては肥満体だったことを思わせる。歯はパーンで染まっている。彼は清潔な白い上着(クルター)を着ていて、そのボタン穴のまわりにはラクナウ風の縢(かが)りが施されている。髪は長髪、それも詩人風の長髪で、まっすぐに耳の上に覆いかぶさっている。だが頭頂部は禿げて光っている。禁断の二音節が私の耳に谺(こだま)した。ナ・ディル。ナディル。気がついてみると、私は来る決心をしなければよかったという思いにとらわれていた。

昔々、一人の地下室住まいの夫がいた。彼は愛情のこもった離婚の宣告を残して、逃走した。韻を踏まない詩を書き、野良犬たちによって命を救われた詩人だった。十年の空白ののち、彼はどこからともなく姿を現わした。垂れさがった皮膚が昔日の肥満を偲ばせていた。彼の昔の妻と同様、彼もまた新しい名前を持っていた……ナディル・カーンは今はカシム・カーン、公認の政党であるインド共産党の公認候補であった。ラール・カシム、赤いカシム。この世に意味のないものはない。顔を赤らめるのにも理由はある。ハーニフ叔父が「共産党を見ていてくれ！」と言い、母は頬を染めた。政治と恥じらいとが頬で一つになったのだ……パイオニア・カフェの汚れた四角い窓ガラスという映画スクリーンを通して、私はアミナ・シナイともはやナディルではない男がラヴシーンを演じきるのを見た。二人はずぶの素人役者の不器用さで演技した。

模造皮（レクシン）ばりのテーブルの上に一箱のタバコが置かれている。ステート・エクスプレス５５５。数字にも意味がある。４２０なら詐欺師に与えられる名前だ。１００１なら夜の、魔法の、代案的現実の、数——この数は詩人からは愛され、政治家からは嫌われる。政治家にとっては代案的世界像はすべて脅威なのだ。５５５はといえば、これはもっとも不気味な数、悪魔、巨大な獣（アンチ・キリスト）、シャイタン（イスラムの悪魔。キリスト教のサタン）の数だと、長い間、私は信じていた。（サイラス大王がそう教えてくれたのだ。彼の言うことが間違っているかもしれないなどと、私は疑ったこともなかった。しかし彼は間違っていた。本当の悪魔の数は５５５ではなくて、６６６なのだ。しかし私の心のなかでは今日に至るまで、三つの5のまわりに黒い靄がかかっている。）……だがこれでは先を急ぎすぎる。今のところは、次のことだけ言っておこう。ナディル＝カシムの好きなタバコは前述のステート・エクスプレスであり、箱の上に5という数字が三つ反復されていた。製造元はW・D＆H・O・ウィリスだ。母の顔を覗きこむことができないので、私はタバコの包みに注意を集中し、あいびきの場面からニコチンの大映しへと急転換をはかったわけだ。

だがまもなく、手が画面内に入ってくる――まずナディル＝カシムの手。その詩人らしい柔らかい手が今ではいささか硬化している。蠟燭の炎のように震えながら、模造皮の上を這っていき、それからぐいと引っこめられる手。次に女の手。繊細な蜘蛛のように一インチ一インチ進んでゆく、炭のように黒い手。模造皮のテーブル掛けから離れて、高く揚がる手。三つの5の上に浮かび、世にも奇妙なダンスを始め、昇り、下り、たがいに円を描き、たがいに縒り合わされる手、触れようと願っている手、伸び、緊張し、震え、存在を主張する手――しかしその手はいつも最後にはひっこめられてしまう。指先が指先を避けているのだ。私がこの汚れた窓ガラスという映画のスクリーンの上に見ているものはつまるところ、無垢な青少年を毒する恐れがあるというので肉体的接触が禁じられているインド映画なのだ。テーブルの下には足があり、上には顔がある。足は足に向かってにじり寄り、顔は顔に向かって静かに倒れかかる。だが容赦のない検閲官の削除（カット）よろしく、突然ぐいとひっこめられる……それぞれ生まれた時の名前とは違う芸名をもった二人の他人は、筋書以上の役を演じてしまう。私は映画をしまいまでは見ずに、磨かれても見張られてもいないローヴァーのトランクのなかへ忍び込んだ。あんなものは見に行くんじゃなかったと思いながら、それでももう一度見たいという欲求に抗しきれなかった。

私が最後に見たものは、〈おいしいラッシー〉のなかば空になったグラスを持ち上げている母の手だった。まだらのグラスにやさしく、懐かしそうに押し当てられている母の唇だった。そのグラスをナディル＝カシムに渡している母の手だった。するとナディル＝カシムはグラスの反対側の縁に彼自身の詩人の唇を当てた。だから人生がへたな芸術を模倣したということになる。そしてハーニフ叔父の姉が間接キスのエロティシズムを、緑のネオン灯の光るパイオニア・カフェのむさ苦しいたたずまいのなかへ持ち込んできたことになる。

要約してみよう。一九五七年の盛夏、選挙運動たけなわの時期に、アミナ・シナイはインド共産党という名前を小耳にはさんだ時、不可解にも顔を赤らめた。彼女の息子——その休みのない精神はもう一つの妄想を入れる余地を持っていた、十歳の頭脳は強迫観念をいくらでもたくさん詰め込むことができたからだ——は母のあとをつけて、市の北郊まで行き、性的不能の愛の苦痛にみちた場面を覗き見した。（アフマド・シナイが凍えてしまった今、ナディル＝カシムは性的に劣った立場にあったわけでもなかった。事務所にこもりきりになって、雑種の犬たちに悪態をついている夫と、昔の蜜月の頃、共に痰壺攻めをして遊んだ夫との間で板ばさみになったアミナ・シナイの方も、グラスにキスをし、手を動かすことしかできなかったのだ。）

問い。その後、私はピンクのプラスチックを使ったろうか？　エキストラとマルキストの集まるカフェへ再び出かけたろうか？　母と対決して、母の破廉恥きわまる罪のことを問い質したろうか——どこの母親があんなことをするだろう——昔々のことだと言うなかれ——実の息子の目の前で、よくもどうしてあんなとんでもない真似を、どうして？　答えは否だ。カフェを再訪することも、母に問い質すこともなかった。

私は何をしたか。母が「買物」に出かける時、母の精神のなかに潜入したのだ。もはや自分の目でしかと確かめたいとは思わなくなり、母の頭のなかに入って、市の北郊まで行ったのだ。この嘘みたいなお忍び同行によって、私はパイオニア・カフェに坐り、赤い政治家カシムの選挙展望に関する会話を聞いた。肉体はなくてもちゃんと現前していた私は、カシムの遊説に同行する母のあとをつけて行き、選挙区内の長屋を昇ったり降りたりした(それらは父が最近、居住者を追い出して売り払った棟割長屋(チョール)だったろうか?)。母はナディルを促して水道栓を直させたり、家主の尻を叩いて修理や殺菌をさせたりした。アミナ・シナイは共産党のために貧民たちの間を動き回った――母はこんなことまでする自分に驚いた。自分の生活がしだいに貧しくなってゆくので、こんなことができたのかもしれない。だが十歳の私は同情する気になれなかった。そればかりか、幼い私なりに復讐する夢を見るようになった。

伝説上のカリフ、ハルーン・アル・ラシドは、バグダッドの人びとの間をお忍びで歩き回るのを楽しんだと言われる。私、サリーム・シナイもわが街ボンベイの裏通りをひそかに移動して回ったが、あまり楽しかったとはいえない。

常軌を逸したもの、珍妙なものをごく平凡に記述すること、またその逆、すなわち日常的なものを誇張し様式化して描くこと――精神のはたらきにほかならぬこれらの技術を私は、真夜中の子供たちのうちの最も恐ろしい子供、私のライバルにして取り替え子の相手、ウィー・ウィリー・ウィンキーの息子とされる人物、すなわち膝のシヴァから盗んだ――いや吸収した、といったところかもしれない。それは彼にあってはまったく無自覚に行使された技術であり、その効果で生みだされるのは、驚くべき均一性を備えた世界の姿だった。たとえばあるカードの勝負をことこまかに説明しながら、何気なく、いわば事のついでのように、その頃(つまり死体の山が溝を埋めていた頃)、溝もどきの赤新聞を埋めていた恐ろしい娼婦殺しの話をすることもできた。死とラミーの負けは、シヴァにとって同じものなのだ。彼のぞっとするような、平然たる暴力はここに由来する。それはしまいに……いやはじめから始めるとしよう。

たしかに私の説明がまずかったのだが、私をただのラジオとお考えなら、真実の半面しかつかまえてはいない。思想は言語的であるばかりでなく、しばしば絵画的であり、あるいはまったく象徴的なのだ。いずれにしろ〈真夜中の子供たち会議〉の仲間と交信し、彼らを理解するために、私は迅速に言語層の彼方に突入する必要があった。限りなく多様な精神を歴訪して、理解不能な言語によって営まれている精神の浅い所にある想念の下に、潜り込まなければならなかった。その結果はっきりしたのだが(いや前から論ずみのことであったのだが)、彼らは私の来訪を感知することができた。このような感知がエヴィ・バーンズに及ぼした劇的な効果を思い出して、私は突入時に与えるショックを軽減してやろうと骨を折った。いずれの場合も、私の最初の頃の標準的な送信は、私の顔、安心できて親しめる、自信にみちて指導者の貫禄もある、と思えるような笑顔、そして友情をこめて差し伸べられた手、の像であった。しかし物事のはじまりには困難がつきものだ。

ほどなくして、私の自己像は、自分の容貌についての自意識のためにひどく歪んでいることが分かってきた。そんなわけで私が全国の想波網に送った、チェシャー猫よろしく薄笑いを浮かべた肖像は、驚くばかりに拡大された鼻、無いも同然の顎、両のこめかみの上の巨大なあざを特徴とする、とてつもなく醜怪な代物であった。当然のことながら、私はギョッという内心の驚きの声で迎えられることしばしばであった。他方、私の方も、十歳の仲間たちの自己像を見て、しょっちゅう同様な驚きを味わうことになった。この事態に気づいた時、私は会議のメンバーたち一人一人に対して、鏡を見るように、なんなら水鏡でもいい、とすすめた。こうして私たちはどうやら自分たちの実際の姿を知るようになった。その結果、こんなことも起こったりした。ケーララ州のメンバー（ご記憶と思うが、鏡のなかへ入っていけるあの少年のことだ）が、まちがえてニューデリーの上流人士の出入りするレストランの鏡から出てきてしまい、あわてて退却と相成った。また、カシミールの青い目のメンバーが誤って湖のなかに落ちた時に性を転換してしまい、女の子として入ったのに、美しい男の子として出てくることに相成った。

初めてシヴァに自己紹介をした時、彼の心のなかにあった彼の自己像なるものは世にも恐ろしい少年の姿であることを、私は見てとった。背は低く、鼠のような顔をし、歯はすりへり、前代未聞の大きな膝頭をしているのだ。

かくもグロテスクな彼の自己像を前にして、私は自分の明るい自己像に漂わせている微笑を少々遠慮することにした。私の伸ばした手はひるみ、ぴくっと震えはじめた。シヴァは私の存在に気づき、はじめはただただ怒気をあらわにした。滾りたつ波のような憤怒が私の頭の内部を焦がした。だがやがて彼は言った、「やあ、なんだい――お前のことは知ってるぞ！　メスワルド屋敷の金持の子供だろう？」私も同様に驚いて、「ウインキーの子か――〈片目〉の目を潰した子だな！」彼の自己像は自尊心でふくれあがった。「そうとも、そうともさ、おれ様だよ。誰もおれに逆らう奴はいないぜ！」正体が判明すると、話題はありきたりなものになった。「なるほど。それで君のお父さんは元気かい？　近頃はさっぱり来てくれなくて……」すると彼はホッとしたような顔で言った、「おやじかい、死んだよ」

しばしの沈黙。そして、とまどい――もはや怒気は消えていた。シヴァが言った、「まあ聞けよ、こいつは面白そうだな――どんなふうにやるんだい？」私は一通りの説明を始めた。だがまもなく彼は口をはさんできた。「なるほど！　まあ聞けよ。おやじの話だと、おれもちょうど真夜中に生まれたんだ――だからお前とおれはこの団体の共同のボスというわけだ。だって真夜中ちょうどの生まれが一番いいわけだろう？　だから——奴らはおれたち二人の言う通りにしなければならないわけさ！」私の目の前に第二の、より屈強なエヴリン・リリス・バーンズの像が現われた……この冷酷そうな像を退けて、私は説明を続けた、「〈会議〉についてのぼくの考え方は、厳密に言うと、そういうものではないんだ。ぼくが考えているのは、まあ、どんな考えでも自由に発表できる、平等な個人たちの、ゆるやかな同盟というようなものさ……」激しい鼻息のようなものが、頭の壁に当って谺した。「そんなものはお前、たわごとだ。そんな仲間をつくって何をするというんだい？　仲間にはボスが必要だろ。お前はおれを——」(自尊心がふくれあがった)「おれはこのマトゥンガでもう二年も仲間をとりしきってるんだ。八歳の時からな。年上の子供もいるぞ。これをどう思う？」私はうっかり訊ねてしまう、「それは何をするんだい、君の仲間ってのは——ルールなんかもあるのかい？」シヴァの笑いが聞こえた……「そうとも、金持の坊っちゃん。ルールが一つだけあるんだ。全員、おれ様の言う通りにするということだよ。さもないとおれ様がこの膝で、ウンコを絞り出してやるのさ！」私は必死になってシヴァに自分の考えを分からせようとした。「だいじなのはね、ぼくたちは一つの目的のためにこの世に存在しているということだ。そう思わないかい？　つまり存在する理由がなければならないんだ。分かるだろう？　そこで考えたんだが、ぼくたちで、その目的を考え出そうじゃないか。そしてそれに命を賭けるべきだよ……」「こら金持の息子！」とシヴァはどなった、「お前には分かってないことが一つある！　何が目的だい、ええ？　この糞いまいましい世界のいったい何に、理由があると言うんだい？　どういう理由によって、お前は金持でおれは貧乏なんだい？　飢えるということに、どんな理由があるんだい？　この国には何百万もの無知な人間がいるというのに、お前は一つの目的があるんだと言う！　おい、いいか――人は手に入れられるだけのものを手に入れなきゃならない。それを使ってやれるだけのことをやらなきゃならない。そのあとは死ななきゃならない。それが理由だよ、金持の坊っちゃん。ほかのことはみな、糞ろくでもないたわごとだ！」

そして今、私は真夜中のベッドのなかで震えはじめる……「でも歴史が」と私は言う、「それに首相がぼくに手紙をくれた……君は信じないか……もしかしてぼくらが……」わが分身シヴァが口をはさんできた、「いいか、よく聞けよ坊っちゃん――お前は馬鹿らしいたわごとを頭にいっぱい詰め込んでいる。どうやらこいつはおれが引き受けることになりそうだな。ほかのアホどもにもよく伝えておけ！」

鼻と膝、膝と鼻……その晩に始まった確執は終りそうもなかった、二本のナイフがグサリ、グサリ、グサリと切りつける時までは……昔剣で殺されたミアン・アブドゥラーの霊が私のなかへ流れ込み、ゆるやかな連邦主義の思想を私のなかに注入し、おかげで私は剣に狙われやすい標的になったのかどうか、それは何とも言えない。だがその時私は勇気をふるい起こしてシヴァに言った。「君には〈会議〉をとりしきることなんかできはしない。ぼくがいなかったら、他の連中は君の話を聞くことさえできないんだ！」

するとと彼はこれを宣戦布告と受け取って、「金持の息子、奴らはおれのことを知りたがるだろうよ。おれを止められるものなら止めてみな！」

「ようし、やってみよう」と私は言った。

シヴァ、破壊神にして、神々のなかの最強者、シヴァ、最高のダンサーにして、牡牛に跨がり、いかなる力にも屈せぬ者……少年シヴァは語った、彼は幼少の頃から生活のために闘わなければならなかった。そして一年ほど前のこと、父親が歌うための声を完全につぶしてしまった時、シヴァはウィー・ウィリー・ウィンキーのひたむきなまでの親心から身を守らなければならない羽目になった。「おやじはおれに目隠しをしたんだ。目のまわりにぼろきれを巻きつけて、棟割長屋(チョール)の屋上へ連れて行ったんだぞ、おい！おやじが手に何を持っていたと思う？　ハンマーだよ！　クソッ！　ハンマーさ。そいつでおやじの奴、おれの脚を潰そうというわけだ――金持の坊っちゃん、世間にはこういうこともあるんだよ。わが子に対してこんなことをするんだ。こうすれば、乞食として食っていけるようになるんだよ――脚の潰れ具合がひどければひどいほど、余計に稼げるというわけさ！　というわけでおれは屋上に押し倒され、あお向けに寝かされた。それから――」それからハンマーが振りおろされ、両膝は、どんな警官の膝にも負けないほど大きく脹れ上がった。はじめはなすがままになっていたが、やがて膝は動き出した。電光よりも速く膝はパッと分かれた――振りおろされるハンマーの風を切る音を感じ取って――パッと大きく開いたのだ。ハンマーは膝の間に沈んだが、依然として父の手に握られていた。膝は握りこぶしのように閉じた。ハンマーは膝をいたぶることができずに、コンクリートの上でコツンと鳴った。ウィー・ウィリー・ウィンキーの手首は目隠しされた息子の膝の間で締めつけられた。苦悶の色を浮かべた父の口から、しゃがれた息が漏れてきた。両膝はなおも内側へ内側へと、固く固く閉じていき、ついにポキッという音が響いた。「手首をへし折ったんだよ。おやじの奴に分からせてやったんだ――すげえだろう。どうだい！」

シヴァと私は山羊座が昇ってゆく相のもとに生まれた。この星座は私を孤独にしたが、シヴァには天分を与えた。山羊座は、すべての占星学者が言う通り、膝に力を与える天体である。

一九五七年の選挙の日、全インド国民会議派はひどいショックをうけた。同党は選挙に勝ちはしたが、共産党が千二百万票とって、最大の野党にのしあがったのだ。ボンベイではボス・パティルの努力にもかかわらず、多数の選挙民が聖なる牝牛と子牛からなる会議派のシンボルマークに印をつけず、統一マハラシュトラ運動と大グジャラート運動のさほど感情を刺激しない絵文字を選んだ。私たちの丘の上でも共産党の脅威が論議されるようになった時、母はまだ顔を赤らめる癖が直っていなかった。私たちはボンベイ州の分割を甘受した。

〈真夜中の子供たち会議〉のメンバーの一人が、選挙において小さな役割を演じていた。ウィンキーの息子とされているシヴァは某政党に雇われて——党名は言わないでおくが、資金の潤沢な党といえば一つしかないわけだ——投票日に、カウボーイズと称する仲間たちと共に市北郊の投票所の外に立っていた。長く頑丈な棒を持ったり、石でお手玉したり、ナイフを爪楊枝がわりに使ってみせたりしながら、有権者たちに、清き一票を賢く慎重に使おうと呼びかけていた……投票終了後、投票箱の封印がこわされたろうか？水増し投票が行われたろうか？　いずれにしても、票を数えてみると、赤いカシムは僅差で落選した。そしてわがライバルを雇った候補は大いに喜んだ。

……しかし今、パドマが落ち着いて言う、「それはいつのことなの？」私は考えもせずに答える、「春のある時さ」と。そう言ってしまってから私はまた一つ誤りを犯したことに気づく――一九五七年の選挙は私の十回目の誕生日の後ではなく、前のことだったのだ。ところがいくら頭をふり絞っても、私の記憶は出来事の順序を変えることを頑固に拒んでいる。これはなんとも不思議だ。いったいどうなっているのか、私には分からない。

彼女はその必要もないのに私を慰めようとして言う、「自分のことを話すのに、どうしてそうくどくどと細部にこだわるんでしょうね？　誰だってこまかいことはすぐ忘れてしまうものなのにね！」

だが、こまかいことのすぐあとには、大事なことが続くものではないだろうか？

アルファとオメガ

選挙後の数ヵ月、ボンベイには混乱があった。あの頃を思い出している私の精神にも混乱がある。私は誤りを犯したことでひどくあわてた。だから今、平衡を回復するために、メスワルド屋敷という住み慣れた場所にしっかり腰を据えてみたいと思う。〈真夜中の子供たち会議〉の歴史を片側に置き、パイオニア・カフェの苦しみをもう片側に置いて、エヴィ・バーンズの没落のことを語ることにしよう。

このエピソードには奇妙な題をつけた。「アルファとオメガ」という文字が、説明を求めて原稿の上から私を睨み返している――物語のなかほどの章の見出しとしては奇妙なものだ。なかほどにふさわしい題を選ぶこともできるのに、これでは始まりと終りという感じが強すぎる。だが私は頑固にも、これを変えるつもりはない。ほかにいくらでもよさそうな題があるのに。たとえば、「モンキーからリーサスへ」「戻ってきた指」――

あるいはもっと暗示的に「雁(がん)」──いうまでもなくあの神秘的な鳥ハムサ(ヒンドゥー教の神鳥)あるいはパラハムサのことだ。この鳥は物質界と精神界、陸と水の世界と空気と飛翔の世界という両世界に生きる能力のシンボルである。それでも題は「アルファとオメガ」なのであり、「アルファとオメガ」のままなのだ。なぜならここには始まりがあり、あらゆる意味での終りがあるからだ。私の言う意味はまもなく分かるだろう。

パドマがうんざりして舌を鳴らす。「またおかしなことを言ってるわ」と彼女はけなす。「エヴィのことを話すの、話さないの？」

……総選挙のあと、中央政府はボンベイの未来について優柔不断な態度をとりつづけた。州は分割されることになった。それから分割は見合わされることになった。そしてまた分割が頭をもたげた。市そのものについても、マハラシュトラ州の州都にするとか、いやマハラシュトラ、グジャラート両州の州都にするのだとか、そうではなくて、それだけで独立の州にするのだとか、さまざまなことが言われた……政府がどうしたらよいか決めかねているうちに、市民たちは早期決定を促すべく立ち上がった。暴動は多様化した(今もマラータ族の古い軍歌が怒号にまじって聞こえてきそうだ──達者かい？達者だよ！　では棒で、お仕置だ！)。さらにわるいことに、天候が混乱を強めた。厳しい旱魃(かんばつ)が訪れたのだ。道路がひび割れた。村々では百姓たちがやむなく牝牛を殺した。

クリスマスの日に（ミッション・スクールに通い、カトリックの子守女の世話になっている少年なら、この日の重要さはいやでも知っていたわけだ）ワルケシュワル貯水池で轟音を伴った爆発が連続して起こり、市の生命線である上水道の幹線パイプが巨大な鋼鉄の鯨よろしく空中に水を噴き上げはじめた。新聞は治安妨害者たちの噂を書きたてた。犯人の正体と政治的背後関係についての憶測が紙面にはびこりだして、連続娼婦殺しの報道を押しのけんばかりの勢いだった。（ところでこの殺人事件だが、犯人が奇妙な「署名」を残していることを知って、私はひどく興味をそそられた。夜の女たちの死因はすべて絞殺であった。首には打撲のあざがあった。親指で押した痕にしては大きすぎるものだった。だが、一対の超自然的な力をもった膝が残した痕と考えると、完全に辻褄が合うのだった。）

さて、ちょっと脱線する。それがいったいエヴリン・リリス・バーンズと何の関係があるのか、とパドマのしかめ面が訊ねている。さっそく、いわば気をつけの姿勢をとって答えよう。市の上水道が破壊されたあと、ボンベイの野良猫たちが水のまだ比較的豊かにある地域に集まりはじめた。つまり、各戸ごとに屋上や地下の水槽を持っている裕福な地域に。その結果、メスワルド屋敷の二層の丘には喉のかわいた猫族の大群が押し寄せて来た。猫たちがサーカスリングいっぱいに群がる。猫たちがブーゲンビリアの蔓を這い登って居間にとびこむ。猫たちが草花の腐った臭いのする水を飲むために花瓶をひっくり返す。猫たちがバスルームに陣取って水洗便器から水をピチャピチャすする。猫たちがウィリアム・メスワルド屋敷の諸宮殿のキッチンにはびこる。屋敷の使用人たちは猫たちの大攻勢を追い返そうといろいろやってみるが、不首尾に終る。屋敷の女性たちはおろおろし、恐怖の叫びを上げる。猫の糞からわいた硬い乾いた虫が至る所にうようよする。庭は数知れぬ猫の軍勢によって荒廃する。夜になると猫の大群が声をあげ、喉の渇きを月に向かって訴えるので、人間様も眠るどころではない。（シムキ・フォン・デア・ハイデン男爵夫人は猫と闘おうとはしなかった。彼女は遠からず死に至る病いの徴候をすでに示していた。）

ヌシー・イブラヒムが私の母に電話をよこして言った、「アミナさん、世も末よ」

彼女は間違っていた。というのは、猫族大襲来の三日目のこと、エヴリン・リリス・バーンズが事もなげに片手にデイジー空気銃を持って屋敷の家々を訪ね回り、礼金とひきかえにお宅の猫さんたちの害を瞬く間に解消してあげましょうと持ちかけてきたのだ。

こうして一日中メスワルド屋敷では、エヴィが一匹一匹の猫に忍び寄るごとに空気銃の音が谺（こだま）し、猫の断末魔の鳴き声が響きわたり、彼女は荒稼ぎをすることになった。しかし（歴史がしばしば示すように）誰かの最も輝かしい勝利の瞬間は、その当人の最後の没落の種をも宿しているものなのだ。やがてその没落が訪れることになるのだが、そのわけは、ブラス・モンキーにとって、エヴィの猫殺しこそは我慢の限界を越えるものだったからだ。

「兄さん」とモンキーは冷たい語調で言った、「あたし、あの子をいたぶってやると言ったでしょう。今、たった今、その時が来たわ」

答えようのない問いが浮かんでくる。妹は本当に、鳥の言葉だけでなく猫の言葉も覚えたのか？　妹が危険を冒すのは、猫の生命に対する愛情からなのか……猫族大襲来の時までに、モンキーの髪は色が薄れて褐色になっていた。靴を燃やす癖はもうなくなっていた。しかしどうしてかいまだに、他には家族の誰も持ち合わせていないような凶暴性を持っていた。彼女はサーカスリングへ降りて行って、「エヴィ！　エヴィ・バーンズ！　ここへおいでよ、すぐに、どこにいるのか知らないけどさ！」と大声で叫んだ。

逃げようとする猫に囲まれて、モンキーはエヴィ・バーンズを待っていた。私は一階のベランダに出て眺めることにした。それぞれの家のベランダから、ソニーと片目とヘアオイルとサイラスも眺めていた。ヴェルサイユ荘のキッチンの方角からエヴィ・バーンズの姿が現われた。銃から煙が出ている。

「あたしが近くに居合わせたことを、あんたらインド人は星に感謝するんだね」とエヴィは大見得を切っている。「そうでなきゃ、みんな猫に食われちまってたさ！」

　エヴィはモンキーの目のなかに無気味なものを認めて、黙り込んだ。するとあたかも霞がかかるような具合にモンキーがエヴィに飛びかかり、数時間も続いたかと思える闘いが始まった（だが実はただの数分間の出来事だった）。サーカスリングの埃に包まれて二人は転がり、蹴り、ひっかき、噛みついた。ひきちぎられた髪の毛がはらはらと砂埃のなかから舞い上がり、肘と、汚れた白のソックスをはいた足と、膝と、フロックからちぎれた布切れが砂埃の外に飛んだ。大人たちが走ってきた。召使たちには二人を引き離すことができなかった。とうとうホミ・キャトラックの庭師が二人を引き離すためにホースを向けた……ブラス・モンキーはちょっと腰が曲がったようなありさまで立ち上がり、ずぶ濡れになったドレスのへりを振ってみせた。アミナ・シナイとメアリー・ペレイラの「お仕置きですよ」という叫びにも耳をかさなかった。サーカスリングの水びたしになった泥のなかに、エヴィ・バーンズが横たわっていた。歯列矯正器はこわれ、髪は埃と唾をかぶってもつれていた。そして彼女の元気とわれわれに対する支配力は永久に失われていた。

　数週間ののち、父親はエヴィを永久に故国へ帰した。「この野蛮人の国から離れて、ちゃんとした教育を受けさせるため」という科白を父親は吐いたということだ。私は六ヵ月後に一度、彼女の消息を知った。青天の霹靂のように彼女は私に手紙をくれて、猫殺しに文句をつけた老婦人をナイフで刺してやったと言ってきた。「そのババアを、こっぴどい目に会わせてやったわ」エヴィは書いていた、「あんたの妹に言ってよ、お前はラッキーだっただけだって」私はその見知らぬ老婦人に感謝する。その人がモンキーのツケを払ってくれたわけだ。

エヴィの最後の科白よりも面白いのは、時間のトンネルを振り返ってみて、私が今ふと思いついたことだ。モンキーとエヴィが泥のなかを転げ回っている姿を眼前に思い描きながら、私はどうやら、二人の死闘の背後にあった推進力、単なる猫殺しよりもはるかに深い動機を見つけ出したように思う。二人は私をめぐって争っていたのだ。エヴィと私の妹(この二人は多くの点で似ていた)は表面上は数匹の喉のかわいた野良猫の運命をめぐって蹴り合ったり、ひっかき合ったりしていた。だがおそらくエヴィの蹴りは私に対するものだったのだ。たぶんそれは、私が彼女の頭脳内に侵入したことに対する怒りの爆発だったのだ。そしておそらくモンキーが発揮した力は兄への忠誠の力であり、彼女の戦闘行為は実は愛の行為だったということだ。

その時、サーカスリングには血が流れていた。この章のための取りやめられたもう一つの題は——読者もご推察の通り——「水よりも濃し」であった。その水不足の時期に、水よりも濃いものがエヴィ・バーンズの顔を流れ落ちた。血の忠誠がブラス・モンキーの動機になっていた。そしてボンベイ市街では暴徒がたがいに血を流し合っていた。血腥(なまぐさ)い殺人が起こっていた。もう一つ、私の母の頬に再び血の色がさしたことを述べて、この血づくしのカタログを終えてしまっては、まだ早すぎるようだ。その年の選挙では、千二百万票が赤い色をしていた。そして赤は血の色だ。もっと多くの血がまもなく流されるだろう。血液型のAとO、アルファとオメガ——そしてもう一つの、第三の可能性——を心に留めておく必要がある。それに他の諸々の因子も。すなわち接合体とケル免疫体、そしてリーサスという最も不思議な血液属性(Rh因子。赤血球にある凝血素)——リーサスは猿の一種の名前でもある。

捜してみれば、何でも形態を持っている。形式から逃れることはできない。

だが血の話を始める前に、一飛びして(二つの世界を自由にとびうつる雁(パラハムサ)のように)、少しの間、自分の内部世界の問題に立ちかえってみたいと思う。エヴィ・バーンズの没落は私が丘の上の子供たちから仲間はずれにされている状態に終止符を打ってくれたけれども、今なお寛容な気分にはなれなかった。そこでしばらくの間、孤独と孤立を守りながら、頭のなかの出来事に、真夜中の子供たちの組織の初期の歴史に、ひたりきっていたのだ。

正直言って、私はシヴァが好きではなかった。彼の粗野な言葉づかい、幼稚な思想が嫌いだった。一連の凶悪犯罪の犯人として疑うようにもなった——とはいえ彼の意識のなかには何の証拠も見つけ出すことができなかった。真夜中の子供たちのうちただひとり彼だけは、自分の秘密にしておきたい想念を私から隔離してしまうことができたのだ——だからこそますます、この鼠顔の仲間に対する嫌悪と疑惑が私のなかで強まったのだった。そうはいっても私の取柄といったら公平さくらいのものだ。そして彼だけを会議から除外するのは公平ではあるまい。

ここで説明しておくべきだろう。精神的能力が増大するにつれて、私は子供たちの発信を受信したりこちらのメッセージを発信するだけでなく、（ラジオの比喩にこだわるなら）全国ネットワークの役目を引き受けることもできるということに気づいたのだ。だから私は自分の進化した精神をすべての子供たちに開くことによって、いわばそれを広場（フォーラム）にかえることができた。彼らはそこで私を媒介にして話を交わすことができたわけだ。こうして一九五八年初頭の時期に、五百八十一人の子供たちは真夜中から午前一時までの一時間、私の頭という下院（ローク・サバー）に集まる習慣になった。

私たちは五百八十一人の十歳の子供からなるどんな集団にも劣らず雑多で、騒々しくて、躾を知らなかった。持ち前のはちきれんばかりの元気に加えて、おたがいを発見するという興奮がみなぎっていた。一時間にわたるボリュームいっぱいのどなりあい、お喋り、議論、くすくす笑いに付き合わされたあと、私は疲労困憊のあまり、夢魔も入り込めないような深い眠りに落ち込んだが、それでも目が覚めると頭痛がした。だがそんなことは平気だった。何しろ目が覚めるなり、母の不倫と父の衰弱、友情のはかなさと学校でのさまざまないじめ、といった多重の不幸に立ち向かわなければならなかったのに、眠りにつくと、どんな子供も知らないような活気にみちた世界の中心にいたのだ。だからシヴァの存在にもかかわらず、睡眠中の方がよかった。

彼（あるいは彼と私）がちょうど真夜中に生まれたという事実のために彼（あるいは彼と私）が生まれながらのリーダーであるというシヴァの確信には、しっかりした根拠がある。この点は私も認めなければならない。その頃思っていたし今も思うのだが、真夜中の奇跡には実は著しいピラミッド的序列があって、出生時刻と真夜中との時間的隔たりが大きいほど、子供の能力は目に見えて小さなものになっていた。だがこれさえすんなりと合意された前提ではなかった……「どういうつもりだどうしてそんなことがいえる」と彼らは異口同音に言った。顔がのっぺらぼうで何の特徴もなく（目と鼻孔と口がおさまるスペースはあったが）望みしだいどんな顔つきにでもなることができるギル森林の少年、風のように速く走れるハリラル、その他数知れぬ連中が……「ある能力が別の能力より上位だなんて言う奴は誰だい？」「お前たちは空を飛べるかい？　ぼくは飛べるぞ！」「じゃ、きくが、君は一匹の魚を五十匹に殖やせるかい？」「きょうぼくは明日を訪ねてきたよ。どうだい、これができるかい？――」……こんな激しい抗議に遭って、シヴァさえも態度を変えた。そして彼は新しい態度をとるようになったが、それはもっと危険な――子供たちにとっても私にとっても――ものとなるだろう。

というのは、私は自分がリーダーになるという誘惑に対して免疫性がないことに気がついていたからだ。そもそも会議を結成したのは誰だ？　その会合場所を提供したのは誰だ？　このぼくこそ最年長者の片割れではないか。だから最年長者にふさわしい尊敬と服従を受けるのが当然ではないか？　それにクラブ・ハウスの提供者がクラブを経営して何が悪いのだ……これに答えてシヴァは、「そんなこと忘れちまえよ。クラブとかなんとかいうのはお前ら金持の息子たちのタワゴトだ！」だが彼は――当面は――抑えられた。デリーの魔術師の娘、魔女パールヴァティが私を支持して（ちょうどずっと後に私の命を救ってくれたように）、こう宣言したのだ、「違うわ。みんな聞いてよ。サリームがいなかったら、あたしたちはどこにもいないのよ。話もできないわ。だからサリームの言う通りよ。サリームをチーフにしましょう！」私はこれに答えて、「いや、チーフなんて考えないでくれ。ただ、そうだな……兄貴と考えてほしいんだ。そうさ、ぼくらはいわばファミリーなんだ。ぼくは長兄というわけだ」これに対してシヴァは軽蔑的な調子で、しかし反駁することもできずに、「よかろう、兄貴。それじゃさっそく、おれたちは何をすればいいのかな？」

ここでようやく私は会議の全構成員に、長いあいだ私を苦しめてきた観念、目的と意味の観念を教えた。「ぼくらは自分たちが何のためにあるかということを考えなければならない」と私は言った。

会議のメンバーたちの典型的な意見を選んで、できるだけそのまま、ここに記しておこう（サーカスのフリークたち、そして刃物の傷痕のある乞食の少女スンダリのように知力が及ばず、討論の間中まるで宴席における貧乏な縁者よろしく黙りこくっていた連中は、除く）。提案された理念と目標のうちに、集団主義があった――「みんなでどこか一ヵ所に集まって共同生活をしようじゃないか。ほかの人間なんかいなくたって、おれたちだけでやっていけるさ」――個人主義があった――「君はみんなと言うが、みんななんて、どうだっていいんだ。大切なのは一人一人が自分のために使うことのできる一つの才能を持っているということだ」――親孝行があった――「だけどぼくたちは両親を助けることができる。これこそぼくたちのなすべきことだ」――子供革命があった――「ついに親たちを厄介払いすることが可能になったことを、すべての子供に示す時が来た」――資本主義があった――「どんな商売ができるか考えてみよう。アッラーの神の思し召しによって、どんな金持になれるか！」――愛他主義があった――「わが国は才能のある人間を必要としている。政府に、われわれの技能をどこまで使うつもりがあるのか、聞いてみなくちゃならない」――科学があった――「われわれは研究対象にならなければならない」――宗教があった――「人みな神を誇るべし、と世界中の人に呼びかけよう」――勇気があった――「われわれはパキスタン侵攻をやるべきだ！」――臆病があった――「馬鹿なこと言わないで！　あたしたち、秘密を守らなければいけないわ。どんな目に遭わされるか、考えてみてよ。魔女とか何とかいうことで、石を投げられるわ！」女権の宣言があり、不可触民の惨状改善の訴えがあった。土地のない子供たちは土地の所有を夢見、山間僻地の子供たちはジープが欲しいと言った。権力妄想を語った者もいた。「彼らはぼくらを止めることはできないよ。ぼくらは魔法をかけたり、空を飛んだり、人の心を読んだり、人を蛙に変えたり、金や魚を創造したりできるんだ。彼らはぼくらのとりこも同然さ。ぼくらは鏡のなかに消えたり、性を転換したりできる……こんな連中を相手にしてどうして喧嘩ができるんだ」

私は失望したことを認めておこう。実は失望などおこがましいことだったのだが。なるほど才能を別にすれば、子供たちには非凡なところは何もなかった。彼らの頭は、両親、金銭、食物、土地、財産、名声、権力、神といった、平凡な事柄でいっぱいだった。会議のメンバーたちの意識のどこを捜しても、普通の人よりも新しいものを見つけ出すことはできなかった……だがそんなことを言うなら、私もまた間違っていたのだ。私も別に他の人よりはっきりとものが見えたわけではない。そして時間旅行者のスーミトラが「君らに言っておくが――君らの言っていることはみなタワゴトだ――おれたちが何かを始める前に、奴らの手で叩きつぶされるのがオチさ！」と言った時にさえ、私たちはみな彼を無視した。著者の楽天主義でもって――これは昔、私の祖父アーダム・アジズが罹っていた最も悪性の病いだったが――私たちは暗黒面を見るのを拒んだ。そして仲間の誰一人として、真夜中の子供たちのいきつくところは絶滅であるかもしれない、われわれは死滅させられるまで意味なんか持ちはしない、などと言った者はなかった。

彼らのプライバシーのために、私は一人一人の声を区別しないことにしている。理由はほかにもある。一つには、この物語によって五百八十一人の生きた人間を描き尽すことはできないからだ。また一つには、子供たちは見事なまでにばらばらの多様な才能を持っていたにもかかわらず、私から見ると、バベルの塔の多言語を話す多頭の怪物のようなものだったからだ。彼らはまさに多様性そのものであり、今の私には彼らを一人一人に分けることは無意味なのだ。（しかし若干の例外もあった。なかでもシヴァがいた。そして魔女パールヴァティがいた。）

……運命、歴史的役割、神意。こういったものは十歳の喉を通るには大きすぎる食べ物だったのだ。おそらく私の喉にとってさえ。漁師の人差指と首相の手紙という終生忘れ得ぬ訓戒があったにもかかわらず、嗅覚によって感知した驚異の世界からたえず私の注意をそむけてしまうものがいろいろとあった。日常生活の些細な事件、空腹や眠気、モンキーとふざけまわったり、『コブラ女』や『ヴェラクルス』のような映画を見に行ったり、長いズボンがはきたくなったり、学校の懇親会が近づくと、不可解にもベルトの下のあたりが熱くなったり、である。この懇親会では、カセドラル・アンド・ジョン・コノン男子高校の生徒は、姉妹校の女生徒とボックス・ステップやメキシカン・ハット・ダンスを踊ることが許されていた――平泳ぎのチャンピオンであるマーシャ・ミオヴィック（「ホーホー」と甲状腺キース・コラコが奇声を発した）とか、エリザベス・パーキスやジェニー・ジャクソンのようなふしだらなスカートをはき、ふしだらなキスをするヨーロッパの娘たちが来るだろう――要するに私の関心は、成長するという苦しくも狂おしい拷問によってたえずとらえられていたのだ。

あの象徴的な雁でさえ、いつかは地上に降り立たなければならない。だから私も今（あの頃もそうだったが）物語を奇跡的な面だけに限定しておくわけにはいかない。日常的なものに復帰しなければならない（これまでにもそうしたように）。そして流血を許さなければならない。

サリーム・シナイの最初の切断――すぐあとに第二の切断が続くのだが――は一九五八年初頭のある水曜日に起こった。待ち焦がれていた懇親会、アングロ・スコティッシュ教育協会の後援で催された懇親会の水曜日である。つまりそれは学校での出来事だった。

サリームに暴力を振るったのは、ハンサムな、頭に血ののぼりやすい、野蛮人めいた八の字髭をはやした男であった。そこでいよいよ、カッとなったら人様の髪の毛をむしり取ってしまうエミール・ザガロ先生の出番である。彼は地理と体育の教師で、その朝はからずも私の生命を危険に陥れたのだ。自称ペルー人のザガロは、私たちをジャングルのインド人とか、ガラス玉好きとか呼ぶのを好んだ。ブリキのとんがり帽子をかぶり、金属製のズボンをはいた、いかめしい、汗だくの兵士の写真を黒板の上に掛けていて、気が立ってくるとそれを指差して、こう叫ぶ癖があった、「この人を見てみろォ、野蛮人たちィ。この人こそォ、文明だ！　この人に尊敬を示すのだ。この人はな、剣を持っているんだぞ！」そう言って彼は石の壁に閉ざされた空気を杖でヒュッと切った。私たちは彼をパガル・ザガル、つまり気違いザガロと呼んだ。駱馬（リャマ）とか征服者（コンキスタドーレス）たちとか太平洋とかの話をしてはいたが、実はマザガオン地区の棟割長屋の生まれであり、ゴア出身の母親はといえば逃亡海運業者に捨てられた女であり、したがって彼は「英国人（アングロ）」であったばかりか、たぶん私生児であることを、私たちは絶対に間違いない噂によって知っていた。そういうことを知っていたので、私たちはザガロがなぜラテン風の訛りを装うのか、なぜいつも怒っているのか、なぜ教室の石の壁を拳で叩くのか、理解できた。しかしそういうことを知ったからといって、怖いことに変わりはなかった。そしてこの水曜の朝、私たちは何かあるぞと気づいた。〈選択礼拝〉が中止されたからである。

　水曜の朝の一、二時限はザガロの地理の時間だった。だがそれに出たのは、馬鹿な奴と、頑迷な親を持った少年だけだった。というのは、この時間帯には二列縦隊に並んで聖トマス教会へ移動することもできたからである。およそ考えられるあらゆる宗派の少年たちが長蛇の列をなして学校を逃れ、賢明にも選択したキリスト教の神の胸にとびこんでいった。当然ザガロは頭に来たが、どうしようもなかった。だがきょう、彼の目には暗い輝きがあった。というのは蛙（クローカー）（すなわち校長のクルーソー先生）が朝礼の時、礼拝は中止になったと発表したからである。麻酔をかけられた蛙のような顔をした彼は、スカスカした、こすれるような声で、彼は私たちに二時限連続での地理と気違いザガロという刑を宣告して、私たち一同をあわてさせた。私たちは、神にも選択する権利があるということを理解していなかったのだ。私たちはふくれっ面をしてザガロの巣穴へぞろぞろと入って行った。礼拝に行くことを親たちに許してもらえなかった哀れな頓馬たちの一人が、意地わるく私の耳にささやいた、「待ってろ。奴はきょうこそお前らをとっちめるぞ」

パドマ。奴は本当にとっちめたのだ。

一同、暗い顔で着席した。甲状腺キース・コラコ、でぶの魚屋パース、タクシー運転手の息子で奨学生のジミー・カパディア、ヘアオイル・サバルマティ、ソニー・イブラヒム、サイラス大王、そして私。他の連中もいたが、今は時間がない。目を細めてほくそ笑みながら、気違いザガロが静粛を命じているからだ。

「人文地理とはだな」とザガロがのたまう。「こりゃァ一体、何だァね？　カパディア、どうだ？」

「すみません先生、知りません」するとさっと手が上がる——五本は礼拝を禁じられている頓馬たちの手だ。六本目は当然サイラス大王の手だ。しかしザガロはきょうは血に飢えている。どうやら神様びいき組がとっちめられそうな雲行きだ。「ジャングルのォ、糞餓鬼め」とどなって彼はジミー・カパディアをぶちのめし、それから事もなげに片耳をひねりながら、「たまにはな、クラスに残れ。そうすりゃ分かるぞ」

「オーオーオー、はい、すみません……」六本の手が振られているのだが、ジミーの耳はちぎれそうだ。私はついヒロイズムを発揮する……「先生、やめて下さい。ジミーは心臓の具合がわるいんです！」それは本当だった。しかし真実は危険なものである。ザガロは今度は私に矛先を向けて、「何だとォ、口答えをしおォるな？」そして私は髪をひっつかまれて、教壇の前へ引きたてられて行った。級友たちのほっとした目のなかで——やれやれ、オレタチじゃなくてアイツがつかまってくれた——私は一房の髪の毛をつまみ上げられたまま、苦しみあがいた。

「よォし、質問に答えろ。お前は、人文地理とはァ、何か、知ってるか」

苦痛で頭のなかがいっぱいになり、テレパシーによって相手を出し抜いてやろうというような知恵を働かせる余裕はなかった。「はい、いいえ、知りません。イテテ！」

……そして今、ザガロが悪ふざけを思いついたのが見てとれる。悪ふざけが彼の顔をほころばせて笑顔もどきのものに変える。彼の手がさっとやってきて、親指と人差指が伸びてくる。親指と人差指が私の鼻の先端をつまんでいる……鼻が引っぱられて行くところへ頭もついて行かなければならない。とうとう私の鼻は垂れさがるような恰好になった。目はやむなく爪の汚れた、サンダルばきのザガロの足を、こみ上げてくる涙を透して見つめている。その間にもザガロは言いたい放題を言っている。

「さあ、お前たち――わしがつかまえているものを見てみろ、この原始的なけだものの恐ろしい顔を。こいつ、何に似てるかな？」

さかんに答えが返ってくる。「悪魔です、先生」「先生、それはぼくのいとこです」「いえ、野菜です、何の野菜か分かりませんけど」ついにザガロが大声をはりあげて、さわぎを圧倒する、「黙れ！　狒々（ひひ）の子供ら！　この代物は」――彼は私の鼻をぐいと引っぱる――「これこそがァ、人文地理である！」

「どうしてですか、先生。どこがですか、何がですか」

ザガロは今笑っている。「見えないか？」と言って彼はけらけら笑う。「この醜い猿の顔にインド全体の地図が見えないか？」

「はい、いいえ、見せて下さい！」

「いいか――ここにデカン半島がぶらさがっている！」また鼻がイテテ。

「先生、それがインドの地図なら、そのしみは何ですか？」調子に乗ってこう訊ねたのは甲状腺キース・コラコだ。級友たちの間にくすくす笑い、忍び笑いが起こる。ザガロはこの質問を巧みに利用して叫ぶ、「このしみはパキスタンだ！　右の耳のこのあざは東翼、このおそろしいあざのある左の頬は西翼だ。覚えておけよ、馬鹿ども。パキスタンはァ、インドの顔の上のしみなんだ！」

「ホーホー」と生徒たちが笑う。「最高のジョークです、先生！」

だが私の鼻は限界まできていた。ぎゅっとつまんでいる親指と人差指に対してひとりでに謀反を起こし、私の鼻はそれ独自の武器を行使した……左の鼻孔から出てきた大量の青洟をザガロ先生の手のひらに吹きかけたのだ。でぶの魚屋パースが叫ぶ、「ほら先生！　その鼻から落ちたのはセイロンというわけですか？」

青洟が手にへばりついたので、ザガロは悪乗り気分から醒めた。「けだもの」と彼は私をどなりつけた。「自分が何をやったか、分かってるのか？」ザガロの手は私の鼻を放し、髪に戻ってゆく。鼻孔からの老廃物は私のきちんと分けた前髪になすりつけられる。そして今また髪がつかまれる。今また手が引っぱっている……ただし今度は上に向けて。そして私の頭はぐいと引っぱり上げられ、足はつま先で歩くことになる。ザガロが言う、「お前は何だ？　何だか言ってみろ！」

「けだものです、先生！」

手はなおも強く引っぱる。「もう一度言ってみろ」つま先立ちのまま私は叫ぶ、「はい、けだものです、けだものです、先生お願いです、アアア！」

するともっと激しく高い声で……「もう一度！」だが突然それは終る。私の足はまたぺったりと床の上に立っている。そしてクラス全員、死のような沈黙に沈む。

「先生」とソニー・イブラヒムが言っている、「サリームの髪を引き抜いてしまいましたよ」

それからざわめきが起こった。「ほら、先生、血ですよ」「血が出ています」「先生、ぼくが看護師のところへ連れていきましょうか？」

ザガロ先生は私の髪を握りしめて、彫像のようにつっ立っていた。痛みさえ感じられないほどのショックを受けて――私は、ザガロ先生がつくった修道僧のような禿、もう二度と再び髪が生えてこないであろう円い禿をさわってみた。そして私をこの国に結びつけている出生の呪いがまた一つ、予期せざる自己表現を見出したことを知った。

二日後、校長のクローカー・クルーソーは、エミール・ザガロ先生が一身上の理由で残念ながら辞職することになったと発表した。だが私は真の理由を知っていた。私の引き抜かれた髪は、洗っても落ちない血痕のように彼の手にこびりついていたのだ。そして手のひらに髪の毛がへばりついている教師を雇ってくれる学校はない。「狂気の最初の徴候だ」甲状腺キースの気に入りの科白だ。「そして第二の徴候が出番を待っている」

ザガロの遺産。修道僧の剃髪。もっとひどいのは、懇親会に出るための着換えに家に帰ろうとバスを待っている間に、級友たちから浴びせられた更なる嘲笑だ。「洟たれ君は禿頭！」「でか鼻の顔はインド地図！」サイラスがバスの列に加わった時、私は群集を彼に向けてけしかけようとして「サイラス大王、お皿の上で生まれた、時は一九四八年」と囃したててみたが、誰一人のって来なかった。

とうとうカセドラル・スクールの懇親会のところまでこぎつけた。ここではいじめっ子たちが運命の手先になり、指が噴水に変わり、音に聞こえた平泳ぎの名手マーシャ・ミオヴィックが卒倒するのだ……私は看護師が頭に巻いてくれた繃帯（ほうたい）をつけたまま懇親会場に着いた。母がなかなか来させてくれなかったので遅刻した。吹き流しと風船の下を、骨ばった付添いのご婦人たちの自信たっぷりな疑惑のまなざしを浴びながら講堂へ入ってみると、すでにきらびやかな娘たちが愚劣なまでにめかし込んだパートナーとボックス・ステップやメキシカン・ハットを踊っていた。当然、上級生たちに選択権があった。私は嫉妬に燃えながら彼らを眺めていた。グズデル、ジョシ、スティヴンソン、ラシュディ、タリヤルカーン、タヤバリ、ジュサワーラー、ワグレ、キング。私はエクスキューズ・ミー（他人のパートナーと踊ってもよいダンス）の間に、割り込もうとしてみたが、頭の繃帯とキュウリ鼻と顔のあざを見ただけで、娘たちは笑って背を向けてしまった……胸糞わるくなった私はポテトチップスを頬張り、バブルアップとヴィムトを飲み、ひとりごちた、「このアホども。こいつら、ぼくの正体を知ったら、あわててぼくの目の前から消え失せるだろう！」だがそれでもなお、自分の本性を明かすことへの恐怖は、踊り回っているヨーロッパの娘たちへの抽象的な欲望などより強かった。

「あらー、サリームじゃない？　どうしたっていうの、いったい？」私は苦々しい孤独な夢想（ソニーでさえダンスの相手がいる。でもあいつは鉗子のくぼみも持ってるし、パンツもはいてない――モテる理由がいろいろとあるわけだ）から覚まされた。背後の左側から一つの声がしたのだ。約束にみちた――同時に脅威にみちた――低く太い声。しかも女の子の声だ。飛び上がるようにして振り向いてみると、金髪と突き出た見事な胸をした一つの幻がそこにいた……え、驚いたな、彼女は十四歳なのに、何だってぼくなんかに話しかけてくるんだ？……「あたし、マーシャ・ミオヴィックだけど」と幻は言った、「あなたの妹に会ったことがあるわ」

そうだろうともさ。モンキーのアイドルたち、ウォルシンガム・スクールの泳ぎ手たちは当然、平泳ぎのチャンピオンのことを知っているだろう！……「知ってる……」と私は口ごもった、「君の名前は知ってるよ」

「あたしもあなたの名前、知ってるわ」彼女はそう言って私の曲がったネクタイを直した、「これでお相子(あいこ)ね」彼女の肩越しに、甲状腺キースとでぶのパースが羨望のあまりよだれを垂らしながら私たち二人を眺めているのが見えた。私は背筋を伸ばし、肩を怒らせた。マーシャ・ミオヴィックは再び私の繃帯のことを訊いた。「何でもないんだ」と私は低い声で言おうとした。「スポーツの事故だよ」それから声を落ち着かせようと必死であがきながら、「ダンス……しませんか？」

「オーケー」とマーシャ・ミオヴィックが言った、「でもキスしようなんてしないでね」サリームはキスなんかしないと誓いを立てて、マーシャ・ミオヴィックと踊り出す。サリームとマーシャはメキシカン・ハットを踊る。マーシャとサリームは誰よりもうまくボックス・ステップを踊る！　私は傲慢な表情のままだった。だって、上級生でなくたって、女の子くらい手に入れられるのだもの。ダンスは終ったが、なおも胸をはずませながら私は言った、「散歩しませんか、中庭で」

マーシャ・ミオヴィックはひそかに笑って、「ええ、ちょっとなら。でも手を触れちゃいやよ。いい？」

手は触れないさ、とサリームは誓う。サリームとマーシャは屋外に出る……いやー、こいつはすばらしい。これこそ人生だ。さようなら、エヴィ。こんにちは、平泳ぎの……と、そこに甲状腺キース・コラコとでぶの魚屋パースが中庭の物陰から出てくる。二人とも「ヒヒヒ」と笑っている。二人に通り道をふさがれて、マーシャ・ミオヴィックはけげんな顔をする。「フフフ」とでぶのパース。「マーシャ、フフフだ。いい恋人を見つけたじゃねえかよ」そこで私は「黙れ」とどなりつけた。それを聞いた甲状腺キースは、「こいつが名誉の負傷をした事の次第を知りたいだろう、マーシー？」でぶのパースが、「ヒーフーハー」マーシャは答えて、「失礼ね。この子はスポーツの事故で怪我をしたのよ」でぶのパースと甲状腺キースはひっくり返るくらい喜んだ。そして魚屋が何もかも喋ってしまう。「ザガロがよ、授業中にこいつの髪の毛をむしり取ったのさ！」ヒーホー。そこでキースが「洟たれ君は禿頭！」そして二人一緒に「クンクンの顔はインド地図！」マーシャ・ミオヴィックの顔にさっと困惑の色が浮かぶ。それだけではない。どうやら性的ないやがらせの気配を感じとっているようだ……「サリーム、この連中、ほんとに失礼ね！」

「ああ、放っておけよ」と私は言う。そして彼女をいじめっ子たちから遠ざけようとする。だが彼女は引きさがらない。「あなた、こんな侮辱を受けて、平気なの？」彼女の上唇には興奮のあまり玉の汗が浮かんでいる。舌の先を口の隅の方に寄せている。マーシャ・ミオヴィックの目はこう言っている、〈あなたはいったい何なのよ？　男なの、それとも、ネズミ?〉……すると平泳ぎチャンピオンの呪縛のなかで、別の何かが私の頭のなかへ流れ込む。それは怪力無双の二つの膝のイメージだ。そして今、私はコラコと魚屋のせがれに向かって突進する。彼らが面白がってヒヒヒと笑っている隙に、私の膝が甲状腺(グランディ)の股のつけねに食い込む。彼が倒れるのを待たずに、同じ膝の技法で今度はでぶのパースを倒す。わが女王の方を振り向くと、彼女はやさしく声援してくれる。

「いいわよ、すてきだわ」

だが私の逃げる暇がなくなってしまった。でぶのパースは起き上がろうとしており、甲状腺キースはすでにこっちへ向かっている……男らしい振りをかなぐり捨てて、私は後ろを向いて走り出す。二人のいじめっ子は追ってくる。そのすぐあとにマーシャ・ミオヴィックが続いていて、叫んでいる、「どこへ行くつもり、ちっちゃなヒーローさん?」だがそれに答えている暇はない。二人につかまったら大変だ。最寄りの教室へ入って、ドアを閉めようとする。ところがでぶのパースの足が邪魔をしている。とうとう二人とも入ってきてしまった。私は戸口へ突進し、右手でドアをつかみ、開けようとする。出られるなら、出てみろ、とばかり彼らは勢いよくドアを押して閉めようとする。だが私は恐怖に促されて力いっぱい引っぱり、数インチほど開ける。その隙間に手を差し込む。するとでぶのパースがドアに全体重をかけてきて、私が手を引っ込める暇のないうちにドアは急に閉まる。バタン。外では、現場に到着したマーシャ・ミオヴィックが床を見おろす。そこに私の中指の上の三分の一が、まるでよく噛まれたバブルガムの塊りのように転がっている。この瞬間、彼女は卒倒する。

痛みはない。すべてが遠のいている。でぶのパースと甲状腺キースは逃げていく。助けを呼ぶために、それとも隠れるために。私は純粋な好奇心から自分の手を見る。指が噴水になっている。心臓の鼓動に合わせて赤い血が迸っている。指にこんなに血が入っているとは知らなかった。きれいだ。看護師さんがついている。看護師さん、心配しないで。ただのかすり傷なんだから。ご両親に電話をしているところです。クルーソー先生が車のキーを取りに行きました。看護師は切り口に大量の脱脂綿を当てている。赤い綿飴みたいだ。そこへクルーソーの登場。車に乗りなさい、サリーム。君のお母さんは病院へ直行している。はい、先生。それに、指先、誰か指先を持ったか？　はい、校長先生、ここにあります。ありがとう、看護師さん。駄目かもしれんが、まだ分からんぞ。わたしが運転する間、これを持っていてくれ、サリーム……こんな次第で私は自分の切断された指先を無事な方の左手で持ちながら、谺の響きわたる夜の街を抜けてブリーチ・キャンディ病院へと運ばれた。

病院に着くなり、白い壁と担架と人びとが同時に話しはじめる。まわりから言葉がなだれこんでくるという感じだ。「ああ、神様、お守り下さい。月のかけらちゃん、何をされたというの？」これに答えてクルーソー老人が、「これはこれは、シナイ夫人。事故は起こるものです。男の子ですからね」だが母は逆上して、「何という学校でしょう、クルーソー先生。駆けつけてみると、わたしの息子の指はちぎれているじゃありませんか。なのに先生のおっしゃることといったら。あんまりです。あんまりですよ、先生」そして今、クルーソーが「ほんとにそういう名前なんですよ――例のロビンソンと同じでして、ハッハ」などと言っている間に、医師が近づいてきて質問する。それに対する答えが世界を一変させるのだ。

「シナイさん、あなたの血液型をおっしゃって下さい。息子さんは出血したので、輸血が必要かもしれません」アミナは答える、「A型です。主人はO型です」母はついにこらえきれず、泣き出している。だが医者は続けて、「ええっと、それじゃ息子さんのは……」だが医者の娘なのにこの質問には答えられないことを認めざるを得ない。アルファ、それともオメガ？「結構です。では急いで調べます。ですがＲｈ（リーサス因子）の方はどうでしょう？」母は泣きながら、「主人もわたしもＲｈプラスです」すると医者は、「なるほど、その点ではだいじょうぶですね」

しかし私が手術台の上にのって――「じっと坐ってるんだよ、君。局部麻酔をかけるからね、いや、奥さん、この子はショックを受けているので、全身麻酔は不可能です。だいじょうぶ。指を上に向けて、じっとしてるんだよ。看護師君、この子を押さえていてくれ。じきに終るからね」――外科医が傷を縫合し、爪の根っこを移植するという奇跡を行なっている間に、突然、百万マイル彼方の背景で騒ぎが起こる。「第二のシナイ夫人というかたはおられるのですか?」そのあとはよく聞きとれない……言葉は無限の遠方から漂ってくる……シナイ夫人、確かなんでしょうね。OとA、AとOというのは。それにご夫婦ともRhマイナスではないのですか。異型接合体、それとも同型接合体?いや、何かの間違いですわ。どうしてそんな……失礼ですが、絶対に間違いありません……プラスですよ……それにA型でもないし……失礼ですが奥さん、この子はあなたの……養子とか……看護師が私と何マイルも遠くのお喋りとの間に割り込んでくる。だが無駄だ。母は今や叫んでいるからだ。「もちろんです、もちろんです、信じて下さい、先生。ほんとうに、もちろんこの子はわたしたちの息子です、い、いいいいい、い、い、い!」

AでもOでもない。それにRh因子は、あり得ぬことなのだが、マイナスだ。それに接合体からは何の手がかりも得られない。そして血液中に珍しいケル免疫体が見られる。母はわんわん泣きじゃくり……「分かりません。医者の娘であるわたしにも分かりません。分かりません」

アルファとオメガが私の仮面を剝いだのか？　リーサス（赤毛ザル。もちろんRhが裏の意味になっている）が指差し、謎をかけているのか。メアリー・ペレイラはいよいよやむなく……私は涼しい、白いヴェネチアン・ブラインドの降りた部屋で目を覚ます。慰めてくれるのは全インド放送だけだ。トニー・ブレントが歌っている――〈夕陽に赤い帆〉。

アフマド・シナイがブラインドの前に立っている。ウィスキーに焼けた顔が今はもっとよくないもののために荒れている。アミナが小声で話している。再び百万マイルの彼方から、きれぎれの言葉。あなた（ジャーノム）、お願い。お願いよ。違うわ、何を言っているの。もちろんそうよ。もちろんあなたよ。どうして考えられるの、わたしがそんな。誰がいったい。そんなに立って眺めたりしないでよ。お母さんの首にかけて誓うわ。ほら、しーっ、あの子が……

トニー・ブレントが新しい歌を始める。彼のレパートリーは最近、不気味なくらいウィー・ウィリー・ウィンキーのそれに似てきている。〈飾り窓のあのワンちゃんはいくら？〉がラジオから流れている。父がベッドに近寄ってきて、私を見おろして立つ。父がこんな顔をするのを見るのは初めてだ。「お父さん（アッバ）……」彼は言った、「もっと早く気がつくべきだった。まあ見てみろ。あの顔のどこにおれの面影がある。あの鼻ときたら、いやはや……」父は向こうを向いて部屋から出て行く。母がつづいて出て行く。もはや気が転倒していて、小声では話せない。「あんまりだわ、あなた（ジャーノム）、あなたから、そんなことをしたと思われるなんて、がまんできないわ。わたし死ぬ、死ぬわ！」二人のあとからドアが閉まる。ドア越しに音がする。ピシャリ、それともビシャリというような。人生の重大事はたいてい当人不在のところで起こる。

トニー・ブレントが最新のヒット曲を私の聞こえる方の耳に口ずさみはじめる。そしてメロディーにのせて〈雲はすぐ晴れる〉と予言してくれる。

……さてここで私、サリーム・シナイは当時の自分に、ずっとのちに得られた認識を授けておこう。つまり純文学の統一性と約束事を破って、彼に未来のことを知らせてしまうわけだ。その目的はただ、彼に次のようなことを考えさせることである。「ああ、内部と外部の永遠の対立。人間は内部においては決して一体ではない。決して同質ではない。ありとあらゆるものが彼の内部でごたまぜになっている。ある瞬間に彼はある人であるが、すぐ次の瞬間には別の人になってしまう。ところが肉体は正真正銘の同質なのだ。分割不能で、ひと連なりで、お望みなら聖なる寺院といったところだ。この一体性を維持することが大切なのだ。しかし、頭から一つまみの髪の毛がむしり取られたことは言わないとしても、指をもがれて(ローリーの漁師の人差指によってこの一件は予言されていたとも言えるのだが)、この一体性はすっかり壊されてしまった。こうしてまさに革命的といってもいいような事態が生じてしまったのだ。それが歴史に与える効果は実に驚くべきものがある。肉体の栓を抜いてみると、何が飛び出してくるか分かりはしない。突然、人は永久に別人になってしまう。そして世界も、親が親でなくなり、愛が憎しみに変わるような世界になってしまう。しかも、いいかね、今はまだ私的生活に対する影響でしかないのだ。これから公的行動の領域への影響も、現在、過去、未来にわたって、同様に深刻であることが示されよう」

このへんで私は予知能力をひっこめて、指に繃帯を巻いて病院のベッドに坐ったまま、血液と平手打ちのような音と父親の表情のことを考えている十歳の少年の姿を大映しにしよう。私がゆっくりと遠景に退いてゆくにつれて、サウンド・トラックの音楽が私の言葉を飲み込むようにするのだ。トニー・ブレントはメドレーの終りに近づいていて、フィナーレもウィンキーのそれと同じ歌である。歌の名は〈グッドナイト・レディーズ〉。その楽しい歌が流れ出す、流れ出す……

(溶暗。)

〔下巻に続く〕

（編集付記）

本書は寺門泰彦訳『真夜中の子供たち』（上下巻、早川書房、一九八九年刊）を底本とする。文庫化にあたっては *Midnight's Children* (Vintage, 2008) により、訳者による訳文全体の見直しと必要な修正を行なった。本書下巻収録の原作者による「自序(Introduction)」は二〇〇五年十二月に書かれたもので（上記 Vintage 版に収録されている）、今回が初訳である。なお、訳者の希望により底本の「訳者あとがき」を割愛し、下巻に小沢自然氏による解説を新たに加えた。

本文中のコーランの章句については、井筒俊彦訳『コーラン』（上中下巻、岩波文庫、一九五七―五八年）より引用した。

（岩波文庫編集部）

真夜中の子供たち（上）〔全2冊〕
サルマン・ラシュディ作

2020年5月15日　第1刷発行
2022年6月24日　第2刷発行

訳　者　寺門泰彦

発行者　坂本政謙

発行所　株式会社　岩波書店
〒101-8002 東京都千代田区一ツ橋 2-5-5

案内 03-5210-4000　営業部 03-5210-4111
文庫編集部 03-5210-4051
https://www.iwanami.co.jp/

印刷・三秀舎　カバー・精興社　製本・中永製本

ISBN 978-4-00-372514-6　　Printed in Japan

読書子に寄す

——岩波文庫発刊に際して——

岩波茂雄

真理は万人によって求められることを自ら欲し、芸術は万人によって愛されることを自ら望む。かつては民を愚昧ならしめるために学芸が最も狭き堂宇に閉鎖されたことがあった。今や知識と美とを特権階級の独占より奪い返すことはつねに進取的なる民衆の切実なる要求である。岩波文庫はこの要求に応じそれに励まされて生まれた。それは生命ある不朽の書を少数者の書斎と研究室とより解放して街頭にくまなく立たしめ民衆に伍せしめるであろう。近時大量生産予約出版の流行を見る。その広告宣伝の狂態はしばらくおくも、後代にのこすと誇称する全集がその編集に万全の用意をなしたるか。千古の典籍の翻訳企図に敬虔の態度を欠かざりしか。さらに分売を許さず読者を繫縛して数十冊を強うるがごとき、はたしてその揚言する学芸解放のゆえんなりや。吾人は天下の名士の声に和してこれを推挙するに躊躇するものである。このときにあたって、岩波書店は自己の責務のいよいよ重大なるを思い、従来の方針の徹底を期するため、すでに十数年以前より志して来た計画を慎重審議この際断然実行することにした。吾人は範をかのレクラム文庫にとり、古今東西にわたって文芸・哲学・社会科学・自然科学等種類のいかんを問わず、いやしくも万人の必読すべき真に古典的価値ある書をきわめて簡易なる形式において逐次刊行し、あらゆる人間に須要なる生活向上の資料、生活批判の原理を提供せんと欲する。この文庫は予約出版の方法を排したるがゆえに、読者は自己の欲する時に自己の欲する書物を各個に自由に選択することができる。携帯に便にして価格の低きを最主とするがゆえに、外観を顧みざるも内容に至っては厳選最も力を尽くし、従来の岩波出版物の特色をますます発揮せしめようとする。この計画たるや世間の一時の投機的なるものと異なり、永遠の事業として吾人は微力を傾倒し、あらゆる犠牲を忍んで今後永久に継続発展せしめ、もって文庫の使命を遺憾なく果たさしめることを期する。芸術を愛し知識を求むる士の自ら進んでこの挙に参加し、希望と忠言とを寄せられることは吾人の熱望するところである。その性質上経済的には最も困難多きこの事業にあえて当たらんとする吾人の志を諒として、その達成のため世の読書子とのうるわしき共同を期待する。

昭和二年七月

《イギリス文学》〔赤〕

ユートピア　トマス・モア　平井正穂訳
完訳カンタベリー物語　全三冊　チョーサー　桝井迪夫訳
ヴェニスの商人　シェイクスピア　中野好夫訳
十二夜　シェイクスピア　小津次郎訳
ハムレット　シェイクスピア　野島秀勝訳
オセロウ　シェイクスピア　菅泰男訳
リア王　シェイクスピア　野島秀勝訳
マクベス　シェイクスピア　木下順二訳
ソネット集　シェイクスピア　高松雄一訳
ロミオとジューリエット　シェイクスピア　平井正穂訳
リチャード三世　シェイクスピア　木下順二訳
対訳シェイクスピア詩集—イギリス詩人選(1)　柴田稔彦編
から騒ぎ　シェイクスピア　喜志哲雄訳
言論・出版の自由—アレオパジティカ 他一篇　ミルトン　原田純訳
失楽園　全二冊　ミルトン　平井正穂訳
ロビンソン・クルーソー　全二冊　デフォー　平井正穂訳

奴婢訓 他一篇　スウィフト　深町弘三訳
ガリヴァー旅行記　スウィフト　平井正穂訳
ジョウゼフ・アンドルーズ　全二冊　フィールディング　朱牟田夏雄訳
トリストラム・シャンディ　全三冊　ロレンス・スターン　朱牟田夏雄訳
ウェイクフィールドの牧師—むだばなし　ゴールドスミス　小野寺健訳
幸福の探求—アビシニアの王子ラセラスの物語　サミュエル・ジョンソン　朱牟田夏雄訳
マンフレッド　バイロン　小川和夫訳
対訳ブレイク詩集—イギリス詩人選(4)　松島正一編
対訳ワーズワス詩集—イギリス詩人選(3)　山内久明編
湖の麗人　スコット　入江直祐訳
キプリング短篇集　橋本槇矩編訳
対訳コウルリッジ詩集—イギリス詩人選(7)　上島建吉編
高慢と偏見　全二冊　ジェーン・オースティン　富田彬訳
ジェイン・オースティンの手紙　新井潤美編訳
対訳テニスン詩集—イギリス詩人選(5)　西前美巳編
虚栄の市　全四冊　サッカリー　中島賢二訳
床屋コックスの日記・馬丁粋語録　サッカレ　平井呈一訳

デイヴィッド・コパフィールド　全五冊　ディケンズ　石塚裕子訳
炉辺のこほろぎ　ディケンズ　本多顕彰訳
ボズのスケッチ 短篇小説篇　全二冊　ディケンズ　藤岡啓介訳
アメリカ紀行　全二冊　ディケンズ　伊藤弘之・下笠徳次・隈元貞広訳
イタリアのおもかげ　ディケンズ　伊藤弘之・下笠徳次・隈元貞広訳
大いなる遺産　全二冊　ディケンズ　石塚裕子訳
荒涼館　全四冊　ディケンズ　佐々木徹訳
鎖を解かれたプロメテウス　シェリー　石川重俊訳
ジェイン・エア　全二冊　シャーロット・ブロンテ　河島弘美訳
嵐が丘　全二冊　エミリー・ブロンテ　河島弘美訳
アルプス登攀記　全二冊　ウィンパー　浦松佐美太郎訳
アンデス登攀記　全二冊　ウィンパー　大貫良夫訳
ハーディテス　全二冊　井上宗次・石田英二訳
緑の木蔭—和蘭派田園画　トマス・ハーディ　阿部知二訳
緑の館—熱帯林のロマンス　ハドソン　柏倉俊三訳
ジーキル博士とハイド氏　スティーヴンスン　海保眞夫訳
新アラビヤ夜話　スティーヴンスン　佐藤緑葉訳

- 南海千一夜物語 スティーヴンスン 中村徳三郎訳
- 若い人々のために 他十一篇 スティーヴンスン 岩田良吉訳
- マーカイム・壜の小鬼 他五篇 スティーヴンソン 高松雄一 高松禎子訳
- 怪談 —不思議なことの物語と研究 ラフカディオ・ハーン 平井呈一訳
- 心 —日本の内面生活の暗示と影響 ラフカディオ・ハーン 平井呈一訳
- ドリアン・グレイの肖像 オスカー・ワイルド 富士川義之訳
- サロメ ワイルド 福田恆存訳
- 嘘から出た誠 ワイルド 岸本一郎訳
- 童話集 幸福な王子 他八篇 オスカー・ワイルド 富士川義之訳
- 人と超人 バーナド・ショー 市川又彦訳
- 分らぬもんですよ バァナード・ショウ 市川又彦訳
- ヘンリ・ライクロフトの私記 ギッシング 平井正穂訳
- 南イタリア周遊記 ギッシング 小池滋訳
- 闇の奥 コンラッド 中野好夫訳
- 密偵 コンラッド 土岐恒二訳
- コンラッド短篇集 中島賢二編訳
- 対訳 イエイツ詩集 高松雄一編

- 月と六ペンス モーム 行方昭夫訳
- 人間の絆 全三冊 モーム 行方昭夫訳
- サミング・アップ モーム 行方昭夫訳
- モーム短篇選 全二冊 行方昭夫編訳
- アシェンデン —英国情報部員のファイル モーム 中島賢二 岡田久雄訳
- お菓子とビール モーム 行方昭夫訳
- ダブリンの市民 ジョイス 結城英雄訳
- 荒地 T・S・エリオット 岩崎宗治訳
- 悪口学校 シェリダン 菅泰男訳
- オーウェル評論集 小野寺健編訳
- パリ・ロンドン放浪記 ジョージ・オーウェル 小野寺健訳
- カタロニア讃歌 ジョージ・オーウェル 都築忠七訳
- 動物農場 —おとぎばなし ジョージ・オーウェル 川端康雄訳
- 対訳 キーツ詩集 —イギリス詩人選(10) 宮崎雄行編
- キーツ詩集 中村健二訳
- 阿片常用者の告白 ド・クインシー 野島秀勝訳
- 20世紀イギリス短篇選 全二冊 小野寺健編訳

- オルノーコ 美しい浮気女 アフラ・ベイン 土井治訳
- イギリス名詩選 平井正穂編
- タイム・マシン 他九篇 H・G・ウェルズ 橋本槇矩訳
- 解放された世界 H・G・ウェルズ 浜野輝訳
- 大転落 イヴリン・ウォー 富山太佳夫訳
- 回想のブライズヘッド 全二冊 イーヴリン・ウォー 小野寺健訳
- 愛されたもの イーヴリン・ウォー 中村健二 出淵博訳
- フォースター評論集 小野寺健編訳
- 白衣の女 全三冊 ウィルキー・コリンズ 中島賢二訳
- 対訳 ブラウニング詩集 —イギリス詩人選(6) 富士川義之編
- 灯台へ ヴァージニア・ウルフ 御輿哲也訳
- 船出 全二冊 ヴァージニア・ウルフ 川西進訳
- アーネスト・ダウスン作品集 南條竹則編
- ヘリック詩鈔 森亮訳
- フランク・オコナー短篇集 阿部公彦訳
- たいした問題じゃないが —イギリス・コラム傑作選 行方昭夫編訳
- 英国ルネサンス恋愛ソネット集 岩崎宗治編訳

岩波文庫の最新刊

シェリング著／西川富雄・藤田正勝監訳
学問論

ドイツ観念論の哲学者シェリングが、国家による関与からの大学の自由、哲学を核とした諸学問の有機的な統一を説いた、学問論の古典。
〔青六三一-一〕 **定価一〇六七円**

森 鷗外作
大塩平八郎 他三篇

表題作の他、「護持院原の敵討」「堺事件」「安井夫人」の鷗外の歴史小説四篇を収録。詳細な注を付した。（注解・解説＝藤田覚）
〔緑六-一二〕 **定価八一四円**

……今月の重版再開……

十川信介編
藤村文明論集
定価九三五円
〔緑二四-六〕

辻 善之助著
田沼時代
定価一〇六七円
〔青一四八-一〕

定価は消費税 10% 込です　　2022. 4